Ich akzeptiere das Chaos.
Ich bin mir nicht sicher, ob es mich akzeptiert.

Bob Dylan

Prolog

Das Leben ist (K)ein Fantasyroman

Ich wusste schon immer, dass ich eine Hexe bin.

Das war kein *dunkles* Familiengeheimnis, das eines Tages aufgedeckt wurde und mein ganzes Weltbild ins Wanken brachte. Keine geheime Organisation, die mich an ein mysteriöses Internat voller attraktiver Mitschüler brachte. Es existierte keine rätselhafte Prophezeiung mit inkludiertem heißen, aber grummeligen Gefährten für mich, in den ich mich natürlich unsterblich verliebte.

Nein, es war alles viel … gewöhnlicher.

Versteht mich nicht falsch! Es wäre mir sogar lieber gewesen, wenn mein Leben noch eine Spur normaler gewesen wäre. Ich hatte meine Kindheit bei meiner Großmutter, Mutter und Tante in einer verschlafenen Stadt in Maryland verlebt. Ich war die erste Hexe einer neuen Generation in diesem Coven und wurde natürlich von allen verhätschelt, außer …

»Wenn du noch einmal einem Kind auf dem Spielplatz erzählst, dass du eine Hexe bist, bekommst du einen Monat lang Fernsehverbot«, hatte meine Mutter eines Tages an meinem Bett gesagt. Ich musste ungefähr vier oder fünf Jahre alt gewesen sein. Sie drohte nie, denn ihre vampirischen Gene machten sie Furcht einflößend genug. In meiner Erinnerung glänzten ihre Fangzähne im Licht meines Nachtlichts wie die Fänge einer Kobra. »Sei ein braves Geschöpf des Chaos, sonst holt dich noch Anubis, der Herr der Unterwelt. Wenn dein Herz nicht rein ist, dann wird Ammit es mit einem Happs verschlingen. Und jetzt gute Nacht und schlaf schön, mein kleiner Schatz.«

Unser Coven ging auf Hohepriesterinnen aus dem Alten Ägypten zurück, und selbst nach Jahrtausenden war unsere Magie ungebrochen stark. Schon als kleines Kind wurde ich deshalb in Magie unterrichtet und bekam Kampftraining. Selbstverständlich von meiner Familie und nicht auf einer edlen Zauberschule, die wie ein Luxusinternat anmutete und nur Models als Schülerinnen und Schüler beherbergte. Meine Tante Harmony brachte mir Heilzauber bei, die sie als Ärztin ab und zu anwendete. Meine Mutter war im Gegensatz spezialisiert auf alles, was zerstörerisch war. Manchmal musste ich mitten in der Nacht Unterricht nehmen, weil meine Mutter das Sonnenlicht als Halbvampirin nicht gut vertrug. Ich selbst hatte absolut keine vampirischen Attribute abbekommen, weshalb ich dann bei strahlendem Sonnenschein hundemüde zur Schule musste. Meine Großmutter beherrschte als Matriarchin der Familie alles und wachte streng über mein Kampftraining.

Eigentlich dachte ich immer, dass ich irgendwann – in einem Jahrhundert oder zwei – in ihre Fußstapfen treten würde, aber dann …

Dann kam *er*.

Und alles, was er mit sich brachte, war Chaos.

Kapitel I

Du nennst mich Hexe, als wäre es etwas Schlechtes ...

Der Tag begann damit, dass mir eine Voodoo-Puppe eine Ohrfeige verpasste. Das war nicht so schlimm, wie es sich vielleicht anhörte. Voodoo-Puppen besaßen ähnlich wie Puppen weiche Watteärmchen, lediglich der sackähnliche Stoff kratzte an meiner Wange und störte meinen tiefen Schlaf.

»Steh endlich auf, May!«, zeterte eine weibliche Stimme. »Wegen dir kommen wir wieder mal viel zu spät zum Unterricht! Ich will nicht schon wieder nachsitzen!«

Vorsichtig blinzelte ich. Albert, die gewalttätige Voodoo-Puppe, blickte mich mitleidslos an. Das kleine Ding war mit einem pinken und einem schwarzen Knopfauge ausgestattet und der Mund mit einem schwarzen Faden zugenäht worden. Der Körper und somit auch Kopf und Gliedmaßen bestanden aus braunem Sackstoff.

Albert hatte noch einen winzigen Arm zum erneuten Schlag erhoben, als er plötzlich zur Seite kippte und leblos liegen blieb.

»Na. Das wurde ja auch Zeit.« Ein Mädchen mit schwarzen Korkenzieherlocken und dunkler Haut beugte sich über mich. Ihre dunkelbraunen Augen blitzen abschätzig, was hervorragend zu den trotzig verzogenen Lippen passte. »Stehst du nun endlich auf oder muss ich härtere Geschütze auffahren? Wie kann man nur so verschlafen sein?«

Meine beste Freundin Vivienne – kurz Viv genannt – war eine kreolische Voodoo-Priesterin, und auch wenn sie wie ich erst in der Hexenausbildung steckte, würde ich mich nie freiwillig mit ihr und ihren Puppen anlegen.

Aber ich war *so* müde …

»Nur noch eine Minute, Viv. Nur noch ei…«

Ich war nur eine Sekunde weggetreten, als sich etwas Spitzes in meinen Oberarm bohrte.

»AUA!«, fuhr ich hoch.

Albert war auferstanden und schwang seine Stecknadel wie ein Schwert hin und her. Dabei zog er die schwarzen Filzaugenbrauen in Rage wütend zusammen.

Bevor er mich noch einmal stechen konnte, rollte ich mich schnell zur Seite – und flog prompt aus dem Bett. Mein Gesicht küsste auf eine äußerst unromantische Art den kalten, staubigen Steinboden. Hätte ich doch nur auf meine Gran gehört und gestern Abend den Boden gestaubsaugt … Fusseln im Mund waren echt widerlich!

Grummelnd drehte ich mich auf den Rücken – nur um Alberts wortwörtliches Sackgesicht zu sehen. Er linste über den Bettrand, das *Schwert* triumphierend in die Luft gestreckt.

Ich ergab mich meinem Schicksal und schnippte mit den Fingern. Meine dunkelgraue Schlafanzughose verwandelte sich in eine schwarze Jeans und aus dem Oberteil wurde ein enges Top mit schwarz-rotem Flanellhemd. An meinem rechten Handgelenk befand sich stets ein Lederarmband mit einem goldenen Ankh-Anhänger, das ich nie abnahm. In der ägyptischen Kultur stand das kreuzähnliche Symbol für Lebenskraft. Der Anhänger war ein Geschenk zu meiner Geburt und eigentlich für eine Halskette gedacht gewesen. Meine Mutter – aber auch meine Gran und Tante Harmony – schwiegen bis heute, wer mir dieses Geschenk gemacht hatte, und ich fragte mich, ob noch weitere Verwandte in Ägypten lebten und warum wir keinen Kontakt zu ihnen pflegten oder sie zumindest ab und an besuchten.

In letzter Zeit musste ich häufig daran denken, weil meine Kräfte …

»Bist du nun endlich wach?«, fauchte Viv mich an.

Der sackgesichtige Kämpfer ließ immer noch sein Schwert über meinem Kopf kreisen. Gerade als ich mir den Mistkerl vorknöpfen wollte, griff Viv schnell nach der Puppe. In ihren Händen verwandelte er sich sofort wieder in ein lebloses Stück Stoff. Seufzend ließ sie sich auf mein Bett sinken und verstaute Albert in ihrem roten Rucksack.

»Ja-ha!«, antwortete ich ihr genervt und sprang auf die Füße. Schwarze Vans ersetzten meine flauschigen Socken, ehe ich den Boden berührte.

»Gut.«

Zuerst hetzte Viv Albert auf mich, und jetzt las sie seelenruhig auf meinem Bett Nachrichten auf ihrem Handy, während ich eilig meine Schulsachen für den Tag in dem Chaos meines Zimmers zusammensuchte.

»Wollen wir nicht los?«

»Wir kommen sowieso zu spät«, sagte Vivienne und ließ ihre Kaugummiblase platzen. »Ich schreibe meinen Schwestern, dass sie ihre Finger von meinen Paketen lassen sollen, wenn sie heute eintreffen und wir wieder beim Nachsitzen hocken. Es war so schwer, an Knochen und Blut ranzukommen, das der Zoll nicht abfängt. Ich musste die Familie in New Orleans anbetteln, und du weißt, dass ich das nicht mag.«

Vivienne sah wie ich wie ein normaler Teenager aus mit ihren Baggy-Jeans und dem engen Crop-Top, aber sie war ebenfalls eine Hexe. Voodoo-Priesterinnen arbeitet vor allem mit … mit *organischem* Material für ihre Zaubersprüche. Das störte mich nicht – solange es nicht mein Blut oder meine Organe waren.

Da Vivienne einen Moment lang nicht aufpasste, schleuderte ich ihr per Telekinese eines meine roten Polsterkissen an den Hinterkopf. Ein kleiner Akt der Rache, der meinen angekratzten Hexenstolz wiederherstellen sollte.

Viv hob eine Hand. »Na warte!«

Ich war von den vielen Ringen an ihrer Hand so neidvoll abgelenkt gewesen, dass ich das heranfliegende Deospray samt fieser Nebelwolke zu spät bemerkte. Vor lauter Schreck atmete ich noch einmal extratief ein. Schwer hustend taumelte ich ein paar Schritte nach hinten.

Hexen maßen nicht nur gern ihre Stärke und Magiebegabung in solchen kleinen, aber recht harmlosen Auseinandersetzungen. Ganz im Gegenteil! Wir wurden oft sogar ermutigt, uns zu messen, weil wir in einem Notfall auch schnell eingreifen mussten.

Man hatte uns Hexen in der Geschichte viele Namen und Bezeichnungen gegeben. Viele davon waren abschätzig, andere zeigten eine gewisse Verehrung unserer Künste.

Wir Hexen waren in erster Linie Kämpferinnen. Kriegerinnen. Beschützerinnen. Wir beschützen die anderen übernatürlichen Kreaturen, von Vampiren über Walküren bis hin zu Dämonen und Sukkuben – sorgten dafür, dass sie kein Leid von Menschen zu befürchten hatten und umgekehrt. Es klang seltsam, aber Menschen konnten uns Übernatürlichen durchaus auch Leid zufügen.

»Ich habe gewonnen!«, jauchzte Vivienne siegessicher. »Du kennst deine Strafe, oder?«

So kampflos ergab sich eine Hexe des Setek-Coven ganz sicher nicht.

»Schachmatt«, flötete ich.

Bevor meine beste Freundin überhaupt reagieren konnte, wickelte sich meine Bettdecke eng wie die Bandagen einer Mumie um ihren Körper. Nur ihr lockiger Kopf lugte hervor, als sie wie eine schwarzrot gestreifte Raupe auf dem Bett herumzapelte.

»Argh! Ich … krieg … Ich kann den Zauber nicht lösen.«

Ich schulterte meinen Rucksack, stemmte die Hände in die Hüften und warf meine schwarzen Haare über meine Schulter. »Ach ja?«

»Ja.«

»Nun. Du weißt, wie ich meine Muffins am liebsten mag. Freue mich schon auf morgen.«

Vivienne stöhnte so laut, dass selbst ein T-Rex bei ihren Lauten schlotternde Knie bekommen hätte.

Ich ließ sie noch einen Moment zappeln, um mein Handy auf der Kommode vom Ladestecker zu befreien. Dabei fiel mein Blick zufällig auf die Fotos, die ich zwischen Spiegel und Rahmen gesteckt hatte. Auf den meisten war ich mit Vivienne und Ephraim zu sehen.

Ephraim … Das warme Gefühl in meiner Brust wurde von einem stechenden Schmerz zerstört, der mich kurz zusammensinken ließ.

Ephraim und ich waren schon immer Freunde gewesen – ich kannte ihn sogar schon länger als Viv, weil seine Mutter als Kinderkrankenschwester in genau jenem Krankenhaus arbeitete, in dem meine Tante Harmony als Ärztin für innere Medizin tätig war. Auf den Fotos sah Ephraim weitgehend *normal* aus: sonnengebräunte Haut, dunkelbraune Haare, grüne Augen hinter einer schwarzen Brille – nur ein Deko-Objekt, um menschlicher zu wirken! – und süße Grübchen, die nur beim Lächeln zum Vorschein kamen.

Aber ich kannte auch seine wahre Gestalt, sein wahres Aussehen als vollblütiger Dämon: schwarze, widderartige Hörner; Augen so dunkel wie eine Sonnenfinsternis und Krallen so scharf wie Messer. Dazu kamen lederartige Flügel, die einen ganz einhüllen konnten.

Ich hatte kein Problem mit seinem dämonischen Aussehen. Penelope tauchte andauernd in ihrer Sukkubus-Form bei mir zu Hause auf und hatte mir schon paarmal mit ihrem herzförmigen Schweif aus Versehen ins Gesicht geschlagen, da bewirkte das Aussehen eines Schedim-Dämons nicht einmal eine hochgezogene Augenbraue. Meiner Meinung nach fand ich es durchaus anziehend, aber Ephraim …

Ich schluckte schwer. Er war *total* durchgedreht …

»Ist das dein Ernst, May?« Vivienne lag auf meinem Bett und rollte wie eine aufgebrachte Monsterraupe hin und her. »Genau deswegen kommen wir immer zu spät zum Unterricht. Denk nicht einmal dran, den Spiegel zu benutzen!«

Ich schüttelte den Kopf, um meine wehmütigen Gedanken zu vertreiben.

War es so verwunderlich, dass ich mich nicht aus dem Bett bewegen konnte? Es war jedes Mal wieder peinlich, wenn ich Ephraim in der Schule begegnete und daran dachte, wie wir uns gegenseitig ausgezogen und geküsst hatten – bevor er völlig Dämon geworden war.

»May!«, grollte die Raupe, die ehemals meine beste Freundin gewesen war. »Ich schwöre dir, wenn ich mich in deiner Bettdecke verpuppe und dann grässliche Schmetterlingsflügel wie eine Banshee bekomme, dann …«

Ich zupfte an meinem Zauberspruch und zerfetzte die unsichtbaren Bande, die Vivienne in eine schlecht gelaunte Frühlingsrolle verwandelt hatten.

Meine Freundin fuhr sich durch die Haare, schnappte sich ihre gigantische Handtasche, die sie unverständlicherweise als Schultasche verwendete, und schritt hoheitsvoll aus meinem Zimmer. Sie würde jetzt ungefähr zehn Minuten sauer auf mich sein. Ihr Schmollrekord lag bei neun Minuten und sechsunddreißig Sekunden – und da hatte sie bei der Entschuldigung schon fast geheult.

Eigentlich wollte ich hinter Viv gleich zur Haustür hinaus, aber dann sah ich im Vorbeigehen eine Person halb tot über dem Küchentisch liegen. Tante Harmony war wie so oft beim Lesen der Zeitung am Frühstückstisch über ihrem Müsli eingeschlafen. Neben ihr stand noch eine unberührte Tasse Kaffee. Sie trug sogar noch ihren weißen Arztkittel und das Stethoskop um den Hals.

Ich bedeutete Vivienne stehen zu bleiben und marschierte zu meiner komatösen Tante. An der Stuhllehne baumelte noch eine weiße Kühltasche, und wie ich mit Bauchschmerzen feststellen musste, war sie noch gefüllt. Mir kam fast die Galle hoch, als ich die Blutbeutel mit zwei Fingern herausfischte und sie in den Kühlschrank verfrachtete. Meine Tante ließ die Blutkonserven für meine Mutter aus dem Krankenhaus mitgehen, und bis jetzt hatte niemand Verdacht geschöpft oder diese Sache einfach als unwichtig abgestempelt.

Ich achtete darauf, dass ich nicht zu viel an das Blut dachte, dass in den Beuteln hin und her schwappte. Zähflüssiges Blut, das so ekelhaft nach Metall stank und nach Salz …

»Uh …«

Ich war die Tochter einer Halbvampirin, aber bei Blut drehte sich mir mein Magen komplett um. Das lag an einem Vorfall in meiner Kindheit, als ich meiner Mom nacheifern wollte und einen ganzen Beutel auf ex getrunken hatte. Ich wollte mich wie sie in Nebel auflösen können oder an den Wänden hinaufkrabbeln! Ich musste doch zumindest ein bisschen Vampir sein, hatte ich mir eingebildet. Stattdessen hatte ich das ganze Blut sofort wieder erbrochen. Ich war keine Vampirin. Nur eine dumme Hexe.

Keine Hexe.

Mir fiel ein Blutbeutel direkt aus der Hand, und ich rechnete schon mit einer Sauerei auf den Fliesen, zu der sich dann auch mein Erbrochenes gesellen würde. Doch Vivienne hatte sich nahezu heldenhaft auf den Boden geworfen.

»May«, sagte Viv besorgt. »Alles okay? Du bist ganz blass im Gesicht.«

Nicht nur das: Auf meiner Haut hatte sich sogar ein schwacher Schweißfilm gebildet. Mir war so gewesen, als hätte jemand etwas direkt in mein Ohr geflüstert, aber es befand sich nur Viv im Raum und Tante Harmony schnarchte in die Müslischüssel.

»Ich bin so froh, dass ich keine Voodoo-Hexe bin«, grinste ich schief und versuchte meine Verunsicherung zu verbergen. »Ich glaube, ich würde nur kotzen.«

»Ich bin auch froh, dass du keine Voodoo-Hexe bist. Ich habe gesehen, wie du deine Sachen flickst. Handwerklich bist du schon mal nicht begabt.«

Mit einem grässlich gurgelnden Geräusch, das so klang, als würde sich in der Toilette eine Verstopfung lösen, schreckte Tante Harmony aus dem Schlaf hoch. Sie drehte sich um und starrte mich und Viv lange an. Die Verschlafenheit lag bei uns ganz eindeutig in der Familie.

»Oh, May, du bist es! Bin ich etwas eingeschlafen? Oh, und hallo, Vivienne. Ist etwa ein Wochentag? Moment! Habe ich Schicht? Bekomme ich Warzen?«, schrie sie hysterisch und pflückte sich die Müslistücke aus dem jugendlichen Gesicht.

Meine Tante sah allerhöchstens aus wie fünfundzwanzig und gab sich für dreißig aus, aber in Wahrheit war sie schon ein halbes Jahrhundert alt.

Ich war siebzehn, sah aus wie siebzehn, aber mit genug Make-up und einem leichten Sehfehler konnte ich mich in Clubs ab einundzwanzig schleichen. Zumindest hatte es bis jetzt einmal geklappt!

Nach meiner Pubertät würde sich mein Alterungsprozess dann extrem verzögern. Meine Mutter war einhundertunddrei Jahre alt und sah keinen Tag älter als dreißig aus.

»War eine anstrengende Schicht, oder?«

»Kannst du laut sagen!« Tante Harmony nahm einen Schluck Kaffe und spuckte ihn sofort zurück in die Tasse. »Bei Sobek! Das Gebräu ist ekelhaft.« Sie stand auf und leerte das Zeug in den Abfluss.

»Ich will ja nichts gegen Menschen sagen, weil ich genau weiß, dass wir nicht anders wären, wenn wir diese Gebrechen hätten, aber man sollte nicht wegen ein bisschen Kopfweh oder Magenkrämpfen in die Klinik kommen.«

»Wäre dann der Baseballschläger im Rektum besser?«, sagte Viv und kicherte.

»Überzeugt. Ich jammere nie wieder über einen Patienten mit Heuschnupfen. Den Katzenjammer nehme ich nur zu gern.«

Wie aufs Stichwort und erstaunlich laut für eine anmutige Katze kam Mister Mittens, das Hexentier meiner Tante, in die Küche getapst und verlangte mit einer Mischung aus Schnurren und Miauen nach Fressen. Mein Hexentier brauchte ich gar nicht zu suchen. Es war genauso verschlafen wie ich.

»Müsstet ihr eigentlich nicht schon längst in der Schule sein?«, fragte Tante Harmony bei einem Blick auf ihre Armbanduhr und leerte dabei versehentlich das Katzenfutter auf den Boden. »Verdammt! Bye, Tante Harmony!«

»Wir kommen doch eh immer zu spääääät!«, rannte Viv mir nach.

☥

Auf dem Weg zur Schule versuchte ich mir noch schnell das vergessene Make-up ins Gesicht zu zaubern und eine Bürste brachte meine verfilzten Haare in Ordnung.

»Au, au, au«, jammerte ich, weil die Bürste keine Gnade bei meinen dichten Wellen zeigte. »Ah … Ah, verdammt!«

Vivienne grinste süffisant. Ihrer Meinung nach war das die karmische Bestrafung für meine Verschlafenheit.

»Ich finde es so gemein, dass du dich mit Magie schminken kannst«, schnaubte sie dann. Sie verschränkte ihre Finger ineinander, hob die Arme und gähnte herzhaft. »Bei mir sieht das immer dämlich aus. Wie bei *Malen nach Zahlen*. Glaubst du, das liegt an meiner Gesichtsblindheit? Ich kann mir die Schminke im Gesicht nicht richtig vorstellen.«

Magie war eine Sache von Konzentration – so trocken und langweilig sich das nun auch anhörte: Es war leider die Wahrheit. Ich musste mir vorstellen, dass meine Wimpern meine grauen Augen dicht und schwarz umrahmten und ein dunkler Lipgloss meine Lippen zur Geltung brachte, und schon war das Make-up da. Auf gleiche Weise hatte ich mir heute vorgestellt, dass Viv von meiner Decke eingehüllt wurde.

Doch leider brachte das auch ein paar Nachteile mit sich. Ich hatte mir schon mal einen unvorteilhaften Pony gezaubert. Blöderweise konnten meine Haare nicht schneller wachsen, nur weil ich eine Hexe war. Ich war ja nicht Bayonetta. Also musste ich meinen Fauxpas mit Klammern und Haargummi so lange verstecken, bis meine Haare nachgewachsen waren.

Seitdem kämmte ich meine Haare nur noch auf die klassische Art und versuchte gar nicht, mir den Friseurbesuch durch Magie zu ersparen.

»Gut, ich bin dann fertig.«

Ich klappte den Spiegel zu, griff nach der Bürste und warf beides in den Rucksack. »Und pünktlich schaffen wir es nun auch noch!«

»Hast du dann Lust auf den neuesten Tratsch?«, fragte mich Vivienne und klatschte begeistert in die Hände.

Ihre Schrittgeschwindigkeit nahm merkbar ab.

»Lass hören.«

Viv hatte ihre Augen und Ohren überall in der ganzen Stadt. Sie war seit ein paar Monaten mächtig genug, Insekten oder ähnliches Viehzeug in eine Art Zombie zu verwandeln und geschickt als Spione zu verwenden. Auf diese Weise überwachte sie die Schülerschaft, auch weil meine Fähigkeiten noch nicht ausgereift genug waren, mich um alles allein zu kümmern. Es kam selten vor, dass Menschen sich entschlossen, einen auf *Supernatural* zu machen und die krafttechnisch überlegenen übernatürlichen Wesen zu jagen, aber die Existenz von Jägern wollte ich an dieser Stelle keinesfalls leugnen.

Und wenn sie nebenbei ein bisschen Schulklatsch mitbekam, freute das Viv noch viel mehr.

»Noah Simons hat sich von Larissa Adams getrennt.«

Ich wusste nicht, welche Reaktion sie erwartet hatte, aber mein uninteressiertes Schweigen schien sie aufzuregen. »Ach komm, das gibt doch Probleme! Für Larissa beginnt gerade *die* Zeit.«

»Für Larissa beginnt gar nichts. Sie ist ein Mensch.«

Keine von uns, blieb mir im Hals stecken.

Ja, womöglich hegte ich eine kleine Abneigung gegen Larissa – aber nicht ohne triftigen Grund!

Larissa war Cheerleader-Co-Kapitänin und eine der beliebtesten Schülerinnen an der Highschool. Sie war so … normal. Das schien ihr das Anrecht darauf zu geben, all jene zu verspotten, die sich nicht normal verhielten, und glaubt mir: Ein Haufen Übernatürlicher benahm sich nun mal nicht menschlich.

Bestes Beispiel: Ingrid! Sie war eine Austauschschülerin aus Norwegen, mit blonden Haaren und blauen Augen – und einem Faible für Kampfsportarten. Sie war nämlich eine kämpferische Walküre wie in der nordischen Mythologie und konnte an keiner Schulhofprügelei vorbeigehen, ohne nicht zwei oder drei Hiebe an den Mann zu bringen.

Für Menschen war dieses Verhalten mehr als befremdlich, für Ingrid jedoch der allergrößte Spaß auf Erden. Sie fand es nur gemein, dass sie keine Waffen benutzen durfte.

Das Wichtigste war aber, dass wir wirklich versuchten, uns in die menschliche Gesellschaft einzugliedern. Nur konnte man manche Triebe nicht unterdrücken. Ich selbst hatte noch keinen Tag ohne Magie durchgestanden – und wenn ich nur das Popcorn zubereitete oder die Wäsche schneller trocknen ließ.

»Ich glaube, dass sie kein Mensch ist«, warf Vivienne ein.

Bei der geringen Zahl an übernatürlichen Wesen in Relation mit Menschen war es vollkommen natürlich, dass viele sich ineinander verliebten und Kinder zeugten – und eins davon war Larissa. Wir Übernatürlichen hatten oft Beziehungen mit Menschen. Mein Vater – auch wenn ich ihn nicht kannte – war ein Mensch gewesen. Im Gegensatz wie bei Larissa war die Magie allerdings immer so stark, dass Nachkommen von Hexen immer auch selbst Hexen wurden.

Ich zuckte mit den Schultern. »Wenn du meinst.«

Larissa war nur ein dummer und unwissender Mensch – und sie sollte sich über diese Unwissenheit freuen. Ich konnte sie mir nicht als Übernatürliche vorstellen.

»Ich weiß, dass du sie nicht magst, aber die Geschichte ist dennoch erstklassig. Sie hat einfach nach dem Lacrosse-Spiel mit Noah Schluss gemacht – in der Männerdusche!«

»Was?«

»Sie ist einfach eiskalt reingestürmt und hat mit Noah vor versammelter Mannschaft Schluss gemacht. Sie hat nicht einmal weggesehen bei den ganzen halb nackten Kerlen! Selbst mir war das unangenehm!«

»Sag nicht ...«

Vivienne nickte strahlend. »Ich habe meinen ersten Vogel wiedererweckt! Von dahin ist es nur ein kleiner Sprung zum Säugetier, also zum Menschen! Wenn es noch erlaubt wäre, versteht sich.«

Der Hexenrat hatte schon vor Jahrzehnten die Erschaffung von Zombies verboten. Diese waren nämlich nicht nur schwer zu kontrollieren, sondern auch verdammt aggressiv. Sie konnten jemanden den Arm abreißen, und sie liebten Gehirne so sehr, dass sie alles dafür tun würden, um an die graue, wabbelige Hirnmasse zu kommen. In der heutigen Zeit konnte wie bei *The Walking Dead* und den Zombie-Games ein einzelner hirnfressender Untoter eine ganze Hysterie auslösen. Wobei man betonen musste, dass Zombies keine weiteren Zombies durch neckisches Anknabbern erzeugen konnten, das konnten nur Voodoo-Hexen wie Viv.

»Wir sind aber noch nicht fertig«, sagte Viv, die Voodoo-Puppen ohnehin bevorzugte. »Larissa datet wohl jetzt schon Tim Cassidy, du weißt schon, der ...«

Meine Freundin quasselte unaufhörlich weiter, aber ich fand die nähere – und altbekannte – Umgebung viel interessanter als ihre Worte. Larissa, Noah und ihr Liebes-Sechseck interessierten mich gar nicht. Ich streute nur gelegentlich ein »Wow« und »Das gibt's doch nicht!« ein, damit sich das Gespräch für sie nicht so einseitig anfühlte. Dabei kamen wir der Schule und dem Stadtkern immer näher.

Unser Wohnhaus stand wirklich sehr weit außerhalb der Stadt, damit es keine Zeugen für missglückte Zauber und die Treibjagden meiner Mom gab.

Die hohen Bäume wurden nach und nach von alten Strommasten und kleineren, verlassenen Häusern mit Maklerschildern in den Fenstern abgelöst. Je näher wir dem Zentrum kamen, desto größer und moderner wurden hier die Gebäude.

Hier war eine kleine, bedeutungslose Stadt im Bundesland Maryland. Meine Großmutter und ihre Mutter hatte es nach den grausamen Schlachten in Gettysburg um 1863 hierhin verschlagen, um Exorzismen an Soldaten durchzuführen und neu verwandelte Vampire und Werwölfe zu unterstützen. Wenn es Krieg gab, dann stieg die Wahrscheinlichkeit, dass Menschen durch übernatürliche Krankheiten selbst zu Geschöpfen der Finsternis wurden, wenn ich mal so melodramatisch sein durfte.

Als meine Großmutter kurz darauf mit meiner Mutter schwanger war, befahl ihnen der Rat, für die nächsten Jahrzehnte hierzubleiben –

nur für den Fall, dass Poltergeister oder Schlimmeres durch die Taten der Menschen entstanden. Na ja, es wurden viele Jahrzehnte …

»Das hat sie wirklich gebracht, May! Kannst du das glauben? Wie dumm muss man sein?«, kreischte Viv nahezu hysterisch neben mir und riss mich aus meinen Grübeleien.

Mir entwich nur ein verwirrtes »Hm?«. Glücklicherweise standen wir in Sichtweite der Schule, und wir hatten nur noch fünf Minuten, um es rechtzeitig in die Klasse zu schaffen. Sie konnte mich in der Pause dann dafür rügen, dass ich ihr nicht zugehört hatte und …

Schwarz.

Schmerz.

»Geht es dir gut, May?«

Vivs Kopf schwebte plötzlich über mir. Ihre Locken kitzelten meine Nase.

Ich wollte schon mit einem »Natürlich« bejahen, da zuckte ein scharfer Schmerz durch meinen Kopf.

Was war gerade passiert?

Ich war eine Hexe.

Ich wurde nicht krank. Mir wurde nicht schwindelig. Ein Dämon konnte auch nicht so einfach Besitz von mir ergreifen. Zudem waren die einzigen Dämonen hier Ephraim, sein kleiner Bruder und seine Eltern. Ich bezweifelte, dass jemand Lust auf einen Schultag mit abschließendem Kampftraining mit meiner Gran hatten.

»Schon gut! Es ist nichts passiert!«, schrie eine männliche Stimme und jemand kam lautstark angerannt. Götter, mein Schädel brachte mich um!

»Ich habe nur die Hexe erwischt! Dir geht's doch gut, oder?«

Nun schob sich ein weiterer Kopf in mein Blickfeld – und am liebsten hätte ich diesem Gesicht gleich einen Schlag verpasst. Um ehrlich zu sein … Aus einem reinen Reflex heraus hatte ich schon die Hand hochschnellen lassen.

Er wich der Attacke aus. »Ich habe mich doch entschuldigt!«

»Das habe ich aber nicht gehört!«, knurrte ich.

Die pulsierenden Kopfschmerzen nahmen ab – aber nur weil ich eine Hexe war, wie mein Peiniger fallen gelassen hatte. Für ihn war es eine Beleidigung – für mich nur die Wahrheit.

Er seufzte. »Es tut mir leid …« Pause. »Äh. Ma-Maria? Marissa? Mary!«

»MAY! Mein Name ist May!«

Ich rappelte mich irgendwie hoch. Ich glaubte, dass Vivienne mir dabei half. Meine Jeans zierte nun ein weiteres Loch – unterm Arsch! Ganz toll!

Noah Simons starrte mich an. Ja, genau *der* Noah, über den Viv und ich vorhin erst geredet hatten. Dem Anschein nach war er nun ein Dämon, denn die Erwähnung seines Namens hatte seine unheilige Existenz herbeibeschworen.

Oder er war beim Lacrosse-Training auf dem Sportplatz, dem Vivienne und ich gefährlich nahe gekommen waren.

»Geht es dir gut?«, fragte Noah und ich versuchte krampfhaft, ihm nicht den dämlichen Ball postwendend in sein Gesicht zu schleudern.

Über mich und Noah gab es nicht viel zu sagen: Wie es in einer Kleinstadt üblich war, hatten wir immer die gleiche Schule besucht. Ich erinnerte mich sogar daran, dass wir in der Vorschule ab und an miteinander gespielt hatten.

Aber dann kapierte er – wie alle anderen meiner Mitschüler auch –, dass ich anders war. Dass meine Familie anders war. Nämlich total durchgeknallt – um ein paar fiese Lästereien unter Eltern zu zitieren –, weil meine Mom ihr Geld mit Tarotkarten verdiente und meine Großmutter das Pendel unterstützend dabei schwang.

»Wenn ihr alle so miserabel schießt, dann wundert es mich nicht, dass wir landesweit die Schlechtesten im Sport sind«, verwandelte sich meine Aggression in Sarkasmus. Ich hob den Ball hoch und warf ihn Noah ins Gesicht. Nicht fest, aber es war eine Genugtuung, zu sehen, dass er ihn nicht einmal auffangen konnte.

»Sag das noch mal, Hexe!«

Plötzlich stand Noah direkt vor mir. In seiner rechten Hand hielt er den Lacrosse-Schläger, in der anderen seinen Helm.

Er war groß, trainiert und sonnengebräunt – unheimlich gut aussehend, wie ich zugeben musste. Mit dunkelbraunen Haaren und blauen Augen, deren Beschreibung sicher in dem ein oder anderen Liebesbrief vorgekommen waren.

»Ein bisschen Herumblödeln wird ja wohl noch erlaubt sein«, entgegnete er von oben herab. »Außerdem beginnt die erste Stunde gleich. Ich dachte nicht, dass noch jemand hier draußen ist, der nicht zum Team gehört.«

»Wann blödelt ihr nicht herum?«, gab ich spitz zurück.

Ich lächelte nur, als Noahs Auge genervt zu zucken begann. Ich war heute alles andere als gut drauf, und Noahs Attacke hatte meine Laune in die tiefsten Tiefen des Duat sinken lassen.

»May, lass ihn!«

Sie berührte mich an Arm, und kurz darauf schickte sie mir per Telepathie: *Seine Freundin hat vor drei Tagen mit ihm Schluss gemacht! Es liegt gerade einmal das Wochenende dazwischen. Natürlich ist er schlecht drauf.*

Ich zischte. *Wenn ich ein Mensch wäre, hätte ich dafür jetzt ein ordentliches Schädel-Hirn-Trauma, das er mit einer miesen Entschuldigung wiedergutmachen will!*

Noah schenkte mir einen noch giftigeren Blick, ehe er seinen Helm aufsetzte und zum Spielfeld zurücktrottete.

Ich hätte ihn beinahe kampflos ziehen lassen, aber dann murmelte er hörbar: »Blöde Hexe!«

Praktischerweise erschien genau in diesem Moment der Trainer am Spielfeldrand. Als Noah nah genug an ihm ran war, ließ ich allein mit der Kraft meiner Gedanken einen kleinen Erdhügel sprießen. Noah stolperte, ruderte mit den Armen und hielt sich an einem einzigen Ding fest: der Hose des Trainers.

Ich drehte mich weg, damit ich keine Lehrerschlüpfer sehen musste, aber ich hörte die anderen Spieler lauthals lachen.

»SIMONS! NACHSITZEN!«, brüllte der Trainer. »Und einhundert Liegestütze! SOFORT! Keine Widerrede, oder ich sperre dich für die nächsten Spiele!«

Ich lächelte zufrieden und hakte mich bei meiner besten Freundin unter. Was für ein toller Morgen heute doch war! Die Sonne schien! Die Vögel zwitscherten und ich hatte meinen Hexenstolz erneut verteidigt.

»Spinnst du, May?«

Viv hatte genau gespürt, dass ich mich an der Magie bedient hatte.

»Er hat's verdient! Außerdem sind die Menschen sowieso nicht in der Lage zu sehen, was sich da vor ihrer Nase abspielt. Umsonst gelten wir nicht alle als Mythen und Legenden, als Urban Legends und Creepypastas.«

Vivienne sagte nichts, sondern folgte mir nur mit zusammengezogenen Augenbrauen zum Raum 301, wo wir beide den gleichen Geschichtskurs belegt hatten.

»Ich meine, sieh dir unsere werten Mitschüler an«, schwang ich eine unnötige Rede und öffnete die Tür zum Kursraum. »Die denken nur an Dates, Partys und an den Abschluss an dieser erbärmlichen Schule, damit sie endlich von all den furchtbaren Lehrerinnen und Lehrern wegkommen.«

»Ist das so, Miss Setek?«

Nicht nur Vivienne hatte meinem Vortrag entgeistert gelauscht, sondern auch Mrs. Wolf, unsere Geschichtslehrerin, und der ganze Kurs.

Durch den Vorfall mit Noah hatte ich total die Zeit vergessen! Die Stunde musste bereits begonnen haben.

Die Lehrerin klopfte mit der Kreide an die Tafel. »Ich wiederhole mich: Ist das so, Miss Setek?«

Dabei mochte mich Mrs. Wolf als einige der wenigen Lehrerinnen an der Schule sogar! Ich war eine der besten Schülerinnen in Geschichte, was nicht verwundern sollte, wenn man bedachte, dass meine Familiengeschichte bis ins Alte Ägypten zurückreichte.

»Nein«, murmelte ich und senkte den Kopf.

»Miss Setek und Miss Denaux, ihr beide werdet heute nachsitzen.«

Kapitel 2

Große Pause der Monster AG

Auch beim Mittagessen wurde meine Laune nicht besser. Dabei war das Essen in unserer Cafeteria eigentlich ganz genießbar. Heute gab es für mich als Vegetarierin Nudeln mit Tomatensoße, Vanillepudding und vegane Brownies.

»Hallo«, knurrte ich missmutig in die Runde und knallte mein Tablett mit Essen auf den Tisch.

»Oh, da hat aber jemand einen schlechten Tag!«, zwitscherte Penelope mit ihrer zuckersüßen Honigstimme, die Menschen um den Verstand bringen konnte, mich aber momentan nur gewaltig nervte. »Was ist denn los, Süße?«

Ich hatte keine Lust zu antworten, sondern massakrierte mit dem Löffel lieber den wehrlosen Vanillepudding.

Als wäre die Sache mit Noah und dem daraus resultierenden Nachsitzen nicht schon Demütigung genug für den Tag, hatte ich noch erfahren dürfen, was wir als Nächstes im Unterricht durchnehmen würden: Die Hexenprozesse von Salem.

Alle Schüler im Raum hatten sich zu mir und Vivienne umgedreht. Dabei war ich mit den Salem-Hexen nicht mal im Ansatz verwandt! Sie waren irgendwelche Hexen aus England gewesen, während – zum hundertsten Mal! – meine Familie aus Afrika stammte. Dort hatten sie Priesterämter bekleidet, bevor sie sich vor der Eroberung der Römer bis zur Neuzeit weitestgehend in Europa versteckt hielten, weil man sie sonst auf den Scheiterhaufen gebracht hätte. Schließlich war dann meine bis auf meine Urgroßmutter geschrumpfte Familie mit den spanischen Pionieren in die Neue Welt ausgewandert.

Ich hatte noch nicht die ganze Familiengeschichte gelernt, weil ich ohnehin schon genug mit meinen Kursen beschäftigt war.

»May?«, drang eine männliche Stimme an mein Ohr, und ein allzu bekannter Duft stieg mir in die Nase.

Ephraim hatte neben mir Platz genommen.

»Willst du meinen Körper?«, fragte ich meinen besten Freund, der zufällig auch mein Ex war. »Du kannst ihn dir gern für ein paar Tage ausleihen. Ich hätte nur zu gern mal eine Auszeit von all dem hier. Am Nachmittag muss ich beziehungsweise du nachsitzen, nur damit du es weißt.«

»Dämonen können nur von Menschen Besitz ergreifen – und da nicht einmal von jeden«, mischte sich auch noch das andere männliche Exemplar am Tisch ein – Eric. »Lernt ihr Hexen gar nichts mehr?«

»Wow! Du verstehst auch keinen Spaß!«, keifte ich den Vampir an. »Das war Ironie.«

Wenn ich ehrlich war: Nein, das war absolut neu für mich! Ich hatte gedacht, dass Dämonen durchaus Besitz von Übernatürlichen ergreifen konnten. Puh, gut, dass ich noch keine voll ausgebildete Hexe war!

Ich mochte meine Schützlinge. Dass ich eng mit Ephraim befreundet war, musste ich wohl nicht noch einmal betonen. Penelope war manchmal ein bisschen … zu viel, weil sie sich als Sukkubus immer bei mir und Ephraim eingemischt hatte, aber ich verstand auch, dass sie sich von sexueller Energie ernähren musste. Dann gab es noch Eric, den ich am liebsten die Gabel in sein Herz gerammt hätte. Ebenso wie Penelope sah er nur aus wie ein Teenager, war aber schon viel älter. Da er sich aber geweigert hatte, irgendeinen Job für den Hexenrat anzunehmen, hatten sie den Vampir hierhin strafversetzt, wo meine Mom ein Auge und einen Fangzahn auf ihn werfen konnte.

»Ich darf als Stellvertreter der Hexe May die heutigen Geschehnisse einmal zusammenfassen«, begann Viv zu erzählen. »Wenn ihr euch fragt, warum unser Sonnenschein noch mieser drauf ist als sonst: Sie kam nicht aus dem Bett, Albert hat sie wieder mal wecken müssen, und dann hat Noah Simons ihr einen Lacrosse-Ball mitten ins Gesicht geschleudert. Dann hat sie sich mit Magie gerächt und wir haben das Klingeln überhört, weshalb wir nachsitzen dürfen, weil sie liebevoll die ganze Schule beleidigt hat. Das Wichtigste ist: Wisst ihr schon, dass Noah und Larissa sich getrennt haben?«

Eric stöhnte genervt und murmelte ein paar Schimpfwörter in einer europäischen Sprache.

»Wer?«, fragte Ephraim und richtete sich seine Brille.

Das mochte ich an Ephraim. Während Viv meist ein bisschen überdreht war, verhielt sich der Dämon viel ruhiger und interessierte sich nicht für das Leben an der Highschool. Er wirkte einfach bodenständiger als Viv, und manchmal brauchte ich so einen Felsen. Ein bisschen *Normalität* war nie verkehrt.

»Noah Simons ist also wirklich wieder Single, ja?«

Penelope sprang so schnell von der Bank auf, dass der Dämon und der Vampir gleichzeitig erschraken. Sie überprüfte schnell ihr Make-up im Handspiegel, wobei sie das nicht gebraucht hätte. Sie wirkte auf alle, die das weibliche Geschlecht anziehend fanden, unwiderstehlich. Sie war auch wirklich wunderschön mit ihren langen honigblonden Haaren und den veilchenblauen Augen, der reinen marmorweißen Haut – und ich würde für ihre Wimpern töten!

Sie berührte den herzförmigen Anhänger an ihrem Hals und klimperte mit besagten Wimpern. »Da probiere ich doch gleich mal mein Glück, oder?«

»Muss das sein?«, fragte ich.

»Liebe May, ich hatte seit einer Woche kein Date mehr, und ich brauche bald eines, sonst verhungere ich erbärmlich. Wenn du dich nicht opfern willst, dann muss ich jetzt einen jungen Mann verführen.«

»Date« hieß in ihrem Fall natürlich Sex.

Da Penelope sich immer brav an die Regeln für Sukkuben hielt – allerhöchstens einmal in der Woche ein Date zu haben und niemals zu viel Lebenskraft zu stehlen –, sagte ich nur: »Wenn es sein muss.«

Mit einem siegessicheren Lächeln auf den Lippen hopste sie in Richtung Noah und seine Sportlerkumpels.

»Hallo, meine Freunde!«

Wie ein Blitz – im wahrsten Sinne des Wortes – schlug Ingrid neben mir ein. Die Bank gab eindeutig nach, als sie sich darauf fallen ließ.

»Hallo … Ingrid«, begrüßte ich sie verspätet, weil mein Gehirn ihr Eintreffen erst verarbeiten musste. »Du bist ganz schön spät dran.«

Ingrid aß nicht immer mit uns. Sie war wie viele Walküren eine Einzelgängerin und nutzte ihr Auslandssemester in Amerika in erster Linie fürs Schulschwänzen und Kampftraining.

»Bin noch in eine Schlägerei geraten«, sagte sie und zuckte ungerührt mit den Schultern. »Konnte einfach nicht daran vorbeigehen.«

Sie drehte sich mit einem Lächeln zu mir. »Sehe ich noch schlimm aus?«

Na, was hieß bei ihr schon schlimm? Um ihr linkes Auge herum heilte bereits ein Bluterguss und ihre Lippe war ein bisschen aufgeplatzt. Ich hatte sie tatsächlich schon in weitaus schlimmerer Verfassung zusammenflicken dürfen. In ihrer ersten Schulwoche an dieser Highschool war sie in eine Auseinandersetzung unter Betrunkenen geraten und hatte dabei eine gebrochene Nase kassiert.

Ich holte einen Lippenbalsam mit Heilkräutern aus meiner Tasche und schmierte ihn Ingrid auf die aufgeplatzte Lippe. »Nicht wirklich schlimm.«

»Danke schön!« Sie fuhr sich mit den Fingern durch das weißblonde Haar, das ganz verfilzt war. Ein paar Kieselsteine und Grashalme rieselten auf den Tisch und auf die Sitzbank. »Die Kerle sehen übrigens viel schlimmer aus als ich.«

Sie stürzte einen vollen Teller Nudeln hinunter, und kurz darauf folgte schon der zweite. »Hast du keinen Appetit?«, fragte sie mich und deutete auf meinen Teller.

»Musst du heute auch nachsitzen?«, fragte Viv.

»Hm? Ach, nein. Das waren irgendwelche Idioten, die sich an einer Straßenkreuzung wegen eines kleinen Autounfalls geprügelt haben. Da dachte ich mir, dass ich gleich mit einsteige.«

»Das ist doch die Höhe!« Fluchend kam Penelope zurück. »Oh, hi, Ingrid.«

»Tagchen, Penny.«

Ohne etwas zu sagen, stand Eric auf und marschierte aus der Cafeteria. Na endlich! Er war und blieb ein Idiot, und ich mochte seine Anwesenheit gar nicht. Wenn er am Tisch saß, konnte ich mich nicht entspannen. Was seltsam war, da ich durch meine Mom sämtliche Vampireigenheiten gewohnt war.

»Stellt euch vor: Noah hat mich abblitzen lassen!«, regte sich der Sukkubus auf. »Mich! Einen Sukkubus! Merkt man mir langsam etwa mein wahres Alter an?« Sie seufzte mit dem Handrücken an der Stirn und ließ sich auf einen Stuhl fallen. »Seid ehrlich.«

»Wenn du dich so theatralisch verhältst: Ja.«

Penelope sah wie siebzehn aus – und das würde sich ihr ganzes Leben lang nicht ändern. Gewandelte Übernatürliche verharrten in einer Starre, während Viv, Ephraim, Ingrid und ich uns zwar langsam, aber stetig veränderten.

»Ich glaube, dass er doch noch ein bisschen in sie verliebt ist«, seufzte Penelope. »Ich kann mich täuschen, aber sie war seine erste Liebe. Ich muss sagen, dass ich das total *süß* finde. Schlecht für mich, aber echt *süß*.«

Ich rettete meine Nudeln vor Ingrids gierigem Blick. »Noah Simons ist nicht süß!«

»Wir wissen alle, dass du nicht auf Menschen stehst, May«, sagte Penelope. »Außer sie sind seit fast dreißig Jahren tot und waren Sänger bei Nirvana, aber Noah Simons ist wirklich kein schlechter Vertreter seiner Art.«

Ich zog es vor, vieldeutig zu schweigen.

Beziehungen mit Menschen endeten immer in einer Tragödie – da war kein Hauch Theatralik an diesem Fakt.

Kapitel 3

Ist es ein Vogel? Ein Flugzeug? Nein, eine Riesenfledermaus!

»Freust du dich aufs Nachsitzen?«, fragte Ephraim mit einem sarkastischen Grinsen im Gesicht.

Wir schlenderten gerade langsam den Schulflur entlang, Viv war kurz in Richtung Toiletten entschwunden, um ihre Schwestern daheim noch mal zu ermahnen, nicht ihre Sachen anzufassen.

»Natürlich. Zwei Stunden in einem Abstellraum sitzen mit der Crème de la Crème der Schule.«

»Du weißt schon, dass du in den Top Ten der Schüler bist, die am allermeisten nachsitzen mussten?«

Im krassen Kontrast zu mir hatte Ephraim noch nie nachsitzen müssen. Er war strebsam, benahm sich gut und kam niemals zu spät zum Unterricht. Alles Attribute, die man nicht unbedingt mit einem Dämon in Verbindung bringen wollte, der Menschen in den Wahnsinn treiben konnte.

Ich seufzte. »Ich bin nachtaktiv. Ein bisschen Vampir steckt dann wohl doch in mir.«

Keine. Hexe.

Die zwei Worte dröhnten erneut in meinen Kopf und brachten mich zum Anhalten. Hier war doch jemand!

Ephraim stupste mit seinem Zeigefinger gegen meine Stirn. »Erde an May.«

»Ich … Ich war gerade wieder mal mit den Gedanken woanders. Sorry.«

Als ich gerade etwas über die letzte Stunde Kunst sagen wollte, eines der wenigen Fächer, die ich mit Ephraim gemeinsam hatte, flog er mir praktisch in die Arme. Seine Brille rutschte von der Nase und landete auf dem Boden.

»Pass auf, wo du rumstehst, *Freak*.«

Niemand anderes als Larissa, Noahs gefürchtete Ex, hatte Ephraim das angetan.

Als sie mich erblickte, verzog sie abschätzig die Lippen. »Deine kleine Freundin ist ja auch hier. Ah! Ich habe ganz vergessen, dass ihr nicht mehr zusammen seid.« Sie tippte sich mit dem Finger gegen ihre Stirn. »Ist auch besser so. Eure Beziehung war ja wirklich armselig.«

»Hau einfach ab, Larissa!«, zischte ich sie wütend an.

Mein Blick wanderte zu Ephraim.

Er war wie erstarrt. Seine Fingernägel begannen schon sich schwarz zu verfärben und spitzer zu werden. Wenn er sich nun vollends vor einem Menschen verwandeln würde, wäre das meine Schuld. Ich musste darauf aufpassen, dass sich niemand von meinen Schützlingen in einem unpassenden Moment offenbarte.

Allerdings wollte Larissa eh nicht mehr länger mit uns abhängen. »Bye, ihr Loser!«

Als Noahs Ex an mir vorbeimarschierte, warf sie sich ihre roten Haare über die Schulter und ließ noch ein pikiertes Schnauben hören. Egal, egal, egal! Sie konnte sich so aufführen, wie sie wollte. Meine Gran war ausgeflippt, als sie erfahren hatte, dass ich mich mit einem Zauber an ihr gerächt und ihr hartnäckige Krätze angezaubert hatte. Meine Mom hatte es ganz amüsant gefunden.

Ich drehte mich wieder zu Ephraim.

»Alles wieder okay?«, fragte ich vorsichtig.

Er lehnte an einem Spind, die Augen fest zugekniffen, und atmete tief ein und aus. Als erst vor Kurzem erwachsen gewordener Dämon konnte ihn faktisch jede Kleinigkeit zur Verwandlung bringen. Schnell setzte ich ihm die Brille auf die Nase. Sie war mit einem Zauber belegt, der die Verwandlung etwas bremsen konnte.

»Jetzt passt es wieder«, presste er beinahe atemlos hervor. Er fuhr sich mit den Händen durch die Haare. »Ich hasse es, wenn das passiert.«

»Hey«, flüsterte ich mit sanfter Stimme und legte eine Hand auf seine Schulter. Das komische Bauchgefühl ignorierte ich in diesem

Moment. Hier ging es um mehr als eine kurze Teenager-Beziehung. »Es ist doch gar nichts passiert. Kein Grund, sich aufzuregen.«

Doch Ephraim sprang zur Seite. »Ich sollte besser nach Hause gehen. Bye, May.«

Ich streckte meine Hand aus. »Warte.«

Doch Ephraim hatte schon den halben Flur hinter sich gelassen. Entmutigt ließ ich meine Hand sinken.

»Bäh!« Mir blieb keine Zeit, mich zu grämen, da Vivienne zurückkam. »Draußen ist es so schön, und wir müssen in der Schule sitzen. Ich könnte genauso gut daheim rumsitzen und Netflix schauen.«

Mit hängenden Schultern schlurfte ich hinter ihr in die Folterkammer, die man der Schule als Raum fürs Nachsitzen verkauft hatte. Neben uns beiden waren noch vier weitere Schüler verdonnert worden, den restlichen Tag in einem stickigen Raum zu verbringen.

Als Noah mich und Viv erspähte, zog er verwundert die Augenbrauen zusammen. Wäre er nicht gewesen, dann wäre ich nicht einmal hier!

Bei sechs Stühlen war es schwer, Noah zu ignorieren – oder ein bisschen Abstand zwischen uns zu bringen: Viv setzte sich neben Noah und ich mich vor ihn.

»Sieh mal an.« Ich spürte, dass er die Beine ausstreckte und mit seinen Füßen gegen meinen Stuhl drückte. »Hast du ein bisschen Hokuspokus betrieben? Ein Blutritual durchgeführt? Oder warum darf eine Hexe nachsitzen?«

»Ja, ich bin eine Hexe.« Ich drehte mich zu Noah um. »Und Viv ist auch eine Hexe. Also kannst du dir die Beleidigungen in den Arsch schieben, weil du nur die Wahrheit sagst.«

»Das war doch nur ein blöder Spruch. Reg dich ab.«

Ich konnte in Noahs Miene lesen, dass er das als Sarkasmus deutete. Das war auch so typisch Mensch! Einfach die Augen vor der Realität zu verschließen und die Wahrheit nicht hören zu wollen.

Doch dann kehrte das Grinsen schnell wieder in sein Gesicht zurück. »Deine Freundin hat mich in der Pause angegraben.«

»Penelope? Na und?«

Ich wusste nicht, ob ich Penelope wirklich als meine Freundin bezeichnen wollte. Sie war mein Schützling, aber ich glaube, mehr war da nicht zwischen uns.

»Ich kann mir denken, was sie wirklich von mir wollte.«

Überrascht zog ich eine Augenbraue in die Höhe. Woher wollte er wissen, dass Penelope nur mit ihm schlafen wollte, weil sie ein Sukkubus war und ihre Reserven aufladen musste?

Dann wurde es mir klar.

Ich stöhnte leise. »Warum sollte ich Penelope anstiften, dich zu verführen? Bist du vielleicht ein bisschen paranoid in der Birne?«

Er wollte etwas sagen, aber ich ließ ihn nicht zu Wort kommen.

»Wirklich? Nur weil du mir versehentlich einen Ball ins Gesicht geschleudert hast? Wow, das Bild von Hexen war nie gut, aber das ist die Höhe. Und was würde es meiner *Rache*«, ich machte extra Gänsefüßchen, »helfen, wenn du mit Penelope was anfängst?«

»Ähm … Larissa würde mir sicher den Hals umdrehen, wenn ich nach unserer Trennung gleich eine andere am Start gehabt hätte.«

»Soll ich dir was sagen, Noah?« Ich schlug mit der Hand auf die Faust. »Larissa ist eine blöde Kuh. Sei froh, dass du sie los bist.«

»Du kennst Larissa nicht so, wie ich sie kenne. Was weißt du schon?«

Unserer Auseinandersetzung war etwas lauter geworden, sodass uns die anderen Schüler alle anglotzten.

»Penelope hatte recht. Du hängst wirklich noch an ihr. Erbärmliches Menschlein.«

»Menschlein?«

»Ich bin eine Hexe, schon vergessen?«, sagte ich mit trockener Stimme und drehte mich einfach um.

Ich würde Menschen nie verstehen.

May, hast du sie noch alle?, fuhr mich Viv so laut in Gedanken an, dass ich zusammenzuckte.

Ich blickte sie an – sie sah noch saurer aus als heute Morgen.

Was denn?

Das heute Morgen war ja noch ein bisschen lustige Situationskomik, aber bei den Loas, warum verrätst du ihm, dass wir Hexen sind?

Der Idiot glaubt das eh nicht.

Sei trotzdem vorsichtig. Vivienne schüttelte den Kopf. *Ich will nicht wie Marshmallows auf dem Scheiterhaufen geröstet werden.*

Du bist eine Hexe des Feuers, du kannst nicht so einfach …

Pass trotzdem auf!

Aber um Noah Simons musst du dir doch keine Sorgen machen! Der Kerl ist Sportler und sein Kopf sicher so hohl wie der Lacrosse-Ball.

Viviennes Falten auf der Stirn wurden zu riesigen Kratern. Doch die Sache war für sie erledigt. Sie kramte ihr Buch für den Literaturkurs aus ihrer Tasche und begann zu lesen.

Kurz darauf erschien auch schon der Lehrer, der die ehrenvolle Aufgabe hatte, uns eine Stunde lang beim Nichtstun beizuwohnen. Er schien genauso begeistert wie wir zu sein, denn er zeigte nur stumm auf die Uhr, hob einen Finger und las dann in einem Magazin über Autos.

Ich verbrachte die Stunde mit meinen Geschichtshausaufgaben und beobachtete Noah heimlich. Hin und wieder fiel mein Stift runter, damit ich einen Blick auf den Sportler erwischen konnte. Einmal begegneten sich unsere Blicke, und ich wurde ganz rot, weil er mich beim Spionieren erwischt hatte.

Die Stunde hatte sich bereits ihrem Ende genähert, als eine Schülerin lauthals loskreischte und aufgeregt zum Fenster deutete. Ein großer dunkler Fleck flatterte direkt auf meiner Augenhöhe herum.

»Oh, ihr Götter, das kann doch nicht wahr sein.«

Kannst du laut sagen.

Meine Hand schoss in die Höhe. »Darf ich bitte kurz auf die Toilette?«

Ohne auf die Antwort des ohnehin abgelenkten Lehrers zu warten, schnappte ich mir den Flurpass und rannte zu den Mädchentoiletten. Dort wartete ich, bis alle Kabinen frei waren, verriegelte die Tür und riss das Fenster auf.

Gemütlich segelte mein Flughund herein und ließ sich ins Waschbecken fallen.

»Kurt! Was machst du hier?«

Mein Hexentier Kurt gehörte passend zu meinen Wurzeln den Nilflughunden an. Er hatte schwarze Knopfaugen, denen man keinen Wunsch ausschlagen konnte, hellbraunes Fell und dunkle Flügel. Das Mädchen hatte sich wohl auch so erschrocken, weil er zwar wie eine normale Fledermaus aussah, aber einfach fünfmal so groß war.

Vor über zehn Jahren war er einfach so in den Garten geflattert, nachdem er sich in eine Orangenkiste aus Ägypten geschmuggelt hatte, weil er mich suchen wollte. Weil er die Verbindung zu mir gespürt hatte.

Kurt ließ ein Fiepen erklingen.

»Was? Gran wartet auf mich? Aber … Oh, verdammt. Ich habe heute Kampftraining, oder?«

Kurt zuckte mit den Flügeln.

»Kannst du schnell nach Hause fliegen und Gran Bescheid geben, dass ich in zehn Minuten da bin?«

Kurt hob salutierend einen Flügel an und schwang sich dann aus dem Toilettenraumfenster.

Vor dem Toilettenraum hatte sich inzwischen eine Schlange gebildet, und sogar der Hausmeister stand schon mit dem Werkzeugkoffer vor der Tür.

»Ähm. Die Tür geht doch ganz normal auf und zu«, sagte ich und demonstrierte es, bevor ich mich schnell aus dem Staub machte. Das Nachsitzen war offiziell beendet, als ich zurück in den Raum kam. Viv hielt meinen Rucksack hoch. »Was wollte Kurt?«

»Ich hätte heute Unterricht bei meiner Gran gehabt.«

»O May, sie wird durchdrehen!«

Viv wusste, dass meine Großmutter das Hexenstudium ab und zu ein bisschen zu ernst nahm. Ich verabschiedete mich deshalb schnell von ihr und fand mich wieder bei den Toiletten ein.

Normalerweise hasste ich diese Art zu reisen, aber meine Gran würde sich sonst noch eine Bestrafung für mein Zuspätkommen ausdenken.

Ich fuhr mit den Fingern ein paarmal über die glatte Spiegeloberfläche, bis sie sich verflüssigte. Mein Spiegelbild verschwand und stattdessen erschien dort mein Zimmer.

So. Hoffentlich überstand ich das jetzt ohne Blessuren.

Ich nahm Anlauf und sprang durch den Spiegel.

Kapitel 4

Unterricht – oder: Nicht-Sterben-Training

Spoiler: Es klappte.

Aber ich legte einen ordentlichen Bauchklatscher auf den Teppich hin und nicht, wie geplant, auf dem weichen Bett. Missmutig über meine eigene Unfähigkeit blieb ich ein paar Sekunden so liegen.

»Was für ein absoluter Scheißtag!«

Da war ich nicht einmal voreingenommen, weil das nachfolgende Kampftraining mich auch noch körperlich total auslaugen würde.

Kurt flatterte herbei und rieb zur Aufmunterung mit seiner pelzigen Schnauze an meiner Wange. Das fühlte sich zwar schön an, heiterte mich aber nicht auf.

»Lass Frauchen einfach auf den Boden liegen, ja?«

Doch der kleine Flughund ignorierte meine Anweisungen, krabbelte unter meine Haare und schmiegte sich an meinen Hals. Seine kalte Nase an meiner Haut löste ein wohliges Schaudern aus.

»Okay. Ich stehe ja schon auf.«

Mit Kurt auf meiner Schulter rappelte ich mich hoch und kickte meinen Schulrucksack unters Bett. Da würde ich ihn mit Sicherheit morgen finden – schließlich hatte Gran alle Wichtel vor einem Monat ausgeräuchert. Wenn wir schon mal bei Gran waren: Eher widerwillig verließ ich mein Zimmer, um sie zu suchen. Sie brüllte schon einmal nicht quer durchs Haus, was ich als gutes Omen auffasste – das aber ein ganz anderes Problem mit sich brachte …

Unser Haus hatte vor gut zwei Jahrhunderten noch einem reichen Politiker gehört, der hier mit seiner ganzen Familie inklusive seiner als Hausangestellte getarnten Geliebten gelebt hatte. Es gab an die drei Dutzend Zimmer, einen verwinkelten Keller und einen gigantischen Garten. Ein viel zu großes Haus für vier Personen und zwei kleine Hexenfamiliare, aber laut des Hexencodex waren wir verpflichtet, andere Übernatürliche aufzunehmen, wenn diese unsere Hilfe brauchten.

Was ich damit sagen wollte, war, dass es alles andere als einfach war, meine Großmutter zu finden.

»Gra-«

Die aufgeregte Stimme meiner Mutter verschluckte meinen Ruf: »HALT DICH DA RAUS!«

Daraufhin erwiderte eine unbekannte – männliche! – Stimme etwas. Ein Mann – in unserem Haus?

Ich musste Gran finden, bevor sie mir irgendwelche Extraaufgaben aufbrummte.

Aber …

Am Ende gewann meine unstillbare Neugier und ich folgte den erhitzten Stimmen, bis ich vor Moms Arbeitszimmer stand. Durch den Spalt in der Tür drang der Geruch von Weihrauch, süßlichem Parfüm und … Blut. Es war nur ein schwacher Hauch, aber in meiner Brust breitete sich sofort wieder ein nahezu überwältigendes Gefühl von Ekel aus.

»Mo…«, wollte ich schon beginnen und mich wie eine gute Tochter nach ihrem Wohl erkundigen. Ich war überhaupt nicht neugierig, mit wem sie sich da lautstark stritt. Ich wollte sie nur nicht unterbrechen, weshalb ich mich lauschend an den Türrahmen lehnte und ins Zimmer lugte.

Im Innenraum war es ziemlich dunkel. Meine Mutter hatte jeglichen Sonnenstrahl, der ihre Haut wie Säure verzehren konnte, mit schweren dunklen Vorhängen ausgesperrt.

Die zwei Gestalten konnte ich dennoch ausmachen: An dem Tisch, an dem meine Mom für ihre Kunden gewöhnlich Tarotkarten legte oder Entscheidungen auspendelte, saß meine Mutter und der Fremde. Mom saß mit der Blickrichtung zur Tür und hätte mich sicher gesehen, hätte sie den dunkel gekleideten Fremden vor sich nicht mit ihrem finsteren Blick fast getötet.

»Nein. Nein, nein, nein!« Sie hielt die Arme vor der Brust verschränkt, fast so, als wollte sie ihn auf keinen Fall versehentlich berühren. »Nein!«

O ja, sie war wütend. Fuchsteufelswild. In dieser Gemütslage konnte sie Furcht einflößend – manchmal gar monströs – wirken. Ich sah meiner Mom auf den ersten Blick ziemlich ähnlich: Wir beide waren hochgewachsene, schlanke Frauen mit langem, dichtem schwarzem Haar. Doch es gab ein paar Dinge an ihr, die sie von ihrem vampirischen Vater geerbt hatte, wie –

Ein spitzer Fingernagel sauste auf den Tisch herab und erschreckte Kurt, der beinahe von meiner Schulter purzelte. »Du bildest dir was ein. May entwickelt sich normal.«

Ein überraschtes Keuchen befreite sich aus meiner Kehle. Die beiden redeten über mich?

»Bist du dir –«

»Ja, bin ich«, würgte sie den Unbekannten ab. Mit ihren Kiefern malmte sie hörbar, und ich war mir sicher, dass sie am liebsten zubeißen wollte. »Sie ist durch und durch Hexe.«

»Ist sie vielleicht stärker als andere Junghexen?«, bohrte der Mann nach.

»Vollkommener Durchschnitt, würde ich sagen. Keine Auffälligkeiten.«

Mein Herz schlug so schnell, dass ich befürchtete, ohnmächtig zu werden. Ich musste mich am Türrahmen festhalten, ansonsten drohte ich direkt ins Zimmer zu fallen und mich vor meiner Mom und den Fremden als Lauscherin zu outen.

Kurt drückte beunruhigt seinen Kopf enger an meinen Hals.

Es geht mir gut, wollte ich meinem Hexentier mitteilen, aber ich war zu aufgebracht, um ihn belügen zu können.

Die Wahrheit war: Seit geraumer Zeit fühlte ich mich *anders.*

Hexen hatten eine Bindung zu einem speziellen Element: Erde, Wasser, Feuer oder Luft. Meine Gran und Tante waren beide Erdhexen, meine Mutter besaß kein Element, weil sie zur Hälfte Vampir war. Auch bei mir hatte sich ein Talent für Erdmagie recht früh gezeigt, weil ich Burgen im Sandkasten nur mit der Kraft meiner Vorstellung erschaffen konnte.

Aber …

Ein grüner Daumen, wie es für Hexen des Elements Erde normal wäre, hatte sich bis heute nicht bei mir gezeigt. Dafür flog ich unheimlich gern. Levitation hatte ich schon beherrscht, bevor ich überhaupt ordentlich auf zwei Füßen laufen konnte. Das war nicht so ungewöhnlich, da ein Großteil der Hexen fliegen konnte, aber dann war da noch das Ding mit Feuer und Wasser: Ich konnte stundenlang baden, ohne schrumpelig zu werden, und Feuer verbrannte meine Haut nicht.

Ja, das hörte sich jetzt etwas melodramatisch an, aber als ich vor ein paar Wochen bei Viv war und sie mühsam eine Kerze nach der anderen in ihrem Zimmer entzündet hatte, war etwas passiert, was so nicht möglich sein dürfte. Aus Spaß hatte ich mit den Armen herumgewackelt – bis alle Kerzen hell entflammt waren. *Schwarz* entflammt.

Viv und ich hatten uns lange angestarrt, bis ich aufgesprungen und regelrecht aus ihrem Haus geflüchtet war. Sie hatte mir zwar nachgerufen, dass es okay sei. Aber es war nicht okay. Ich war nicht okay! Ich fühlte mich schlecht, weil ich dabei eins ihrer BTS-Poster versengt hatte – und natürlich, weil ich nicht einfach mal Feuer erschaffen sollte. Schwarzes Feuer!

Aber … aber das war nur Einbildung.

Oder?

Ich … Ich hatte Noah heute ja auch nicht mit einem Blitzschlag gegrillt, obwohl ich schlecht gelaunt war.

Ich fuhr mir mit den Händen übers Gesicht. Warum konnte ich kein normaler Mensch sein? Oder eine normale Hexe?

»Ich würde sie trotzdem gern sehen.«

Der Wunsch des Fremden unterbrach meine wirren Gedankengänge. Er wollte mich sehen?

Aber … Warum?

Meine Mom sog scharf die Luft ein. »Halt dich von *meiner Tochter* fern!«

»Aber sie ist –«

»TSCHU! TSCHU! TSCHUUUU!«

Kurt nieste dreimal laut – etwas zu laut für seine Körpergröße. Und eindeutig *viel* zu laut für meine Mom.

Sie fuhr von ihrem Stuhl empor. Für einen kurzen Augenblick verfärbten sich ihre Augen blutrot.

»May!«, rief sie mit entblößten Fangzähnen. »Belauschst du uns etwa?«

Es war zu spät, mich unbemerkt aus dem Staub zu machen. Auf frischer Tat ertappt, trat ich in den Raum. Ich wollte unbedingt wissen, mit wem sie da redete. Wer ihr da seltsame Fragen über mich stellte.

Mein Blick ging sofort zu dem Fremden, aber … ich … ich konnte ihn nicht ansehen. Es war schwer zu beschreiben, aber meine Augen konnten sein Gesicht nicht fokussieren. Ich nahm sein weißes Hemd und die schwarze Hose wahr, auch seine gebräunte Haut und das schwarze Haar, aber das war es.

Er war definitiv schon mal kein Mensch.

Kurt reckte die Schnauze neugierig in die Luft. Er schien wohl einen vertrauten Duft wahrzunehmen.

Plötzlich stand der Fremde direkt vor mir. Seine plötzliche Körpernähe trieb meinen Puls nur weiter in die Höhe. Ich befand mich in einer Schockstarre, als er vor mir in die Knie ging und eine Hand auf meine Wange legte. »Du hast das pure Chaos in deinen Augen.«

Dieser … Anmachspruch, oder was auch immer das sein sollte, verwirrte mich so sehr, dass ich nicht einmal eine sarkastische Bemerkung über die Lippen würgen konnte. Ich versuchte immer noch einen Blick in sein Gesicht zu erhaschen.

»Nun gut«, erhob er sich. »Ich gehe dann mal wieder, Destiny. Wir werden uns schon bald wiedersehen.«

Mom schnaubte nur abfällig und bewegte ruckartig die rechte Hand. Sollte das etwa ein Winken darstellen?

Als ich wieder klar denken konnte, stürzte ich sofort zu meiner Mutter: »Wer war das?«

»Kunde«, antwortete sie wortkarg. Sie nippte mechanisch und mit leerem Blick an ihrem Weinglas, das mit zähflüssigem Blut gefüllt war.

»*Was* war er?«

Unwillig zog sie eine Augenbraue hoch. »Warum willst du das wissen?«

»Ich konnte weder sein Gesicht sehen noch seine Präsenz zuordnen«, antwortete ich und beäugte meine Mutter misstrauisch. Es hatte nicht so gewirkt, als wäre er zum ersten Mal bei ihr gewesen. »Nun sag schon: Wer war das?«

»Ein alter Bekannter aus Ägypten. Es gibt einige Wesen, die du noch nicht kennst – und er gehört dazu.«

Meine Mutter wirkte meistens kühl und gesammelt. Es kam selten vor, dass ihre monströse Vampirseite hervorbrach – aber diese kalte Fassade trieb mich gerade in die Weißglut. »Und was ist er jetzt genau?«

»May, ich muss dringend zur Arbeit zurück«, versuchte sie die Unterhaltung zu beenden. Sie griff nach ihrem Tarot-Deck und mischte es kräftig durch. »Ich bin beschäftigt.«

Ich presste die Lippen fest aufeinander.

Dringend? Das konnte sie jemand anderem erzählen. Es war erst vier Uhr nachmittags, und vor fünf begann sie nie mit ihrer Arbeit.

»Wie du meinst«, zischte ich genervt. »Viel Spaß damit.«

Ich wollte mich schon zum Davonstampfen abwenden, als meine Mom seufzte. »Es tut mir leid, meine Kleine.« Sie legte sich eine Hand auf ihre Stirn. Tatsächlich wirkte sie etwas blass – und das, obwohl sie gerade Blut getrunken hatte. »Du musst wissen, dass seine Besuche alles andere als angenehm sind. Für unsere ganze Familie. Wir können nur hoffen, dass er sich erst in fünfzig Jahren erneut blicken lässt. Oder am besten erst in einhundert.«

Ihre Augen waren nun wieder rot gefärbt und ihre Fangzähne sichtbar. So wütend hatte ich sie das letzte Mal erlebt, als sie entdeckt hatte, dass ihr liebster Blutkübel ein Loch hatte.

Vielleicht war der Fremde tatsächlich nur ein Bekannter aus Ägypten – wenn Bekannter das Codewort für eine alte Affäre war, die sie am liebsten vergessen wollte. Er war sicher nicht … Nein. Der Gedanke war absurd. Meine Mutter hätte mir sicher schon lange gesagt, wer mein Vater ist, wenn es nicht ein einfacher Mensch gewesen ist.

»Hm. Okay.«

Die Stimme meiner Mutter wurde weicher. »Ach, May …«

»Ja?«

Wollte sie endlich ehrlich zu mir sein?

»Deine Großmutter wartet im Garten auf dich – und sie ist stinksauer.«

☥

Unser Garten war so groß wie der gesamte Sportplatz unserer Schule. Die grüne Fläche grenzte direkt an einen dichten Wald an, weshalb wir auf einen Zaun verzichtet hatten. Dafür grenzte ein unsichtbarer Bannzauber uns von ungebetenen menschlichen Besuchern ab. Es kam nämlich gar nicht einmal so selten vor, dass mein Mutter Tiere im Wald jagte, und Gran und Tante Harmony experimentierten nur außerhalb des Hauses mit Zaubertränken und Flüchen herum. Nur so konnte verhindert werden, dass jemand in ihre Schusslinie geriet …

Überall im Garten verteilt standen weiße Steinskulpturen von Männern in Röcken und mit Schwertern, leicht bekleideten Nymphen mit lasziven Blicken und behuften Wesen, die durchaus Satyren ähnlich sahen. Der Vorbesitzer hatte ein ganz besonderes Faible für griechische Mythologie besessen, und meine Großmutter fand die Figuren zu schön und dekorativ, um sie zu entsorgen.

Mir waren sie ein Dorn im Auge, weil ich meine Familie schon seit Jahren anbettelte, den hauseigenen Pool zu vergrößern.

Da es langsam unerträglich heiß wurde, hängte ich mein Flanellhemd an die ausgestreckte Hand einer Erdnymphe.

Eigentlich war unser gesamtes Haus aufgrund der Größe eine wahnsinnig coole Party-Location – wäre da nicht das Blut im Kühlschrank, die abgetrennten Gliedmaßen von was weiß ich Lebewesen für was weiß ich Zaubertränke, die überall im Haus herumstanden, und die drei durchgeknallten Erwachsenen.

Ich durchquerte den Garten und entdeckte schon bald meine Großmutter. Sie war einen Kopf kleiner als ich und noch viel kürzer als meine Mutter. Aber mit ihren dunklen Augen, den hohen Wangenknochen und der hoheitsvollen Haltung einer Coven-Anführerin strahlte sie selbst im Alter so viel Autorität aus, dass ich manchmal in ihrer Nähe am liebsten den Kopf gesenkt hielt. Aber nicht heute. Heute konnte ich nicht anders, als sie mit großen Augen anzustarren.

Meine Großmutter war nicht allein.

»Komm endlich her, May!«, befahl sie mit ihrer strengen Stimme, der ich mich nicht zu widersprechen traute. »Du hast schon lange genug herumgetrödelt.«

Mit tauben Gliedern stakste ich zu den beiden. Das Kampftraining mit meiner Großmutter war schon kräftezehrend genug, aber es war unmissverständlich, dass sie zur heutigen Stunde einfach eine Schildjungfer eingeladen hatte.

»Hi, May!«, winkte mir Ingrid mit einem Schwert in der Hand zu. »Das Top ist ja mal süß. Ist das aus der Mall?«

Die Walküre war gut drauf. Sie summte ein Lied, während sie das Schwert zwischen ihren Händen herumwirbeln ließ.

»Du wirst heute gegen Ingrid kämpfen, May«, kündigte meine Großmutter überflüssigerweise an. »Levitation, Zaubertränke und Flüche sind nicht erlaubt, ebenso wie Kratzen, Beißen oder Treten. Das ist ein Kampf, Magie gegen Schwert.« Sie breitete die Arme aus. »Nehmt eure Plätze ein.«

Gran hatte die Stelle mit einem kleinen Erdhügel im Gras markiert. Gerade einmal fünfzig Fuß trennten mich von einem Wesen, das zum Kämpfen geboren wurde.

»Das wird so lustig, May!«, rief mir die Walküre zu und lächelte voller Vorfreude.

Ich schenkte ihr eine Grimasse, die über meine Unsicherheit hinwegtäuschen sollte. Wenn ich die mit dem großen Schwert in der Hand wäre, würde ich auch so selbstsicher grinsen.

»Los!«, rief meine Großmutter.

»Was?!«, keuchte ich entsetzt.

Was war mit der guten alten Vorbereitungszeit? Ich konnte doch nicht einfach …

Doch.

Ich konnte – oder ich musste.

Panisch sprang ich nach rechts, denn Ingrid rannte wie eine Wahnsinnige direkt auf mich zu. Dabei schwenkte ihr Schwert wild entschlossen hin und her. Kurt flatterte von seinem Platz hoch in die Lüfte und fiepte dabei aufgeregt.

»Scheiße!«, fluchte ich und rannte einfach mal vor Ingrid davon. Ich musste mich sammeln! Wenn ich mich nicht konzentrieren konnte, dann konnte ich auch keine Magie anwenden. Das war schwieriger, als man dachte, wenn man dabei von einer kampferprobten Walküre mit ihrem tödlichen Schwert verfolgt wurde.

Ich drehte mich nach hinten um und erschuf einen breiten Wall aus Erde, der Ingrids Raserei bremsen sollte, bis mir etwas Besseres einfiel. Doch Ingrid war kein Mensch wie Noah: Leichtfüßig sprang sie darüber hinweg.

»Los, May!«, brüllte meine Großmutter mir zu.

Oh, ihr Götter, was sollte ich bloß tun?

Ich konnte in diesem ernsten Moment nur an die stahlharte Klinge in Ingrids Händen und an die Abbildungen von Walküren in meinen Büchern denken: Walküren – oder auch Schildjungfern – und ihr männliches Gegenstück, die noch aggressiveren Berserker, waren zum Kämpfen geschaffen worden: Stamina und Selbstheilungskräfte suchten selbst unter den übernatürlichen Wesen ihresgleichen. Während Berserker sich durch ihre hohe Widerstandskraft auszeichneten, waren Walküren sehr flink und sogar in der Lage zu fliegen.

Wenigstens hatte meine Großmutter das Fliegen verboten – obwohl ich so auch nicht von ihr flüchten konnte. Irgendwann würde sie mich einholen.

Ich warf einen schnellen Blick nach hinten.

Walküren waren dafür bekannt, dass sie erbarmungslos alles niedermetzelten, was ihnen im Weg stand, und nur die verschonten, die sie als ihrer würdig erachteten. Daher kam auch der Mythos, dass sie Seelen von Kriegern und Kriegerinnen auf dem Schlachtfeld sammelten.

Ingrid würde mich zwar nie absichtlich töten, aber wie es den Anschein machte, war sie schon leicht in einen Kampfrausch abgedriftet. Sie grinste auf eine Art und Weise, die mir Gänsehaut am ganzen Körper bescherte.

Komm schon, Gran. Lass es gut sein!

Ich war ganz steif vor Angst. Ein Gefühl, das ich noch nie zuvor erlebt hatte.

Kämpfe, May!

Die riesige Gorgonenstatue links von Ingrid erwachte zum Leben und konnte sie hinten an ihrem Kapuzenpullover packen. Doch die Walküre gab dem steinernen Koloss mit einer leichten Drehung einen so festen Tritt, dass er sofort in tausend Einzelteile zerbröckelte.

Nein! Das war kein *harmloser* Kampfrausch mehr. Ingrids Fähigkeiten als Schildjungfer verbesserten sich gerade um ein Vielfaches. Einfach weil sie gerade zu einer *erwachsenen* Walküre wurde.

Warum immer bei mir? Warum immer in den unpassendsten Situationen?

Zuerst wurde Ephraim beim Rummachen zum vollständigen Dämon, nun verwandelte sich Ingrid in ein überaus tödliches Geschöpf. *Mit Schwert!*

In diesem aussichtslosen Moment krachte es so ohrenbetäubend über meinem Kopf, dass selbst Ingrid in ihrer Raserei nach oben blickte.

Der Himmel war mit pechschwarzen Wolken verhangen. Es blitzte und donnerte wie verrückt, und der Wind peitschte nur so um meinen Körper – aber ich verspürte keinerlei Angst in meinem Herzen. Nur einen Wimpernschlag später fielen dicke Wassertropfen vom tosenden Himmel und durchnässten mich von oben bis unten.

Ich grinste.

Ich fühlte mich sofort glücklich und geborgen in diesem Unwetter. Schon als Kind war ich bei Gewittern sofort aus dem Haus gerannt und hatte im Regen getanzt, bis ich im Matsch erschöpft eingeschlafen war.

So war auch das Nächste, was geschah, fast schon ein natürlicher Reflex: Ich hob die rechte Hand, und als ich sie niedersausen ließ, schlug vor Ingrid ein gewaltiger Blitz ein.

Das Licht blendete mich für einen Moment, aber ich hörte, wie der Walküre das Schwert aus der Hand fiel.

Ein paar schwarze Punkte tanzten vor meinen Augen, bevor ich endlich wieder halbwegs sehen konnte: Ingrid war auf die Knie gesunken und starrte einen gymnastikballgroßen Krater vor sich an. Das Gras um die verkohlte Stelle brannte immer noch. Was war denn hier passiert?! Das … das hatte doch nicht etwa ich verbrochen?

Beruhige dich!

Eine männliche Stimme drang wie durch einen Nebel an mein Ohr.

Alles ist wieder gut. Du hast gewonnen.

Die Stimme klang irgendwie … stolz, und als ich aufsah, meinte ich hinter Ingrid eine schwarze Gestalt und viel Rauch zu erkennen. Nein … Das war viel zu schwarz, um noch als Rauch durchzugehen.

Ich blinzelte, und das, was ich meinte gesehen zu haben, war weg.

»Verdammt«, murmelte ich. »Um mich dreht sich alles.«

Meine Gran konnte mich gerade noch auffangen, bevor ich kraftlos ins brennende Gras kippte. Sie schlug mir mit den Fingern leicht auf die Wange, um mich bei Bewusstsein zu halten. »Ist das schon öfter passiert?«, fragte sie mich, und ihre Stimme überschlug sich fast, »Hmmm?«

Ich hatte Probleme, die Worte aus ihrem Mund zu verstehen. In meinem Kopf dröhnte immer noch der Blitzeinschlag nach.

»Hast du schon einmal einen Sturm heraufbeschworen?«, verlangte meine Gran zu wissen.

Ich versuchte sie anzusehen. Alles war auf einmal so verschwommen …

»May, sag etwas! Geht es dir gut, May?«

Mit zusammengekniffenen Augen versuchte ich das Schwindelgefühl mit aller Macht zurückzudrängen.

»Nein. Aber …«

Ich hob eine Hand und ließ die schwarze Flamme auf meiner Fingerspitze tanzen.

Gran schwieg – und das war beunruhigend.

»S-Stimmt mit mir etwas nicht?«

»Mit dir stimmt alles, May.« Gran strich beruhigend über meinen Rücken. »Du wirst immer mächtiger, und da spielen deine Kräfte schon mal etwas verrückt.«

»Aber ich bin doch eine Erdhexe.«

»Du bist … eine Erdhexe, ja, aber du weißt doch, dass alle Elemente miteinander verbunden sind.«

»Aber ich sollte so -«

Meine Gran schnitt mir den Satz ab. »Wichtig ist, dass niemandem etwas passiert ist.«

»Sorry, May!«, schrie die Walküre, die nun auch aus ihrem Todesrausch erwacht war. »Aber du bist eine tolle Gegnerin.«

Ingrid kam angerannt, und gemeinsam mit meiner Großmutter half sie mir auf die wackeligen Beine.

Kurt, dem Stürme ebenso wie mir absolut nichts auszumachen schienen, setzte sich in aller Seelenruhe wieder auf meine Schulter.

Ich hob den Kopf und erblickte in der Ferne meine Mutter an einem der vielen Fenster stehen. Der Sturm hatte sie trotz ihrer Lichtallergie hervorgelockt.

KAPITEL 5

Wie Thor von Target

Ich schwöre dir, ich war wie Thor, nur ohne Mjölnir!«, erzählte ich Viv aufgeregt.

»Es tut mir leid, dir das zu sagen, May: Aber du bist nicht im Geringsten so heiß wie Chris Hemsworth – oder Natalie Portman.«

Meine Euphorie wurde eiskalt von Viv abgeschmettert.

»Was du nicht sagst …«

Ich nahm einen Schluck Kräutertee, den mir Gran nach dem Training gebraut und sofort, als ich die Dusche verlassen wollte, in die Hand gedrückt hatte. Keine Ahnung, was das für eine geniale Mischung war, aber ich fühlte mich schon nach dem ersten Tropfen wunderbar erfrischt.

Gran hatte mir leider nicht nur leckeren Tee mitgebracht, sondern auch drei neue Geschichtsbücher, die ich jetzt noch wälzen durfte, weil ich durchs Nachsitzen eine Stunde Hexenunterricht verpasst hatte. Die feine Staubschicht auf den Ledereinbänden verriet mir, dass seit Tante Harmony keiner mehr nur einen Blick in die Bücher geworfen hatte.

Ich streckte meine Füße unter der Bettdecke gemütlich aus.

Na ja, besser als die antiken Schriftrollen, die Gran mir vor Jahren mal angeschleppt hatte. »Ich kann das nicht lesen. Außer da steht wortwörtlich: Falke, Hand, Auge, Auge«, hatte ich trocken festgestellt. Sie hatte nur ihre dichten Augenbrauen hochgezogen. »Gut.«

Seit diesem Tag verschonte sie mich wenigstens mit den vergilbten Papierrollen, die in meiner Hand zu altägyptischem Staub zerbröselten.

Vivienne zog sich indes ganz langsam einen ihrer roten Lockenwickler aus den Haaren. »Also mir ist so was ja noch nie passiert.«

Ich zuckte mit den Schultern. »Wachstumsschübe.«

Viv drohte mir mit erhobenem Zeigefinger – mit Lockenwickler. »Wehe, du wirst mächtiger als ich!«

Viv drückte Albert das Stück Plastik in die Hand, der daraufhin freudestrahlend damit davonrannte. So wie Voodoo-Puppen eben freudestrahlend davonrennen konnten: Er stolperte über seine Stumpenbeinchen und fiel dann die Kommode runter. Eine Minute später tauchte er hinter Vivs Rücken wieder auf.

»Du könntest deinen Spiegel übrigens wieder mal putzen.« Viv deutete auf ein paar Flecken. »Die sehe ich mir schon eine Woche an. Bei dem rechts oben bin ich mir sicher, dass er immer größer wird.«

»Jaja. Wenn es dich so nervt, können wir auch facetimen.«

»Nee. Das saugt nur unnötig Handyakku.«

In diesem Moment klopfte es an der Tür. »May, hast du kurz Zeit für mich?« Meine Mom.

»Ich muss Schluss machen, Viv. Wir sehen uns dann morgen.«

»Und dann reden wir endlich über die Party, ja?«

»Welche Party?«

»Freitag ist Halloween.«

Ich stöhnte. »Nein.«

»Doch.«

»Nein.«

»Ich habe die perfekte Idee für ein Kostüm!« Und mit diesen Worten verschwand Viviennes Bild im Spiegel.

»Komm rein, Mom.«

Meine Mutter brachte einen Schwung Salbei und Weihrauch mit, der sich reizend auf meine Schleimhäute legte.

Leichtfüßig stieg sie über die verstreuten Sachen auf meinem Fußboden und ließ sich zu mir aufs Bett fallen. »Warum willst du nicht auf die Party?«

Ich war nicht wirklich sauer darüber, dass sie gelauscht hatte. Das war ich schon zur Genüge gewohnt – und ich war ja nicht viel anders.

»Hexen auf einer Halloween-Party? Mom, das ist so klischeehaft!«

Außerdem konnte ich mir schon ausmalen, dass ich den ganzen Abend ohnehin nur mit Vivienne verbringen würde. Da konnten wir beide genauso gut gemütlich Horrorfilme anschauen und Eis essen, statt bei Zigarettenqualm Alkohol über die Klamotten geleert zu bekommen. Das redete ich mir zumindest ein. Eigentlich mochte ich Partys, aber die Menschen gingen meistens auf Abstand zu mir. Es war okay. Das war nur ihr Überlebensinstinkt.

»Überleg es dir noch mal, May. Du bist nur einmal so jung und frei. Selbst wenn Harmony sich mal entschließen sollte, mit einer Partnerin sesshaft zu werden und Kinder zu bekommen, wirst du die oberste Hexe unserer Familie sein.«

»Bist du nur hier, um mich zu einer blöden Party anzustiften?«, fragte ich genervt. Sie wollte doch auf irgendetwas hinaus. Das war seltsam. Meine Mutter war eigentlich viel direkter!

»Ich wollte nur mal deinen Lernfortschritt überprüfen«, tat sie weiterhin harmlos. »Vor achtzig Jahren musste ich das auch alles mal lernen.« Wenn mich die Highschool eins gelehrt hatte, dann, wie man über seinen schulischen Fortschritt am besten lügen konnte.

»Gut. Am Anfang wollte ich schon lieber Netflix anmachen, aber diese Textstelle …« Ich schlug ein Buch auf und nahm das erste Wort, das mir ins Auge stach. »Diese Textstelle über den Götterkrieg fand ich wirklich interessant.«

Ich hatte noch keine einzige Seite gelesen.

»Kannst du den Stammbaum der ägyptischen Götter schon auswendig?«

»Welchen?«

Ich hoffte einfach mal, dass nicht alle Götter miteinander verwandt waren und es mehr als nur eine Götterfamilie gab.

»Den von Atum. Den *Ur*-Stammbaum.«

Verdammt! Wer war das noch mal?

Ich setzte ein möglich zerknirschtes Gesicht auf. »Sorry, ich schreibe morgen einen wirklich schweren Literaturtest.«

Aber meine Mom tadelte meine Unwissenheit nicht. Sie strich geistesabwesend mit ihrem Finger über die Bücher auf meiner Bettdecke.

»Atum ist einer der obersten Götter. Er hat sich selbst erschaffen. Aus ihm gingen Schu, die Luft, und seine Gemahlin Tefnut, das

Feuer, hervor. Ihre Kinder waren wiederum Geb, der Erdgott, und Nut, die Himmelsgöttin.«

»Und die waren wirklich alle Geschwister?«, fragte ich angewidert.

»Bei den Göttern war das so üblich, ja. Das griechische Pantheon ist doch auch nicht anders aufgebaut. Nur Götter konnten mit anderen Göttern göttliche Kinder zeugen, alles andere wurde …«

»Jaja«, sagte ich. »Herkules und Percy Jackson. Halbgötter.«

Mom starrte mich einen Moment zu lange an. Dann fuhr sie fort. »Auf jeden Fall hatten Geb und Nut vier Kinder: Osiris, Isis, Nephthys und Seth.«

»Und die waren auch alle ein Paar?«

Sie nickte. »Aber Nephthys und Seth trennten sich rasch.«

Sie machte eine längere Pause und … Ich stutzte. Hatte sie da gerade »blöde Schlampe« gezischt?

»Seth galt als unfruchtbarer Gott des Chaos und des Verderbens. Er sollte niemals Kinder bekommen können, sondern so unfruchtbar wie die Wüste sein, während sein Bruder Osiris mit seiner Frau den Sonnengott Horus zeugen würde. Seths Frau Nephthys schlief daraufhin mit Osiris und wurde mit dem Totengott Anubis schwanger. Den kleinen Schakalsgott hat sie dann aber gleich mal ausgesetzt, weil Osiris nur mit ihr im Bett war, weil er sie für ihre Zwillingsschwester und seine Gemahlin Isis gehalten hat.«

»Oookay«, machte ich nur.

Warum erzählte sie mir das alles? War mir doch egal, mit dem die Götter alles rumgevögelt hatten.

»Es gibt natürlich noch viel mehr ägyptische Götter wie Sobek und Bastet, aber diese Götter sind am bedeutendsten. Ich bin mir nicht sicher, ob die anderen Götter nach dem Krieg noch am Leben sind.«

»Ich habe das noch nie kapiert.«

»Was denn, meine Kleine?«

»Es gab also diesen großen Götterkrieg«, sagte ich und blätterte im Buch, bis ich eine freie Interpretation dieses Krieges als Abbildung entdeckte. »All diese Götter, die Menschen vieler Kulturen verehren, sollen also wirklich zu einer Zeit existiert haben?«

Meine Mom nickte.

»Und sich bekriegt haben? Ich darf mir also vorstellen, dass Thor gegen Aphrodite gekämpft hat? Oder Kali gegen Pluto?«

»Römische Götter sind doch nur griechische Götter mit einem schönen neuen Namen.«

»Und dann sind sie«, ich schnippte mit den Fingern, »einfach so verschwunden? Hunderte – vielleicht sogar Tausende von unglaublich starken Wesen? Wesen, die in der Lage waren, aus Menschen übernatürliche Kreaturen zu machen? Einfach weg?«

Der Enstehungsmythos von uns Hexen besagte, dass verschiedene Götter die Menschen, die sie angebetet haben, ihre Priester und Priesterinnen, Magie verliehen hatten. Jedoch lief es nicht bei jedem Auserwählten optimal, und so entstanden Dämonen, Vampire und all die anderen Wesen, die wir Hexen schworen zu beschützen.

Sollte ich also wirklich an die Götter des alten Ägyptens glauben? An Götter mit Menschenkörper und Tierkopf?

»Es gibt Götter, meine Kleine. Es gibt sie.«

Ich zog nur müde eine Augenbraue hoch. »Ich will ja deine Gefühle nicht verletzen, aber es ist –«

»Es gibt Götter!«

Der Gefühlsausbruch meiner Mutter kam so unerwartet, dass selbst Kurt an der Vorhängestange fiepend zusammenzuckte.

Am allermeisten schien aber meine Mom darüber erstaunt zu sein. Sie schüttelte den Kopf und schenkte mir ein kleines Lächeln mit Fangzähnen. »Entschuldige, May. Es ist mir nur persönlich sehr wichtig, dass du an die Götter glaubst. Auf deiner Geburtsurkunde mag zwar stehen, dass du Amerikanerin bist, aber im Herzen bist du eine ägyptische Hexe. Eine Hexe, deren Familiengeschichte eng mit den ägyptischen Göttern verbunden ist.« Damit stand sie auf. »Mach doch heute mit dem Lernen Schluss. Es ist schon fast Mitternacht und morgen ist Schule.«

»Dann noch eine schöne Nacht, Mom.«

Meine Mutter würde jetzt bis in die frühen Morgenstunden aufbleiben und online Karten legen, bevor sie sich in ihr nicht sargförmiges Bett legte.

»Gute Nacht, meine Kleine.«

Meine Mom machte nur eine einfache Handbewegung und das Licht ging aus. Wie ein Schatten glitt sie aus dem dunklen Zimmer.

Ich zog mir die Bettdecke bis zum Kinn hoch und schloss die Augen. Ich machte mir nicht einmal die Mühe, die alten Bücher wegzuräumen.

Ich rollte auf der Matratze nach links.

Nach rechts.

Auf den Rücken.

»Kurt?«

Ein Antwortfiepen aus Richtung der Vorhänge.

»Kannst du auch nicht schlafen?«

Er gab zweimal einen Laut von sich, was ich mit einem »Nein« übersetzen konnte.

»Willst du dir das neue K-Drama ansehen?«

Als Antwort flog Kurt zu der Wäscheleine, die ich extra für lange Fernsehnächte zwischen meinen Bettpfosten aufgehängt hatte. Von da aus hatte er die beste Sicht auf den Bildschirm.

»Aber nur eine Folge, ja?«, sagte ich und drückte auf den Einschaltknopf. »Sonst verschlafe ich wieder.«

Kapitel 6

Eau de Vampir von Karma

Die nächsten vier Tage verliefen ziemlich ereignislos: Ein paarmal – okay, ein einziges Mal – schaffte ich es sogar halbwegs pünktlich, aber stark übernächtigt aus dem Bett. Und nur ein einziges Mal nutzte Viv Magie und sorgte dafür, dass im Haus die Brandmelder losschrillten.

Meine Freundin versuchte jeden Tag erfolglos, mich zu überreden, mit ihr auf die Halloween-Party zu gehen, obwohl ich mit Kurt schon am Finalisieren unserer Horror-Watchlist war.

»Aber es ist dein letztes Jahr auf der Highschool!«, versuchte mich Viv zu locken.

»Darum habe ich auch gesagt, dass ich zum Prom gehe. Homecoming war ich ja auch.«

»Penelope will auch hin.«

»Sie ist schon ein großer Sexdämon und kann ganz allein auf Partys. Ich vertraue ihr.«

Jeden Tag musste ich ein ähnliches Gespräch mit Viv führen, aber ich würde nicht nachgeben. Auf keinen Fall. Ich war mir dessen sicher. So sehr, dass ich es nur deswegen so oft betonen musste.

Gran ließ mich weiterhin nach der Schule mit Ingrid trainieren, achtete aber darauf, dass die Situation nicht wieder eskalierte. Sie griff sofort mit ihrem Streitkolben durch, wenn die Lage für mich nur ein wenig bedrohlich wurde.

Im Theorieunterricht drehte sich alles weiter um die ägyptische Götterwelt.

»Warum schieben wir jetzt so viel über diese Götter ein?«, hatte ich Gran direkt gefragt, als sie mir einen Stapel Bücher vom Dachboden aushändigte. »Wäre es nicht wichtiger, etwas über meine Vorfahren zu lernen? Welche Waffen sie beherrschten? Damit ich auch mal mehr tun kann, als nur Magie einzusetzen.«

Gran ignorierte dies. »Bis Donnerstag lernst du alles über den Brüderstreit von Seth und Osiris und die Auswirkung auf die Götterwelt. Alles. Dein Test wird sechs Fragen in Form eines Essays umfassen. Verdreh die Augen nicht so dramatisiert, mein Fräulein, sonst bleiben sie dir so.« Es war alles wie immer – bis ...

Mittwochmorgen zwinkerte mir Noah von seinem Spind aus zu.

Und ich? Ich hatte schon meine rechte Hand halb erhoben, als mir klar wurde, was ich da gerade tun wollte. Er hatte sicher nur Staub ins Auge bekommen.

Ich schloss meinen Spind – und Viv sprang mir fast wie ein Alien-Parasit ins Gesicht. »Oh Bondye! Noah Simons hat dir zugezwinkert!«

Keine Ahnung, woher sie so plötzlich aufgetaucht war. Vor einer Minute hatte neben mir noch ein Pärchen rumgemacht, und nun klebte Viv so nahe an meinem Gesicht, dass ich fast eine ihrer Locken beim Atmen verschluckte. Ich schob sie mit einer Hand leicht weg.

»Ich glaube, er steht auf dich«, flüsterte sie fast schon ehrfürchtig. »Er sieht immer noch rüber.«

Ich schnaubte laut. »Ja klar. Ich habe ihn bei unserem ersten ordentlichen Gespräch seit der Junior High nur blöd von der Seite angemeckert. Vielleicht hat er einen Hirntumor. Der arme Noah. Ich werde mir ein schönes Kleid für seine Beerdigung kaufen. Menschen sind so fragil.«

»Gut, vielleicht hat er auch nur einen Blick auf dich geworfen.«

Ich atmete scharf aus. »Schön. Für ihn.«

»Geht ihr zwei Mädels auf die Halloween-Party?«, ertönte eine mir wohlbekannte Stimme hinter meinem Rücken. Synchron drehten Viv und ich uns um.

Noah sagte »Mädels«, obwohl er den Blick nur auf mich gerichtet hatte.

Ich öffnete den Mund, um etwas zu sagen, aber ich wusste einfach nicht was. Mein Kopf war immer noch damit beschäftigt, die

Situation irgendwie zu verarbeiten: Vor mir stand zweifelsohne Noah Simons. Der *menschliche* Noah Simons. Wäre er ein Gestaltwandler in falscher Form gewesen, wären nicht beide seiner Augen blau.

»Nei–«, wollte ich sagen, als Viv einen Satz nach vorn machte.

»Natürlich, Noah! May und ich lassen uns doch als Hexen«, sie stupste mich mit der Hüfte an, »keine Halloween-Party entgehen.«

»Cool.« Erneut schenkte mir Noah ein dämliches Zwinkern. »Ich freu mich schon.« Und damit schlenderte er in Richtung Cafeteria davon.

»Moment!« Ich hob die Arme und schnupperte an mir. »Ich sondere keine Vampirpheromone ab, oder? Wenn ich eines von Animes gelernt habe, dann, dass Harems mir viel zu anstrengend sind. Meine Mom kriegt bis heute Blumen von einem Autohändler zugeschickt.«

Seufzend fischte Viv einen Parfümflakon aus ihrer Tasche und sprühte mich an. »Du riechst wie vier Stunden Unterricht mit zwanzig anderen Schülern in einem Raum mit unzureichender Klimaanlage.«

»Ich … also … «

»Oooh.« Vivienne wackelte anzüglich mit den Augenbrauen. »Bist du einmal in deinem Leben sprachlos?«

»Nein!«, widersprach ich ihr vehement. Ich schüttelte den Kopf, in der Hoffnung, einen klaren Gedanken fassen zu können. »Ich … Du kannst Noah erklären, warum ich am Freitag nicht auf der Party aufkreuze!«

»Aber May!«

»Was?«

»Er scheint ein bisschen auf dich zu stehen. Willst du das nicht ausnutzen?«

»Ausnutzen?«, wiederholte ich skeptisch.

»Er hat sich von Larissa getrennt und du dich von Ephraim. Ich sag ja nicht, dass du gleich Sex mit ihm haben musst, aber wenn er wirklich heiß auf dich ist, kannst du ja ein bisschen mit ihm flirten. Das ist dein letztes Jahr auf der Highschool.«

»Warum willst du denn so sehr auf die Party?«, raunte ich ihr zu.

»Ich?« Sie wurde etwas rot. »Ich …«

Ein überlegenes Grinsen schlich sich auf meine Lippen. »Bist du jetzt sprachlos?«

Doch Viv legte nur ihre Hände auf meine Schultern und flötete glücklich: »Ich will nur, dass meine allerbeste Freundin den besten Teil ihrer Jugend nicht mit dem Auswendiglernen uralter Götter verbringt.«

☥

»Pass auf, Kurt!«, sagte ich und hob einen Finger. Im Spiegel starrte mir eine hoch konzentrierte May im Schlabberpulli entgegen. »Die neun Götter von Heliopolis – die Enneade – sind: Atum, Schu … Tefnut, Geb … äh. Nut. Dann noch Osiris, Nephthys, Isis und … Verdammt. Fast!«

Ich schlenderte zu meinen Büchern zurück. »Seth. Der Gott des Chaos«, las ich vor. »Auch Setech oder Wedja genannt. Der Mörder von Osirius und Todfeind von Horus, seinem eigenen Neffen.«

Meine Gran würde durchdrehen, wenn sie merkte, dass ich nach fast einer Woche Lernen noch nicht einmal die neun wichtigsten Götter der ägyptischen Mythologie aufzählen konnte.

»Weißt du«, sagte ich zu Kurt. »Ich würde mir das alles viel besser merken können, wenn es zu diesen ganzen Geschichten so etwas wie Serien oder Comics geben würde. Warte! Gibt es vielleicht einen kostenlosen Web-Comic?«

Kurt fiepte laut und flog zu meinem Laptop. Ich trat näher. Mit seinen Greifern hatte er eine Serie im Netz aufgerufen.

»Was sagst du? *Moon Knight* hat ägyptische Mythologie? Na, dann haben wir ja was für heute Nacht.«

Ich wollte die Serie schon anklicken, da ploppte eine Nachricht auf dem Bildschirm auf. Irgendjemand hatte mir auf dem Handy geschrieben.

Unbekannte Nummer: Hi.

»Kurt, hast du meine Handynummer wieder bei einem zwielichtigen Gewinnspiel angegeben?«

Mein Hexentier schüttelte den Kopf. Dann hob er ihn leicht nachdenkend hoch.

»Ach Kurt! Ich habe dir doch erklärt, dass du besser aufpassen musst! Ich sperre die Nummer gleich ma–«

Erneut bekam ich eine Mitteilung über den Laptop angezeigt. Ich musste unbedingt die Verbindung trennen, bevor ich mir noch einen fiesen Computervirus einfing, weil Kurt seine Greifer nicht von zwielichtigen Gewinnspielen lassen konnte. Das Kleingedruckte las er nämlich nie.

Unbekannte Nummer: Ich bin's, Noah.

Was?

Ich wühlte in meinem Bett nach meinem Handy. Meine Finger flogen nur so über den Bildschirm.

Ich: Was willst du?
Ich: Und woher hast du meine Nummer?

Ich fröstelte leicht, als mein Magen sich in einen Klumpen Eis verwandelte. Das war nun doch unheimlich. Viv lag vielleicht falsch und ich hatte doch Vampirpheromone abgesondert.

Noah: Ich habe die noch von einem Gruppenprojekt aus der Neunten.

»Verdammt«, murmelte ich. Ich hatte Noahs Nummer damals gar nicht eingespeichert. Es war auch nur irgend so ein dummes Projekt gewesen, dass man in einer Gruppe hätte erledigen sollen, aber jeder hatte sei eigenes Ding durchgezogen. Mein Anteil waren ein paar langweilige Naturstudien, die Kurt im Austausch für Schokoerdbeeren für mich an einem Nachmittag erledigt hatte.

Wenigstens war Noah kein Stalker – obwohl es komisch war, dass er meine Nummer nicht längst gelöscht hatte.

Noah: Willst du nicht mit mir schreiben?

Nein. Zufällig nicht. Ich hatte schon wieder ganz vergessen, dass Viv mir in ihrer Wahnvorstellung die Halloween-Party am Freitag eingebrockt hatte.

Ich wollte schon fast mein Handy in den Nicht-stören-Modus versetzen, da blinkte eine weitere Nachricht auf.

Noah: Es tut mir echt leid, dass ich dich am Montag so angeblafft habe. Ich hatte echt ein beschissenes Wochenende, und der Coach hat mich kurz zuvor noch vor allen anderen zur Sau gemacht. Es tut mir echt leid, wenn ich dich gekränkt oder beleidigt habe. Das wollte ich nicht.

Überrascht zog ich eine Augenbraue hoch. Mit dieser Entschuldigung hatte ich wirklich nicht gerechnet. Ich schlüpfte unter die Bettdecke. »Die Serie schauen wir später, diese Woche noch«, sagte ich zu Kurt. »Aber keine Spoiler, ja?«

Ich: Meintest du deine Einladung zur Party ernst?

Noah antwortete mir lange zwei Minuten später.

Noah: Natürlich!

Ich biss mir auf die Unterlippe. Eigentlich hatte ich zu Beginn des Schuljahres mit Viv abgemacht, dass ich nicht mehr auf irgendwelche Partys neben Prom und Homecoming gehen würde. Ich hatte die letzten zwei Jahre ein paar Feiern mit anderen übernatürlichen Wesen besucht, um dem Hexeneid nachzukommen. Ich hatte darauf geachtet, dass sie keinem Menschen ein Haar krümmten – und umgekehrt. Wie eine überflüssige Anstandsdame hatte ich in einer Ecke gestanden und Werwölfen beim Balzen zugesehen. Ich war den Menschenpartys einfach … überdrüssig.

Überdrüssig – oder ärgert es dich, dass keiner mit dir reden will? Dass du immer in einer Ecke stehst und hoffst, dass dich jemand anspricht?

Noah: Kommst du?

Zögernd tippte ich meine Antwort.

Ich: Ja, aber nur, weil Viv unbedingt hinwill.

Noah: Okay ;)

»Ach, halt doch die Klappe, du mit deinem blöden Emoji«, murmelte ich und warf mein Handy auf die andere Seite des Bettes. Mit einem Grinsen im Gesicht schlief ich ein. Morgen wollte ich einmal nicht zu spät zur Schule kommen …

Kapitel 7

Ich bin wohl doch eine Basic Witch

»Es tut mir leid, okay? Wie oft denn noch? Es tut mir von Herzen leid!« Beinahe flehentlich redete ich auf den Flughund ein. Doch Kurt zog seine ledernen Flügel noch enger um seinen Körper, sodass er nun wie ein großer schwarzer Tannenzapfen von der Decke hing.

Wer sich schon immer fragte, wie Flughunde aussahen, wenn sie schmollten: genau wie Kurt gerade. Wie reduzierter Weihnachtsbaumschmuck von Target.

Ich wusste, was er mir verheult vorwerfen würde, könnte er wie ein Mensch reden: *Aber May, du hast mir tausendmal versprochen, Halloween mit mir zu verbringen! Und jetzt lässt du mich für so einen dummen Menschen links liegen? Ich dachte, wir hätten etwas Besonderes miteinander.*

»Hey …« Ich blickte zu Kurt hinauf. »Ich weiß, dass ich es dir versprochen habe und du dich darauf gefreut hast, aber ich hatte noch nie in meinem Leben ein Date.«

Das war keine Lüge. Ephraim und ich waren zusammengekommen, als er mich eines Abends bei unserem monatlichen Trashfilm-Marathon einfach geküsst hatte.

Ein Tag waren wir noch Freunde gewesen, dann ein Paar und dann wieder Freunde. Die Übergänge waren so schwammig, dass ich manchmal nicht wusste, ob ich Ephraim nun küssen oder umarmen sollte.

Viv hatte absolut recht: Ein bisschen mit Noah rumzuflirten tat mir vielleicht wirklich gut.

Kurt nahm die Flügel von seinem Gesicht weg.

»Bist du mir noch böse?«

Er betrachtete mich weiterhin stumm mit seinen viel zu intelligenten Kulleraugen.

Ich stöhnte leise. »Gut. Was willst du als Wiedergutmachung?«

Freudig schwang er sich in die Luft und landete auf meinem Kopf. Durch unsere besondere Verbindung konnte ich seinen Wunsch wie eine Zukunftsvision klar vor Augen sehen: Kurt lag, die Flügel von sich gespreizt, in eine alkoholischen Früchtebowle und knabberte schmatzend an einem Stück Banane.

»Vergiss es! Ich nehme dich nicht mit auf die Party!«

Sofort flimmerte ein neues Bild in meinem Kopf auf. Es zeigte einen kleinen Grabstein, auf dem ich lesen durfte: *Kurt – gestorben am 31. Oktober. Es war die Vereinsamung, die ihn so furchtbar jung aus dem Leben scheiden ließ.*

Ich schnaubte entrüstet. »Jetzt übertreibst du es aber! Du bist schließlich ein robustes Hexentier.«

Er kletterte auf meinen Haaren herum, zog an meinen Haarwurzeln, bis sein Kopf in meinem Sichtfeld erschien. Seine Augen waren ganz glasig.

Flughunde konnten doch nicht weinen, oder?

Aber gut. Normale Flughunde konnten auch nicht telepathisch mit ihrer Hexe kommunizieren und wurden Hunderte von Jahren alt.

»Ma-hay!«, ertönte Vivs Stimme wie aus dem Nichts. »Ein Anruf für May! Hey, was machst du da?!«

»Wir reden gleich noch mal drüber, okay?«, sagte ich zu Kurt. Was hieß, dass ich schon drauf und dran war, ihn mitzunehmen.

Mit deutlich spürbarer Freude flog Kurt zu seinem Nest im hintersten Teil meines Schlafzimmers und sortierte hörbar seine Habseligkeiten. Ich konnte mir schon denken, worauf das nun wieder hinauslaufen sollte …

»Weißt du, was? *Du* bist ein gammeliger Schrumpfkopf! Bye!«, schrie Viv noch einer anderen Person zu, bevor sie durch den Spiegel trat und meine ganzen Sachen von der Kommode mit sich riss. Meine Lippenstiftsammlung landete schon mal bei meinem anderen Chaos auf dem Teppich.

Da wir seit Kindesalter befreundet waren, ahnte ich, dass nur eine ihrer älteren Schwestern der Grund für ihre miese Stimmung sein konnte.

Ich legte nur den Kopf fragend schief.

»Ach, Elvezia wollte nicht, dass ich mir ihr Make-up ausborge«, erklärte sie mir und schmiss mit ihrem Köfferchen nun auch meine Kristall-Obelisken vom Tisch. »Aber die hat sich letzten Monat meine letzten Grabgebeine unter ihre Gelnägel gerissen. Jetzt darf ich mir auch ihr sauteures Make-up ausleihen. Ihr habt beide einen ähnlichen Hautton. Mein Make-up ist zu dunkel.«

Ich wollte gerade fragen, was sie als ach so tolles Kostüm nun geplant hatte, als sie ein kreisförmiges Ding hinter ihren Rücken hervorholte, das sich spitz auffaltete und mir fast ein Auge ausstach.

»O nein.«

»O doch.«

Viv baute sich vor mir auf und streckte die Arme aus: Zu einem funkelnden trägerlosen Kleid trug sie kniehohe Stiefel mit Absatz. Sie setzte ihren spitzen Hut auf und drehte sich einmal im Kreis. »Wir Hexen verkleiden uns dieses Halloween als Hexen.«

»Das ist … *total* daneben.«

»Das ist *total* ironisch«, widersprach mir Viv und drehte mir den Rücken zu. *Hex the Patriarchy*, stand in großen weißen Lettern auf ihrer Lederjacke.

»Such dir ein heißes schwarzes Kleid raus und dann lass mich dich fertig machen.«

Ich verschränkte die Arme vor der Brust. »Ich hab aber keins.«

»Wie bitte? Verarsch mich nicht. Ich war praktisch dein Homecoming-Date.«

»Mom hat versehentlich einen Blutbeutel darauf ausgeleert.«

Mir wurde schon schlecht, wenn ich an die Sauerei dachte. »Wenn ich es tragen würde, würde ich mich wie Carrie fühlen, auch wenn die Reinigung alles rausbekommen hat.«

»Nein, das Hexenmassaker sparen wir uns im schlimmsten Fall für den Homecoming-Ball auf.« Meine beste Freundin steuerte meinen Kleiderschrank an. »Hast du irgendetwas anderes, was passen würde?«

»Hm.«

Ich mochte Kleider und Röcke – auch wenn ich nur äußerst selten welche trug. Meist fand ich beim Shoppen ein paar Teile süß, kaufte sie und ließ sie dann für die Motten im Schrank zurück.

Ich schubste Viv zur Seite und holte einen funkelnden Zweiteiler heraus. Den hatte ich gekauft, bevor ich den Partys ein für alle Mal entsagt hatte.

»Das ist besser als ein Kleid«, lächelte Viv zufrieden. »Damit wirst du Noah den Kopf verdrehen.«

Ich hob mahnend den Zeigefinger. »Ich werde hier niemandes Kopf verdrehen. Ich werde mich den Abend nur nett mit ihm unterhalten.«

Viviennes Grinsen war absolut obszön.

Ich wurde rot im Gesicht. »Gut, ich habe auch nichts dagegen, ihn zu küssen – aber nicht mehr!«

Sie zuckte mit den Schultern. »Okay. Hauptsache, du fühlst dich wohl.«

Während ich mein auf einmal so laut klopfendes Herz beruhigte, schlüpfte ich in den Rock und das Oberteil. Das ganze Outfit schrie schon fast nach Extra-Aufbrezeln-fürs-erste-Date – und Vivs Make-up würde dem ganzen noch viel mehr Nachdruck verleihen.

Meine Freundin klatschte in die Hände. »Dann lasst uns anfangen. Helft mir mal alle: Albert, Alfred und Angelique.« Aus ihrer Handtasche sprangen drei kleine Püppchen. Mir entging dabei keinesfalls, dass Albert mir noch einen finsteren Seitenblick zuwarf. Ich wies den Blick mit Zeige- und Mittelfinger zurück. »Ich könnte mir auch einfach Make-up zaubern«, erinnerte ich Viv, als sie den riesigen Koffer aufklappte und sich feines Puder auf meinen Teppich ergoss.

Ich setzte mich auf meinen Schreibtischstuhl.

»Natürlich. Aber wir wollen uns ja etwas dabei unterhalten.« Die weibliche Voodoo-Puppe reichte Vivienne ein Haarband, um meine Haare aus dem Gesicht zu halten. »Magie kann nun mal keine menschliche Nähe ersetzen.«

»Okay«, lächelte ich entspannt und schloss die Augen, als sie mir mit einem Schwamm Grundierung auftrug.

Ich hörte, wie sie zurücklächelte. »Stört dich die Verkleidung? Du bekommst sogar einen Hexenhut mit modischer Schnalle.«

»Nein. Ich hätte nur etwas … etwas Ausgefalleneres erwartet.«

»Ich habe kurz mit dem Gedanken gespielt, die alten Klamotten meiner Großmutter anzuziehen, aber ich sehe ihr einfach zu ähnlich.« Sie erschauderte. »Es wäre unvorteilhaft, wenn jemandem auffiele, dass ich Marie Laveau wie aus dem Gesicht geschnitten bin.«

»Als würde das jemandem auffallen.«

»Man weiß nie … Was klingt am besten für den Lidschatten? Nightshade, Foxglove oder Monkshood?«, wechselte sie das Thema.

»Mach was du für richtig hältst.«

»Und der Lippenstift trägt den klingenden Namen Belladonna«, präsentierte mir Viv einen Teil der Make-up-Sammlung ihrer Schwester. Die herausgedrehte Spitze war so lila wie die Blüten der namensgebenden Giftpflanze. »Dann könntest du auf gefährliche Gifthexe machen, deren Kuss tödlich ist. Vielleicht steht Noah auf die gespielte Gefahr.«

Ich seufzte laut.

»Jaja. Ich mach, was ich für richtig halte.«

»Danke.«

»Hatte deine Mom eigentlich irgendwelche Probleme damit, dass du heute ausgehst?«, fragte mich Viv. »Oder deine Gran?«

Ich schüttelte den Kopf – und Viv zischte. Schlechte Idee. »Ich habe überraschend gut in Grans Test abgeschnitten.« Dank einer TV-Serie mit Anspielungen auf ägyptische Götter. »Und meine Mom war wie immer.«

Hatte ich mal keine Lust auf Schule, war Moms Antwort stets: »Die ganzen Menschen würden mich auch nerven. Ich schreibe dir eine Entschuldigung, wenn ich abends aufstehe.« Danach zog sie sich immer die Bettdecke über den Kopf und schlief weiter. Bei der Frage nach einer illegalen Party mit Alkohol reagierte sie ebenso unaufgeregt.

»Wie lange darfst du wegbleiben?«

Ich machte eine wegwerfende Handbewegung. »Wie lange du? Ich glaube, meine Mom denkt nicht mal an eine feste Zeit, solange ich kein Morgenlicht hereinlasse.«

»Nicht länger als Mitternacht. Öffne mal kurz die Lippen, damit ich den Lipliner ordentlich ziehen kann.«

Kurze Pause – dann schnalzte sie mit der Zunge. »Wie schade, dass mein Kunstwerk bald zerstört werden wird.«

Irgendetwas kitzelte kurz darauf meine Nase, und ich konnte ein Niesen kaum unterdrücken. Nur die Liebe zu meiner besten Freundin und die Angst, ihre Kunst in ein expressionistisches Gemälde mit einem »Hatschi« zu verwandeln und damit ihren Groll heraufzubeschwören, hielten mich davon ab.

»Fertig!«

»Was? Schon?«

»Manche Kunstwerke brauchen keine Ewigkeit. Zudem gehen wir nur auf eine Halloween-Party und nicht auf die Euphoria High. Du kannst die Augen übrigens öffnen.«

Ich wusste, dass es ein absolutes Klischee war, aber ich erkannte die Person im Spiegel kaum wieder.

»Bei deinem Teint passte am besten eine blau-lila Mischung, und der Glitzer muss bei deinem Outfit einfach sein«, erklärte sie die funkelnden Highlights an meinen Augen und Lippen.

»Und der goldene Eyeliner?«

Sie zuckte mit den Schultern. »Ich mag Goldfarbe.«

»Wow«, staunte ich, immer noch etwas sprachlos von ihren Fähigkeiten. »Und du hast keine Magie eingesetzt?«

»Ich habe zwei Schwestern.« Sie holte eine Flasche hervor und schüttelte sie. »Augen zu. Hier kommt das Fixierspray.«

Besser wäre gewesen, sie hätte mich gewarnt, die Luft anzuhalten.

»Ich sterbeee«, röchelte ich, während meine Lunge brannte.

»Den Lippenstift nehmen wir zum Auffrischen mit. Denke nicht, dass er besonders kussfest ist.«

Viv ließ keine Möglichkeit aus, auf mein Date anzuspielen.

»Und jetzt zeig mir deine Schuhe. Damit wir endlich loskönnen.« Sie blickte ungeduldig auf ihr Handy. »Die Party hat vor über einer Stunde begonnen.«

»Na und?«, sagte ich.

Ich sprang auf und krabbelte auf den Knien in meinen Schrank, um ihn nach einem zusammengehörenden Paar Schuhe zu durchforsten. »Bei Partys ist meine Unpünktlichkeit so was von egal.« Ich warf ein paar einzelne Schuhe hinter mich. Etwas ging zu Bruch und Vivienne schrie laut auf. »Pass doch auf!«

Ich fummelte eine Strumpfhose aus der hintersten Ecke. Dieses Jahr war der Oktober ungewöhnlich kalt, und kein noch so heißes Outfit rechtfertigte, dafür Frostbeulen einzuheimsen.

»Das ist doch nicht dein Ernst!«, sagte Viv und zeigte auf die zwei Paar Schuhe, die ich ihr vor die Füße geworfen habe. Als ihre beste Freundin wusste ich sofort, was ihr nicht behagte.

»Entweder ich darf Peeptoes zur Strumpfhose tragen oder Doc Martens zum Kleid. Du entscheidest.«

Tausende von Empfindungen huschten innerhalb weniger Sekunden über Vivs Gesicht.

»Dann die Stiefel«, brummte sie und warf die Arme in die Luft. »Aber wir gehen nächste Woche mal schöne Schuhe für den Abschlussball shoppen. Du musst nicht meinen, dass ich dir das ein zweites Mal verzeihe.«

»Mädels?«

Viv und ich fuhren erschrocken herum.

Meine Mom lehnte mit etwas, das wie eine kleine, alte Holztruhe aussah, an der Tür. Sie zog eine Augenbraue hoch. »Woah, ihr seid aber vielleicht schreckhaft.«

Nein, ich erklärte meiner Mom nicht zum tausendsten Mal, dass sie als Halbvampirin kaum Geräusche beim Gehen verursachte und Teenager es nicht mochten, wenn Erwachsene plötzlich ohne Vorankündigung im Zimmer standen.

»Ist was, Mom?«, fragte ich stattdessen entnervt.

»Ich habe euch beide über die Party reden hören.« Das hieß ungeschönt, dass sie mit ihrem Vampirgehör gelauscht hatte. »Ich habe Schmuck, der zu deinem Outfit passt. Denke ich.«

Sie klappte die unscheinbare Truhe auf und holte goldene Ketten, Armreife, Armbänder und Ringe mit bunten Steinen heraus.

»Wären die nicht eher was für den Abschlussball?«

»Ich hab die gerade erst wiedergefunden. Hab sie im Wald vergraben gehabt.«

Mir fiel jetzt erst auf, dass ihre Finger schmutzig waren.

»Wa... Warum vergraben?«

Sie wich meinem bohrenden Blick aus. »So ein Vampirding.«

»Dinge vergraben?«

»Ja.«

»Dinge vergraben ist ein Vampirding?«

»Ja, mein Schatz.«

Neugierig nahm ich ihr eine Kette aus der Hand. Dutzende von kleinen Steinen waren zu dem bunten Gefieder eines Vogels angeordnet worden. Er hatte seine Flügel so ausgestreckt, dass man es wunderbar als Statement-Kette tragen konnte.

»Das ist Re oder Ra«, erklärte meine Mutter. «Der, den man niemals mit Horus verwechseln darf. Unsere Familie ... ist kein Freund von dem falkengesichtigen Sohn des Osiris und der Isis. Wohingegen wir Re als unseren Verbündeten sehen.«

Das hörte ich heute zum allerersten Mal.

»Wooow.« Viv hatte sich die goldenen Armbänder geschnappt. »Sind die echt? Ich meine, aus echtem Gold?«

Mom nickte.

»Was, wenn ich so ein Ding verliere?«, fragte ich panisch, da ich meine eigene Schusseligkeit zu gut kannte. Meist tauchten die *verlorenen* Dinge nach ein paar Wochen wieder auf – oder sie waren für immer verloren.

»Natürlich sind alle Stücke mit einem mächtigen Wiederbeschaffungszauber belegt«, beruhigte mich meine Mutter. »Es ist schließlich unser Familienschmuck.«

Den sie im Wald vergraben hatte, dachte ich ironisch.

Ich nahm ein Paar goldene Schlangenohrringe und einen goldenen Armreif ohne Muster.

»Der ganze Schmuck gehört jetzt dir«, sagte meine Mom und stellte die Truhe auf meine Kommode. »Ich bin sowieso nicht der Typ Hexe, der gern Schmuck trägt.«

»Danke.«

Obwohl ich den Drang verspürte, umarmte ich meine Mom nicht, da sie nie wusste, wie sie darauf reagieren sollte.

»Na ja, ich lasse euch Mädels jetzt in Ruhe fertig machen. In einer halben Stunde will ich euch dann aber zur Party fahren, okay?«

Ich schluckte.

Meine Mom und … und Autofahren?! Mal sehen, ob wir es überhaupt in einem Stück dorthin schafften …

Kapitel 8

Die beste Party ist eine May-Party, denn eine May-Party fände nie statt

Der Kerl im blauen Pkw hupte mehrmals aggressiv, als meine Mom ihm mit ihrem schwarzen SUV die Vorfahrt und fast seinen Seitenspiegel nahm. Sie schien nicht zu wissen, dass sie gerade eine elementare Verkehrsregel verletzt hatte – nicht von links zu überholen –, denn sie nahm total gelassen einen Schluck Blut aus ihrem Thermobecher und rückte sich dann auch noch seelenruhig ihre dunkle Sonnenbrille zurecht.

»Willst du nicht endlich einmal einen Führerscheinkurs besuchen, Mom?«, fragte ich hoffnungsvoll.

Gleichzeitig warf ich einen Blick nach hinten. Viv, die bis heute von einer gemeinsamen Autofahrt mit meiner Mom verschont geblieben war, lag halb auf der Rückbank und hatte das Gesicht in ihren Händen vergraben. Sie murmelte Bitten zu ihren Loas. »Ich b-brauche Rum, um Baron Samedi anzurufen. Ich habe nichts für Erzulie … Oh, ich glaube, ich muss kotzen.«

»Warum denn, mein Schatz? Ich hatte noch nie einen Unfall.«

»Ja, aber das zeigt nur, dass die Menschen in dieser Stadt hervorragend Autofahren können.«

Sie machte eine wegwerfende Handbewegung. »Das ist mir zu viel Bürokratie, May.«

Meine Mom besaß weder einen Führerschein noch einen gültigen Ausweis. Stattdessen nutzte sie ihre Vampirfähigkeiten, um in den Geist eines Menschen einzudringen und ihn auf einfachster Ebene zu manipulieren. Dazu kamen ihre Vampirpheromone, mit denen sie

Polizisten jeglichen Geschlechts um den Finger wickelte. Sie bekam fürs Zuschnellfahren nicht mal einen Strafzettel, sondern wurde mit einem sanften Lächeln im Gesicht gebeten, doch beim nächsten Mal etwas langsamer zu fahren. Daran hielt sie sich aber nie, was Viviennes gurgelnde Geräusche gerade stark unterstrichen.

Zum Glück sah ich in der Ferne schon die alte Scheune der Millers stehen, in der die Halloween-Party stattfand. Auch ohne Kurts Gehör vernahm ich das Dröhnen der Musikanlage, das das alte Holz der Scheune erzittern ließ. Das dazugehörige Haus hatte man schon vor gut einem Jahrzehnt abgerissen, und die Scheune hielt sich scheinbar nur noch durch die Lebenskraft von Jugendlichen am Leben. Wie in einem Horrorstreifen gab es nur eine halb zugewachsene Straße und eine Menge Bäume, die man jedoch noch nicht als Wald bezeichnen konnte.

Der jüngste Sohn der Millers, John, veranstaltete dort schon seit einem Jahrzehnt seine Halloween-Partys, die von uns Highschool-Schülern und einigen Collegestudenten gut besucht wurde. Es gab sogar Elektrizität und fließendes Wasser – nur keinen Handyempfang, weshalb man sich gezwungenermaßen mit den anderen Leuten unterhalten musste. Und natürlich, um das Horrorfilm-Feeling zu unterstreichen. Aber ich hatte keine Angst. Vor was denn? Ich hatte einen Dämon gedatet, war schon mal auf dem Blutbeutel meiner halbvampirischen Mom ausgerutscht und Geister … Geister waren nur bemitleidenswerte Gestalten.

Ich klopfte mit der Hand gegen das Scheibenfenster. »Lass uns hier raus, Mom.«

»Warum?«, fragte sie prompt, fuhr aber trotzdem rechts ran und stoppte den Wagen.

Vivienne gluckste halb wahnsinnig.

»Weil keine normale Mutter ihre minderjährige Tochter und deren genauso minderjährige beste Freundin zu einer feuchtfröhlichen Party in einer alten Scheune kutschieren würde.«

Mom runzelte verwirrt die Stirn.

»Wo Alkohol an jeden ausgeschenkt wird«, fuhr ich fort. »Und sicherlich auch Drogen konsumiert werden.«

»Du weißt, dass Drogen kaum einen Effekt auf dich haben? Nur damit du kein Geld für das Zeug ausgibst.«

Ich stöhnte. »Ja, ich weiß. Aber menschliche Mütter würden sich sehr wohl Sorgen machen.«

»Menschen sind ab und zu so komisch.«

Mit Müh und Not verkniff ich mir einen sarkastischen Kommentar zu sorglosen Vampir-Hexen-Müttern.

Ich stieg aus und unterstützte Viv dabei, wieder auf die Beine zu kommen. Ich wusste, dass sie sich gerade wie eine wabbelige Boba-Kugel im Bubble-Tea-Saft fühlte.

Mom ließ die Fensterscheibe herunter. »Ich hole euch dann um eins ab.«

»Viv muss aber um Mitternacht zu Hause sein.«

»Ach, das passt schon. Viel Spaß euch beiden und … oh, hi, Penelope.«

»BUH!«

Ich schrie laut, als mich jemand von hinten an den Schultern packte. Vor Schreck verlor ich den Halt und landete mit Viv im hohen Gras.

Meine Mom brauste mit dem Auto davon und Penelope winkte ihr noch recht scheinheilig nach. Dabei flatterte sie mit ihren kleinen fledermausähnlichen Schwingen – Moment mal!

»Du bist doch nicht etwa in deiner Dämonenform?«

Penelope klimperte mit ihren langen Wimpern. »Na ja, ich denke, Hörner, Flügel und Schwanz gehören nicht zur menschlichen Anatomie.«

»Zumindest nicht diese Art von Schwanz«, gluckste Viv neben mir ins Gras. Dem Anschein nach war sie endlich aus ihrer Schockstarre erwacht und gleich gut genug drauf, um schlechte zweideutige Witzchen zu reißen.

Penelope landete auf ihren Füßen, die in wirklich mörderisch hohen High Heels steckten. Kein Wunder, dass sie jede Gelegenheit zum Fliegen nutzte! »Es ist Halloween, und ich habe dringend ein aufsehenerregendes Kostüm benötigt. Es kommt sehr selten vor, dass ich genug Energie für meine volle Dämonenform besitze.« Sie präsentierte ihre dämonischen Attribute, als sie sich mit ausgebreiteten Armen einmal im Kreis drehte. »Zum Glück war John Miller schon ein bisschen früher an der Location.«

»Oh, du hast also den Gastgeber in den Schlaf gevögelt? Ein nettes Gastgeschenk.«

Doch sie zuckte nur ungerührt mit den Schultern. »In einer Stunde ist er sicher wieder auf den Beinen. Bis dahin schläft er auf einer alten muffeligen Couch einen scheinbaren Rausch aus.«

Ich hatte noch nie einen Sukkubus – beziehungsweise das männliche Pendant, einen Inkubus – in ihrer wahren Form gesehen, sondern nur Abbildungen von ihnen in meinen Büchern studiert. Die Sexdämonen grenzten sich von anderen durch ihre kleinen violetten Hörnchen ab, die nicht einmal so groß wie mein Daumen waren, und der auffälligen herzförmigen Schwanzspitze. Ihre Flügelspannweite lag ungefähr nur bei sechzig Zoll, aber sie konnte ihren ganzen Körper über den Boden halten. Dazu ihre Augen ... Sie glühten blau, und die Pupillen waren nur noch vertikale Schlitze.

Viv schwang sich auf die Beine und half mir auch hoch. »Du siehst super aus! Mir würden die Sachen nicht stehen, aber an dir sieht es viel besser aus!«

Penelope trug eine enge schwarze Lederhose und ein pausendes Crop-Top.

»Das ist leider das Einzige in meinem Kleiderschrank, was so verzaubert ist, dass es trotz Flügel und Schwanz passt.« Ihre Augen blitzten noch heller auf. »Aber du hast dich noch viel hübscher herausgeputzt, meine liebe May.«

»Kann schon sein ...«, versuchte ich ihren Kommentar mit Desinteresse abzuwürgen.

»May hat ein Date!«, platzte Viv heraus.

»*Viv*!«

Penelope war ganz Ohr. »Mit wem?«

»Mit niemandem!«, entgegnete ich patzig.

»Mit wem?«, wandte sich der Sukkubus an meine beste Freundin.

»Noah!«

»Noah Simons, der mich hat abblitzen lassen?«

»Sorry, Süße. Sieht so aus, als hätte er lieber eine sexy Hexe statt eines Sexdämons, der ihn bewusstlos vögelt.«

»Ich bin beeindruckt, May!« Penelope wirkte wirklich erstaunt über die Verabredung. »Hast du dir einen Verhütungszauber geholt?«

»Erstens ist das alles nur eine wirklich lockere Verabredung, und zweitens werde ich nicht gleich mit Noah ins Bett steigen.«

Penelope formte einen Schmollmund. »Komm schon, ich kann sein sexuelles Verlangen auf meiner Zunge schmecken. Es schmeckt nach Zimt und Kirschen.«

Ich wurde rot. »Vielleicht habe ich daran gedacht, aber mehr nicht. Man darf ja wohl noch fantasieren, oder?«

Ich war siebzehn und Single. Vielleicht waren ein paar meiner Gedanken in eine gewisse Richtung abgedriftet, aber das hieß noch lange nicht, dass ich tatsächlich Sex mit ihm haben würde. Ich konnte mir nicht vorstellen, mit jemandem intim zu werden, der nicht wusste, was ich war. Das fühlte sich irgendwie falsch an.

Penelope drehte sich zu meiner besten Freundin. »Und du, Viv ...«

Sie verstummte, als Kurt wie ein Mini-Batman von einem Baum haarscharf an ihr vorbeisegelte. Mein kluges Hexentier hatte sich gegen eine Autofahrt mit meiner Mom entschieden.

»Oh, Kurt, du bist auch hier. Nette Verkleidung«, schmeichelte sie ihm und tätschelte seinen Kopf. »Schicker Hut.«

Viv hatte an alles gedacht und von *Dollartree* einen winzigen Deko-Hexenhut für Wein- oder Bierflaschen besorgt, der Kurt perfekt passte.

»Du kennst die Regeln«, sagte ich zu meinem Familiar. »Du versteckst dich jetzt erst mal unter meinen Haaren, und wenn die Leute da drin betrunken werden, kannst du herauskommen. Wir wollen doch nicht, dass jemand die ›eklige fette Fledermaus‹ mit einem Besen quer durch das Haus jagt. Zum dritten Mal.«

Kurt erschauerte bei den Gedanken an die letzten unglücklichen Hauspartys.

»Nein, du bist nicht fett. Du bist flauschig«, versuchte ich seine Unsicherheit auszulöschen, als er sich mit den Füßen an der Halskette festkrallte, die meine Mom mir beim Verlassen des Hauses nahezu aufgedrängt hatte. »Vergleich dich ja nicht mit Fledermäusen! Die sind ganz anders gebaut als du.«

»Wird es ihm da drin nicht zu laut?« fragte mich Penelope.

»Ich kann Kurts hervorragende Sinne verwenden, und er kann auch meine fast menschlich stumpfen Sinne benutzen und sich dadurch von den ganzen Einflüssen abschirmen.«

»Faszinierend. Ihr Hexen verblüfft mich nach all den Jahren immer noch.«

Je näher wir drei dem eigentlichen Partygeschehen kamen, desto mulmiger wurde mir zumute. Als Penelope mit einem hungrigen Lächeln auf den grellroten Lippen die Scheunentore aufstieß, wurde ich nicht nur von der Musik und der warmen Luft eingehüllt. Plötzlich umhüllte ein kalter Schauer mein Herz, und wie aus dem Nichts erfasste mich Panik: Was, wenn Noah mich nur verarscht hatte? Was, wenn er sich über mich lustig machen wollte?

Vielleicht wollte er nur testen, ob ich wirklich kommen würde – ob er mich mit einem charmanten Grinsen um den Finger wickeln konnte. Und am Montag würde die ganze Schule darüber tuscheln!

»Beruhige dich!« Viv merkte meine Anspannung und drückte mir eine Plastikbecher mit Bier in die Hand. »Verhalte dich normal.«

»Ich verhalte mich immer normal«, sagte ich und verwandelte das Getränk in meiner Hand in eine kalte Cola. »Was denn? Du weißt, ich mag kein Bier. Es schmeckt eklig.«

Das Getränk in meiner Hand beruhigte mich aber ein wenig. Überall um uns herum standen Menschen mit den gleichen Bechern und schrien über die viel zu laute Musik ihren Freunden zu, während die Tanzenden in der Mitte der Scheune sie anrempelten. Ich spürte Spritzer einer Flüssigkeit an meinem Oberschenkel. Jemand rammte mir kurz darauf seinen Ellbogen in die Rippe. Kurt hustete leise gegen meinen Rücken.

Hach. Waren Partys nicht toll?

»Siehst du Noah schon irgendwo?«, schrie ich Viv ins Ohr.

Sie hob eine Hand. »Nein! Aber da drüben steht sein bester Freund Shane.«

»Hm.«

Mit jeder Minute, die ich nach Noah Ausschau hielt, nahmen meine Bedenken wegen des Dates wieder zu. Das alles war so eine blöde Idee! Wir hatten ja nicht einmal eine genaue Uhrzeit oder einen Treffpunkt vereinbart. Das …

Als ich ein weiteres Mal den Kopf drehte, erstarrte ich in der Bewegung. Meine Befürchtung, dass ich Noah in seiner Verkleidung vielleicht nicht erkennen konnte, bewahrheitete sich nicht. Der Kerl trug eine schwarze Jeans und ein gleichfarbiges T-Shirt. Sonst war nichts an ihm auffällig: braune Haare, blaue Augen, süße Grübchen beim Lächeln …

»Hi!«, begrüßte er uns. »Ich habe dir eine Nachricht gesch…«

Sein Blick blieb an Penelope hängen, was ich ihm wirklich nicht verdenken konnte. Wollte sie, dass wir wegen ihres blöden Schwanzwedelns noch aufflogen?

»Wow!«, staunte er und versuchte, gegen den Lärm anzukommen. »Geiles Outfit! Ist der Schwanz mechanisch?«

»Völlig natürlich«, hauchte sie und zwinkerte ihm zu.

Ein Knurren entschlüpfte meiner Kehle.

»Oh!« Erst jetzt fiel dem Sukkubus auf, dass sie ihre Pheromone gerade falsch einsetzte. Sie hakte sich bei Viv unter. »Wir zwei hauen jetzt ab. Willst du mit wem rummachen? Ich helfe dir!«

Wir sehen uns später. Hab viel Spaß!, verabschiedete sich meine beste Freundin telepathisch, bevor sie mit der Dämonin von der Menge verschluckt wurde.

Als ich den beiden so nachsah, meinte ich eine dunkle Gestalt inmitten der tanzenden Gäste zu erkennen, aber als Noah meine Hand berührte, wurde alles andere zur Nebensache.

Kapitel 9

Ich bin nicht bezaubernd – ich bin behexend!

Noahs Lippen bewegten sich. Ich verstand keines seiner Worte, was natürlich nur dem Lärm geschuldet war und nicht meiner Lust, ihn auf die vollen Lippen zu küssen. Aber all die Menschen … die warmen Körper, die sich aneinanderrieben … Da brauchte man keine Sukkubus-Düfte, um schwach zu werden.

»Hast du was gesagt?«, schrie Noah mir ins Ohr.

»Nein!«

Plötzlich packte er mich an der Hand und führte mich zielstrebig durch die riesige Scheune.

»Wohin gehen wir?«, brüllte ich.

»Wo es etwas leiser ist!«, schrie er zurück. »Ich will dich näher kennenlernen.«

Date! Noah wollte mich näher kennenlernen – es war also wirklich ein Date! Ein Date, wie normale Menschen es hatten.

Ein paar der Leute, an denen wir vorbeikamen, klopften Noah lachend auf die Schulter – und musterten mich verwirrt.

Ich kannte von den zahlreichen Gesichtern eigentlich nur seinen besten Freund Shane, weil ich mit ihm dieselbe Grundschule besucht hatte. »Lass es sein«, hörte ich ihn sagen. »Ich finde das nicht gut.«

Ich war auf einmal richtig berauscht von dem Gefühl von Noahs Hand auf meiner und dass er mich näher kennenlernen wollte, dass ich mir bei Shanes kryptischen Worten nichts dachte.

Vielleicht lag es auch an der heutigen Nacht. Keltische Hexen hatten schon vor Jahrtausenden in dieser Nacht Feste gefeiert und

Rituale begangen, es wurden Kriege ausgetragen und Blutopfer dargebracht.

Heute waren die Grenzen zu den anderen Welten sehr dünn und durchlässig – und ich spürte es bis in mein Innerstes.

Ich trank meine Cola aus und stellte den Becher an der Leiter ab, auf der ich Noah hinauf auf den alten Heuboden folgte. Heu lag keines herum, aber dafür hingen hier billige Lichterketten mit Fledermäusen und Kürbissen, die ich am liebsten sofort abgerissen und mitgenommen hätte.

Dennoch war es hier oben aber deutlich leiser. Die Party im Untergeschoss war fast nur noch ein Nebengeräusch.

»Hast du Höhenangst?«, fragte mich Noah.

Mehr als die Hälfte des Dachbodens war noch intakt, aber die andere war demontiert worden, sodass einzelne Holzbalken der Stützkonstruktion freilagen.

Ich grinste ihn an, bevor ich mit dem Rücken voran die schmalen Bretter entlangbalancierte – und weil ich etwas trunken vor Aufregung war, legte ich mit einem Flickflack auf den schmalen Balken nach. Eine Kleinigkeit nach den strapazierenden und fast tödlichen Trainingsstunden mit Gran.

»Nö. Habe ich nicht.«

In Noahs Gesicht war unverhohlene Überraschung zu erkennen. »Wow«, rutschte es ihm über die Lippen. »Du bist nicht im Leichtathletikteam der Schule, oder habe ich da was verpasst?«

Ich schüttelte den Kopf. »Nein. Dafür habe ich keine Zeit … und, ehrlich gesagt, auch keine Lust.«

Noah stieg mir ganz vorsichtig nach. Schritt für Schritt tastete er sich auf dem schmalen Balken vor. Im Gegensatz zu mir konnte er sich nun mal nicht auf die Fähigkeit der Levitation verlassen.

»Hast du etwa keine Höhenangst, weil Hexen auf Besen fliegen können?«

Mein Blick war wohl furchteinflößender als der einer hungrigen Gorgone, denn Noah entschuldigte sich sofort bei mir.

Er setzte sich zu mir auf den Balken – der sich zum Glück unter unserem Gewicht keinen Inch durchbog. Ziemlich stabil, das alte Teil.

»Schon gut«, sagte ich.

Ich hatte ja lautstark rumgetönt, dass ich eine Hexe war, und das Kostüm hatte ich auch freiwillig angezogen.

»Ich weiß, du denkst, ich bin durchgeknallt, aber –«

»Nein«, unterbrach er mich.

»Was?«

»Deine ganze Familie und du – ihr seid Wicca, oder?«

»Was?«, wiederholte ich perplex.

»Ich habe im Internet etwas über Hexen nachgelesen«, gestand mir Noah. Er sah mich dabei nicht direkt an. »Wicca sind doch Hexen, oder? Ich habe ein paar Sachen nicht so richtig verstanden.«

»Ich bin eine Hexe«, lenkte ich ab, und Noah fasste das als ein klares »Ja« auf.

Heute wollte ich mal nicht über mein Dasein als Hexe reden. Ich wollte nicht einmal daran denken, was ich war. Einen Abend lang wollte ich einfach nur May sein.

»Äh … Hast du dir die Haare geglättet?«

Unbewusst fuhr ich mir durch das ungewohnt glatte und seidene Haar.

Viv hatte im Auto noch ihr Miniglätteisen herausgekramt und von der Rückbank aus an meinen Haaren gearbeitet – bis meine Mom vollständig aus ihrer Tagesstarre erwacht war und das Gaspedal voll durchgedrückt hatte.

»Ja. Viv hat mir geholfen.«

»Es steht dir.«

Eine zarte Rote breitete sich in meinem Gesicht aus. »Danke.«

»Und was ist das? Das sieht nicht aus wie ein Kreuz.«

Noah zog sanft an der Kette, aber es reichte aus, dass Kurt protestierend die Flügel bewegte

»Aaah. Das ist ein Ankh.« Auf seinen fragenden Blick erklärte ich weiter: »Das ist ein ägyptisches Familienerbstück.«

»Oh. Du bist Ägypterin?«

»Ja. Ich meine. Nein. Nein, eigentlich nicht.«

»Das verstehe ich nicht …«

»Meine Familie stammt aus Ägypten, aber wir leben schon seit vielen Jahren in Amerika. Meine Großmutter wurde hier geboren. Ich glaube nicht, dass ich als Ägypterin durchgehe.«

»Aber du warst sicher schon mal dort.«

Kopfschütteln. »Auch das nicht. Ich glaube, meine Familie will nicht dorthin zurück.«

»Schade. Ägypten hörte sich cool an. Ich … Ich war noch nie außerhalb des Bundestaats.«

»Ich auch nicht.«

Da schwang eindeutig Sehnsucht in seiner Stimme mit – und ich konnte dieses Sehnen nur allzu gut nachvollziehen. Doch Noah würde irgendwann aus dieser Stadt rauskommen. Wohingegen meine Chancen sehr schlecht standen. Ich hatte schon seit der Junior High das Gefühl, dass der Rat der Hexen mir nicht die Erlaubnis erteilen würde, aufs College zu gehen. Ich war die nächste Oberhexe – damit war meine Aufgabe, die nächste Generation Hexen zu erziehen und für die Übernatürlichen der Stadt da zu sein.

»Erzähl mir doch ein bisschen was von deiner ägyptisch-amerikanischen Familie«, bat mich Noah. »Wie lebt es sich in einem modernen Hexenclan? Wenn ich das so sagen darf.«

Komisch: Auf einmal klang das Wort »Hexe« nicht mehr wie eine Beleidigung.

»Also … Du weißt ja sicher, wie meine Mom und meine Großmutter ihr Geld verdienen.«

Er nickte. »Die Flyer hingen mal überall in der Stadt.«

Ich verzog das Gesicht, als ich mich an die Abscheulichkeiten erinnerte. Das Grafikdesign sah ganz danach aus, als wäre Mister Mittens auf der Tastatur eingeschlafen.

»Und meine Tante arbeitet als Ärztin im Krankenhaus. Das war es eigentlich schon.« Da gab es nicht mehr zu erzählen – bis auf die Wahrheit.

»Und dein Dad?«

»Den kenne ich nicht«, antwortete ich.

»Oh, das tut mir leid.«

Ich zuckte mit den Schultern. »Nicht schlimm. Ich hab mich damit abgefunden.«

Auf einmal spürte ich Noahs Finger sanft, aber doch deutlich an meiner Taille. Er saß so nahe bei mir, dass ich seine Wärme spüren konnte.

»Und bei dir?«, lenkte ich mich ab, bevor ich noch auf eine voreilige – sprich: dumme – Idee kam.

»Wie, bei mir?«

»Wie ist deine Familie so?«

Mein *Job* war es, alles über die übernatürlichen Familien in der Stadt zu wissen. Bei den Menschen hatte ich umso weniger Ahnung. Noahs blaue Augen trübten sich merklich. Statt mir zu antworten, zog Noah sein Handy aus der Jeans und tippte eine kurze Nachricht. Ich wusste nicht, ob ich sauer sein sollte, dass er es keine zehn Minuten ohne Handy aushielt, oder ob ich gerade in ein riesiges Fettnäpfchen getreten war.

»Komm. Lass uns wieder nach unten gehen«, forderte er mich mit kalter Stimme auf.

Ja, natürlich war ich ins erstbeste Fettnäpfchen wie eine ausgetrocknete Meerjungfrau gehüpft.

Weil ich nichts zu erwidern wusste, folgte ich Noah über die Balken zurück. Doch kaum stand ich mit beiden Beinen wieder auf dem Holz, schob Noah sich vor mich.

Überrascht von der Nähe blickte ich ihn an.

»Wow.« Eine Hand wanderte an meine Hüfte, die andere legte er auf meine Wange. »Deine Augen sind ja …«

Das war die natürliche Reaktion, wenn ein Mensch bemerkte, dass sie unnatürlich grau waren. Mal waren sie so hell wie Nebel im Herbst, dann wieder so dunkel wie eine sommerliche Gewitterwolke.

»Seltsam. Ich weiß.«

Ich wollte den Kopf senken, aber Noah hatte seine Hand immer noch dort.

»Seltsam. Das mag sein, aber auch wunderschön.«

Das war der Moment, als Noah Simons mich küsste.

Kapitel 10

Never mess with the witch

Noah Simons küsste mich.

Ich spürte seine Lippen auf meinen. So weich und warm, dass von meinem Herzen ausgehend mein ganzer Körper zu prickeln begann. Dort, wo seine Hände den dünnen Stoff berührten, wurde mir angenehm warm.

Ich war zuerst ein bisschen überrumpelt von seiner Offensive, aber dann nutzte ich die Chance und erwiderte seinen Kuss mit voller Leidenschaft. Noah stöhnte leise und drückte mich noch enger an sich. Wie von selbst öffneten sich meine Lippen und wir vertieften den Kuss.

Es war … einfach aufregend. Berauschend. Ein bisschen chaotisch.

Es war perfekt, bis …

»Du bist das Allerletzte!«, schrie plötzlich eine weibliche Stimme.

Erschrocken von dem Gekreische löste ich mich von Noah. Hinter ihm stand seine Ex-Freundin Larissa. Sie fuchtelte mit ihrem Smartphone in der Hand herum, als könnte sie sich nicht entscheiden, ob sie es Noah an den Kopf werfen sollte oder ob es dafür zu wertvoll war.

Noah wandte ihr den Kopf zu. »Oh, ich bin das Arschloch, ja? Siehst du vielleicht endlich mal ein, dass du in deinem Egoismus alles kaputtgemacht hast?«

»Ich will einfach nicht mehr mit dir zusammen sein. Wann geht das endlich in dein kleines Hirn?«

Larissa kam näher.

Sie trug ein kurzes gold funkelndes Kleid – um das ich sie in diesem irrealen Moment beneidete. Ihre roten Haare hatte sie zu großen Locken gedreht und eilig hochgesteckt, da sich einige Strähnen bereits gelöst hatten. Das Krönchen auf ihrem Kopf ließ mich vermuten, dass sie eine Prinzessin darstellen sollte, aber sie hatte sich wirklich kaum Mühe bei ihrer Verkleidung gegeben.

»Und glaubst du wirklich, dass du mich mit der durchgeknallten Hexe eifersüchtig machen kannst?«

Sie schenkte mir einen so abwertenden Blick, dass ich ihr am liebsten wieder die Krätze angehext hätte, wenn ich mich in diesem Moment nicht so grauenhaft gefühlt hätte. In meinem Kopf herrschte ein riesiges Durcheinander, aber eine Stimme schrie immer wieder: »Der Kuss war nur eine Farce!« und »Du dumme Hexe bist wirklich darauf reingefallen!«.

Prinzessin Larissa lächelte verächtlich. »Also, war's das jetzt mit deiner Schmierenkomödie? Da unten läuft die tolle Party ohne mich weiter.«

Ohne weitere Worte für Noah stöckelte sie ihren beigen Pumps davon. Mir aber schenkte sie einen Blick, der mich bis ins Mark traf.

Mitleid. Ehrliches Mitgefühl.

Ich hasste es.

Ich hasste diesen Ausdruck im Moment mehr als alles andere.

»Du warst mal nett, Larissa«, rief Noah ihr noch hinterher, was sie mit einem Mittelfinger entgegnete.

Danach herrschte betretene Stille. Ich spielte kurz mit dem Gedanken, mit purer Willenskraft ein Loch in die Scheunenseite zu schlagen und wütend davonzufliegen. Es war doch egal, wenn Noah wusste, dass ich eine verdammte Hexe war!

»Darum hast du mich also geküsst«, brachte ich schließlich heraus. »Um Larissa eifersüchtig zu machen.«

Ich fühlte mich so dumm. So unglaublich dumm und naiv.

Noah drehte sich zu mir um. Wenigstens spiegelte sich ein wenig Schuldbewusstsein in seinen Augen. »Es … es tut mir leid, ja? Du bist wirklich ganz nett … aber mehr nicht.« Er zuckte mit den Schultern. »Sorry, falls ich dir irgendwelche Hoffnungen gemacht haben sollte.«

Noah hatte mich nur benutzt, um seiner Ex eins auszuwischen. Oh, ihr Götter! Wie naiv war ich denn, zu denken, dass ein Junge – ein menschlicher noch dazu – auf mich stehen könnte? Weil er mich schön fand.

Und liebenswert. Humorvoll. Interessant. Charmant.

Weil er mich einfach begehrte.

Ephraim hatte mich vermutlich nicht einmal richtig geliebt. Sonst wären wir nicht so mühelos vom Paar zurück zu Freunden mutiert, und für Noah war ich nur ein wertloses Mittel zum Zweck.

Ich ballte meine Hände zu Fäusten. Warum war das so?

Warum konnten Hexen nicht einen Partner finden, der sie so liebte, wie sie waren?

Niemand in meiner Familie war in einer festen Beziehung – und bei Vivienne sah es nicht anders aus. Ich erinnerte mich nicht daran, dass jemand von den Hexen aus meinem Bekanntenkreis je in einer festen Partnerschaft war.

Würde mich ein ähnliches Schicksal ereilen?

Das war alles zu viel für mich. Einfach zu viel!

Ich hielt mir verzweifelt die Ohren zu, um meine viel zu lauten Gedanken verstummen zu lassen – aber sie wurden nur noch lauter. So laut, dass sie sich wie Donnergrollen anhörten.

Der Blitz erleuchtete die Scheune für mehrere Sekunden taghell, bevor es ordentlich krachte. Die Scheune vibrierte und die Leute im Untergeschoss kreischten, während sich alles um mich drehte.

»May, lass uns abhau–«

Durch einen dunklen Nebel sah ich eine Hand auf mich zukommen.

»RÜHR MICH NICHT AN!«, brüllte ich Noah an. Der Wind fuhr schneidend zwischen unsere Körper. »Verschwinde sofort!«

Es donnerte weitere Male, und der starke Wind, der nun draußen tobte, rüttelte wie wild am Holz. Meine Enttäuschung hatte sich in grenzenlose Wut verwandelt. Ich wollte zerstören und vernichten. Durch den Wind das Holz brechen, den Boden mit Blitzen verbrennen und alles mit Regen fortschwemmen. Chaos, Verderben und Zerstörung: Dieses Mantra tauchte plötzlich in meinem Kopf auf. Chaos und Verderben verbreiten, alles zerstören …

»Aber …«, begann mein erbärmliches Gegenüber, die Hände nun zur Verteidigung vor seinem zerbrechlichen menschlichen Körper erhoben.

Ich gab nur noch ein Fauchen von mir.

Noah starrte mich lange an, kam aber natürlich nicht auf die Idee, dass ich die Verursacherin des Gewittersturms sein könnte.

Nein, das war falsch: Er hatte ihn verursacht!

Er und sein Verhalten! Er war schuld an dem Chaos und der Zerstörung, die ich über dieses Land bringen würde.

Noah schrie erschrocken auf, als die ganze Scheune wackelte, weil sie von einem mächtigen Sturm erfasst wurde, der genauso rasend war wie ich. Ich musste keinen Blick nach draußen werfen, um zu wissen, dass der Regen gerade die ganze Erde wie ein mächtiges Feuer zerfraß.

»Ich …«

Dann schienen seine wenigen Gehirnzellen endlich den Überlebensmodus zu aktivieren und er sprintete, zwei Sprossen auf einmal nehmend, die Leiter hinab.

Als der Mistkerl endlich verschwunden war, suchte ich mir die dunkelste Ecke der Scheune und verkroch mich hinter ein paar alten Kisten und modrigem Heu. Draußen wütete weiterhin ein gewaltiger Sturm, der perfekt zu meinem inneren Aufruhr passte. Chaos, Verderben und Zerstörung. Das war der einzige Grund, warum ich überhaupt geboren wurde. Ich war das Chaos. Ich war …

Auf einmal drückte mir jemand eine Keramiktasse an die Lippen und legte eine Hand behutsam an meinen Hinterkopf. Automatisch nahm ich einen Schluck von dem, was sich als Kräutertee herausstellte oder zumindest nach herben Kräutern schmeckte.

»Atme ruhig«, wies mich der Jemand an. »Ein und aus. Stell dir vor, du gehst schwimmen. Du watest ins Wasser und lehnst dich langsam zurück. Du schließt die Augen, löst dich langsam von allen Sorgen. Du treibst auf dem Wasser, frei von allem. Du bist zufrieden. Du bist mit dir im Reinen.«

Der Sturm schwoll hörbar zu einem leisen Regen ab.

Ich stöhnte laut auf. Meine Glieder schmerzten wie nach Grans harten Waffentraining und ich war schweißgebadet. Und als wäre das nicht schon schlimm genug, spürte ich dumpfe Kopfschmerzen, die immer stärker wurden.

»Auaa«, jammerte ich mit heiserer Stimme.

»Trink noch einen Schluck. Es hilft gegen deine Beschwerden.«

»Danke«, krächzte ich heiser und wandte mich um. Hinter mir erkannte ich die dunklen Umrisse von Moms Fremden. Eigentlich hätte ich entsetzt darüber sein sollen, dass er mich gefunden hatte. Verängstigt, dass er sich unbemerkt an mich herangeschlichen hatte. Beunruhigt, da er genau wusste, wie mies ich mich fühlte.

Aber ich spürte nichts dergleichen.

Stattdessen begann ich mich unwillkürlich zu entspannen.

Der Fremde lehnte sich neben mir an die Wand. »Menschliche Jungs wissen nicht zu schätzen, welch eine besondere Hexe du bist.«

»Ich bin nichts Besonderes.«

Er lachte über einen Scherz, den ich anscheinend nicht verstand. »Du bist wohl die interessanteste Hexe, die je geboren wurde.«

Ich zog eine Augenbraue hoch. »Willst du mich anmachen?«

Nach dem Fiasko mit Ephraim und Noah brauchte ich nicht noch einen weiteren in der Reihe meiner *Verehrer*.

Er klang richtig schockiert. »Kam das etwa so rüber?«

»Ein bisschen«, antwortete ich.

Ich nahm mir die Zeit, ihn einmal von der Seite zu betrachten. Wie ich bei unserer ersten Begegnung schon bemerkt hatte, war er ziemlich groß. Vielleicht eins neunzig, wenn er aufstand. Seine Haut war dunkel, wie man es von jemandem aus Ägypten erwartete, und seine Haare glänzten natürlich pechschwarz. Sie waren ein bisschen länger, als es gerade in Mode war.

Es gelang mir dieses Mal auch mehr seines Gesichtes zu erkennen: Er war unrasiert, aber es sah nicht ungepflegt aus – ein bisschen wie eine Weiterentwicklung des Dreitagebarts.

Seine Haut war faltenlos. Das machte es mir noch viel schwerer zu schätzen, wie alt er eigentlich aussah. Aber aus irgendeinem Grund war ich mir sicher, dass er mehrere Jahrhunderte auf dem Buckel haben musste. Irgendeine Spezies, die also langsam alterte – langsamer als wir Hexen.

»Wer bist du? Was bist du?«

Er lächelte zaghaft. »Du stellst die richtigen Fragen, aber ich glaube, heute ist kein guter Tag, um darüber zu reden.«

»Und warum nicht?«

Mein Zischen wurde mit einem Blitzschlag hervorgehoben.

»Lass uns reden, wenn du nicht so aufgewühlt bist und deinem Ärger mit einer Naturkatastrophe Luft machst.«

Kurt krabbelte unter seinem haarigen Versteck hervor und rieb seinen Kopf tröstend an meiner Wange. Irgendwann fing er sogar an, mich mit seiner rauen Zunge abzuschlecken. Normalerweise drückte ich ihn an dieser Stelle dann lachend fort, aber dieses Mal konnte ich seinen Trost brauchen.

Draußen hörte ich immer noch die Blitze rhythmisch in den Boden einschlagen.

Krach. Krach. Krach.

Bumm. Bumm. Bumm.

Es war nicht zu leugnen, dass das Wetter auf meine innere Zerrissenheit reagierte.

»Aber das ist unmöglich ...« Ich schaukelte mit dem Oberkörper vor und zurück. »Diese Kraft ... Wir Hexen können so etwas nicht ... und ich bin eine Hexe-e ...«

Meine Stimme wurde von dem Kloß in meinem Hals verschluckt.

»Komm her, mein Mädchen«, murmelte er und schloss mich in die Arme.

Er streichelte beruhigend über meinen Rücken, und ich entspannte mich noch mehr. Ich kuschelte mich an seinen Körper, dann öffnete ich die Augen. Er blickte mich direkt an, und da sah ich zum ersten Mal sein ganzes Gesicht.

Ich konnte seine Augen sehen.

Seine verdammten Augen.

»Nein ...«

»AAAAAAAAAAH!«

In diesem Moment zerriss ein lauter, schriller Schrei die Szene. Ich wurde von einer unsichtbaren Macht aus den Armen des Mannes gerissen, nach unten auf den Holzboden gedrückt und dort festgehalten. Kurt fiel mit einem Quietschen neben meinem Kopf herunter.

»Was ... Was ist ... das denn?«, brachte ich gerade noch heraus. Das Sprechen fiel mir wahnsinnig schwer, weil meine Zunge so schwer war wie Blei.

»Der Schrei einer Banshee. Einer ziemlich unerfahrenen Banshee.«

Im Gegensatz zu mir schien ihm das Gekreische gar nichts auszumachen. Er stand ohne Mühe auf, während es mich unendlich viel Kraft kostete, überhaupt den Kopf anzuheben. Es war so, als würden mich Dutzende von Händen gewaltsam auf den Boden drücken.

»Jemand wird sterben«, sagte er mit unheilvoller Stimme.

Und dann löste er sich einfach in schwarzen Rauch auf.

»Nein!«, schrie ich. »Ich ... will ... fragen. Bitteee.«

Irgendwie schaffte ich es auf die Beine. Obwohl ich mir die Hände an die Ohren gedrückt hatte, drang der Schrei einfach durch meinen Körper. Also ließ ich meinen Gehörsinn sich an die schrecklichen Laute gewöhnen, nahm Kurt in meine Hände auf und stieg im Schneckentempo die Leiter hinab.

Es waren kaum noch Partygäste da. Die meisten waren wohl wegen des Sturms in blinder Panik zu ihren Autos geflüchtet. Die restlichen standen um jemanden herum, der am Boden lag und kreischte.

Ich sah nicht viel von dieser Person, bis auf die auffällig rote Mähne. Ein wenig abseits davon lag ihr Diadem mit einigen jener Haare. Sie musste sich diese mitten im Schmerz ihrer Verwandlung vom Kopf gerissen haben.

Larissa – wer sonst.

Ich verzog wegen der Pein, die mir ihr Schrei bereitete, das Gesicht. Okay, vielleicht auch, weil ich wusste, dass ich auf Larissa nun aufpassen musste: Sie war jetzt eine junge Übernatürliche, mein Schützling. Nie hätte ich gedacht, dass sie als Banshee erwachen würde, weil sie immer so hundertprozentig nach Mensch gerochen hatte, aber nun umgab sie ein leichter Hauch des Todes mit holzigem Waldaroma. Der Geruch einer waschechten Todesfee, wie man sie aus den irischen Sagen und Mythen kannte.

Aber Larissa war jetzt nicht so wichtig. Ihre Schmerzen konnte man mit ein paar Halsbonbons beheben, wenn sie endlich den Mund hielt.

Hektisch sah ich mich nach meinen Freundinnen um. Fast hätte ich die beiden nicht entdeckt, da sie in einer Ecke der Scheune zusammengesunken lagen. Niemand kümmerte sich um sie. Wahrscheinlich hielt man die beiden für betrunken, denn der Schrei einer

Banshee wirkte nur auf uns Übernatürliche so extrem. Menschen hörten nur eine junge Frau hysterisch kreischen.

Ich musste Larissa also irgendwie zum Schweigen bringen. Ein kleines Holzstück löste sich von der Decke und fiel auf Larissas Kopf. Sofort verstummte ihre Schreierei, und die Macht, die mich geschwächt hatte, verschwand, als die Stille von rund zwei Dutzend gaffenden Menschen sich in der Scheune ausbreitete. Sie waren zu verdutzt, um einen Schritt auf Larissa zuzugehen oder ihr ihre Hilfe anzubieten.

Da ich mich nun wieder besser bewegen konnte, eilte ich sofort zu Viv und Penelope. Die beiden zitterten am ganzen Körper, schienen aber ansonsten ganz okay zu sein – außer dass Penelope all ihre dämonischen Attribute verloren hatte. Vivienne versuchte aufzustehen, sank aber sofort wieder auf ein Bierfass zurück. Sie schlug sich die Hand vor den Mund, als stände sie kurz davor, sich zu übergeben.

»Ich hatte keine Ahnung, dass uns ein Banshee-Schrei so ausknocken kann. Fühlt sich so ein Kater an? Das ist ja widerlich.«

»Jemand wird sterben«, wiederholte ich die Worte meines … des Fremden. »Wir könnten es noch aufhalten. Wir müssen lediglich herausfinden, wer in Gefahr schwebt. Niemand stirbt so einfach!«

»Ich kann euch leider nicht helfen, Mädchen«, sagte Penelope. Auch sie war ziemlich wackelig auf den Beinen und kreideweiß im Gesicht. »Ich muss … Ich muss jemanden finden. Ich habe kaum noch Kraft.«

»Schon gut, aber pass auf dich auf, okay?«

Sie nickte mir zu.

In meiner jugendlichen Naivität hatte ich einen Moment lang tatsächlich geglaubt, dass ich jemanden retten könnte, aber da hörte ich auch schon die panischen Rufe vor der Scheune. Ich rannte sofort nach draußen, Viv folgte mir ein bisschen langsamer, während Penelope auf ein paar äußerst angeheiterte Jungs zuwankte. Die Luft war schwül und feucht, aber meine feinen Sinne witterten noch etwas anderes – etwas, was mir die Galle hochtrieb: frisches Blut. Ich entdeckte die Leiche sofort. Sie lag nicht weit entfernt im nassen Gras, und das Mondlicht schien auf das blasse Gesicht mit den braunen Haaren.

Und neben seinem eigenen toten Körper stand Noah.

KAPITEL 11

Mein Leben ist wie Paranormal Activity – nur mit mehr Drama

Der Junge, der mich vor einer Stunde noch so leidenschaftlich geküsst hatte, war tot und ein Geist. Der Junge, der mir ein klein wenig das Herz gebrochen hatte, würde mich demnach nie wieder küssen können.

Er würde *nie wieder* jemanden küssen.

Er würde nie wieder leben.

Dabei wirkte er in diesem Moment so lebendig, als er den Umstehenden zurief, dass sie ihm verdammt noch mal helfen und einen Krankenwagen sollten. Er war verzweifelt, wütend und verwirrt. Er verhielt sich, wie ein Mensch sich in so einer Situation nun einmal verhielt.

Aber Geister waren keine Menschen mehr …

»May, May, MAY!!« Erst Vivs panische Stimme riss mich aus den Gedanken. Ihre Acryl-Fingernägel krallten sich in die Haut meines Arms, aber ich spürte keinen Schmerz. Mein ganzer Körper war taub, als wäre ich leblos wie Noah. »Was tun wir jetzt? Sollen wir deine Mom anrufen? Oder deine Granny?«

Neben Noahs Leiche knieten zwei Jungs. Sie berührten seinen Körper und starrten danach entsetzt auf ihre Hände. Sie waren dunkel und glänzend, voll mit frischem Blut.

Ich schluckte schwer.

Ich reagierte nicht nur empfindlich auf den Geruch von Blut, nein, da war eine übernatürliche Komponente mit eingewebt: Ich spürte, wie dieses Blut vergossen wurde. Aus diesem Grund weigerte ich mich seit Jahren Fleisch zu essen. Ich wusste genau, was diesen Tieren geschehen war, wenn nur ein Tropfen Blut am Fleisch klebte.

Und ... Noah ... Irgendjemand hatte ich regelrecht hingerichtet. Hinterrücks. Brutal. Dieser Schmerz ...

»May!« Viv schüttelte mich an den Armen. »May! Sag doch etwas!« Ich atmete tief durch den Mund ein.

Das Wie und Wieso waren aber gerade mehr als nebensächlich: Wir hatten eine bewusstlose neue Banshee in der Scheune liegen, eine sehr tote Leiche mit Geist hier draußen und dazu noch einen frei herumlaufenden Irren.

Einer der Kerle sprang nun auf und lief zu den geparkten Autos, vermutlich um Hilfe zu holen. Zum Glück war hier der Empfang so schlecht, sonst hätte ich kaum mehr Zeit gehabt, mir einen ordentlichen Plan zurechtzulegen, bevor alles nur so vor Polizisten und Rettungssanitätern wimmeln würde.

»Du musst Larissa irgendwie aus der Scheune rausschaffen«, wies ich Viv an, meine Augen aber immer noch auf Geist-Noah und das, was einmal Noah gewesen war, gerichtet. »Wenn sie sie so bewusstlos vorfinden, machen sie noch irgendwelche Bluttests und kriegen dann raus, dass sie kein Mensch ist.«

Die Verwandlung von einem halb menschlichen Mischblut in ein vollblütiges Wesen war innerhalb eines Augenblicks abgeschlossen. Das bedeutete aber auch, dass ihr Körper nun anders war. Wenn man sie auf Drogen oder Alkohol checken würde, würde man was auch immer in ihrem Blut feststellen. Immer wenn Tante Harmony etwas Medizinisches erklärte, schaltete mein Hirn auf Stand-by. Ebenso wenn jemand über Autos, Popmusik oder irgendwelche kurzlebigen Youtube-Stars redete.

»Und Penelope?«

»Penelope kann und muss sich da jetzt allein rausboxen. Außer wir wollen sie bei ihrem Schäferstündchen stören.«

»Na gut. Aber es kann sein, dass ich Larissa versehentlich ein paar Haarsträhnen rausreiße oder sie unabsichtlich fallen lasse.«

Damit eilte Vivienne zur alten Scheune zurück.

»Kurt«, wandte ich mich an das Fellknäuel in meiner Hand. »Du holst meine Mom her und teilst ihr irgendwie mit, dass sie sich plötzlich ja nicht an ominöse Geschwindigkeitsbegrenzungen halten soll. Wir haben eine ohnmächtige Oberzicke, die jetzt eine Banshee ist. Aber sag vorerst nichts über den Geist.«

Mein Flughund fiepte zustimmend und flatterte davon.

Das mit Noahs Geist würde ich zunächst verschweigen. Meine Großmutter war der Meinung, dass man Geister sofort exorzieren musste, bevor sie sich noch in bösartige Poltergeister verwandelten und Menschen Schaden zufügen könnten. Aber ich hatte ein *Date* mit Noah gehabt, und auch wenn er sich wie ein Arschloch verhalten hatte, so hatte er es doch nicht verdient, gewaltsam und gegen seinen Willen von dieser Welt zu gehen.

»Na dann, hin zu ihm, May«, sagte ich zu mir selbst und setzte mich zögerlich in Bewegung. »Du kannst ihm nicht mehr helfen, allerdings braucht er dich. Mach ihm seine letzten Momente auf Erden doch schön – auch wenn er dir wehgetan an. Du wirst bald wieder glücklich sein – er nicht.«

Noahs Geist stand nur eine Armlänge entfernt von seiner Leiche und starrte stumm auf den leblosen Körper. Er lag einfach so im Gras. Allein. Der zweite Typ, der seine Leiche untersucht hatte, kümmerte sich nun um das Mädchen, das Noahs geschundenen Körper entdeckt hatte. Ein Glücksfall, da ich nicht erklären wollte, warum ich mit der Luft redete.

»Noah …«, sprach ich den Geist an und streckte automatisch die Hand aus. Dämlich, da meine Finger ohnehin durch seine Gestalt hindurchgleiten würden.

Er sah immer noch gebannt auf sich selbst hinab. Sein Gesichtsausdruck wirkte inzwischen weder wütend noch traurig oder entsetzt. Er war … Er war einfach leer.

»Wer hat dich ermordet?« Ich sprach mit sanfter Stimme. »Oder willst du noch etwas erledigen? Kann ich dir dabei helfen? Du musst mich nur darum bitten.« Stille. »Bitte sag endlich was.«

»Was ist hier los?«, fragte Noah dann plötzlich mit einer Stimme, die mir einen kalten Schauer über den Rücken jagte.

Wie hatte ich die Erklärung der Mortalität bei Tante Harmony in *Umgang mit Untoten* gelernt? Der Unterricht hatte mich nie darauf vorbereitet, dass ich es jemandem erklären musste, den ich kannte und der zudem ermordet worden war.

»Der natürliche Lauf der Dinge. Leben beginnt und Leben endet. Niemand lebt ewig … – O Mann, das klingt so, als würde ich hauptberuflich Tarotkarten auf Astro-TV legen.«

Wenigstens drehte er sich endlich in meine Richtung und riss schockiert die Augen auf. »Was … was … Du … Was ist das?«

»Oh, meinst du meine Aura? Nun, du bist kein Mensch mehr und stehst damit der übernatürlichen Welt nahe. Das beinhaltet auch, dass du gewisse Sachen spürst.« Ich machte eine kleine Pause, um ihn das verarbeiten zu lassen. »Ich bin eine Hexe, Noah. Ich bin keine Wicca, ich bin nämlich nicht einmal ein Mensch. Du spürst meine Magie.«

Der ekelhafte Blutgeruch drang mir nun immer mehr in die Nase, und das, obwohl ich gerade gar nicht mehr auf Kurts animalische Sinne zurückgreifen konnte.

»Lass uns bitte woanders hingehen. Ich werde dir alles erklären. Versprochen.«

Geist-Noah sah noch verwirrter aus als zuvor. »Aber ich …« Mit der Hand deutete er auf seine Leiche. »Was ist mit mir?«

»Später«, sagte ich. »Wir müssen hier weg, Noah. Die Polizei wird bald kommen und sich um alles kümmern.«

»Aber ich liege da im Gras!«

So langsam merkte ich, wie mein Körper nach Schlaf lechzte. Die letzte Stunde hatte mir Jahre meines Lebens ausgesaugt, und ich wollte einfach nur zu Hause in mein Bett fallen.

»Bitte, komm erst mal mit mir mit«, bat ich ihn eindringlich. »Ich will dir doch nur helfen.«

Da zuckte er resignierend mit den Schultern und folgte mir vollkommen geräuschlos, wie man es nur als körperloser Geist konnte. Meine Sinne waren wieder total geschärft, als ich ihn etwas abseits der Scheune und damit weg vom Geschehen führte. Es war schließlich immer noch ein irrer Mörder unterwegs, und ich wollte diesem nicht wirklich begegnen. Natürlich gehörte er geschnappt, aber Noah war im Moment wichtiger.

»Ich weiß, dass du viele Fragen hast«, begann ich sanft, »und ich werde versuchen, dir alles zu erklären.«

»Warum das denn?«

Ich ließ einen kleinen schwarzen Feuerball in meiner Hand erscheinen. Das war meiner Meinung nach die leichteste Methode, ihm zu zeigen, dass ich kein Mensch war.

»Weil ich – wie ich schon sagte – eine Hexe bin.«

»Du bist wirklich eine Hexe.«

Noah wollte nach dem Feuer greifen, aber ich wich einen Schritt zurück. Wenn er merkte, dass er durch mich hindurchgriff, würde er womöglich wütend werden. Geister waren in der ersten Zeit nach ihrem Tod sehr leicht reizbar und konnten zu einem Poltergeist mutieren.

»Ja, ich glaube, ich habe dir das jetzt schon ein halbes Dutzend Mal gesagt.« Ich knickste höflich. »Ich bin May Setek, Junghexe aus dem altägyptischen Coven der Setek-Familie. Ich bin eine Beschützerin aller übernatürlicher Wesen.«

»Coven?«

»Die Gemeinschaft aller Hexen einer Familie bezeichnet man als ›Coven‹«, ratterte ich die Beschreibung, die man mir schon im Grundschulalter beigebracht hatte, herunter. »Ich bin aber erst eine Junghexe. Ich habe noch nicht alle meine Kräfte entwickelt. Es dauert daher noch ein paar Monate, bis ich als vollwertiges Mitglied in den Coven aufgenommen werde.«

Er kam einen Schritt näher. Zwar besaß er keinen festen Körper mehr, aber dafür strahlte er jetzt eine eigenartige Kälte aus, die mir eine hartnäckige Gänsehaut bescherte. Behandle Geister so gut es geht wie Menschen, hatte mir meine Tante Harmony immer eingetrichtert. Das lässt sie vergessen, dass sie bald von uns gehen müssen. Außerdem sind wütende Geister sehr gefährlich …

»Aber du siehst wie ein normales Mädchen aus – bis auf die Augen.«

Augen so grau wie … – Nein, ich wollte jetzt nicht daran denken. Es gab Wichtigeres zu tun. Es war meine Pflicht, mich um Noah zu kümmern. Meine privaten Probleme musste ich hintanstellen.

»Sollte ich besser eine Warze auf der Nase haben? Ein Nest in den Haaren? Buckelig und runzelig sein, obwohl ich gerade einmal siebzehn Jahre alt bin?«

Geist-Noah zuckte mit den Schultern. »Na ja, nicht so, aber auch nicht so … wie du.«

»Danke?«, erwiderte ich zaghaft.

»Ich meine, du … So hässlich bist du nicht einmal. Du bist …«

»Danke!«, fauchte ich dazwischen. Er machte genau da weiter, wo er vor seinem Ableben aufgehört hatte.

»Du bist eine Hexe und ich bin also jetzt … ein Geist?« Sein letztes Wort war ein tonloses Hauchen.

Ich nickte mit gesenkten Augenlidern. »Es tut mir leid.«

»Und … und was bedeutet das jetzt? Ich meine, wird jeder, der …« Er sagte nicht »sterben«. »Wird jeder ein Geist?«

»Nein. Es gibt zwei Hauptfaktoren, die einen dazu bringen, in Geisterform hierzubleiben: ein plötzlicher oder grausamer Tod und eine starke Seele.«

»Kannst du etwas tun? Kannst du mir wirklich helfen?«

Ich zuckte hilflos mit den Schultern. »Ich kann nichts dagegen tun. Es gibt Dinge, die sind unumkehrbar. Ich kann nur versuchen, dir in der Zeit beizustehen, bis du bereit bist zu gehen.«

Es sollte tröstend klingen, aber manchmal war die Wahrheit einfach unglaublich hart. Dabei hätte ich gern etwas für ihn getan, doch ich konnte nicht. Sobald sich die Seele vom Körper gelöst hatte, war es vorbei.

»Nein, nein, nein!« Der heisere Ton seiner Stimme machte mein Herz ganz schwer. »Ich will nicht sterben!«

»Du bist aber schon tot.«

»Dann will ich nicht gehen!«, schrie er mich an.

Er sah ziemlich wütend aus. Vielleicht noch nicht so wütend, um ein Poltergeist zu werden, aber das konnte noch kommen, wenn er erst einmal begriff, was er verloren hatte.

»Noah, du kannst noch eine Zeit lang hierbleiben«, versuchte ich ihn zu beruhigen. In diesem Moment wünschte ich mir, ihn berühren zu können. »Aber glaub mir: Du willst nach einer gewissen Zeit nicht mehr hier sein.«

Wenn er merkte, dass er nichts anfassen konnte, nichts schmecken und auch nichts riechen, dann würde ihm vielleicht die Lust auf dieses Halbleben vergehen.

Plötzlich raschelte es hinter mir und ich drehte mich erschrocken um.

»MAY!«, rief Vivienne. »Wo bist du? Ich brauche deine Hilfe!«

Als ich mich wieder zu Noah umwandte, hatte er sich bereits in Luft aufgelöst. »Verdammt!«, fluchte ich. Ich war mir sicher, dass er nicht ins Jenseits hinübergewechselt war, sondern irgendwo anders herumspukte.

»Ich bin hier, Viv!«, rief ich.

Zuerst tauchte Larissa in ihrem pinken Kleidchen vor mir auf. Ihre Bewegungen wirkten seltsam mechanisch und abgehackt. Dann fiel sie einfach mit dem Gesicht nach unten zu Boden.

»Ich kann nicht mehr.« Viv machte einen großen Bogen um Larissa. »Ich kann ihren Körper nicht mehr steuern. Du musst mir helfen, sie zu tragen.«

Viv und ihre Familie hatten einen speziellen Zauber entwickelt, mit dem sie Leute wie Marionetten steuern konnten. Als *Fäden* benutzten sie ihre eigenen Haare, durch die Magie floss.

Ich nickte ihr zu. »Okay.«

Gemeinsam packten wir Larissa an den Armen und hievten sie hoch. Sie atmete gleichmäßig, war aber immer noch weggetreten.

»Willst du drüber reden? Ich meine, über das mit Noah?«, fragte mich meine Freundin, als wir uns auf den Weg zur Abholstelle machten, wo meine Mom hoffentlich schon auf uns wartete.

»Momentan nicht.«

Wir passierten wenig später den Ort des Geschehens, an dem nun gleich alle vier Polizeiwagen der Stadt und zwei Krankenwagen standen. Über Noahs Körper hatte jemand ein weißes Tuch gelegt. Rote Flecken zeichneten sich darauf ab. Mir wurde schon wieder ganz übel, und die Welt drehte sich einen Moment lang um mich. Ich erlaubte mir aber nicht, umzukippen. Insgeheim hoffte ich, dass wir wegen des ganzen Tumults irgendwie verschwinden könnten, aber da tauchte bereits ein Polizist vor uns auf und versperrte uns den Weg.

»Was ist denn mit eurer Freundin los?«, fragte er und deutete auf Larissa. Seine Hand glitt zu dem Funkgerät an seinem Gürtel. »Wie heißt ihr? Wir müssen eure Eltern benachrichtigen. Hier … hier wurde jemand … sehr schwer verletzt und dieses Mädchen scheint dringend einen Arzt zu benötigen.«

Er wollte Larissa schon in seine Arme nehmen, aber da legte jemand von hinten eine schlanke weiße Hand auf seine Schulter und zog ihn zurück.

Mom!

»Verzeihen Sie«, raunte sie dem Polizisten zu. Als sie an ihm vorbeiging, verströmte sie ihre berüchtigten Pheromone. »Ich will nur meine Tochter und ihre Freundinnen abholen.«

»Aber das …«

Meine Mom stellte sich vor ihn hin und blickte ihm direkt in die Augen. Dies war ein Leichtes für sie, da sie ihn fast um einen Kopf überragte.

Der Mund des Polizisten klappte nach unten und seine Pupillen wurden sichtbar größer. Er war nun ganz in ihrem Bann. Sie könnte ihn in diesem Moment sogar dazu anstiften, seinen Hals für ihre Fänge zu entblößen.

»Ja, schrecklich das Ganze hier. Darum muss ich mich um die Mädchen kümmern. Sie sind ganz verängstigt! Bitte lassen Sie sie doch gehen.«

Der Polizist war völlig weggetreten, als er eine Hand hob: »Okay. Schönen Appetit und guten Urlaub.«

Das musste man meiner Mom nicht zweimal sagen: Sie packte Larissa und schulterte sie wie einen Kartoffelsack. Dann hastete sie los, als hätte sie keinerlei Gewicht zu tragen. Viv und ich mussten zusehen, dass wir mit der Vampirin Schritt halten konnten. Larissas Kopf wurde beim Tragen hin und her geschleudert, und dabei fiel mir auf, dass von ihrem Haarscheitel aus ihre Haare schneeweiß wurden.

Beim Auto angekommen, warf meine Mom Larissa achtlos wie ihre Handtasche auf die Rückbank. Apropos: Sie warf ihre Tasche Larissa an den Kopf. Die Banshee murmelte etwas, aber wachte nicht auf.

Viv kletterte zu ihr, ich setzte mich wie gewohnt nach vorn. Auf dem Beifahrersitz wartete schon Kurt auf mich. Ich schloss ihn in meine Arme – oder besser gesagt: in meine Hände.

Da ich spürte, wie ausgehungert und erschöpft er von dem Flug war, zauberte ich ihm einen saftigen Apfel herbei, auf den er sich sofort mit einem katzenähnlichen Schnurren stürzte.

Meine Mom startete das Auto und warf nicht einmal einen Blick zurück, als sie in einem viel zu weiten Bogen ausholte und fast einen Streifenwagen rammte. »Also. Wow! Das ist echt mal ein Ding! Die menschlichen Polizisten sind doch nie so schnell vor Ort, wenn es kein Gratisbüfett gibt. Was ist denn jetzt genau passiert? Kurt ist fast durchgedreht! Ich konnte sein Fiepen nicht deuten.«

Ich schwieg.

Noah war tot. Larissa eine Banshee. Ein irrer Mörder geisterte draußen herum. Und dann war da noch der fremde Mann, der eindeutig …

»Jemand, den wir kennen, ist gestorben«, erklärte Viv mit einer riesigen Sorgenfalte auf der Stirn, als sie merkte, dass ich nicht reden wollte.

»Drogen, Alkohol? Medikamente? Menschen sind gegen Gifte nicht gefeit.«

»Mord.«

Meine Mom fuhr vor Schreck über einen Randstein. Kurts Apfel rollte zu Boden und Larissas Kopf knallte wie bei einem Gong laut gegen das Autofenster.

»Ungh. Uh.« Larissa regte sich stöhnend. Nur ihre Haarspitzen waren noch rot. Völlig benebelt sah sie zu Viv, schien sie aber nicht richtig wahrzunehmen. Bis …

»HILFE! Ich werde entführt!«

Sie griff zum Türöffner, aber meine Mom verriegelte augenblicklich die Tür.

Mit ein paar Haaren konnte meine beste Freundin die Todesfee fesseln, bevor sie in ihrer blinden Panik noch jemanden von uns verletzte.

Der Geruch von Blut breitete sich im Raum aus, als meine Mutter mit dunkler Stimme sagte: »Die Banshee hält jetzt sofort mal den Mund!«

Als ich mich zu dem undankbaren Fahrgast umdrehte, sah ich, dass sein Mund verschwunden war. Da, wo eigentlich Lippen sein sollten, war einfach nur glatte Haut. In Larissas Augen spiegelte sich die pure Panik wider, als sie mit zitternden Fingern ihr Gesicht abtastete.

»Ich liefere die nervige Todesfee jetzt bei ihren Moms ab«, knurrte meine Mutter. »Saoirse und Sloane sollen sich selbst um ihr verzogenes Balg kümmern. Wer verkleidet sich denn bitte als Prinzesschen zu Halloween? Nicht nur die menschliche Jugend verkommt immer mehr.«

Ich hob Kurts Apfel auf und reichte ihn meinem Flughund wieder. Dabei rang ich mich zu einem halbherzigen Lächeln durch.

Noah war tot.

Tot!

Nichts auf der Welt konnte ihn mehr zurückbringen.

Ich lehnte meinen Kopf gegen das Fenster, sodass meine Mom die Tränen nicht bemerkte, die sich zu einer immer größer werdenden Armee in meinen Augen sammelten. Zum Glück übermannte mich vor lauter Erschöpfung bald ein unruhiger Schlaf.

»Schon gut, meine Kleine«, hörte ich meine Mom später leise sagen. »Ich trage dich ins Bett.«

»Bin … zu alt.«

»Nein, das bist du nicht.«

Kapitel 12

Darf ich stattdessen bitte von einem heißen Schlaf-Paralyse-Dämon heimgesucht werden?

Der Sandsturm hinderte mich am Weiterkommen. Ich hielt die Hände schützend vor mein Gesicht, als der Wind mir um die Ohren peitschte.

Ich wollte um Hilfe schreien, aber meine Kehle war durch die Hitze völlig ausgedörrt. Wo zum Duat war ich hier nur? Wenn der Sturm sich kurzzeitig beruhigte, erkannte ich weit und breit nur endlosen braunen Sand. Ich sah nach oben, wo an einem ausgebleichten Himmel die Sonne an ihrer höchsten Stelle stand und erbarmungslos auf mich herunterbrannte.

Plötzlich schlug etwas rechts neben mir ein und warf mich zu Boden. Als ich wieder aufsah, erschrak ich fast zu Tode.

Nur knapp hundert Fuß entfernt von mir kämpften zwei Männer. Nein, das war nicht ganz korrekt. Diese Gestalten sahen nicht im Geringsten aus wie Menschen: Sie waren größer als normale Männer und hatten Tiergesichter: der eine den Kopf eines Raubvogels, der andere den Kopf eines seltsamen Tieres mit langer Schnauze, eckigen Ohren und schwarzem Fell. Ihre durchtrainierten Oberkörper waren nackt, dazu trugen sie so etwas wie weiße Röcke mit goldenen Gürteln. Bewaffnet waren sie mit langen Stäben, die sie für ihre blutige Auseinandersetzung immer wieder niedersausen ließen.

Die schrille Stimme des Vogelmannes hallte von allen Seiten wider. »Dieses Mal bist du zu weit gegangen!«

»Dann töte mich doch, Neffe!« Bei dem anderen schwang eindeutig Belustigung in der Stimme mit, und doch klang sie wie ein Donnergrollen. »Dein Vater hat es vergeblich versucht, und weißt du, was? Dafür habe ich ihn getötet.«

Oh, oh … Jetzt wusste ich, wen ich vor mir hatte: die zwei ägyptischen Götter Horus und Seth.

Horus stieß einen vogelähnlichen Schrei aus, ehe er sich auf seinen Onkel Seth stürzte. Dieser wehrte den Angriff jedoch mit Leichtigkeit und einem überheblichen Grinsen im Gesicht ab.

Immer wieder attackierte Horus seinen Onkel, aber der Gott mit dem schwarzen Tierkopf parierte all seine Angriffe mühelos und nahezu elegant wie ein Tänzer.

Und er lachte dabei.

Ja, Seth verfiel immer wieder in irres Gelächter, und ein Blitz nach dem anderen schlug in den Sand ein. Das ging einige Minuten so, aber dann setzte Seth zu einem Sprung an und rammte Horus zu Boden.

Er hielt seinen Stab an Horus' Hals gepresst. Der Falkengott versuchte sich zu wehren, aber Seth drückte immer fester zu.

»Ich werde dich nicht töten, mein lieber Neffe«, spottete er. »Aber das hier ist eine Warnung, die du selbst in deinem jugendlichen Leichtsinn ernst nehmen solltest: *Du* wirst *mich* niemals besiegen können.«

Er hob einen Arm – die Fingernägel zu scharfen Krallen eines Monsters verformt. Blitzschnell ließ er seinen Arm nach unten schnellen und …

Ich kniff die Augen zusammen, als der Schrei des anderen Gottes die Sonne verdunkelte. Das Nächste, was ich mitbekam, war, dass Horus' Auge nur eine Handbreit weg von mir im Sand landete. Ich schrie laut auf und wollte wegrennen, aber ich steckte nun bis zum Hals im Treibsand. Wenn ich mich zu bewegen versuchte, drückte der Sand auf meinen Brustkorb.

Ich blickte zurück zu Horus, aber da war nicht länger der Falkengott. Dort lag Noahs geschundene Leiche – so bleich und leblos … und …

Langsam bahnte sich sein rotes Blut einen Weg zu mir. Wie der Nil floss es durch den Sand, wurde mehr und mehr und …

»Nein!«, schrie ich. »NEIN!«

Da wurde mir auf einmal der Boden unter den Füßen weggerissen. Ich trieb in einem Meer aus rotem, zähflüssigem Blut.

Mein Herz raste wie wild, als ich aus diesem furchtbaren Traum hochschreckte. Ich fühlte mich immer noch durstig und mir war unglaublich heiß. Dazu blickte ich direkt in das Gesicht einer ausgewachsenen weißen Boa constrictor.

»Snuggles?«

Als Antwort schnellte seine Zunge heraus.

»*Igitt*! Leck mich nicht immer ab!«

»Bist du endlich wach?«

Viv stand mit verschränkten Armen neben meinem Bett. Sie trug einen übergroßen rosaroten Flanell-Jogginganzug und ihre Haare hatte sie mit einem Haargummi gebändigt. Wenn Viv in Juicy Couture rumlief, dann beunruhigte sie etwas, was sie davon abhielt, sich mithilfe ihrer Voodoo-Puppen in Schale zu schmeißen ...

»Warum um alles in der Welt liegt die Schlange deiner Mutter auf mir?«

Snuggles hieß eigentlich Sylvain, aber das war damals ein zu komplizierter Name für die kleine Viv gewesen. Sie fand ohnehin, dass Snuggles ein so viel schönerer Name für das züngelnde Hexentier war.

Ganz langsam schlängelte sich Sylvain/Snuggles nun von mir herunter.

Als er weg war, traute sich auch wieder Kurt in meine Nähe. Er meinte wohl, dass meine Haare eine einzige Katastrophe seien, denn ich spürte, wie er an ihnen herumzupfte.

»Mom ist hier, Genevieve und Elvezia auch.« Viv setzte sich auf die Bettkante. »Krisentreff der Stadthexen.«

»Wegen Noah?«

Meine Freundin nickte. »Ja. So etwas ist ja noch nie passiert.«

»Aber du hast ihnen nicht verraten, dass sein Geist hier herumspukt, oder?«

Mit einem empörten Aufschrei schlug sie mir leicht auf die Beine. »May! Ich kann ein Geheimnis für mich bewahren, okay? So wie ich niemandem das Video gezeigt habe, wo du *Baby* von Justin Bieber in deine Zahnbürste singst.«

Musste sie mich immer wieder an diese Jugendsünde erinnern?

»Deine Tante Harmony denkt, dass er vielleicht von einem Vampir oder Werwolf auf Durchreise umgebracht wurde. Natürlich nur im allerbesten Fall. Im schlimmsten Fall ...«

Ich versuchte zu schlucken, aber der Kloß in meinem Hals verhinderte diese einfache Körperfunktion. Im schlimmsten Fall trieb dort draußen eine vielleicht übermächtige Kreatur ihr Unwesen ...

Wenn nach Noah noch ein paar Leute aus der Stadt sterben würden, dann würde uns das alle in gewaltige Schwierigkeiten bringen. Jäger suchten doch nur nach Vorfällen dieser Art. Aber es war sehr wohl denkbar, dass irgendein durchgeknallter Übernatürlicher Noah aus lauter Mordlust getötet hatte.

»Ich will dich nicht nerven, May, aber ...«

Viv ließ ihren Satz unvollendet. Sie brauchte auch nicht mehr zu sagen, weil ich genau wusste, worauf sie hinauswollte. Ich war eine der letzten Personen gewesen, die Noah lebend gesehen hatten, und Viv war ohnehin wahnsinnig neugierig.

»Noah und ich ...« Ich musste an seine Leiche denken, wie sie im Gras lag, und dann an den furchtbaren Traum. Das ganze Blut ...

Ich würgte die Galle hinunter, die sich schon einen Weg nach oben gebahnt hatte. »Wir haben uns gestern geküsst.«

»Ooooh!«, machte Viv voller Freude und fuchtelte sogar mit den Armen herum – bis ihr einfiel, was mit Noah geschehen war. »Oooh ...«

»Er wollte damit aber nur Larissa eifersüchtig machen.«

Ihre Miene gefror augenblicklich. »So ein Arsch«, fluchte sie. »O Mann, ich weiß nicht, ob ich ihn beschimpfen soll, weil er ja jetzt tot ist.«

»Egal was er getan hat: Er hatte es nicht verdient, so zu sterben«, erwiderte ich traurig. »Und ...

Viv nickte zustimmend. »Wo ist er denn jetzt?«

Leider konnte ich nur mit den Schultern zucken. »Er hat sich in Luft aufgelöst. Vielleicht ist er bei seiner Familie.«

Ich wollte gar nicht daran denken, wie schlimm es für Noah sein musste, suchte er wirklich seine Familie heim. Seine Eltern waren sicher schon von der Polizei informiert worden und trauerten nun um ihn. Und er konnte absolut nichts tun, als ihnen dabei zu zuzusehen.

Bitte verwandle dich nicht in einen Poltergeist, Noah.

Meine düsteren Gedanken wurden durch ein Klopfgeräusch unterbrochen.

»Hallo, Mädels«, begrüßte uns Vivs Mutter Marie. »Na, May, gut geschlafen?«

Viv, ihre zwei Schwestern und ihre Mom konnten glatt als Vierlinge durchgehen: lockige schwarze Haare und dunkle Augen. Sie waren alle ungefähr gleich groß und als jemand, der bei Viv ein und aus gehen konnte, wusste ich, dass sich um die schönsten Klamotten regelrecht geprügelt wurde.

Marie war nur ein paar Jahre älter als meine Mom und sah eigentlich wie dreißig aus, aber sie nutzte einen Zauber, der sie vor Menschen ein bisschen reifer wirken ließ. Ihre eigene Mutter, die bekannte Vodoo-Priesterin Marie Laveau, hatte denselben Zauber benutzt, damit niemand merkte, dass sie kaum alterte.

Marie führte einen gut laufenden Friseursalon im Stadtkern und bot selbst hergestellte *ätherische* Öle an. Das bedeutete, dass sie allen Nichtmenschen Zaubertränke für alltägliche Wehwehchen verkaufte.

Marie hob Sylvain hoch und legte ihn sich wie einen lebenden Schal um die Schultern.

»Uuuuund?«, fragte Viv ihre Mutter.

»Was und?«

»Was machen wir jetzt?«

Da ich immer noch die Kleidung vom Vortag trug, schnippte ich mit den Fingern und zauberte mir gemütliche Shorts und ein oversized T-Shirt an den Körper. Kurt fauchte wie eine Katze und flog in seinen Käfig, als ich mir die Haare von einer Bürste kämmen ließ.

»Keine Sorge, Kinder, es gibt keine Übernatürlichen in der Nähe. Also zumindest keine, die wir nicht kennen«, beruhigte sie uns. Wenn sie mit ihrer Schlange so hoheitsvoll im Raum stand und mit ihrer Samtstimme sprach, dann wurde man automatisch ruhiger. »Wie es aussieht, wurde Noah von einem Menschen ermordet.«

»Aber …«

»Die Polizei wird den Schuldigen schon finden. Wir halten uns deshalb aus der Sache raus. Natürlich werden wir die Augen offen halten, aber mehr nicht. Es gibt keinen Grund, warum wir Hexen eingreifen sollten.«

»Und der Rat der Hexen?«, wollte ich wissen.

»Wird auch nicht informiert. In Großstädten werden sehr oft Menschen getötet. Ihr habt absolut keinen Grund, euch Sorgen zu machen.«

Wir hatten also absolut keinen Grund, uns Sorgen zu machen – aber die Erwachsenen schon?

Marie bedeutete uns mit der Hand, ihr zu folgen. »Kommt mit runter.«

Viv und ich blickten uns fragend an. Meine Freundin schien auch nicht wirklich überzeugt zu sein. Immerhin lief in unserer beschaulichen Kleinstadt gerade ein Mörder herum, auch wenn er vielleicht *nur* menschlich war.

Ich schlüpfte in meine Einhorn-Pantoffeln und folgte Viv und ihrer Mutter einen Stock tiefer ins Wohnzimmer.

Der *Krisentreff* sah wie eine Runde Vorglühen aus: Auf unserem alten Eichentisch standen ein halbes Dutzend Weinflaschen und irgendjemand hatte Donuts und Muffins geholt. Zudem waren die Vorhänge zugezogen, um den Raum für meine Mom abzudunkeln. Am Tisch saßen neben Mom, Gran und Tante Harmony auch Genevieve und Elvezia, Vivs ältere Schwestern. Genie war achtundzwanzig, Elvy fünfundzwanzig. Sie und Viv waren wirklich Schwestern und nicht bloß Halbschwestern wie meine Mom und meine Tante – ein Umstand, der bei Hexen äußerst selten vorkam. Leider war ihr Vater schon bald nach Viviennes Geburt gestorben. Meine Mom saß gelangweilt am Tisch. Ich verzog angewidert das Gesicht, als ich in ihrer rechten Hand einen Blutbeutel entdeckte, in den sie einen Strohhalm gesteckt hatte.

Stell dir einfach vor, das ist rote *CapriSun* und kein *menschliches* Blut aus einer *menschlichen*n Vene, sagte ich mir.

Ich würde mich wohl nie an derlei Anblicke gewöhnen können. Wie immer stach auch Moms Outfit hervor. Sie trug eine große schwarze Sonnenbrille, ein extrem enges schwarzes Kleid und einen riesigen schwarzen Sonnenhut dazu.

»Scheint draußen die Sonne?«, fragte ich sie.

»Es ist leicht bewölkt, aber ich will nichts riskieren.«

»Ich vergesse immer, dass bei dir keine Magie gegen das Sonnenlicht wirkt«, sagte Genie. »Muss wirklich schwer sein.«

Sie machte eine wegwerfende Handbewegung. »Das Pech, wenn man Vampir und Hexe ist und eine angeborene Immunität gegen gewisse Zauber besitzt.«

Wo Vampire auf bestimmte magische Artefakte zurückgreifen konnten, um die Wirkung des Sonnenlichts zu mildern, ging meine Mom leer aus.

»May.« Gran, die zwischen meiner Mom und Tante Harmony saß, stand auf. »Wie geht es dir?«

Sie klang doch tatsächlich einmal besorgt.

»Besser«, erwiderte ich.

Das war nicht einmal gelogen, aber natürlich fühlte ich mich noch weit entfernt von gut. Immer wieder musste ich an Noah denken, was jedes Mal aufs Neue einen Schlag in die Magengrube bedeutete. Anscheinend war ich mitfühlender, als ich gedacht hatte, obwohl ich ihn für den Kuss am liebsten selbst den Kragen umgedreht hätte …

»Kannst du uns vielleicht selbst erzählen, was gestern passiert ist?«, bat meine Tante mich. »Hast du irgendetwas Seltsames bemerkt?«

Ich schüttelte den Kopf. »Ich habe nur die Leiche gesehen.«

»Und was, denkst du, hat seinen Tod verursacht?«, fragte sie weiter.

»Ich weiß es nicht. Aber da war so viel Blut …«

Bei dem Wort »Blut« horchte meine Mom natürlich sofort auf.

»Nun … Das ist ein guter Punkt.« Sie leckte sich über die Lippen. »Ich habe mir später das Massaker mit eigenen Augen noch einmal angesehen. Nur aus Interesse natürlich. Der Leichnam war schon weg, aber fast drei Liter waren ins Erdreich gesickert«, sagte sie und schnalzte mit der Zunge. »Einfach so verschwendet.«

»So viel?«, platzte Elvezia heraus. Vivs Schwester wandte sich an mich. »Und du hast nicht zufällig gesehen, ob ihm jemand die Kehle aufgerissen hat oder vielleicht versucht hat, sein Herz rauszureißen? Waren es rausgerissene Stückchen oder mehr tiefe Kratzer?«

»Es war einfach zu viel Blut.«

»Ja, das ist uns klar. Menschen bluten sehr schnell und sehr viel, aber …«

»May kann kein Blut sehen oder riechen«, erklärte meine Großmutter Vivs Schwestern. »Also lassen wir diese Fragen.«

Ich wurde etwas rot im Gesicht.

Die Tochter einer Vampirin, der bei Blut übel wurde.

»Oh, okay.« Elvezia und Genevieve tauschten erstaunte Blicke aus. »Harmony, kannst du im Krankenhaus …«

Da sprang meine Mom plötzlich vom Tisch auf.

»Menschen!«, zischte sie. »Sie reden über May und Vivienne.«

Marie ging zum Fenster und schob den Vorhang beiseite. »Zwei örtliche Polizisten. Natürlich.«

»Die haben sicher schon die anderen Partygäste abgeklappert«, sagte Viv. »Irgendwer hat denen bestimmt gesagt, dass wir ebenfalls dort waren.«

Da klingelte auch schon an der Haustür.

»Ich kümmere mich darum«, sagte meine Mom und bedeutete uns, sitzen zu bleiben. Bevor jemand einen Einwand erheben konnte, war sie aus dem Wohnzimmer verschwunden. »Juhuu, Officers!«, schnurrte sie den beiden Herren hörbar entgegen. »Kann ich Ihnen denn irgendwie behilflich sein?«

Ich schlug mir mit der Handfläche gegen die Stirn. Jetzt übertrieb sie es aber maßlos! Auch Gran seufzte. Da ich mich nicht dauernd vor der Polizei drücken konnte, marschierte ich von Viv gefolgt zur Haustür.

Meine Mom lehnte am Türrahmen und kaute lasziv auf einem Bügel ihrer Sonnenbrille herum.

»Welche Party?«, fragte sie gerade mit ihrer Hypnosestimme. »Ich weiß nicht das Geringste über eine Party.«

»Schon gut, Mom«, unterbrach ich sie. »Wollen Sie zu mir?«

Die Polizisten rissen sich vom Anblick meiner Mom los. Sie zuckte mit den Schultern und ging wieder zurück ins Haus.

Der ältere der beiden Beamten, ein korpulenter Mann mit grauen Haaren, konnte sich als Erster wieder zusammenreißen.

»Äh ja … Vielleicht …« Er schüttelte den Kopf. »Ich bin Officer James Hall und das ist mein Kollege Ned Grey. Bist du eine gewisse May Setek?«

Ich nickte.

»Und du bist dann wohl Vivienne Denaux?«, meldete sich der zweite Polizist. »Wart ihr gestern auf der Party in der alten Miller-Scheune?«

Als Viv und ich zögerten, sagte er: »Keine Sorge, Mädchen. Da keine von euch mit Alkohol erwischt wurde und das alles vor Mitternacht passiert ist, bekommt ihr keinen Ärger. Aber es … Können wir vielleicht drinnen mit euch reden?«

Ich nickte wieder. Warum fragten sie überhaupt? Ich konnte wohl schlecht Nein sagen und ihnen wie nervigen Staubsaugervertretern die Tür vor der Nase zuknallen.

Im Wohnzimmer waren Wein, Donuts und alle anderen Anwesenden verschwunden. Gut. Ich wollte nicht, dass meine Mom mitbekam, was ich den Polizisten erzählen würde. Hoffentlich lauschte sie nicht mit ihrem Vampirgehör.

May, hörte ich Viv in meinem Kopf. *Was sagen wir ihnen?*

Die Wahrheit, schätze ich.

Was?!

Natürlich lassen wir das Übernatürliche weg, aber uns bleibt doch nichts anderes übrig. Mich haben sicher einige Leute mit Noah gesehen und dich mit Penelope. Wir müssen nahe bei der Wahrheit bleiben.

»Wir würden euch gern getrennt befragen«, ergriff wieder der Ältere der beiden das Wort.

»Na ja, die Küche ist sicher auch frei«, kam ich ihm entgegen. In der Küche lagerten wir nämlich ausnahmsweise keine magischen Gegenstände. Es war eine stinknormale Küche – solange man nicht den Kühlschrank mit den Blutbeuteln aufmachte … Viv und der junge Polizist Ned nahmen also die Küche in Beschlag, und James bedeutete mir, dass ich mich an den Wohnzimmertisch setzen sollte.

»Es dauert auch nicht lange«, versprach er mir und nahm einen kleinen Block mit Bleistift aus seiner Brusttasche. »Erzähl mir einfach, was gestern passiert ist.«

»Okay …« Ich atmete einmal tief ein. Hoffentlich war dies das letzte Mal, dass ich jemandem die schrecklichen Ereignisse schildern musste. »Noah und ich hatten ein Date«, erzählte ich dem Polizisten.

»Noah Simons?«

»Ja. Wir haben ungefähr eine Stunde auf dem Dachboden geredet, und ich meine wirklich geredet, und … Noah hat mich dann geküsst …« Denk nicht an den Kuss. Denk ja nicht daran. »Aber er wollte nur seine Ex-Freundin Larissa Adams eifersüchtig machen. Die beiden haben sich danach gestritten. Noah hat sich noch einmal bei mir entschuldigt und dann habe ich ihn weggeschickt.«

»Warum?«

Peinlich berührt senkte ich den Kopf. »Ich wollte für mich allein sein. Ich … Das war einfach scheiße von ihm. Ich hatte gedacht, dass er mich vielleicht ganz gern hat.« Überraschenderweise nickte der Polizeibeamte mitfühlend. »Wieder unten angekommen, bin ich schon Vivienne und Penelope begegnet.«

»Penelope Smith?«

Ich nickte. Ja, der Sukkubus hatte einen Nachnamen, der regelrecht nach *Fake* schrie. »Genau, das hat sie uns auch so bestätigt. Ging es noch weiter?«

»Ich war dabei, als Larissa diesen psychischen Anfall hatte, und kaum war dieser vorbei, schrie noch jemand. Nur dieses Mal draußen. Und dann …« Ich ließ den Satz unausgesprochen. Wenn ich noch einmal an das Blutbad dachte, müsste ich mich wahrscheinlich übergeben. Doch es platzte etwas aus mir heraus, was ich sofort bereute: »Ich habe Noah nicht getötet! Ich habe ihn als Letztes gesehen, und natürlich war ich sauer auf ihn, und Ich weiß, mein Alibi ist nicht hieb- und stichfest, aber …«

Der Officer hob eine Hand, um mich zu unterbrechen. »Getötet?«, fragte er verwirrt. »Mädchen, beruhige dich. Du bist nicht schuld an seinem Tod. Alle Indizien deuten darauf hin, dass Noah Simons Suizid begangen hat.«

Kapitel 13

I'm a good Witch ... JK. I'm bad too

Ich hatte die gesamte Schule noch nie so deprimiert erlebt. Nicht einmal nach den ganzen Niederlagen bei den sportlichen Matches. Wir hatten seit über fünf Jahren weder beim Football noch beim Schwimmen oder beim Lacrosse gewonnen – und so langsam mutierte unsere Schule zu einer Lachnummer bei Matches.

Keiner wagte es zu lachen, und wenn es doch geschah, dann wurde derjenige so lange böse angestarrt, bis er sich noch schlechter als der Rest fühlte. Es gab kein Geschrei auf den Gängen, nur leises Gemurmel und Blicke, die einen endlos zu verfolgen schienen. Zumindest folgten sie Vivienne und mir. Dem Anschein nach hatte es sich herumgesprochen, dass Viv und ich auf der Party gewesen waren. Vielleicht hatte sich auch verbreitet, dass Noah und ich gemeinsam etwas unternommen hatten, bevor er … bevor er sich umgebracht hatte.

Das Schlimmste aber war nicht, dass meine Mitschüler dachten, dass Noah und ich vor seinem Ableben noch Sex gehabt hatten. An die Wahrheit, an einen harmlosen Kuss, dachte sowieso niemand. Das Schlimmste an der Sache war, dass ich eine der wenigen war, die die Wahrheit kannten: Noah hatte nicht Suizid begangen. Suizide hinterließen nicht die Art von Geist, wie Noah es war. Wenn jemand Suizid beging, war seine Seele im schlimmsten Fall so verunreinigt von negativen Emotionen, dass er gleich zu einem Poltergeist wurde. Weiße Frauen und schwarze Männer waren Bilderbuchbeispiele für diese bösen Geister.

Im besten Fall – so musste man das leider nennen – fand der Geist dann im Tod seinen Frieden.

Aber warum verbreitete die Polizei dann, dass er sich umgebracht hatte? Meine Gran meinte, dass die Beamten die Menschen nicht in Aufregung versetzen wollten und deshalb logen. Meine Mom hingegen dachte, dass er sich wirklich selbst getötet habe. Das mit dem Geist konnte ich ihnen ja schlecht erzählen, ohne dass Grandma ihn gleich unnachgiebig exorzieren würde.

»Ich fühle mich wie in einer Folge *Pretty Little Liars*«, merkte Viv genervt an. »Kommt es nur mir so vor oder starren die uns alle an?«

Doch sie selbst konnte es nicht lassen, sich andauernd umzudrehen und zu schauen, ob jemand auch nur in ihre Richtung blinzelte.

»Sie starren nur mich an.«

Da war ich mir jetzt sicher.

Vor der Vitrine mit den spärlichen Sportpokalen war ein kleiner Altar aufgebaut. Jemand hatte ein Bild von Noah in seiner Sportuniform eingerahmt. Um sein Abbild lagen Dutzende von Blumen, Kerzen flackerten um die Wette. Anscheinend war ein gefährlicher Brandherd in dieser Trauersituation erlaubt. Nachdem eine Gruppe von Juniors ihre Sachen niedergelegt hatte, tat ich so, als würde ich etwas in meinem Rucksack suchen. Stattdessen zauberte ich aber eine schwarze Rose in meine Hand.

»Was tust du da?«, fragte mich Viv. Bevor ich ihr antwortete, legte ich die Rose zu den anderen Blumen. Dabei entdeckte ich ein paar kleine handgeschriebene Briefe an Noah und Bilder mit ihm.

Warum tat mir das Herz nur so weh? Ich kannte Noah nicht einmal richtig, wie mir der falsche Kuss überdeutlich aufgezeigt hatte.

Ich zuckte mit den Schultern. »Ich fühlte mich einfach danach.«

»Oh, ihr Götter, da seid ihr ja!«

Ich hörte Viv ächzen, und dann war ich schon das nächste Opfer einer übermenschlich festen Umarmung. Wäre ich ein Mensch gewesen, wären nun mindestens drei meiner Rippen angeknackst worden.

»… warumgehtihrdummenhexenauchnichtaneuerhandy!«

Ich brauchte ein paar Sekunden, um zu kapieren, dass niemand einen Fluch ausgesprochen hatte, sondern dass sich nur der städtische Sukkubus über unsere Anwesenheit freute.

»Was?«, keuchte ich.

Penelope packte mich und Viv am Arm und führte uns von Noahs Altar weg. Sie sah sich unauffällig um, bevor sie mit leiser Stimme erzählte: »Die Polizisten haben ernsthaft gesagt, dass Noah Suizid begangen hat.« Sie fuchtelte mit den Armen herum. »Und in der Schule spricht sich das auch herum. Was ist hier los? Ich habe versucht, euch beide zu kontaktieren, aber ihr seid weder ans Handy noch an eure Spiegel gegangen!«

Nach der Polizeibefragung hatte ich mein Handy ausgeschaltet und meine Spiegel verhangen. Ich wollte ein bisschen Zeit für mich haben und über ein paar Dinge nachdenken, bevor ich noch den totalen Nervenzusammenbruch erlitt.

Viv seufzte. »Wo sollen wir nur anfangen?«

»Ist Noah wirklich tot?«, fragte Penelope. »Er wurde nicht von einem Werwolf verletzt oder von einem Nachtmahr nur lange genug angesaugt? Unwiderruflich tot?«

»Ja.«

»Wow!« Penelope spielte mit der Kette an ihrem Hals. »Der arme, arme Junge. So ein junger Mensch. Warum tut man sich so etwas an? Das Leben ist so wertvoll!«

»Er wurde ermordet, Penelope«, zischte ich.

Auch wenn meine Familie mir nicht glaubte: Ich wusste, was ich gesehen hatte, und wenn ich Noahs Geist zu fassen bekam, würde ich auch rausfinden, wer es getan hatte.

»Was?!«

»Ich habe seine blutige Leiche gesehen. Jemand hat ihm etwas angetan. Ich weiß nicht, wieso oder warum ausgerechnet Noah, aber das war kein normaler Mord, denn …«

Ich hielt inne. Penelope war kreideweiß geworden, als hätte ihre Haut sogar den Blush, der ihre Wangen pfirsichrot färbte, absorbiert. Es sah fast so aus, als würde sie jeden Moment in Ohnmacht fallen. Auch Viv hatte die unnatürliche Blässe bemerkt.

»Penelope?«, fragte sie vorsichtig.

Der Sukkubus öffnete gerade den Mund, als Ephraim um die Ecke bog. »May! May, geht es dir gut?«

Ich verdrehte die Augen. »Sag bitte nicht, dass du auch schon von der Sache erfahren hast!«

»Es ist schwer, nichts davon mitzubekommen.«

»Mir geht' gut, okay? Mir geht's prima. Wahnsinnig prima.«

Allein an meinem genervten Tonfall merkte man, dass es mir nicht gut ging, aber was sollte ich schon sagen? *Mir geht es schlecht, weil ich absolut keine Ahnung habe, was wirklich los ist? Noah hat sich garantiert nicht selbst umgebracht, sondern fegt als ruheloser Geist herum?*

Ephraim runzelte skeptisch die Stirn, sagte aber nichts dazu. Zum Glück klingelte es endlich zur ersten Stunde, und Viv und ich konnten in den Geschichtsunterricht verschwinden. Penelope hatte sich auch wieder so weit gefangen, dass sie mit einem fröhlichen »Bye-bye« in Richtung Mathekurs stöckelte. Ephraim musste zu Physik.

Natürlich richteten sich beim Betreten des Klassenraums alle Augen auf uns. Jennifer Jones, die auch auf der Party gewesen war, beugte sich zuerst zu ihrem rechten Sitznachbar und dann zu dem auf ihrer linken Seite und flüsterte ihnen jeweils etwas zu. Auch ohne meine besonderen Sinne einzusetzen, wusste ich, dass sie ihnen nicht erzählt hatte, wie perfekt meine Plateau-Boots zu meinen Overknee-Strümpfen und dem schwarzen Faltenrock passten.

Ich seufzte, gab aber kein Statement ab. Es war einfach zu kompliziert. Am besten, ich äußerte mich nur im Notfall – oder ich schwieg das Ganze tot.

Tot – so wie Noah es war.

Mit einem Knarzen erwachte der Lautsprecher im Klassenraum zum Leben: »Wegen der Ereignisse der letzten Tage sollen sich folgende Schüler bitte umgehend beim Schulpsychologen melden …« Es folgten fünf Namen, darunter auch Vivs. »In einer Stunde werden die nächsten Schüler aufgerufen.«

Noch ein bisschen liebloser hätte man die Durchsage nicht gestalten können, oder?

»O Mann!«, stöhnte Viv, die sich gerade erst auf den Stuhl hatte fallen lassen. Mit einem Knurren stand sie wieder auf. »Ich hoffe, ich bin bald wieder da. Bis später.«

»Bye.«

Nun, da Viv weg war, fühlte ich mich den Blicken der anderen noch mehr ausgesetzt. Wenn jemand etwas sagte, dachte ich sofort, dass es um mich ging.

Du wirst paranoid, gluckste meine innere Stimme. *Oder gleich schizophren.*

Hexen blieben von Geisteskrankheiten nämlich nicht verschont.

Mrs. Wolf kam nur ein wenig später in einem schwarzen Hosenanzug in die Klasse. Die feinen Falten in ihrem Gesicht wirkten heute ausgeprägter.

Kurz war sie irritiert, weil es so still in der Klasse war, aber dann sagte sie mit sanfter Stimme: »Vielleicht haben es einige von Ihnen schon gehört …«

Das war wohl eine Untertreibung …

»An diesem Wochenende hat sich einer Ihrer Mitschüler das Leben genommen.«

Ich biss mir auf die Unterlippe und schmeckte Blut. Komischerweise machte mir mein eigenes Blut nichts aus, aber wehe, ich sah oder roch – oder schmeckte – fremdes Blut. Doch das tat jetzt nichts zur Sache.

»Noah Simons«, fuhr unsere Geschichtslehrerin nach einer kurzen Pause fort, »war ein fleißiger und fröhlicher Schüler, der jahrelang als einer der besten Spieler unser Lacrosse-Team bereichert hat.«

»Sie kennt mich doch nicht einmal.«

Ich stieß einen spitzen Schrei aus, als Noah plötzlich neben mir stand. Also sein Geist. Wieder einmal waren alle Blicke auf mich gerichtet – inklusive der unserer Lehrerin.

Ich schniefte. »Entschuldigung«, improvisierte ich. »Es ist so … Ich kann nicht glauben …«

»Wollen Sie sich kurz entschuldigen, Miss Setek?«, fragte Mrs. Wolf besorgt.

Ich schüttelte den Kopf. »Geht schon«, nuschelte ich. »Aber danke für das Angebot.«

Es war besser, wenn ich nicht daran dachte, wie meine Mitschüler meinen *Gefühlsausbruch* deuteten.

Der Geist im Raum meldete sich wieder zu Wort. »Mich kotzt es an, dass nun jeder meint, mich so gut zu kennen, weil ich …« Noah ließ den Satz unbeendet. »Ich will nicht, dass sie über mich reden.«

Ich kramte wortlos Block und Kugelschreiber aus meinem Rucksack.

Was machst du denn hier?, schrieb ich auf.

Noah setzte sich auf die Fensterbank. Er hatte anscheinend sehr schnell gelernt, wie er es auch ohne festen Körper hinbekam, nicht gleich durch eine Mauer zu rutschen.

»Was wohl? Du bist quasi die Einzige, die mich wahrnehmen kann. Ich habe es satt, dass mich niemand sehen und hören kann.«

Er wollte ein Schaubild auf der Bank berühren, aber seine Hand fuhr glatt hindurch. »Bist du schon einmal einem Geist begegnet?«

Ich nickte leicht.

Es folgte eine längere Pause. »Okay …«

Mrs. Wolf hatte ihre Rede über Noah beendet und schrieb nun das Thema der heutigen Stunde an die Tafel: Die Hexenverfolgung von Salem und die Auswirkungen bis zum heutigen Tag.

»Wie lange sitze ich hier noch fest?«, fragte mich Noah. »Ich will nicht mehr. Die Leute denken, dass ich mich umgebracht habe, aber das stimmt nicht. Meine Familie …« Seine Stimme versagte. »Ich will nicht mehr!«

Wenn du gehen kannst, dann spürst du das, kritzelte ich weiter. *Oder ich exorziere dich.*

Noah beugte sich über das Geschriebene. »Exorzieren?« Er klang panisch.

Ja. Wenn du zu lange in dieser Welt festsitzt, kannst du böse werden. Deine Seele wird von negativen Emotionen wie Wut und Verzweiflung verunreinigt, und dann wirst du zu einem Poltergeist. Wenn das geschehen ist, ist deine Persönlichkeit für immer verloren. Deshalb muss ich dich früher oder später sowieso exorzieren. Natürlich nicht, wenn du Frieden mit dir schließt und einfach friedlich … Ich strich Worte wie *die Anderswelt«, das Nirwana* oder *die ewigen Jagdgründe* durch. *… friedlich gehst.*

Er las meine Zeilen ein paarmal durch. »Nein. Das will ich nicht.«

Ich dachte, du willst nicht mehr?

Er schwieg.

Ich verstehe dich, schrieb ich. *Ich war zwar nie in so einer Lage, aber ich habe schon einiges in meinem Leben gesehen. Ich will dir helfen, Noah, so gut es eben geht. Vertrau mir!*

Wieder schwieg er eine Weile, bis er erneut das Wort ergriff: »Darf ich wenigstens bei dir bleiben? Ich will gesehen und gehört werden. Ich will mit jemandem reden.«

Ich lächelte und nickte.

»Warum willst du mir eigentlich helfen?«, fragte Noah. »Ich meine, ich habe dich am Freitag ziemlich heftig verarscht.«

Das war eine gute Frage. Wie Noah betont hatte, wäre es gar nicht verwunderlich, wenn ich ihm mit einem guten alten Exorzismus verbannte.

Weil ich eine gute Hexe bin, schrieb ich schließlich.

Kapitel 14

Brich mein Herz – und ich breche meiner Voodoo-Puppe beide Arme

Vivienne war bis zum Ende der Stunde noch nicht von ihrem Besuch beim Psychologen zurückgekehrt.

Als alle Schüler nach dem Stundenende aufstanden, murmelte ich nur für Noah hörbar: »Literatur in 211.«

Er nickte.

Ich ließ mir extra viel Zeit beim Packen meiner Sachen und beim Verlassen des Kursraumes. Ich studierte sogar die ganzen Flyer und Poster, die man an die Wand tapeziert und die sicherlich noch keiner der Schüler je gelesen hatte. Ein Plakat war Werbung für Bubble-Tea, und dessen Coupon war erst seit zwei Jahren abgelaufen!

Ich gab es ungern zu, aber ohne Viv an meiner Seite fühlte ich mich verletzlicher. Da nutzte auch der unsichtbare Junge, der mehr schlecht als recht ihren Ersatz mimte, nicht viel. Besonders, da er der Auslöser des ganzen Aufruhrs war.

Unglücklicherweise konnte man gerade pflichtbewusste Lehrer nicht so leicht umgehen wie Mitschüler. »Miss Setek?«, fragte meine Geschichtslehrerin und machte einen Schritt auf mich zu. »Wenn –«

»Ich muss leider schnell zum nächsten Kurs«, sagte ich zu Mrs. Wolf und rettete mich damit aus einem peinlichen Lehrer-Schüler-Gespräch.

Wahrscheinlich hatte sich selbst in Lehrerkreisen schon herumgesprochen, dass Noah und ich vor seinem Tod ziemlich *intim* miteinander umgegangen waren, und mein *Gefühlsausbruch* in der Stunde hatte das nur untermauert.

Noah folgte mir hinaus auf den Schulflur.

»Weißt du, dass die Leute dich anstarren?«

»Halt die Klappe, Casper«, schnauzte ich ihn ein bisschen zu laut an. Sofort senkte ich die Stimme wieder. »Die starren mich nur wegen dir so an!«

»Warum?«

»Weil sich herumgesprochen hat, dass wir vor deinem Suizid wilden Sex hatten.«

Er blieb so abrupt stehen, dass ein paar Schüler durch ihn hindurchliefen. »Bitte was? Was? WAS?«

»Gerüchte.«

Ich neigte den Kopf und bedeutete dem Geist, dass er wieder an meiner Seite herumspuken sollte.

»Ach du Scheiße!«, sagte er. »Als würde ich mit dir schlafen.« Ich spürte ein Zucken in meinem Gesicht. Schnell legte ich mein Handy an mein Ohr und tat so, als würde ich telefonieren.

»Was heißt das?« Ich sah kurz in Noahs Richtung. »Bin ich dir nicht hübsch genug?«

»Du bist einfach nicht mein Typ«, entgegnete er und sah mir dabei nicht einmal ins Gesicht.

»Ach? Und warum?«

»Ich finde diesen Hexen-Gothic-Emo-Look nicht toll, okay?«, gab er gereizt zurück. »Schwarz ist eine hässliche Farbe.«

»Schwarz ist ein Kontrast, du Idiot«, knurrte ich.

»Siehst du? Das mag ich ebenfalls nicht an dir. Du bist auch gleich so verdammt rechthaberisch und aggressiv, wenn du eine Schwachstelle findest, auf der du herumhacken kannst.«

»Oh. Wage es ja nicht, meine moralischen Makel aufzuzählen, nach dem, was am Freitag passiert ist.«

Wir hätten uns noch weiter angeschrien, wäre an der Tür zum Literaturkurs nicht Shane Sterling erschienen. Shane war nicht nur der Kapitän des Lacrosse-Teams, sondern auch die Person an der Schule, die am meisten unter dem Verlust von Noah leiden würde …

Er sah ziemlich angepisst aus, hatte die Arme vor der breiten Brust verschränkt und starrte jemanden hinter mir böse an.

Ich drehte mich um. Niemand.

Okay. Er versuchte gerade, mich mit seinem Blick zu töten.

»Was hast du ihm angetan?«, fuhr mich Shane an.

Ich machte ein paar Schritte nach hinten. »Was?«

Mein Blick wanderte zu Noah, der aber geistesabwesend seinen Freund anstarrte. Na ja, er mit seinem Körpergewicht von null Pfund hätte mir sowieso nicht gegen Shanes geschätzte zweihundert Pfund helfen können.

Zuerst hatten uns alle Mitschüler sensationslüstern angestarrt, aber jetzt, da ich offensichtlich Hilfe brauchen konnte, ignorierten sie mich und liefen schnurstracks in den Klassenraum. Und da wunderten sich so viele, dass Teenager Angst vor der Highschool hatten.

»Ich weiß, was Noah mit dir vorhatte.« Er beugte sich zu mir herab, sodass ich seinen Atem auf meinem Gesicht spüren konnte. »Das war nicht in Ordnung von ihm, aber keineswegs Grund genug, etwas zu tun, was ihn dazu gebracht hat, sich umzubringen.«

»Wie kriegt man jemanden dazu, sich umzubringen?«, sprach Noah meine Gedanken aus. Er tobte ein wenig herum, wirbelte ein bisschen Wind auf dem Schulflur auf. »Und überhaupt, was soll das heißen, Shane? Ich würde mich nie im Leben umbringen!«

»Ich bin verdächtig?«, konterte ich Shanes haltlose Anklage fassungslos. »Was ist mit seiner Ex? Ich meine, Larissa hat einen totalen Knall!«

»Larissa ist wegen der Sache mit Noah total fertig. Oder siehst du sie hier irgendwo?« Madame war nur nicht in der Schule, weil sie wohl gerade einen Crashkurs in Banshee-Sein bekam. Aber das durfte verständlicherweise niemand wissen.

»Oh, und mir geht es wegen Noah nicht grauenvoll?«, platzte mir der Kragen. »Danke schön.«

»Wirklich?«, fragten beide Männer.

Noah klang erstaunt, sein Freund nach wie vor skeptisch.

»Ich habe seine Leiche gesehen, Shane. Und willst du ein Geheimnis wissen? Jemand hat ihn ermordet!«

Er runzelte die Stirn. »Ermordet? Was spinnst du dir gerade zusammen?«

»Sie sagt die Wahrheit«, nuschelte Noah.

»Ich weiß Dinge, die du mir nie glauben würdest. Also halt dich von mir fern, okay? Ich hab genug zu tun«, blaffte ich Shane an.

»Lass meine Freundin in Ruhe, Blödmann!«, sprang mir Viv zur Seite. Sie war plötzlich aufgetaucht und sah echt bedrohlich aus. Aber das lag vielleicht an ihren Stiefeln mit den spitzen Absätzen, die man jemandem ganz leicht durch den Schuh jagen konnte. Oder anderswohin.

»Hau ab, Shane!«, knurrte Viv weiter. »Merkst du denn nicht, dass es May schlecht geht? Sie braucht niemanden, der ihr wegen der Sache mit Noah noch mehr auf die Nerven geht!«

Shane sah Viv kurz an, dann senkte er den Blick und zog sich wortlos zurück. Der Mistkerl hatte echt die Nerven, ohne eine Entschuldigung oder etwas Ähnliches in die Klasse zu spazieren.

»Sorry«, entschuldigte sich Noah für ihn. »Er ... Die Sache scheint ihn ebenfalls mitgenommen zu haben.«

»Das ist egal«, fauchte Viv Noah an. »Du hast deinem besten Freund gesagt, dass du May nur missbrauchst, um deine Ex eifersüchtig zu machen? Das war echt scheiße von dir. Sei froh, dass du nicht mehr lebst, denn sonst ...«

»Viv, beruhige dich«, bat ich sie inständig. »Die anderen denken sonst, dass du die Luft mit deiner Faust bedrohst.«

Noah blinzelte Vivienne erstaunt an. »Du kannst mich sehen?«

»Viv ist auch eine Hexe«, erklärte ich ihm schnell.

»Hi«, sagte sie und lächelte, als hätte ich sie gerade in den höchsten Tönen gelobt. Ihre Wut schien auch verraucht zu sein ... »Wenn du noch leben würdest, würde ich meiner Voodoo-Puppe und somit dir den Fuß brechen«, säuselte sie ihm zuckersüß entgegen. ... oder auch nicht.

»Viv!«

»Es tut mir ja auch leid, was mit ihm geschehen ist, aber ich bin nur ehrlich zu ihm.«

Noah schien die Drohung, den Göttern sei Dank, durch die Enthüllung von Viv als Hexe überhört zu haben. »Wow. Jeder denkt immer, ihr zwei seid Hexen, dabei seid ihr ja wirklich welche. Unsere Schule ist quasi voll von euch ... euch ...«

Ich war froh, dass er nicht sofort das Wort »Monster« oder einen anderen schlecht konnotierten Begriff in den Mund nahm.

»Du kannst uns Übernatürliche nennen«, half ich ihm gnädig.

»Oder Nichtmenschen«, fügte Viv hinzu.

Noahs Interesse schien geweckt zu sein. »Gibt es mehr von euch hier?«

»Deine Ex, zum Beispiel, ist eine Banshee«, erzählte Viv freimütig. »Aber das –«

»Was?!« Noah riss entsetzt die Augen auf. »Soll das heißen, sie ist auch kein Mensch?«

»Oh, wart ihr noch nicht so weit?«, fragte mich meine beste Freundin.

»Nein!«, erwiderte ich trocken. Es klingelte zum Stundenanfang. »Na, dann habt ihr ja noch einiges zu bereden. Ich muss jetzt schnell zu Biologie. Tschüss, May. Tschüss, Noah.«

In diesem Moment meldete sich wieder die Lautsprecherstimme: »Folgende fünf Schüler sollen jetzt zur Schulpsychologin: May Setek …«

»O nein!«, stöhnte ich. »Nein, nein, nein!«

Ich weiß nicht, ob es so offensichtlich war, aber ich war eine schlechte Lügnerin. Na ja, eigentlich empfand ich lügen als eine lästige Angewohnheit. Als Stadthexe musste ich andauernd über mich flunkern – und ich hasste es. Ich war nun mal jemand, der lieber alles freiheraus sagte.

»Darf ich wissen, was deine Hexenfreundin damit meinte, dass Larissa eine Boungie ist?«

»Banshee«, verbesserte ich Noah automatisch. Ich hatte mich schon in Richtung Schulpsychologe in Bewegung gesetzt und er folgte mir wie ein Schatten. Wenigstens waren jetzt keine Schüler mehr auf den Gängen, die mich mit der Luft reden hörten. »Als du … als du gestorben bist, hat sich Larissa verwandelt. Sie hat geschrien und dabei ihren ersten Toten als Banshee beweint.«

»Was bedeutet das jetzt für sie?«

»Sie wird länger leben, länger jung bleiben, und sie sollte sich von Gegenden fernhalten, wo viel gestorben wird. Der Schrei einer Banshee ist für uns Übernatürliche kaum zu ertragen. Menschen aber halten Banshees schlichtweg für Durchgeknallte.«

Noah wirkte betroffen. »Aber … Warum hat sie mir nie gesagt, dass sie kein Mensch ist?«

»Weil sie es nicht wusste?«

»Was?!«

»Du musst dir echt mal ein neues Fragewort aussuchen«, entgegnete ich gereizt. »Das dauernde ›Was‹ nervt schon ein bisschen. Oder ist dein Vokabular so beschränkt?«

Noah schnaubte. »Tut mir leid, das ist alles so verwirrend. Wie kannst du das alles nur so locker sehen?«

»Oh, glaub mir, ich bin alles andere als locker. Wenn ich an das ganze Blut denke …« Ich schüttelte den Kopf. »Also, wegen deiner ach so tollen Ex: Du musst nur wissen, dass wir alle – einschließlich ihrer Mütter – dachten, dass sie ein Mensch sei, da ihr Erzeuger nun mal ein Mensch war. Darum wurde sie auch als Mensch aufgezogen. Ja, blöd gelaufen, denn es hat sich jetzt herausgestellt, dass das Banshee-Gen aktiv ist. Hast du denn noch nicht bei ihr zu Hause rumgespukt?«

Noah schüttelte den Kopf. »Ich wollte sie nach der Sache am Freitag nicht sehen.«

Da wir uns der Tür mit der wunderschönen Aufschrift *Schulpsychologe* näherten, stellte ich das Gespräch ein. Drei andere Schüler warteten schon auf Stühlen auf ihre Unterredung und ich gesellte mich wortlos zu ihnen.

Noah setzte sich auch auf einen leeren Platz und starrte in die Luft. Zu meiner großen Überraschung wurde ich als Erste aufgerufen – vor den drei anderen Wartenden, die mir ebenfalls einen komischen Seitenblick zuwarfen.

Ohne zu fragen, glitt Noah durch die Tür des Schulpsychologen, ehe ich sie schließen konnte.

Ich schenkte ihm einen bösen Blick.

»Was denn?«, tat er auf Unschuldslamm.

Hoffentlich würde er wenigstens vor den Damentoiletten haltmachen.

»May Setek«, ertönte eine weibliche Stimme hinter meinem Rücken. »Nimm doch bitte Platz.«

Ich drehte mich perplex um. Seit wann hatten wir denn bitte schön eine Schulpsycholog*in*? Am Schulanfang hieß es doch, dass wir einen Mister … ähm … War ja jetzt auch egal. Vielleicht war er krank.

Die Frau besaß einen dunklen Teint und schwarze Haare, die sie hochgesteckt trug. Sie hatte eine goldene Brille auf der Nase und trug einen dunkelroten Hosenanzug.

Sie kam mir ungemein bekannt vor … Womöglich war ich ihr schon ein- oder zweimal in der Stadt begegnet.

»Ähm … hi.«

Ich setzte mich auf einen der zwei Stühle vor dem Schreibtisch. Und als wäre das eine verdammte Paartherapie, schwebte Noah auf den zweiten zu, sodass ich seine geistige Präsenz spüren konnte.

»Ist etwas?«, fragte mich die Schulpsychologin.

Dr. Kresley Sands, stand auf dem kleinen Schild neben der Schreibtischlampe.

Ich hörte auf, dem *leeren* Stuhl böse Blicke zuzuwerfen.

»Entschuldigen Sie«, sagte ich mit meiner besten Ich-bin-geistig-total-normal-Stimme, »ich dachte, auf dem Stuhl wäre ein hässlicher Fleck.«

Miss – Oder Misses? Sie sah kaum älter als dreißig aus. – Sands schenkte mir ein halbherziges Lächeln. Ganz toll! Sie hielt mich jetzt schon für durchgeknallt! »Also, May … Ich darf doch May sagen, oder?« Sie ließ mich nicht einmal zustimmen. »Willst du über irgendetwas reden?«

»Nö«, entgegnete ich schnell. Sie zog eine Augenbraue hoch.

»Mir wurde mitgeteilt, dass du dabei warst, als die Leiche von Noah Simons entdeckt wurde.«

»Stehen Polizisten nicht unter einer Art Schweigegelübde?«

»May«, ermahnte sie mich sanft. »ich bin dafür da, dass du mit mir reden kannst. Dass du verarbeiten kannst, was du Schreckliches erlebt hast. Du bist so jung und musstest schon etwas derart Grausames sehen.« Es folgte eine ganz kurze Pause. »Waren du und Noah Simons vertraut miteinander? Hier steht, dass –«

»Nein!«, schrien Noah und ich gleichzeitig. »Ich weiß nicht, wer dieses bescheuerte Gerücht verbreitet hat, aber ich hatte nichts mit Noah, okay?«

Und dann erzählte ich ihr das mit dem gefakten Date und der Blamage vor seiner Ex. Erst als ich fertig war, fiel mir ein, dass das eine ganz schlechte Idee gewesen war und ich mir vielleicht gestern schon eine Märchengeschichte hätte zurechtlegen sollen.

Miss Sands schlug sich die Hand vor den Mund. »Das ist ja grauenhaft!«

»Hey, die übertreibt. So schlimm war es nun auch nicht!«, verteidigte Noah sich.

NOAH!, brüllte ich ihn in Gedanken an. *Halt die Klappe!*

»Sehen Sie«, sagte ich dann laut, »mir tut es so leid, was mit Noah geschehen ist, aber mir geht es ganz gut. Ich bin mir sicher, er ist jetzt an einem besseren Ort.«

»Ja, an einem Ort, wo es nach Kaffee und Rauch stinkt«, jammerte der besagte Tote. »Und wo das Budget für eine Klimaanlage fehlt.«

Die Psychologin schüttelte den Kopf und zückte einen Kugelschreiber. »Ich denke, es ist besser, wenn du dich einmal pro Woche bei mir meldest, May.«

»Was?!«

»Jetzt hast du das W-Wort gesagt«, feixte Noah.

»Halt doch die Klappe!«, schrie ich – und zeigte damit der Psychologin, dass ich eindeutig eine Schraube locker hatte.

Sie sagte nichts dazu, sondern reichte mir einen Zettel, der mich bei meinen Kursen entschuldigen sollte.

»Ist schon gut, May.« Sie lächelte. »Das kommt alles wieder in Ordnung. Du wirst sehen: Nach ein paar Sitzungen geht es dir wieder viel besser.«

»Darf ich gehen?«, grummelte ich.

»Natürlich. Wir sehen uns dann nächsten Montag. In der dritten Stunde hast du doch frei, oder?«

Ich nickte zerknirscht.

Ohne Abschiedsgruß verließ ich das Büro. Ich war stinksauer, aber ich rief mir ins Gedächtnis, dass ich wohl auch ohne Noah als meinen geisterhaften Begleiter in diese Situation geraten wäre. Außerdem konnte ich ihm wegen seinem Rumgenerve sowieso nicht an die Gurgel gehen.

»Und was machen wir jetzt?«, fragte die *Paranormal Activity* für Arme.

»Willst du mal ein Hexenhaus sehen?«

Kapitel 15

Keine Hexe, die etwas auf sich hält, baut heute noch ein Häuschen aus Teig

Ohne Scheiß?«, fragte Noah fassungslos und deutete auf das Gebäude vor uns. »Das Haus ist aber nicht aus Lebkuchen und Schokolade wie im Märchen?«

»Doch«, sagte ich mit ernster Stimme. »Im Sommer schmilzt es leider immer zu einem eklig süßen Klumpen zusammen.«

»Und wie kriegt ihr …«

Er bemerkte, dass ich meine Augen über seine Dummheit verdreht hatte.

»Verarsch mich nicht! Ich habe doch überhaupt keine Ahnung davon, wie Hexen leben.«

»Nicht anders als Menschen. Nur dass wir ab und zu kleine Kinder essen.«

»May!«

»Mit Ketchup. Ganz viiiiel Ketchup.«

»MAY!«

»Wer hat denn mit dem Knusperhäuschen angefangen?«, gab ich spitz zurück. »Du, oder?«

Ich angelte den Haustürschlüssel aus meiner Tasche. Nachdem ich Viv per Nachricht geschrieben hatte, dass ich wegen Noah schwänzen würde, hatten wir uns sofort auf den Weg nach Hause gemacht. Hier konnte ich endlich offener mit Noah reden, und wegen meines komischen Verhaltens und den Gerüchten würde es keine Probleme mit meinen Fehlzeiten geben!

Das Haus begrüßte uns gespenstisch still. Kein Wunder: Es war gerade einmal elf Uhr morgens. Montags erledigte Gran immer den Wocheneinkauf, Tante Harmony schob heute Tagdienst, und da die Sonne sich von ihrer besten Seite zeigte, schlief meine Mom so tief wie eine Tote in ihrem Bett. Niemand würde meinen geisterhaften Begleiter bemerken.

Im Innern des Hauses blickte sich Noah mit stummer Ehrfurcht um. Für Fremde sah es wirklich ein bisschen pompös aus, was aber nicht nur an der Größe, sondern auch an der Ausstattung lag. Meine Mom war nun einmal die ungeschlagene Meisterin im Feilschen, denn alle Vampire hatten einfach einen ausgeprägten Hang zu Besitz. Nur die Drachen mit ihrer Sucht nach Gold und Edelsteinen waren noch schlimmer.

»Wie reich seid ihr denn?«

Ich zuckte mit den Schultern. »Hexen machen sich nicht viel aus Geld. Aber wir häufen schon gern Besitz an.«

Als ich gerade einen Fuß auf die Treppe gesetzt hatte, kam etwas Schwarzes die Stufen heruntergeschossen. Knurrend, fauchend und quietschend flog Kurt um Noahs Kopf.

Noah versuchte den Flughund abzuwimmeln, was in seinem momentanen Zustand unmöglich war. »Was ist das?«

»Kurt. AUS!«, rief ich. »Mach Platz! Sofort!« Er quietschte empört auf. »Platz, hab ich gesagt! Sonst ändere ich das WLAN-Passwort!«

Kurt landete widerwillig auf meiner Schulter. Mit seinem Blick fixierte er immer noch Noah und knurrte ihn böse an. Er hatte eindeutig zu viel Zeit mit Mister Mittens verbracht.

Noah schien so langsam nichts mehr zu überraschen. »Du hast eine Fledermaus als Haustier.«

Kurt knurrte lauter.

»Kurt ist zunächst einmal ein Flughund – ein Nilflughund, um genau zu sein – und er ist mein Hexentier.«

»Was … Würdest du mir das mit dem Hexentier näher erklären?«

Ich seufzte. Bald kam ich mir wie ein wandelndes Hexenlexikon vor. »Hexentiere sind besondere Begleiter. Nicht jede Hexe findet in ihrem Leben ihr Tier.« Ich tätschelte Kurts Kopf. »Ich hatte wahnsinniges Glück, dass es Kurt von Afrika bis hierher geschafft hat.«

Kurt hatte mir einmal telepathisch gezeigt, wie er sich an Bord eines Obstfrachters geschmuggelt hatte, mit dem er dann in den Staaten gelandet war. Obwohl er mir bis heute nicht erklären konnte, warum er gewusst hatte, dass er nach Amerika reisen musste. Natürlich gab es eine mächtige Anziehung zwischen Tier und Hexe, aber wir hatten immerhin einige zehntausend Meilen voneinander entfernt gelebt.

»War es dann die Fledermaus«, Kurt zischte, »sorry, der Flughund, der beim Nachsitzen vor dem Fenster rumgeflattert ist?«

Ich nickte.

»Das erklärt dein komisches Verhalten in der Schule. Dass du wahrhaft eine Hexe bist, erklärt so vieles ...« Noah musterte Kurt. »Kann er irgendetwas Cooles? Sich in einen Vampir verwandeln, zum Beispiel?«

Ich spürte, dass Kurt gerade dachte, dass Noah ein riesengroßer Idiot sei. Was hatte er nur für feine Sinne!

»Nein. Erstens können sich nur Gestaltwandler in ein Tier verwandeln und zweitens ist Kurt ein Flughund! Flughunde sind keine Vampirfledermäuse! Und selbst die haben mit Vampiren nur das Blutsaugen gemein.«

»Gestaltwandler? Vampire? Es gibt also noch andere Übernatürliche?«

»Ja, was hast du denn gedacht? Dachtest du, es gibt nur Hexen, Banshees und Geister?«

Noahs Blick wurde leer. »Momentan ist da einfach zu viel in meinem Kopf.«

Oh, toll, jetzt hatte ich wieder ein megaschlechtes Gewissen, weil ich so zickig zu ihm war. Ich fand es total scheiße, dass ich nicht lange sauer auf Noah sein konnte. Das lag sicher an seinen blauen Welpenaugen. Oder an der Tatsache, dass mir nur allzu bewusst war, wie begrenzt Noahs Zeit war. Er hatte im besten Fall noch drei oder vier Monate zu *leben*.

Ich marschierte in Richtung meines Zimmers. »Es gibt so ziemlich alles, was man in Gruselgeschichten, Mythen oder Märchen gehört hat. Feen, Drachen, Dämonen, Werwölfe, Vampire ...«

»Zombies?«

»Zombies zählen nicht wirklich zu uns Übernatürlichen. Sie sind lediglich leere Hüllen, die Hexen mit einem Hang zur dunklen Magie zum Leben erweckt haben. Aber sie haben keinen eigenen Willen oder ein Bewusstsein.« Ich drehte mich zu Noah um und verstand sofort den Ausdruck in seinem Gesicht. »Das ist keine Option, Noah!«

Als wir endlich mein Zimmer erreichten, seufzte ich erleichtert auf. Hier fühlte ich mich wesentlich sicherer, um mit Noah gewisse Sachen zu besprechen. Zumindest hatte ich vorgehabt, mit ihm über wichtige Dinge zu reden, wie zum Beispiel seinen Mord, aber dann musste er unbedingt wieder ein paar unangebrachte Kommentare fallen lassen.

»Hier ist es so normal«, sagte Noah und drehte sich im Kreis. »Zumindest normal für jemanden wie dich.«

»*Normal für jemanden wie dich*«, echote ich beleidigt. »Du musst endlich aufhören, in Stereotypen zu denken.«

Er antwortete nicht, denn er war zu sehr damit beschäftigt, mein Zimmer genau unter die Lupe zu nehmen. Er studierte die Buchrücken, und ich war so froh, dass er in seinem Zustand die Klappentexte der etwas … etwas spicier Romane nicht lesen konnte. Trotzdem wurde ich etwas rot im Gesicht. Er ließ seinen Blick lange über ein Regal gleiten, in dem ich meinen Hexenkessel und ein paar Gläser mit Kräutern und Edelsteinen aufbewahrte, ehe er zu meiner Kommode schwebte.

Er zeigte auf die Bilder mit Ephraim. »Ist das dein Freund?«

»Ex«, antwortete ich. »Aber wir sind immer noch sehr gute Freunde. Beste Freunde.«

»Und er ist auch kein Mensch?«

»Dämon.«

»Ist Mrs. Stone auch nicht menschlich?«

Er meinte eine etwas ältere Mathematiklehrerin an der Highschool. Zwar hatte ich sie selbst nie in diesem Fach gehabt, aber man hörte genug Geschichten über ihren autoritären Unterrichtsstil.

»Nee. Durch und durch Mensch. Warum?«

Noah zuckte mit den Schultern und lächelte ein wenig. »Ich hatte sie immer für eine alte Hexe gehalten, die gern Kinder frisst.«

Sein Lächeln war ein klein wenig ansteckend, sonst hätte ich mich nicht zu einem dämlichen Grinsen hinreißen lassen.

Doch das dämliche Grinsen in meinem Gesicht war schnell wieder verschwunden: Ohne jegliche Vorankündigung stand meine Großmutter im Zimmer. Sie hatte sich schützend vor mich positioniert und streckte ihre Arme Noah entgegen.

Wahrscheinlich war sie früher vom Einkaufen heimgekommen, hatte die Präsenz des Geistes gespürt und vollkommen falsche Schlüsse gezogen, bevor sie unerlaubt in mein Zimmer gestürmt war. So leise, wie es ihr Luftelement zuließ.

Ihrem feindlichen Gesichtsausdruck Noah gegenüber nach zu urteilen, legte sie sich schon Worte für einen Exorzismus zurecht.

Nein!

NEIN! Sie durfte Noah nichts tun!

Bevor mich die Angst lähmen konnte, hatte mich die Panik schon zum Handeln gebracht. »Stopp«, sagte ich und spürte, wie das Wort allein Magie wirkte.

Meine Großmutter erstarrte zu einer Salzsäule. Nur ihre Augen konnte sie noch bewegen, denn die blickten hektisch zwischen Noah und mir hin und her.

Keine Ahnung wie, aber ich hatte sie tatsächlich aufgehalten!

»Ich weiß, dass du mir jetzt am liebsten den Hals umdrehen würdest, Gran«, begann ich und fuchtelte vor Aufregung mit den Händen herum, »aber ich konnte nicht zulassen, dass du Noah einfach so exorzierst.« Ich deutete auf den leicht verängstigten Geist, der sich tatsächlich hinter mir versteckt hatte. »Ich … Ich habe dir und den anderen Hexen vielleicht nicht die ganze Wahrheit über die Halloween-Party erzählt. Das ist Noah, der Junge, der gestorben ist. Er ist ein Geist. Aber was viel wichtiger ist: Er hat sich nicht selbst umgebracht. Er wurde ermordet.« Ich machte eine kurze Pause. »Ich weiß, dass du von Geistern nicht viel hältst und der Meinung bist, dass man sie umgehend exorzieren sollte, bevor sie noch zu Poltergeistern werden, aber er braucht unsere Hilfe! Bitte, Gran!«

Ich wartete auf eine Antwort, doch sie blieb stumm – wie eine Steinstatue.

»Ups. Ich sollte den Zauber vielleicht lösen.«

Sie verdrehte die Augen.

Sobald sich meine Gran wieder bewegen konnte, schloss sie die Augenlider und massierte sich die Schläfe mit Daumen und Zeigefinger.

»Du bist mächtiger geworden, May«, sagte sie. »Sehr mächtig.«

»Was?«

Statt mir eine Antwort zu geben, bewegte sie sich auf Noah zu. Wie ein Raubtier schlich sie um ihn herum, als sie ihn von oben bis unten musterte. »Ich schätze Geister nicht sonderlich, junger Mann. Das Diesseits gehört den Lebenden. Aber in Anbetracht der Tatsachen werde ich eine Ausnahme machen. Der Coven der Setek-Familie bietet dir den Schutz an – bis uns dein Zustand zum Handeln zwingen wird. Wir kennen sehr wohl Gnade, aber wenn die zum Poltergeist und damit zur Bedrohung wirst, hast du kein Mitleid mehr verdient.« Sie seufzte schwer. »Nun sag mir aber gleich eines, kleiner Geist: Wer hat dich nun ermordet?«

Noah senkte den Kopf. »Ich weiß es nicht.«

Kapitel 16

Maryland Ghost Hunters, Folge 69: Der perverse Geist im Setek-Anwesen

Während er mit den Greifern an seinen Flügeln die Obststücke aus der Schale fischte, ließ Kurt die Augen nicht von Noah – so lange, bis er sich an einem Stück Apfel verschluckte.

»Jetzt lass die Spinnerei!«, zischte ich meinem Flughund zu. »Ich mach sicher keine Mund-zu-Mund-Beatmung bei dir!«

Kurt ließ beleidigt den Kopf hängen.

Meine Großmutter hatte in der Zwischenzeit all ihre Einkäufe verstaut und bereitete mit Magie gerade das Mittagessen zu. Die Eier brachen von selbst entzwei und vermischten sich mit Milch, Mehl und Zucker in einer Schüssel zu einem Teig. Die Pfanne fettete sich selbst ein und legte eine polternde Landung auf dem Gasherd hin. Noah starrte wie gebannt auf die Szenerie. Für mich war es so alltäglich, wie mir selbst ein Glas Orangensaft zu organisieren. Apropos Saft: Eine Flasche mit gelbem Inhalt flog von selbst an den Tisch und schenkte mir ein.

»Nun denn …« Gran setzte sich mit einer dampfend heißen Tasse Tee an den Tisch. »Ihr beide erzählt mir jetzt ganz genau, was an Samhain passiert ist. Lasst dieses Mal ja nichts aus.«

»Was ist Samhain?«

»Halloween«, erklärte ich dem Geist abermals die Basics des Hexenlebens.

Aus diversen Gründen – Peinlichkeiten ohne Ende – begann ich mit der Erzählung der Geschehnisse ab Larissas Todesschrei. Ich erzählte ihr, dass ich Noahs Leiche und seinen Geist gesehen hatte und ihm helfen wollte, dass er sich dann aber in Luft aufgelöst hatte – bis er eben heute in der Schule wiederaufgetaucht war.

»Mhm«, sagte sie und nippte an ihrem Tee. »Es war wirklich vorbildhaft von dir, einer gegeißelten Seele helfen zu wollen.« Dann schenkte sie Noah ihre volle Aufmerksamkeit. »Und was ist deine Geschichte?«

Ich sah zu Noah, weil ich gespannt auf seine Sichtweise der Ereignisse war – und weil ich ihm zu verstehen geben wollte, dass er bald ein sehr toter Geist sein würde, wenn er das mit dem Kuss verraten würde.

»Ähm … Ich muss kurz nachdenken, was an dem Tag passiert ist. Es war … etwas viel.«

Braver Noah!

Doch dann schlich sich ein überhebliches Lächeln auf sein Gesicht – und mein Magen hob sich. »Ich hatte ein Date mit einem wirklich sonderbaren Mädchen. Immer meinte es, dass ich dumm sei und Sachen über uns verrate, die sie in Schwierigkeiten bringen könnten. Ein bisschen paranoid und kontrollsüchtig. Das schlimmste Date meines Lebens.«

»Vielleicht denkst du, dass sie sonderbar ist, weil in deinem Hirn etwas ganz gewaltig schiefläuft?«, fauchte ich beleidigt.

»Was soll das denn wieder heißen?«

»Geist hin oder her: Das mit deiner Ex ist wirklich lächerlich! Willst du von meiner Gran etwa Mitleid erhaschen, weil du sitzen gelassen wurdest?«

Kurt quietschte und schlug sich die Flügel vors Gesicht.

»Was ist daran bitte lächerlich?«

»Zum letzten Mal, damit vielleicht auch du es endlich verstehst.« Ich atmete tief ein und ließ alles heraus: »Larissa ist ein Miststück, und du läufst ihr nach, als wärst du ihr Schoßhündchen! Hast du nicht etwas Stolz?«

»Zumindest bin ich nicht so emotionslos wie du.«

»Emotionslos? Ich …«

Ich habe wegen dir geweint, wollte ich schon sagen, aber im Gegensatz zu dem dummen Geist am Tisch konnte ich meinen Mund im rechten Augenblick halten.

»Kinder, bitte!« Erst als Gran laut schrie und mit den Händen auf den Tisch schlug, wurde mir bewusst, dass wir uns praktisch geoutet hatten. Peinlich berührt starrte ich auf den Esstisch. »Ihr hattet also ein Date miteinander?«, fasste sie die Katastrophe noch einmal zusammen.

»Leider«, knurrten wir beide gleichzeitig.

»Eine Tragödie«, sagte ich.

»Eine Katastrophe«, setzte er einen drauf.

Ich streckte Noah die Zunge raus und er verdrehte die Augen mit einem lauten Seufzen.

»Oh, gnädige Hathor«, seufzte sie. Mir kam es so vor, als würden die wenigen Falten in ihrem Gesicht plötzlich mehr und tiefer werden. »Auch das noch …«

»Zum Glück hat er sich schnell als Idiot rausgestellt.«

»Manchmal bist du echt ein Arschloch, May.«

»Das gebe ich dankend zurück, Noah!«

Mit einem lauten Knall landete ein Stapel Pancakes mit Butter und Honig vor mir: Grans Aufforderung, unverzüglich mit dem Essen zu beginnen und die Klappe zu halten. Beim Kauen starrte ich Noah böse an – bis ich mich selbst verschluckte.

Gran schien genug von unserem Streit zu haben und versuchte das Ganze nun abzukürzen. »Schön, schön. Also, was ist danach passiert?«

»Ich hab mir noch einen Becher Bier im Erdgeschoss der Scheune geholt und wollte mit Larissa reden.«

»Schoooßhündchen«, flötete ich und erntete von beiden böse Blicke.

»Doch sie hat mich nur komisch angestarrt und dann zu schreien begonnen«, fuhr Noah in seiner Beschreibung fort.

»Mhm. Interessant.«

»Ich dachte, sie wolle mich verarschen, und bin deshalb nach draußen gegangen.« Er schloss die Augen und runzelte die Stirn. »Ich weiß nicht mehr … Ich meine … Ich bildete mir ein, dort was gehört zu haben, und … Ich wollte nachsehen.«

»Das wirkt … sehr schwammig«, stellte meine Gran fest.

Noah fuhr sich durch die Haare. »Das war es auch … Erst als … Dann hat mich irgendetwas gepackt. Eiskalte Finger. Meine Brust tat auf einmal weh. Dieser Schmerz hat sich von meinem Herz aus überall hineingefressen. Der Schmerz war so warm und überwältigend – bis es eiskalt wurde. Und dann stand ich einfach neben meinem Körper.«

»Ja, das klingt alles andere als nach einem Suizid, und deine Erscheinung als Geist bekräftigt dies nur. Jetzt bleibt natürlich die Frage offen, was deinen Tod wirklich verursacht hat. Es klingt -«

»If hab dof gefagt, daf ef kein Fuifid ift!« Ich spuckte dabei ein paar Brösel auf den Tisch und schluckte hinunter. »Warum glaubt mir nie jemand?«

»Nicht mit vollem Mund reden, May«, tadelte mich meine Gran. »Du hast uns auch das mit dem Geist verheimlicht.«

»Ich wollte nicht, dass du Noah exorzierst«, rechtfertigte ich mich. »Weißt du noch, als wir uns den Film mit Casper angesehen haben und du immer gesagt hast, dass du ihn schon längst exorziert hättest? Meine arme Kinderseele!«

Grandma verschränkte die Arme vor der Brust. Sieh mal an: Ihr schien es tatsächlich ein bisschen leidzutun, dass sie so diskriminierend gegenüber Geistern war.

»Und das Gleiche bei *Beetlejuice*!«

»Sei ehrlich: Dieser chauvinistische Geist gehört auch exorziert.« Sie seufzte. »Und warum hast du ihn dann hierher mitgenommen?«

»Wusste nicht, wo ich sonst hinsoll. Eigentlich wäre ja noch Schule.«

»Ach ja. Destiny soll sich später um die Entschuldigung kümmern.«

»Was soll ich tun? Und warum ist es denn so laut hier?«

Ich erschrak fürchterlich, als plötzlich meine Mom im Türrahmen stand. Auch das noch!

Ein Blick aus dem Küchenfenster verriet mir, das draußen dunkle Gewitterwolken aufgezogen waren, die die Sonne vollständig verdeckten. War ich dafür wieder mal verantwortlich?

»Hey, seit wann besitzen wir eigentlich einen Hausgeist?«

Meine Mom deutete kurz auf Noah, dann glitt sie in ihrem schwarzen Nachtkleid schon zum Kühlschrank, um sich etwas Blut zu holen. Hierfür bückte sie sich und fischte die Blutkonserve aus der Tiefkühlschublade. Mit offenem Mund starrte Noah ungeniert auf den Hintern meiner Mutter.

Das. War. Doch. Nicht. Wahr!

»Noah!«, herrschte ich ihn an.

Mom drehte sich um. Sie zauberte sich ein Weinglas in die Hand und leerte das auf magische Weise aufgetaute Blut hinein. »Noah ist ein schöner Name. Er kommt mir nur so bekannt vor ...«

»Mom, das ist der Junge, der auf der Halloween-Party gestorben ist.«

»Das ist deine Mutter?«, flüsterte mir Noah zu.

Ihre Vampirpheromone schienen auch vor untoten Männern nicht haltzumachen, denn er konnte seine Augen nicht von meiner Mutter lösen.

»Wenn du sagst, dass sie eine MILF ist, dann ...«

Doch es machte keinen Spaß, jemandem zu drohen, der ohnehin schon tot war.

»Wow!« Meine Mutter setzte sich zu uns an den Tisch. »Du bist jetzt eine Lokalbekanntheit. Aber was ist denn bitte schön eine MILF?«

Mir verging vollständig der Appetit, als sie das Blutglas an die Lippen führte.

»Ach, irgendetwas mit Mutter und Vampir«, sagte ich schnell.

»Du bist also ein Vampir?«, fragte Noah meine Mom.

»Ja, darum sehe ich mit einhundertunddrei auch immer noch so frisch aus. Man kann sagen, was man will, aber Blut trinken hält einen jung.«

Noahs Augen weiteten sich gespenstisch. Haha, wie passend!

»Einhundertunddrei?!«

»Was hast du dem armen Jungen noch alles vorenthalten, meine kleine May?«

Gran räusperte sich. »Würdest du dich vielleicht erst einmal umkleiden, Destiny? Wir empfangen unsere Gäste nicht in der Nachtkleidung.«

Im nächsten Moment trug Mom einen labbrigen grauen Pullover und schwarze Röhrenjeans. »Also, mein Name ist Destiny, May ist meine Tochter und das ist meine Mutter Myrna. Hier leben dann noch meine Schwester Harmony und unsere Hexentiere Kurt«, sie zeigte auf meinen Flughund, der gerade meine Pancakes auffutterte, »und Mister Mittens, eine Katze und der Beweis, dass meine Schwester zwar wie eine alte Frau aussehen sollte, aber das Hirn einer Dreijährigen besitzt. Fragen, Anregungen, Wünsche oder Beschwerden?«

Ich staunte mit offenem Mund über meine Mom. Es war selten, dass meine Mutter so gesprächig war, aber es kam ab und zu vor.

»Ist May auch ein Vampir?«

»Nein, sie ist durch und durch Hexe. May wird deshalb von Blut immer sehr schlecht. Ich bin ja auch nur ein halber Vampir.«

»Mom!«

Sie blickte mich unschuldig an. »Ja?«

Ich schüttelte über ihr hyperaktives Verhalten leicht den Kopf. Würde sie gleich auch noch die Familien-Fotoalben herausholen? *»Oh, hier hat sich May wegen eines Milchzahns eine Kröte in den Mund gesteckt. Oh, und hier ist sie bei ihrer ersten Flugstunde in einen Heuboden gekracht. Und hier wollte sie unbedingt Kurt Cobain von den Toten beschwören! Stattdessen hat sie Ernest Hemingway erscheinen lassen und ihm gesagt, dass er überbewertet sei.«*

Gran deutete auf Noah und meine Mom. »Könnte ich kurz mit May allein reden?«

»Soll ich dir mal unser Haus zeigen?«, bot meine Mutter Noah gut gelaunt an.

Mit einem perplexen Ausdruck im Gesicht schwebte er Mom hinterher.

»May.« Meine Großmutter ließ einige Sekunden verstreichen, ehe sie fortfuhr. »Du weißt, dass sein Zustand unumkehrbar ist? Niemand kann Tote zurückbringen.«

»Ja, klar weiß ich das. Aber er tat mir irgendwie leid. Ich kann ihn ja schlecht hängen lassen, auch wenn er ein Riesenid–«

Als ich in Grans Gesicht sah, verstand ich, was sie eigentlich damit sagen wollte.

»Nein! Ich bin nicht verliebt in ihn! Du hast doch gesehen, dass ich ihn nicht ausstehen kann! Noah ist ein Idiot! Wir hatten nur dieses eine Date!«

Das schien sie mir aber nicht zu glauben. »Ich will nicht, dass schon wieder jemandem aus der Familie das Herz gebrochen wird, weil eine Beziehung einfach unmöglich ist.«

»Wie meinst du das? Schon wieder jemandem und unmögliche Beziehung? Du redest jetzt nicht über …«

Ich konnte das Wort »Vater« nicht mal in den Mund nehmen. Erst recht nicht nach den Ereignissen des Wochenendes.

Gran senkte schnell den Kopf und wechselte das Thema. Ich hatte genau so wenig Lust wie sie, wieder darauf zu sprechen zu kommen. »May, würdest du mir bitte noch einmal zeigen, wie du mich heute versteinert hast?« Sie stand auf und ging ganz langsam in der Küche auf und ab. »Mach es einfach. Du kannst mir nicht wehtun.«

»Ähm … Okay.«

Ich konzentrierte mich auf Gran. In meiner Vorstellung erstarrte sie zu einer grauen Steinstatue, aber als ich bewirken wollte, dass es auch wirklich geschah, lief irgendetwas schief und sie konnte sich immer noch bewegen.

Ich probierte es gleich noch einmal – mit demselben ernüchternden Ergebnis.

Resigniert ließ ich die Schultern hängen. »Es funktioniert nicht.«

»Das hatte ich schon befürchtet.« Mit diesem wenig positiven Statement verließ meine Großmutter die Küche. »Geh dich umziehen. Das Training beginnt gleich.«

»Was bedeutet das? – Gran? Hallo? Hallooo?«

Ich sah zu Kurt, aber der lag auf den Pancakes und hielt sich mit dem Flügel den Bauch. Ein Tropfen Honig lief ihm aus dem Maul.

☥

»Warum. Sagt. Mir. Niemand. Was. Mit. Mir. Nicht. Stimmt!«

Mit jedem Wort verpasste ich dem Baumstamm vor mir einen Hieb mit dem Schwert, aber ich schaffte es lediglich, ein bisschen Rinde vom Stamm abzuschlagen.

»Ah!«

Frustriert stieß ich das Schwert in die Erde. Meine Handflächen brannten vor Schmerzen, und der Schweiß auf meiner Haut trocknete im kühlen Nachmittagswind. Ein wirklich ekliges Gefühl, das meine aufkommenden Kopfschmerzen noch schlimmer wirken ließ.

Meine Gran verheimlichte mir etwas, und es hatte eindeutig mit meinen Fähigkeiten zu tun, die mal stärker und dann mal wieder schwächer waren. Aber was? Was konnte nur mit mir nicht stimmen?

Meine Gran ging dem Thema offensichtlich aus dem Weg, und meine Mom konnte ich natürlich auch nicht fragen. Sie hatte mir ja bis heute nicht einmal gesagt, wer mein Vater war …

Mir wurde plötzlich ganz fiebrig. Vielleicht wusste er mehr darüber? Dad …

»Machst du jetzt schon schlapp?«

Ertappt zuckte ich zusammen und drehte mich zu Noah um, der gemeingefährlich leise herangeschwebt war.

»Oh, lass mich raten: Ein Satz, den Larissa sicherlich oft zu dir gesagt hat?«

Mein Mitleid für den verschiedenen Noah war völlig verflogen. Wegen ihm dachte meine Gran nun, dass ich in einen Geist verliebt sei. Was mich noch mehr ärgerte, war, dass sie meinte, besagter Geist wäre Noah.

»Oh, May, du kannst meine Männlichkeit nicht kränken, weil ich weiß, was ich draufhabe.«

Selbstverliebter Mistkerl!

Ich grinste ihn überlegen an. »Tja, schade, dass du es mir nicht mehr beweisen kannst.«

»Zum zweiten Mal an diesem Tag: Mit dir hätte ich sowieso nicht geschlafen.«

»Überraschung: Ich auch nicht mit dir!«, schrie ich ihm schon fast ins Gesicht.

»Deine Mutter ist netter als du.«

Ich zog das Schwert aus der Erde und machte ein paar Luftschnitte durch Noah.

»Lass das! Das ist unangenehm!«, murrte er prompt.

»So wie ein Gespräch mit dir.« Ich wandte mich wieder zum Baumstamm um. »Als du noch verunsichert wegen deines neuen Daseins warst, fand ich dich sympathischer.«

»Ich dich auch, bevor du PMS bekommen hast.«

Äußerst elegant vollführte ich eine Drehung und durchschnitt die Luft dort, wo Noahs Kehle gewesen wäre.

»Okay, okay. Ich bin ja schon ruhig«, grummelte Noah deutlich genervt. »Was machst du so, allerliebste May?«

»Weißt du, was? Das ist eine so blöde Frage, da will ich nicht einmal sarkastisch drauf antworten.« Ich verdrehte die Augen.

»Kampfübungen mit dem Breitschwert.«

»Warum? Machst du mittelalterliche Rollenspiele?«

»Hexen werden auf verschiedenen Gebieten trainiert. Das können magische Unterrichtseinheiten sein oder so etwas eben.«

Ich holte mit dem Schwert aus und schlug gegen den Baum. Es geschah … nichts. Es war, als wäre mein Schwert stumpf und ich so kräftig wie ein Teddybär.

Genervt strich ich mir eine herumtanzende Haarsträhne zurück. »Meine Familie ist der Überzeugung, dass Waffentraining gut für mich sei. Meine Vorfahrerinnen waren nicht nur ägyptische Hohepriesterinnen, sondern auch gefürchtete Kriegerinnen. Die nächste Generation sollte immer stärker sein als die vorangegangenen Hexen.«

Ich war da natürlich anderer Meinung. Schließlich hatte ich das mit dem Dolch versaut, das mit dem Katana, und auch die Axt war mir nicht ganz geheuer. Durch das Scheißteil hätte ich fast meinen großen Zeh verloren! Aber meine Familie – Gran – war der festen Überzeugung, dass ich für irgendeine spezielle Waffe eine Affinität haben musste. Hoffentlich würde ich es bald herausfinden, denn gegen Ingrid nur mit Magie bewaffnet anzutreten war hart genug.

Viv hatte es da so viel besser!

Sie war eine »Puppenmeisterin«, und das war genauso schrecklich, wie es sich anhörte. Schrecklich *cool*. Sie musste bloß passiv in Kämpfe eingreifen, indem sie beispielsweise Dinge zum Leben erweckte, die für sie kämpften, oder sich anderer Körper bemächtigte. Dabei war es nur wichtig, strategisch überlegen zu sein. Sie bekam keine Blasen an den Händen von dem Waffentraining oder Löcher in den Klamotten, weil sie gegen diverse Dinge geschleudert wurde.

»Du hältst das Schwert komplett falsch«, merkte Noah besserwisserisch an.

»Ach ja? Und du weißt das natürlich, weil …?«

»Lacrosse ist nicht so viel anders als das hier.«

Ich stieß ein trockenes Lachen aus. »Ja klar.«

Noah laberte irgendetwas, aber ich hörte ihm natürlich nicht zu. Er war ein Sportler, ich war eine Hexe.

Er hatte unrecht, ich hatte recht.

Er war ein Idiot, ich war toll.

Die Reihe an Gegensätzen hätte ich noch endlos fortsetzen können. Ich schlug auf den Baumstamm ein und stellte mir dabei vor, dass es Noah sei. Das machte die Sache nicht besser, aber ich bekam zumindest meine Aggressionen in den Griff.

Ich hoffte, dass Noah sich auflösen würde, aber er beobachtete mich weiterhin und schüttelte alle paar Minuten den Kopf. Damit ich seine blöden Sprüche nicht mit anhören müsste, seufzte und stöhnte ich laut.

Ein paar Minuten später trat meine Mom mit einem riesigen schwarzen Sonnenschirm in den Garten.

»Wie geht es denn voran?«

»Schlecht.« Ich demonstrierte ihr kurz, wie ich mich mit dem Schwert schlug. »Sehr schlecht.«

»Hm. Scheint nicht wirklich deine Waffe zu sein. Du solltest aber unbedingt mal einen Säbel ausprobieren.«

»Bin ich ein Pirat oder eine Hexe?«, murmelte ich. »Haben wir nicht auch Waffen aus Ägypten? Ich meine, Kurt ist auch ein Nilflughund. Vielleicht vertrage ich das ägyptische Zeug besser …«

»Nein.«

Ich machte den Mund auf, aber Noah – Nummer-eins-Fan meiner Mom – platzte freudig dazwischen: »Was kannst du denn, Destiny?«

Ach, die zwei waren schon per Du! Wie überaus schön!

Meine Mom grinste Noah kurz an.

Langsam faltete sie den Schirm zusammen und legte ihn behutsam zur Seite.

»Ich darf doch, May?«, schnurrte sie mir zu.

Ich stöhnte als Antwort.

Gemächlich bewegte sich meine Mutter auf den Baum zu. Es war bewölkt, was bedeutete, dass sie zwar nicht im Vollbesitz ihrer vampirischen Kräfte war, aber meine Mom brauchte nicht einmal ein Zehntel ihrer Kräfte, um den Baumstamm mit ihren bloßen Fingern und drei Hieben zu fällen.

Nun ja … *bloße* Finger war vielleicht falsch: Die Waffen meiner Mutter waren filigrane Fingerkrallen, mit denen sie auch eine Halsschlagader aufschlitzen konnte.

Trotzdem applaudierte Noah mit offenem Mund, während ich mich wie die totale Loserin fühlte …

☥

»Blöder Noah. Ah!«, regte ich mich noch eine Stunde später beim Duschen auf. »Der wird noch zum neuen Maskottchen meiner Familie.«

Ich trat aus der Duschkabine und sah mich um. Wo zum Duat war mein Handtuch?

»May? May, du sollst essen ko… Woah!«

Noah war, ohne um Erlaubnis zu fragen, durch die Tür in den Raum geglitten. Wo ich immer noch splitterfasernackt in der Gegend herumstand.

»RAUS!«, brüllte ich, als ich meine Sprache wiedergefunden hatte und ihn nicht mehr ungläubig anblinzelte. »Sofort raus hier!«

Noah war so schockiert, er nahm sich sogar noch ein paar Sekunden Zeit, um mich von unten bis oben genau abzuchecken.

Und dann noch einmal.

Das. War. Kein. Versehen!

Er grinste, als er sich auflöste. »Sorry.«

»Aaaaah!«

Was hatte ich mir da nur eingebrockt? Jetzt war er nicht nur der Liebling meiner Familie, sondern auch noch der beste Spanner der Welt!

Kapitel 17

The Ghost with the most … problems

Lautes Geschrei weckte mich aus meinem traumlosen Schlaf. Ohne großartig nachzudenken, lief ich hastig die Treppen hinab in Richtung Küche und bereitete mich auf das schlimmste Szenario vor. Schnell verwandelte ich meinen Pyjama in alltagstaugliche Klamotten und legte mir einen Zauber zurecht, mit dem ich einen Eindringling gegen die Wand werfen konnte.

Es hätte ja sein können, dass wirklich jemand in Gefahr schwebte und meine Hilfe brauchte. Wie gesagt: Es hätte sein können …

In der Küche saßen meine Mom, Gran, Tante Harmony und Noah. Auf dem Tisch stapelten sich Teller mit Kuchenstücken, etliche Gläser mit Alkohol und allerlei Hexenwerkzeuge wie kleine Kessel und abgebrannte Kerzen. Es stank nach alten Räucherstäbchen und teurem Alkohol.

»Ist das euer Ernst?!«

Mit ein klein wenig Verspätung segelte Kurt auf meine Schulter. Er hatte sich gestern noch die Seele aus dem kleinen Leib gekotzt, weil er sich aufs Schlimmste überfressen hatte. Deshalb stützte ich ihn mit einer Hand, bevor er noch zu Boden stürzte.

»Maaaay!« Tante Harmony riss die Arme in die Luft. »Wo warst du denn?«

Das war eine der seltenen Augenblicke, in denen Tante Harmony weder müde noch verspannt wirkte. Einzelne Strähnen hatten sich aus ihrer eleganten Haarklammer gelöst, ihr Arztkittel lag achtlos auf dem Boden und ihr dezentes Make-up war leicht verschmiert.

Mister Mittens schnurrte zu ihren Beinen. Auch er sah etwas zerrauft, aber zufrieden aus.

»Schlafen?« Ich sah zur großen Standuhr. »Es ist halb acht! Morgens!«

»Darum fühle ich mich schon so müde«, sagte meine Mom. Sie stand auf und streckte sich genüsslich. »Ich glaube, ich sollte langsam mal auf mein Zimmer gehen.«

»Schläfst du eigentlich in einem Sarg?«, fragte Noah neugierig.

»Ooh, er ist so süß!«, quietschte Harmony. »Er denkt tatsächlich in Vampirklischees!«

Hilfe! Betrunkene Erwachsene!

»Nein, nein. Das ist wahnsinnig unbequem, aber früher schliefen manche Vampire durchaus in Särgen. Doch dank Jalousien, abgedunkelter Fenster und dicker Vorhänge hat sich das Problem gelöst.« Sie ging an mir vorbei und flüsterte mir dabei ins Ohr: »So ein Jammer, dass er bereits tot ist!«

»Mom!«, zischte ich, aber sie war bereits aus meiner Nähe verschwunden.

Noah erzählte gerade irgendeine Geschichte über ein – was sonst: verlorenes – Lacrosse-Spiel. Gran und Tante Harmony hingen regelrecht an seinen Lippen und lachten schreiend über die miesen Pointen. Und der Geist? Noah genoss sichtlich seinen Status als Hahn im Korb. Aber eigentlich sollte es mich nicht so wundern, dass meine Familie Noah so herzlich aufgenommen hatte: Seit ich mich erinnern konnte, war meine Gran nie mit jemandem ausgegangen, obwohl sie für ihre über dreihundertfünfzig nicht älter als Mitte vierzig aussah. Tante Harmony hatte eigentlich schon alle weiblichen Single-Übernatürlichen der Stadt durch und auch ein paar Menschen gedatet. Meine Mom verdrehte zwar jedem Mann den Kopf, aber sie hatte noch nie ein Date gehabt, seit ich auf der Welt war.

Männer waren bei uns im Haus also rar gesät, und meine Familie nutzte Noahs Anwesenheit schamlos aus.

Plötzlich hörte ich jemanden an der Haustür. »Hallo, ich bin's nur. Ich wecke jetzt May auf«, rief Viv und kam uns entgegen. »Ich … Ich kann es nicht fassen! May?« Viv pikste mich mit dem Zeigefinger an. »Ich … Du bist ja schon wach! Und angezogen! Ist etwas passiert?«

»Hallo!«, rief und winkte meine Tante Viv zu. »Setzt ihr euch zu uns?«

Meine beste Freundin starrte die Szenerie so lange an, bis ich sie am Ärmel ihrer weißen Bluse packte und wieder in Richtung Haustür zurückschleifte.

»Noah ist nun Casper-Juice, der perverse Spannergeist, und lebt bei mir«, begann ich meine Erzählung. »Und wenn er nicht schon tot wäre, würde ich ihn spätestens jetzt umbringen!«

☥

Ich hätte nie gedacht, dass ich das einmal sagen würde: »Schule ist so schön.«

Ich atmete die abgestandene Luft – eine Mischung aus Schweiß, Deos und Parfüms – tief ein, als ich auf einen halb gegessenen Müsliriegel trat und von einem Typ mit den Worten »Geh doch schneller!« angerempelt wurde.

Ich freute mich schon richtig auf die Mittagspause und die zwei Stunden Sport danach. Einen Völkerball mitten ins Gesicht? Immer her damit! Hürdenlauf bis zum mörderischen Seitenstechen? Nur zu gern!

Alles war besser, als zu Hause zu sein.

Da mir Noah nun meine Familie ausgespannt hatte, suchte er mich wenigstens nicht mehr in der Schule heim. Noch nie waren Literatur und Kunst so toll und entspannend gewesen. Zum ersten Mal hatte ich aufmerksam mitgeschrieben und mich aktiv am Unterricht beteiligt. Das meiste war zwar falsch gewesen, aber mir war es egal.

Nach der Sache mit Noah gab es absolut nichts mehr, wofür ich mich schämen musste.

Zwar lernten wir Hexen schon früh in unserer Erziehung, dass alle von der Natur geschaffenen Körper wunderschön waren, aber nach über einem Jahrzehnt Schule waren da trotzdem gewisse Unsicherheiten gegeben.

Und wenn ich nur daran dachte, dass Noah *aus Versehen* in eine Menge intimer Momente platzen konnte …

Ich schauderte.

Ich war so in Gedanken – Horrorvorstellungen – vertieft, dass mir erst zu spät auffiel, dass sich eine andere Person näherte, die ich ebenfalls absolut nicht ausstehen konnte. Gut, ich konnte neunzig Prozent der Schule nicht ausstehen.

»Setek.«

Wow, wie höflich er mich mit meinem Nachnamen begrüßte!

»Kann ich dir irgendwie helfen?«, knurrte ich Shane an. Der Lacrosse-Spieler konnte mir ebenso gestohlen bleiben wie sein körperloser Kumpel.

Mein Magen stieß ein Wehklagen aus. Die Tür zur Cafeteria war nur wenige Schritte von mir entfernt – wenn mir Shane nicht den Weg abgeschnitten hätte.

»Ich muss mit dir reden.«

Sein Blick wirkte so entschlossen, dass ich nicht anders konnte als nachzugeben.

»Drei Minuten. Ich habe Hunger.« Und heute gab es vegane Minidonuts als Nachspeise.

Ich konnte mir schon denken, dass er mir wieder wilde Verschwörungstheorien an den Kopf werfen wollte. Wahrscheinlich hatte ich Noah mit einer Pyramide der Illuminati-Sekte getötet und war danach mit Bigfoot auf Nessie davongeritten.

»Noah wurde ermordet«, sagte Shane.

Er wartete meine Reaktion ab, aber ich zog lediglich eine Augenbraue hoch. »Du glaubst mir also doch?«

»Ja.« Er fuhr sich mit den Händen durch die Haare. »Keine Ahnung, was mich da gestern geritten hat. Vielleicht habe ich mich zu sehr in das Gespräch mit der Psychologin reingesteigert. Ich kenne … ich kannte Noah. Es ist absolut absurd anzunehmen, dass er sich selbst etwas angetan haben könnte. Egal was da zwischen euch passiert ist.«

»Sag ich doch.«

»Und es war noch absurder anzunehmen, dass du etwas damit zu tun haben könntest.«

Ich nickte zustimmend.

Ich konnte ja nicht einmal einen Tropfen Blut vergießen, ohne das mir ganz schwummrig dabei wurde.

»Aber das heißt auch, dass da draußen ein Irrer herumläuft und Menschen tötet!«

»Komm ja nicht auf die Idee, selbst nachzuforschen, wer der Mörder ist! Weißt du, wie Teenies in Horrorfilmen draufgehen? Genau so! Lass das alles meine Sorge sein«, mahnte ich ihn eindringlich.

Er blickte mich wenig überzeugt an. »Und warum darfst du dann Detektiv spielen?«

»Mir stehen einfach viel mehr Mittel und Wege zur Verfügung.«

»Weil du eine Hexe bist?«

»Genau.«

»Ach, und wie willst du das anstellen? Hast du Noahs Geist beschworen, um dir von ihm helfen zu lassen?«

Wir duellierten uns, indem wir uns mit eisernen Mienen anstarrten.

Shane war ein einfacher Mensch, der im Kampf mit einem Übernatürlichen haushoch verlieren würde. Ich hingegen konnte zumindest versuchen zu kämpfen. Vielleicht würde das ganze Adrenalin im Zweifelsfall meine kämpferischen Fähigkeiten verstärken? Vielleicht würde sich mein Gegner auch bewusstlos lachen!

»Komm schon, Setek!« Shane warf die Hände in die Luft. »Du bist ein Mädchen von nicht mal eins siebzig und wiegst wie viel? Nicht einmal einhundertzwanzig Pfund? Was willst du schon ausrichten? Du kannst nicht darauf hoffen, jemanden so lange böse anzustarren, bis er abhaut!«

Ich schnaubte vor Zorn. »Doch. Das kann ich.«

»Na ja, ich muss dann mal los.« Shane drehte sich von mir weg. »Deine heiße Freundin beschimpft mich sonst wieder grundlos.«

Einen Wimpernschlag später stand auch schon Viv neben mir, einen Arm ausgestreckt, und deutete auf den Sportler. »Was wollte der Volltrottel dieses Mal von dir? Soll ich Albertina die Schulter auskugeln? «

Ich schüttelte nur den Kopf und traten endlich durch die Cafeteriatür, wo mir schon der Geruch nach Fett in die Nase stieg. Leider war die Schlange vor der Essensausgabe viel zu lang. Mein Magen knurrte nun wie Ammit, die altägyptische Herzensverschlingerin, persönlich, als ich mich hinter den anderen Schülerinnen und Schülern einreihte, statt sie in Frösche zu verwandeln, was mein erster Impuls gewesen war.

»Ich glaube, er hat sich bei mir entschuldigt«, erzählte ich Viv schließlich. »Er hat zwar die Worte nicht in den Mund genommen, aber wir wollen ja nicht zu viel erwarten.«

Viv wirkte erstaunt. »Echt?«

»Und …« Ich machte eine Pause. »Und er hat dich ›heiß‹ genannt.«

Nun wurde sie rot. »Echt? Was hat er genau gesagt? Seine Worte, nicht deine! Los, May, los!«

Sie war so aufgedreht, dass mir etwas zum ersten Mal klar wurde.

Ich riss die Augen auf. »Du stehst doch nicht etwa auf ihn?«

Ich kramte in meinen Erinnerungen herum, ob Viv je etwas über Shane gesagt hatte. Wir hatten mal über seinen heißen Körper geredet – das hatten wir bei jedem Kerl an der Schule getan –, aber sonst war sein Name eigentlich nie gefallen.

Vor gefühlten drei Sekunden hatte sie ihn sogar noch beschimpft! Ach was! Sie wollte einen unserer besten Sportler die Schulter aus dem Gelenk reißen!

Ihr Gesicht wurde noch roter. »Was? – Nein! Nein, auf keinen Fall, aber Shane Sterling hat mich ›heiß‹ genannt! Das ist so …« Sie seufzte resigniert. »Okay, okay. Ich gestehe: Mir ist schon aufgefallen, dass er in Mathe ziemlich oft fragt, was wir als Hausaufgabe aufhaben. Du musst zugeben, dass er irgendwie süß ist.«

»Und er ist nicht einfach nur dumm und kann sich nichts merken?« Sie schenkte mir einen finsteren Blick. »Sorry«, murmelte ich. »Verdammt, Viv! Warum hast du mir das nicht gesagt? Du bist verliebt in Shane!«

»Pssst!«, zischte sie. »Ich steh doch nur ein kleines bisschen auf ihn. Ich hab doch keine wirklichen Gefühle für ihn! Ich denke auch, dass er niemals mit einer ›Hexe‹ zusammen sein will. Schließlich ist er ziemlich beliebt. Das würde seinen ganzen Status an der Schule kaputtmachen. Ach was! Sein ganzes Leben!«

»Ach Viv …«

Meine beste Freundin tat mir echt leid. Ich hätte sie zwar damit getröstet, dass ihr menschlicher Dad auch eine Hexe geheiratet hatte, aber das war ein ziemlich sensibles Thema, für das ich kaum genug Feingefühl besaß.

Die menschliche Lebensenergie war viel strahlender als die von uns Übernatürlichen, aber nur für einen furchtbar kurzen Moment. Sie starben, bevor sie überhaupt leben konnten …

»Warte …«, ich überlegte kurz, »du magst ihn, und trotzdem hast du ihn gestern angeschrien?«

Viv zuckte mit den Schulten. »Wenn er sich wie ein Arsch aufführt, dann darf ich ihm das wohl noch ins Gesicht sagen, oder? Glaubst du, ich heiße es gut, dass er meine beste Freundin bedrängt?«

»Über das mit dir und Shane müssen wir noch mal reden, aber jetzt …«

»Schon gut. Ohne Mittagessen wirst du zur bösen Hexe aus dem Westen.«

Ich nahm eins der grauen Tabletts.

Wenn ich nicht in den nächsten Sekunden etwas zwischen die Zähne bekam, musste ich wohl oder übel ohnmächtig umkippen.

Und wer war schuld? Noah!

Nach der Sache im Bad war ich nämlich nicht zum Abendessen erschienen, sondern hatte mich von zähen Oreos und harten Gummibärchen aus meiner Schreibtischschublade ernährt. Deshalb nahm ich nun auch eine ordentliche Portion Gemüsereis und Kräuterbaguette. Es gab sogar noch einige Donuts mit pinker Glasur.

»Bin ich froh, dass ich das Zeug nicht mehr essen muss.«

»Ich hoffe, ich werde jetzt verrückt und höre deshalb Stimmen.« Ich sah nach rechts, wo Noah stand. »Verdammt!«

Er grinste. »Hallo.«

Ich nahm mein Tablett und ging zum Tisch, wo ausnahmsweise einmal alle – sogar Ingrid – schon anwesend waren. Viv saß mit einer kleinen Portion Reis mit Gemüse und Fleisch auch schon am Tisch. Die Glückliche hatte ganz sicher von ihrer Mom ein herzhaftes Frühstück bekommen, während meine Familie betrunken mit einem Geist Party gefeiert hatte.

Penelopes Augen weiteten sich, als sie aufsah und Noah bemerkte. »May …«

»Leute, das ist Noah. Noah, das sind Leute.«

Ich setzte mich wie gewohnt zwischen Viv und Ephraim. Dann bettete ich meinen Rucksack auf meinem Schoß und warf Kurt zwei

Donuts zu. Mein Flughund hatte sich ein Nest aus Taschentüchern, meinem Wollschal und ... – Oh, da waren also meine fingerlosen Handschuhe abgeblieben – besagten Handschuhen geschaffen.

»Aber überfriss dich nicht schon wieder!«, mahnte ich ihn streng.

Kurt nahm die Donuts dankbar an und widmete sich dann seiner neuen Lieblingsserie *Detektiv Conan*, die er sich auf meinem Handy ansah. Natürlich lief der Anime mit Untertiteln und ohne Ton. Normalerweise hing Kurt um diese Zeit zu Hause in seinem Käfig herum, aber er wollte mithilfe der Serie Noahs Mord aufklären und fand, dass er sich zu Hause nicht konzentrieren könne.

Ephraim berührte mich an der Schulter. »May. Was geht hier vor?«

»Ach, Kurt macht meinen Handy-Akku leer, indem er sich Serien ansieht.«

»Eigentlich meinte ich den Geist ...«

»Was ist mit ihm?«

Noah saß auf der anderen Seite bei Ingrid, Eric und Penelope. Eric schien richtig angewidert von seiner Präsenz zu sein. Penelope war eher ängstlich, und Ingrid ...

Noah knurrte. »Lass das!«

Kichernd pikste Ingrid Noahs Gestalt an. »Das fühlt sich lustig an!«

»Ingrid, lass das!«, half ich dem wehrlosen Geisterjungen.

Sie zog eine Schnute. »Da kann doch eh nichts mehr kaputt gehen.«

»Ist es dir bei mir zu Hause zu langweilig geworden?«, fragte ich Noah mit kühler Stimme.

In der kurzen Zeit, die Noah zum Antworten brauchte, stopfte ich mich mit Reis voll. Halleluja! Beinahe wäre ich wirklich vor Hunger krepiert.

»Deine Tante ist leider ins Bett gegangen, weil sie heute noch mal Nachtschicht schiebt, und deine Granny muss sich um irgendwelchen Zauberkram kümmern.«

»Mhm.«

Ephraim ließ nicht locker. »Ähm, May, du hast uns immer noch nicht erklärt, warum da ein toter Typ an unserem Tisch sitzt.«

Ich verdrehte die Augen. »Weil er eine klammernde Nervensäge ist? Oder weil das Reboot von *The Sixth Sense* geplatzt ist?«

Meine Hexen-Stellvertreterin Viv erklärte: »Was May damit sagen will, ist, dass ihr ja alle wisst, dass Noah vor ein paar Tagen gestorben ist. Unglücklicherweise spukt er nun als Geist herum.«

»Und warum habt ihr ihn noch nicht exorziert?«, fragte Eric patzig. »Ihr Hexen sollt Geister vertreiben und sie nicht als Haustiere halten.«

»Ich bin kein Haustier!«, empörte sich der ungebetene Gast.

»Die Hexenfamilie Setek beschützt Noah. Also halt dich da raus, Eric, oder du musst dein Blut künftig aus der Schnabeltasse trinken.«

»Drohst du mir, Hexe? Ich bin älter als du!«

»Du weißt, dass du dich gerade auch mit Ingrid und mir anlegst, oder?« Penelopes Stimme klang so süß wie immer, aber man konnte spüren, dass sie schon Kräfte für eine Auseinandersetzung sammelte, als die Umgebungsluft mit ihren dämonischen Pheromonen getränkt wurde.

Ingrid würde Eric sowieso auch grundlos verprügeln.

Noah räusperte sich. »Hi. Ich bin Noah und ein Geist.«

Jeder am Tisch zog eine Augenbraue hoch.

Der Sukkubus lächelte ihn scheu an. »Wir sind hier nicht bei den Anonymen Alkoholikern, mein Lieber. Zudem kennen wir dich alle. Das hier ist keine große Highschool.«

Ich deutete einmal im Kreis herum und begann mit mir: »Hexe, Dämon, Vampir, Sukkubus, Walküre, Idiot«, damit war natürlich Noah gemeint, »noch mal Hexe. Alle Fragen geklärt? – Gut! Ich habe immer noch Hunger.«

»Walküre?«, wandte sich der Geist an Ingrid. »Ist das nicht die fette Frau, die in der Oper singt?«

»Was?!«

Unsere norwegische Austauschschülerin rüstete sich schon zum Kampf. Während die anderen Noah schnell aufklärten, konnte ich mich weiter meinem Essen widmen. Mir fiel dabei auf, dass mich Eric die ganze Zeit über böse anstarrte, bis er ohne ein Wort einfach aufstand und ging. Na ja, seine Laune war ja nichts Neues.

Ich zeigte seinem Rücken den Mittelfinger.

»Jetzt habe ich noch eine Doppelstunde Sport«, sagte ich zu Noah, schulterte meinen Rucksack und nahm das Tablett zur Ablage mit. »Das wird dich weniger intere–«

»Oh, gut, ich komme mit.«

»Warum?«

»Warum nicht?«, gab Noah zurück. »Keine Sorge, ich sehe dir auch nicht beim Umziehen zu. Da gibt es ja nichts mehr, was ich noch nicht gesehen hätte.«

Das war der Moment, als ich der Luft eine Ohrfeige gab, deshalb nach vorn kippte und das Tablett auf den Boden leerte. Auf einmal war es in der Cafeteria totenstill, und ich spürte, wie sich Dutzende Blicke auf mich hefteten, als hätte ich gerade vor der ganzen Schülerschaft blankgezogen.

»Willst du mir mal helfen?«, knurrte ich den Geist an.

»Keine Hände, keine Hilfe.«

Damit löste er sich einfach in nichts auf – wahrscheinlich, um in die Mädchenumkleiden zu linsen.

Dieser untote Spi…

»Warte, ich helfe dir, May.«

Unerwarteterweise eilte mir der Sukkubus zu Hilfe und sammelte das Besteck und die unbenutzten Servietten auf.

»Oh, danke, Penelope.«

»Keine Ursache. Ich …«

»Ja?«

»Darf ich kurz mit dir reden?«, fragte sie und kniete sich zu mir auf den Boden.

»Ich muss sowieso das ganze Zeug jetzt wegwischen, bevor noch ein Lehrer oder jemand aus der Kantine sauer wird.«

»Das mit Noah … Sein Tod hat mich an etwas erinnert.« Sie rieb sich über die Arme, die mit einer sichtbaren Gänsehaut bedeckt waren. »Ich will, dass du es weißt, May. Du … Du wärst die Erste …«

»Geht es dir gut, Penelope?«

Ich hatte den Sukkubus noch nie so erlebt. Penelope war einfach eine Frohnatur, die mit ihrem Lächeln auch ohne dämonische Pheromone Jungs ins Schwitzen bringen konnte. Aber im Moment wirkte sie einfach nur verängstigt – wie eben, als Noah uns mit seiner untoten Anwesenheit beehrt hatte.

»Ja … Nein … – Ach May … Es gibt da etwas, was du über mich wissen musst. Meine Geschichte. Wie ich zu einem Sukkubus wurde.«

Ich horchte auf.

Nicht einmal meine Familie wusste, wie es dazu gekommen war. Nicht dass es wichtig gewesen wäre. Bei den meisten gewandelten Übernatürlichen – besonders in so einem jungen Alter wie bei Penelope – steckte meist eine tragische Geschichte wie eine schlimme Krankheit oder eine obsessive Liebe dahinter.

»Als ich noch nicht einmal siebzehn Jahre alt war, wurde meine Stadt von einem Killer in Angst und Schrecken versetzt … Das war im Herbst des Jahres 1888.«

Sie sah mich an. Meine Gesichtszüge waren mir sicher entglitten, obwohl ich versucht hatte, den Schock und Horror vor ihr zu verbergen.

Herbst 1888? Und ich wusste, dass sie aus London stammte …

»Jack the Ripper?«, fragte ich tonlos.

Sie schenkte mir ein trauriges Lächeln.

»Du willst doch nicht etwa sagen, dass er ein …«

»Genau. Jack the Ripper zog durch die Straßen. Seine Mordserie ist heute noch in aller Munde, aber nur wenige wissen, dass dieser Mörder ein Übernatürlicher war«, erklärte sie. »Ich … Ich hatte eine Tochter, wusstest du das?«, wechselte Penelope das Thema, als sie merkte, dass ich kein Wort über meine trockenen Lippen brachte.

Sie rutschte auf dem Boden noch näher an mich heran und klappte die herzförmige Kette auf. In dem Medaillon befand sich ein kleines Schwarz-Weiß-Foto, das ein grinsendes Mädchen mit Zahnlücke und hellen Haaren zeigte. Aber das Schlimmste war, dass sie maximal fünf Jahre alt war.

»Die Hexen, die mich von meiner Elizabeth fortgebracht haben, schenkten mir dieses Foto als Erinnerungsstück.« Die Trauer in ihrer Stimme wog auch schwer auf meinen Schultern. »Ich hätte mir nie so etwas leisten können.«

Sie klappte das Medaillon wieder zu, hielt das Schmuckstück aber noch mit einer Hand umklammert, so als würde sie in einen Strudel gesogen werden, wenn sie nachlassen würde.

»Mein ganzes menschliches Leben war alles andere als schön. Die Industrialisierung hatte das Dasein einiger Leute verbessert, aber man hatte damit auch fast die ganze Mittelschicht ausgerottet. Meine Eltern mussten mich also als kleines Mädchen an ein reiches Paar als

Dienstmädchen abgeben, weil ich mit meiner Statur nicht wirklich auf den Äckern mithelfen konnte. Vielleicht war ich zu jung, vielleicht war ich auch naiv, aber der Sohn meiner Arbeitgeber machte mir ständig Avancen. Er war nur drei Jahre älter, und ich war so schrecklich verliebt in ihn. In meinen Träumen sah ich schon unsere Hochzeit – mein Happy End – nahen. Aber in der Realität wurde ich von ihm abgewiesen, als ich mit vierzehn von ihm schwanger wurde. Seine Eltern haben mich einfach rausgeworfen und als dreckige Dirne und Lügnerin beschimpft. Ich tat dann das Einzige, was ich tun konnte, um meiner Tochter eine Lebensgrundlage zu bieten: Ich verkaufte meinen Körper an Männer.«

»Oh, Penelope«, hauchte ich mitfühlend. »Es tut mir so leid, was du durchmachen musstest.«

Sie schüttelte den Kopf. »Ich hätte einfach besser aufpassen sollen. Ich war so dumm.«

»Du warst noch ein Kind.«

»In dieser Zeit gab es keine Kindheit, May«, sagte sie mit harscher Stimme. »Ich hatte mir das alles selbst zuzuschreiben. Ich wusste, dass ein Mörder in der Stadt sein Unwesen trieb, aber ich wollte an diesem Abend auf der Straße sein. Es waren weniger Prostituierte unterwegs, und das hieß natürlich: mehr Geld für mich. Der Abend lief auch hervorragend, doch dann kam er.« Sie runzelte die Stirn, als sie versuchte, sich an ihren Peiniger zu erinnern. »Ich kann mich gar nicht mehr richtig an sein Gesicht erinnern, aber auf den ersten Blick wirkte er wie ein reicher und vor allem gut aussehender Mann. Er wusste auch mit Worten umzugehen, und er zahlte im Voraus!«

»Und er hat dich gegen deinen Willen in einen Dämon verwandelt?«, mutmaßte ich.

»Nein … Nicht ganz. Als wir Sex hatten, ließ er plötzlich seine Inkubus-Gestalt aufblitzen. Ich war so panisch! Ich dachte, er sei der Teufel höchstpersönlich, und ich musste von so einer Gestalt weg. Ich hatte ein Messer in meinem Korsett versteckt, und damit habe ich ihm dann die Kehle aufgeschnitten. Natürlich hat es ihn nicht getötet, aber immerhin kurz außer Gefecht gesetzt. Dabei ist wohl Blut von ihm in meinen Mund gelangt, das ich dann in der ganzen Panik auch noch geschluckt habe. Ich … Ich wusste doch nicht, dass dann so etwas passiert. Ich … «

Ich nahm Penelope in die Arme.

Sie musste nicht weiterreden, wenn sie nicht wollte und ich mir den Rest sowieso denken konnte. Bei den Sexualdämonen wurde die Verwandlung durch Blutaustausch beim Geschlechtsverkehr ausgelöst. Sie hatte sich unwissentlich selbst zum Sukkubus gemacht und dadurch ihre Menschlichkeit verloren.

Als verwandelter Sukkubus würde sie zwar nie altern, aber sie musste weiterhin ihren Körper benutzen, um zu überleben.

»Es tut mir leid. Ich wusste nicht, dass du dein Dasein so sehr hasst.«

»Oh, das tue ich nicht.« Sie schniefte, aber ihre Stimme gewann mit jedem weiteren Wort an Stärke. »Das Anschaffen hat mir damals nichts ausgemacht, und das tut es bis heute nicht. Ich bin mein eigener Sukkubus – und gehöre keinem Mann. Das ist das Wichtigste. Aber …« Auf einmal packte sie mich am Arm, und ihre Fingernägel gruben sich selbst durch den Mesh-Stoff meines Oberteils. »Deine und Viviennes Familie passen doch auf, oder? Ihr lasst es nicht so weit kommen, dass noch jemand stirbt oder im schlimmsten Fall in einem so jungen Alter verwandelt wird. Bitte, May. Du musst den Mistkerl stoppen. Es ist schlimm genug, dass Noah tot ist. Ihr dürft nicht zulassen, dass es schlimmer wird!«

»Keine Sorge, Penelope«, sagte ich und strich ihr tröstend über den Rücken. »Die älteren Hexen haben alles überprüft. Der Kerl ist keiner von uns. Du musst keine Angst haben. Es ist alles in Ordnung.«

Die Lüge schmeckte wie heißer Wüstensand in meinem Mund.

Kapitel 18

Wirkt Insektenspray auch bei Banshees?

Als ich bereits den zweiten Tag einen Geist mit zu mir nach Hause brachte, war ich eigentlich nur noch genervt von ihm. Noah hatte auf dem Heimweg damit begonnen, meinen Stil beim Völkerball zu kritisieren. In Windeseile hatte ich meine Kopfhörer in die Ohren gesteckt und die Lautstärke bis zum Anschlag aufgedreht.

Penelopes Worte hatten sich in meinen Gehörgang gebrannt, und es gab nichts, was ihre panische Stimme auslöschen konnte.

Auf einmal schwebte Noah direkt vor mir.

Ich blieb erschrocken stehen, um zu vermeiden, durch seine geisterhafte Erscheinung hindurchzulaufen.

»Was denn?«

Er sagte etwas, aber der Frontmann von Rise Against brüllte mir immer noch voll ins Ohr. Ich zog einen Kopfhörer raus.

»Was hast du gesagt?«

Wir hatten gerade den Feldweg zum Haus eingeschlagen. Es war alles ruhig und still – bis auf die Rockmusik, die viel zu laut aus meinem Handy schallte.

Noah schob seine Unterlippe schmollend vor. »Du hast mir nicht zugehört.«

»Doch!«

»Und was habe ich in den letzten zwanzig Minuten gesagt?«

»Hm …« Ich überlegte ein paar Sekunden lang. Über was hatte er wohl geredet? »Football? Autos? Brüste?«

»Ich bin enttäuscht von dir …«

»Ach komm, Noah!« Ich warf die Hände in die Luft. »Seit gestern Nachmittag gehst du mir auf die Nerven. Wir beide«, ich fuchtelte wild herum, »können kaum etwas gemeinsam unternehmen, ohne dass wir bald genervt voneinander sind, oder?«

Er nickte leicht.

»Das ist zwar blöd, weil ich eine der wenigen bin, die dich sehen können und ich auch verantwortlich für dich bin, aber wir müssen versuchen, uns weniger auf den Wecker zu gehen.«

»Und wie stellen wir das an?«

»Wir respektieren unter anderem die Privatsphäre der anderen Person.«

»Das im Badezimmer war ein Unfall.«

Ich runzelte die Stirn. »Ja klar.«

»Wie sollte ich denn bitte schön wissen, dass du nicht einmal Unterwäsche oder ein Handtuch trägst?«

»Genau darum, lieber Noah, fragt man ja auch vorher, ob man reinkommen darf!«

Er murmelte etwas, was vielleicht eine Entschuldigung sein sollte, aber eher verfluchte er mich.

»'kay«, sagte er dann einfach – als hätte er eine Wahl: Noch einmal so eine Aktion, und ich würde ihn auf der Stelle exorzieren.

»Du kannst froh sein, dass ich es nicht zufällig jemandem gesagt habe. Meine Familie scheint dich ja zu vergöttern, und ich will ihnen das nicht zerstören.«

Zumindest hoffte ich, dass meine Familie es nicht billigen würde, wenn Noah rumspannte. So sehr verfallen konnten sie ihm ja nach einem Tag auch noch nicht sein. Aber würde es mich wirklich verwundern?

Er grinste verschmitzt. »Ich weiß eben, was ich tun muss, damit mich Frauen lieben.«

»Wirklich? Davon habe ich bis jetzt nichts gemerkt.«

»Ich hab dich auf ein Date eingeladen, und du bist bereitwillig mitgekommen, obwohl du mich nicht einmal wirklich kanntest.«

Ich zeigte ihm den Mittelfinger, was er nur mit einem triumphierenden Lächeln konterte.

Doch schnell wurde er wieder ernst. »Ich … ähm, ich mag deine Familie sehr.«

»Das kannst du schon nach ein paar Stunden sagen?«

Ich hopste von einem Fuß auf den anderen. Lange konnte ich nie stillstehen. Zum Glück merkte Noah das und ging – beziehungsweise schwebte – weiter.

Er zuckte mit den Schultern. »Nett sind sie auf jeden Fall. – Na gut, deine Granny ist vielleicht ein bisschen verspannt, aber sie ist ja schon fast vierhundert Jahre alt und hat schon so viel miterlebt. Deine Tante wirkt auch nicht gerade locker, aber ich glaube, das kommt von ihrem Job im Krankenhaus. Es muss hart sein, gleichzeitig Hexe und Ärztin zu sein. Deine Mutter ist aber total cool. Schräg, aber cool.«

»Aha.« Warum klangen diese drei Buchstaben durch und durch mit Eifersucht getränkt?

»Ihr braucht nicht zufällig einen Hausgeist, oder?«

»Noah ...« Ich blieb stehen und sah zu Boden, um seinen Gesichtsausdruck nicht zu sehen. »Es geht einfach nicht. In ein paar Wochen ist ... ist ohnehin alles vorbei. Es wäre doch besser, du würdest die restliche Zeit bei deiner Familie verbringen, oder nicht? Nicht dass du es bereust.«

»Die Familie, die mich nicht einmal sehen kann?«

Die darauffolgende Stille war mindestens genauso schmerzhaft wie der Unterton in seiner Stimme. Verdammt! Ich wollte doch behutsam an solche Themen herangehen!

»Aber –«

»Ich will nicht mehr über so etwas reden!«

Ich blickte erschrocken auf, denn Noahs Stimme war plötzlich so voller Zorn, dass ich nicht anders konnte. Ja, er sah wütend aus, aber das war nicht das, was mich beunruhigte.

Irgendetwas hatte sich an Noahs Aura geändert. Sie wühlte mich auf, nahm mir die Luft zum Atmen, während meine Gedanken zäher wurden – war das eine sich anbahnende Panikattacke? Meine Hexeninstinkte rieten mir, dass ich dringend etwas dagegen unternehmen sollte, denn Noahs Seele war gerade dabei, ein bisschen mehr zum Poltergeist zu werden.

»Ähm ...« Ich konnte ihm keine Ohrfeige verpassen, um ihn wieder zu beruhigen. Stattdessen ... Oh, ich wurde für das alles hier viel zu schlecht bezahlt! »Weißt du, dass du ein verdammt guter Küsser bist?«

Oh, ihr Götter, wie tief sollte ich eigentlich noch sinken?

Aber der Spruch schien Noah wirklich wieder zu beruhigen. Der Zorn war aus seinem Gesicht gewichen, kurz wirkte er unsicher … und strahlte dann so viel Arroganz aus, dass ich meine Worte sofort bereute.

»Natürlich weiß ich das, Hexchen. Warum sagst du mir das jetzt?«

Hexchen? HEXCHEN?!

»Weil du ein riesiger Idiot bist!«, knurrte ich.

Der Heimweg hatte sich noch nie so endlos lang angefühlt, umso erleichterter war ich, als unser Haus am Ende der Straße auftauchte. Nur noch ein paar Schritte, und ich konnte meinen Frust in meine Kopfpolster schreien.

»Was ist denn jetzt wieder los?«, fragte Noah verwirrt.

»Du warst gerade drauf und dran, dich ein bisschen mehr in einen Poltergeist zu verwandeln. Darum habe ich das mit dem Küssen gesagt.«

Dass es gar nicht mal so gelogen war, musste ich ihm ja nicht auf die Nase binden – überhaupt: Ich hatte in meinem Leben erst zwei Jungs geküsst. Ephraim und Noah. Da konnte ich niemanden wirklich mit *gut* und *schlecht* bewerten. Nur besser und schlechter …

»Warum denke ich jetzt ausgerechnet an den Kuss?«, murmelte ich so leise, dass Noah es nicht hörte, und rammte den Schlüssel beinahe in die Haustür.

»Was ist passiert?«, fragte Noah indes ungläubig. »Ich weiß gerade nicht, was du meinst. Du hast abrupt das Thema aufs Küssen gelenkt.«

»Anscheinend gibt es ein Thema, das wir behutsamer angehen müssen, damit du nicht die Vorlage eines neuen Romans von Stephen King wirst«, versuchte ich es ihm mit meinen Worten zu erklären.

Dann sagte Noah etwas, was mich wirklich überraschte: »Tut mir leid, May. Das wollte ich wirklich nicht. Ich … Ich habe das nicht einmal mitbekommen …«

Ein bisschen schockiert über seine Wesensänderung drehte ich mich zu ihm um. »Du entschuldigst dich?«

Noah senkte beschämt den Kopf. »Du hast wirklich schon genug Probleme mit mir.«

Wow, das musste ich jetzt erst mal verdauen – also dass Noah nett beziehungsweise verständnisvoll sein konnte. Ich erlaubte ihm vor lauter Verblüffung sogar, mein Zimmer zu betreten. Kurt krabbelte sofort aus meinem Rucksack und flog zu seinem Käfig. Kopfüber hängend schlief er ein. Wie konnte er vom Nichtstun nur so müde werden?

»Wegen des Privatsphäreproblems habe ich mir übrigens Folgendes überlegt …« In meiner Hand erschien ein schwarzes Schild mit der Aufschrift *Bitte nicht stören!*. »Du kannst doch sicher lesen, oder?«

Noahs Mundwinkel wanderten nach unten. »Ja«, zischte er genervt.

»Gut!« Ich brachte das Schild gerade mit einer Reiszwecke an meiner Tür an, als ich etwas Seltsames hörte.

»May? Hallo?«

Okay. Jetzt wurde ich offiziell wahnsinnig. Diese etwas zu hohe Stimme kannte ich nur zu gut. Aber die Person, der sie gehörte, konnte unmöglich hier sein.

Ich wollte mich gerade zu Noah umdrehen, als ich es noch einmal hörte: »May? May Setek?«

»Larissa?«, fragte nun auch der Geist.

In düsterer Vorahnung drehte ich mich zu meinem Spiegel. Dort blickte mir nicht etwa mein Spiegelbild entgegen, sondern Larissas armselige Gestalt. Schon aus der Entfernung erkannte ich, dass sie sich verändert hatte: Neben ihrem ungeschminkten Gesicht, den dunklen Ringen unter ihren Augen und dem glasigen Blick waren ihre Haare nun komplett weiß geworden.

Konnte ich nicht einmal kurz verschnaufen? Ich hatte gerade einen Poltergeist ausgebremst!

»Was gibt's denn, Larissa?«, brummte ich missmutig.

Sie zuckte zusammen.

Ich lächelte.

Sieh mal einer an! Larissa schien noch gar nicht vertraut mit Magie zu sein. Hm, das konnte noch ganz interessant werden …

Sie neigte ihren Kopf und entdeckte den Geist.

»Noah? Wie … Aber … du bist doch tot!«

»Noah ist ein Geist. Merkst du das nicht? Du bist schließlich eine *Todes*fee!«, entgegnete ich spitz und rümpfte die Nase. »Schwache Leistung. Und so was ist also der Banshee-Nachwuchs?«

Larissas Mund stand offen.

Es war pure Genugtuung, dass die größte Zicke der Schule einmal sprachlos war und keine verbalen Tiefschläge verteilte.

»Was willst du nun von mir?«, fragte ich mit kühler Stimme. »Ich bin eine schwer beschäftigte Hexe.«

Sie fuhr sich mit den Fingern durch die Haare. Mir entging nicht, wie eine Spur Abscheu über ihr Gesicht huschte. »Meine Mom hat gesagt, dass du mir helfen kannst.«

Ich nickte.

Es war meine Pflicht als Hexe, Larissa zu helfen. Aber ich würde das auf meine Weise tun … Nur schwer konnte ich mir das böse Superschurkenlachen verkneifen. Auf so einen Moment hatte ich Jahre gewartet!

»Geh vom Spiegel weg«, befahl ich Larissa. »Ich komme zu dir.«

Ohne jegliches Widerwort verzog sie sich aus dem Sichtfeld. Noah schwebte neben mich. »Äh, May? Darf ich mitkommen?«

»Warum das denn?«

»Larissa war meine Freundin.«

»Sie braucht jetzt niemanden, der ihr die Hand, ich meine die Klaue hält.«

Doch Noah war gewappnet: Wieder einmal setzte er diesen furchtbaren Welpenblick auf.

Ich seufzte schwer. »Von mir aus! Aber rede mir ja nicht in die Sache rein.«

Er lächelte spitzbübisch, bevor er sich auflöste.

Ich hingegen ging zum Spiegel, berührte das Glas mit den Fingerspitzen und streckte dann zuerst tastend einen Arm nach vorn. Larissas Spiegel war kleiner als meiner, sodass ich mit dem Kopf voran krabbeln musste. Irgendwie zwängte ich mich hindurch – und hockte auf einer klassisch weißen Kommode in einem hellblau gestrichenen Zimmer.

Es gab einen großen Kleiderschrank, einen Schreibtisch mit Laptop und ein ziemlich großes Bett.

Alles wirkte so … leer. Als würde sie sich gerade erst einrichten – oder hatte sie etwa eine Menge von ihren Sachen weggeschmissen?

»Du sahst eben aus wie dieses Horrormädchen aus diesem Film mit dem Video, das dich umbringt.«

»Halt die Klappe, Noah. Wenn du das japanische Original von *The Ring* nicht gesehen hast, müssen wir gar nicht erst weiterreden.«

Wollte er nicht netter sein?

Da vernahm ich ein seltsames Geräusch.

Larissa stand im Raum und sah aus, als würde sie jeden Augenblick ohnmächtig werden. Sie klammerte sich mit einer Hand an die Rückenlehne eines Stuhls, und ihr Blick wanderte unruhig von mir zu Noah und wieder zurück.

Es fehlte mir gerade noch, dass die Todesmotte ohnmächtig zusammenklappte.

»Setz dich hin. Sofort!«, befahl ich ihr.

Ich streckte die Hand aus und löste damit eine kleine Windbö aus, die Larissa auf ihr Bett schubste.

Einerseits war es ein purer Genuss, Larissa so fertig zu sehen, andererseits war es auch einfach nur jämmerlich. Jahrelang hatte sie mir und den anderen die Hölle auf Erden bereitet, und nun erlebte sie ihr ganz eigenes Fegefeuer.

Ich nahm eine Holzbürste von ihrer Kommode und setzte mich hinter sie aufs Bett. Als ich ihren Hinterkopf mit dem Alltagsgegenstand berührte, zuckte sie zusammen. Bei den Göttern! Wenn ich ihr etwas antun wollte, dann hätte ich es längst getan!

»Was willst du für eine neue Haarfarbe?«, fragte ich sie.

Ich deutete an ihr vorbei auf unser Spiegelbild. Mit einem Bürstenstrich meinerseits veränderten sich ihre Haare.

»Schwarz?« Als ich noch einmal kämmte, nahmen sie eine neue Farbe an. »Grün?« Als Nächstes leuchteten sie wie Luke Skywalkers Laserschwert. »Lila-Blassblau?«

»May!«, zischte Noah. »Lass das!«

Entnervt verdrehte ich die Augen. Gönnte er mir nicht einmal einen kleinen Spaß?

Larissas Haare wurden dunkelrot. »Ich glaube, so hattest du die Haare vor deiner Verwandlung in eine Banshee.« Mit diesen Worten stand ich auf. Mehr hatte sie nicht verlangt, und länger würde ich auch nicht bleiben.

»So, das war alles, was du von mir wolltest, oder? – Gut. Bye-bye.«

Fast hätte ich die Finger schon am Spiegel gehabt, als Larissa sagte: »Ich habe Schwestern.«

Ich drehte mich wieder zu ihr um.

Sie spielte mit einer Strähne ihres Haares, und Noah war schon sehr nahe an sie herangeschwebt. »Sie sind viel älter als ich. Ich bin auch schon Tante. Die jüngste meiner Nichten ist einundfünfzig Jahre alt, sieht aber kaum älter als Ende zwanzig aus.«

»Und was soll ich jetzt dazu sagen?«, fragte ich harsch. »Willst du Mitleid, Larissa? Weil dein ganzes Leben eine Lüge war? Du konntest zumindest ein paar Jahre lang ein normales Leben führen und hast mich und meine Freunde dafür fertiggemacht, weil wir ›anders‹ waren. So was nennt man Karma! Du hast es verdient, eine Banshee zu werden und für den Rest deines langen Lebens den Tod zu verkünden. Ich hoffe, du leidest dreimal so schlimm darunter wie wir unter dir!«

Hilfe, was war ich geladen! Fast erschrak ich selbst vor mir … Aber diese Worte schlummerten schon seit Jahren in meinem Hals, und sie endlich auszusprechen fühlte sich so gut an!

Zum ersten Mal kehrte ein bisschen der mir bekannten Larissa zurück.

»Deine Familie hat dich dafür nicht belogen! Du wusstest schon immer, dass du eine Hexe bist, und bist mit dem Wissen um diese andere Welt groß geworden!« Larissa war nun aufgestanden. »Weißt du, was das Schlimmste an der ganzen Sache ist? Ich fühlte, dass etwas mit mir nicht stimmte. Ich habe es schon immer gespürt, dass ich nicht normal war. Viel zu oft habe ich zu dir und den anderen geblickt – zu den Außenseitern. Und jetzt weiß ich warum: Weil ich genauso ein Freak bin wie du.«

»Wir sind keine Freaks!«, zischte ich sie an. Ich stand kurz davor, meine Kräfte gegen sie einzusetzen und ihr zu zeigen, dass sie mit einer mächtigeren Übernatürlichen nicht so zu sprechen hatte. »Wir sind nur keine Menschen. Die meisten von uns wurden so geboren. So wie du eigentlich auch!«

Plötzlich stand Noah zwischen uns. »Mädels!«

»Was denn?«, knurrten wir beide ihn an.

»Hört doch auf, euch anzuzicken. Ihr beide habt viel gem–«

»Deine neue Freundin hat angefangen!«, beschuldigte mich Larissa sofort. »Sind alle Hexen solche Zicken?«

Die Schwäche, die sie vor nur wenigen Minuten noch gezeigt hatte, war wie weggefegt. Stattdessen war ihr altes, unerträgliches Ich wieder da – und in Bestform.

»Ach, ich bin die Zicke? Wer von uns hat denn immer in der Schule die anderen schikaniert? Und jetzt rede dich ja nicht damit raus, dass es deshalb war, weil du geahnt hast, dass du nicht menschlich bist! Buhu! Such dir ein anderes Klischee!«

Da ich keine Lust mehr auf die Streiterei hatte, ging ich zum Spiegel. Kurz bevor ich durch das Hexenportal kletterte, sagte ich noch: »Die Krätze, die ich dir letzten Herbst angehext habe, hast du dir so was von verdient!«

Larissas Kreischen brachte den Spiegel zum Vibrieren, als ich mich durch das Glas in mein Zimmer flüchtete. Ich drehte mich noch einmal um, um sicherzugehen, dass ich die Verbindung zu Larissas Zimmer getrennt hatte, aber … Irgendetwas war falsch mit meinem Abbild: Ich lächelte übers ganze Gesicht, und dann …

Mein eigenes Spiegelbild winkte mir zu.

☥

Ich nahm ein paar kleine Nagellackflaschen aus meiner Schublade und setzte mich an meine Kommode. »… Und dann habe ich ihr das mit der Krätze gesagt.«

Vivienne kicherte ungehemmt. »Sie wird dich umbringen!«

»Ich hätte ihr schließlich auch die Beulenpest anhexen können!«, regte ich mich auf. »Stattdessen waren es nur ein juckender Ausschlag. Hat sie Narben davongetragen? Nein. Hätte sie es aber verdient? Auf jeden Fall! Ich hatte nur keine Lust auf die Seuchenbehörde an der Schule.«

»Welche soll's sein?«, fragte mich Viv und blickte auf eine Armee von Nagellackfläschchen in allen Farben, die sie auf ihrer Seite des Spiegels aufgebaut hatte. »Nimm dieses helle Orange. Das passt so gut zu deinem Teint.«

»Das hier?« Sie hielt eine Flasche hoch. »Okay. Albert? Hol den Entfetter und den Unterlack! Maman braucht ein Makeover.«

Die Voodoo-Puppe erwachte zum Leben und bewegte sich zu den durchsichtigen Nagellacken. Albert schraubte ein Fläschchen mit seinen Ärmchen auf und tippelte zu seiner Herrin zurück. Es war immer noch so faszinierend, den Puppen zuzusehen – wenn sie mich nicht im Halbschlaf angriffen.

Albert begann Vivs Fingernägel mit dem Pinsel zu bestreichen, und ich tauchte auch den Pinsel ein. Es wäre ein Leichtes gewesen, mir die Farben an die Finger zu zaubern, aber es war besser, wenn ich meine Finger beschäftigte, bevor ich eine tödliche Pandemie auslöste.

»Und Noah spukt jetzt bei ihr rum, oder wie?« Viv kicherte erneut. »Glaubst du, die beiden veranstalten gerade so eine sexy Töpferszene wie in *Ghost*?«

»Mir doch egal«, zischte ich eine Spur zu gereizt. »Er kann für immer bei Larissa rumspuken, wenn er seine Ex mir vorzieht.«

»May?« Meine Freundin klang erstaunt und geschockt. »Du … du vermisst ihn doch nicht etwa, oder?«

»Nein!«, regte ich mich auf. »Ich bin sogar froh darüber, endlich ein bisschen Privatsphäre zu haben. Mich nervt es nur, dass er bei Larissa ist. Sie ist eine fürchterliche Person.«

»Na ja, irgendetwas wird er schon an ihr finden. Schließlich waren sie bis vor Kurzem noch ein Paar.« Sie legte den Kopf schief. »Wenn ich richtig informiert bin, war Larissa sogar seine erste wirkliche Freundin, und sie waren immerhin sieben Monate zusammen.« Auf mein Knurren hin ergänzte sie: »Ich mag Larissa auch nicht, aber vielleicht war sie zu Noah ja wirklich nett.«

»Noah ist ein Idiot! Das erklärt alles. Ein bisschen Sex mit ihr, und er rennt ihr selbst nach dem Tod nach wie ein Schoßhündchen.«

Ich starrte auf meine schwarz glänzenden Nägel.

Meine Nägel waren nun alle lackiert, während Albert erst Vivs dritten Finger in Angriff genommen hatte. Vermutlich war es schwer, jemandem die Nägel zu lackieren, wenn man selbst nicht einmal zwanzig Inches groß war.

»Ich wünschte, ich hätte mehr Vampirattribute von meiner Mom. Dann würde ich zumindest nicht dauernd Mitleid mit Noah empfinden.«

»Tja, sind nicht alle Jungs ein bisschen Idiot?«

Ich zog eine Grimasse. »Ich dachte, es gebe da jemanden, der kein Idiot ist.«

Viv wurde schon wieder ganz rot im Gesicht und hatte dieses alberne Grinsen auf den Lippen, das man bei den meisten Verliebten sah.

»Wie konntest du das nur so lange für dich behalten, Viv?«

»Ich hab immer gedacht, dass ich mir das mit Shane nur einbilde«, entgegnete sie zerknirscht. Mit der freien Hand spielte sie mit ihren schwarzen Locken. »Ich ging davon aus, dass ich meine Wünsche für eine Romanze auf unsere Interaktionen projiziere. Er wäre nicht der erste Kerl gewesen, der nur zum Spaß mit der Hexe flirtet.«

Ich nickte mitfühlend.

Als wir an die Junior High kamen, hatten es viele Jungs aus der Schule lustig gefunden, uns zu Dates im Wald oder auf dem Friedhof einzuladen, und wir waren auch noch so dumm und naiv gewesen, uns dort blicken zu lassen. Na ja, streng genommen war unser »Date« dann auch aufgetaucht – und mit ihm die halbe Schule. Seitdem mussten wir bei Jungs extrem vorsichtig sein. Noah und unser Date auf der Halloween-Party hatten das schließlich nur wieder bewiesen.

»Wir haben ja Mathe zusammen, und er ist eigentlich gar nicht einmal so schlecht, aber er hat mich immer nach den Hausaufgaben gefragt. ›Vivienne, was haben wir noch mal auf?‹ oder ›Vivienne, hattest du Probleme bei den Aufgaben?‹. Also flirttechnisch ist er wirklich ganz weit hinten. Obwohl … Letztens wollte er dann mit mir einen Kaffee trinken gehen, weil ich ihm immer bei den Hausaufgaben auf die Sprünge helfe. Oh, ihr Götter, er wollte mit mir ausgehen! Shane Sterling wollte ein Date mit mir! Und ich habe nur gesagt, dass ich Kaffee nicht mag.«

Viv schlug mit ihrer Stirn gegen die Kommode. Albert stapfte wütend mit dem Pinsel um sie herum, um ihr die Nägel weiterzulackieren.

»Du stehst also auf Shane?«

Erschrocken fuhr Viv hoch und ich drehte mich um. Noah stand in meinem Zimmer – wieder einmal zum denkbar schlechtesten Augenblick und ohne angeklopft zu haben. Als ich mich wieder zu Viv umwandte, war sie natürlich verschwunden. Nur mein eigenes Gesicht blickte mich wütend im Spiegel an.

»Noah«, grollte ich. »Was haben wir über Privatsphäre gesagt?«

»Das Schild vor der Tür ist umgedreht! Ich hab extra nachgeschaut, damit ich dich nicht wieder nackt sehe.«

Seufzend ging ich zu meinem Bett, um mein Handy zu holen und Viv damit eine Sorry-Nachricht zu schicken. Ihre Reaktion war zwar ein bisschen übertrieben, weil Noah Shane eh nichts mehr erzählen konnte, aber vielleicht hatte ihre Schwärmerei für den Sportler das logische Denken beeinträchtigt.

»Deine beste Freundin steht also auf meinen besten Freund?«, fragte Noah prompt.

»Dein bester Freund steht auf meine beste Freundin«, erwiderte ich trocken.

Er zuckte mit den Schultern. »Ich weiß.«

»Was?!«

»Er hat Andeutungen gemacht, dass er Vivienne ganz interessant findet. Er hat gesagt, dass sie hübsch, intelligent und nett sei, und dass er nicht weiß, warum sie jeder ›Hexe‹ nennt. – Was tust du da, May?«

Ich zog mein Telefon zurück, das ich Noah vors Geistergesicht gehalten hatte.

»Ich hab das nur für Viv aufgenommen«, sagte ich und drückte auf die Stopp-Taste meines Handys. »Hoffentlich hört man da nicht nur gespenstisches Rauschen.«

»Du willst also, dass sie zusammenkommen?«

»Klar. Warum nicht?«

»Ein Mensch und eine Hexe?«

»Es kommt oft vor. Sonst wäre unsere Art schon längst ausgestorben. Außerdem wäre Shane Vivs erster Freund, und sie ist noch nicht einmal siebzehn. Wie lange soll das schon halten? Im besten Fall vielleicht bis zum College.«

»Du bist vielleicht eine alte Romantikerin.«

»Ich bin Realistin – aus Erfahrung. Sieh dir meine Familie an.« Mit Schwung warf ich mein Handy zurück aufs Bett. Es konnte dauern, bis Viv sich beruhigte, und noch länger, bis Albert ihr die Nägel fertig lackiert hatte. »Apropos Romantik: War es schön bei Larissa?« Ich versuchte gar nicht erst, meine Verachtung zu verbergen.

»Hast du ihr wirklich damals die Krätze angehext?«

»Ja klar.«

»Warum?«, fragte er, so als wäre er blind für Larissas wahres Wesen.

»Warum? Warum?!«, echote ich. »Sie demütigt mich seit Beginn der Highschool, aber nicht nur mich, sondern auch Viv und Ephraim. Oder erzählt herum, dass Penelope in der Gegend herumhurt. Na und? Sie hat gern Sex – und sie ist ein Sukkubus! Wenn sie keinen Sex hat, stirbt sie. Das mit der Krätze war das erste Mal, dass ich mich für ihre Schikane gerächt habe – und es war nur die Krätze. Ich habe sehr wohl mit den Gedanken an Herpes oder Masern herumgespielt.«

»Ich verstehe dich.«

»Noah, komm … Lass es! Warte! Du verstehst mich?«

»Ich weiß, dass Larissa … ungut sein kann.«

»Ungut!«, echote ich. »Das wäre genau so, wenn du sagst, dass dir unwohl sei, obwohl du gestorben bist!«

»Zu mir war Larissa immer nett – bis sie sich von mir getrennt und eine totale Show abgezogen hat. Glaubst du, ich fand es toll, vor meinen Teamkollegen sitzen gelassen zu werden? Aber ich weiß endlich, was Larissa immer belastet hat: dass ihre Moms Geheimnisse vor ihr hatten. Das entschuldigt natürlich nicht im Geringsten ihr Verhalten, aber glaub mir: Sie ist gar nicht mal so übel. Vielleicht bessert sie sich ja jetzt, da sie nun zu euch gehört. Schließlich weiß sie jetzt auch, was ihre Moms immer geheim gehalten haben.«

»Das hoffe ich für sie. Ich bin nämlich jetzt so was wie ihr Boss.«

Noah schmunzelte, aber dann wurde sein Gesichtsausdruck sofort wieder ernst. »Morgen ist übrigens meine Beerdigung. Larissa hat mich darüber informiert.«

»Und?«

»Sie ist zwar nur im engsten Familienkreis, aber würdest du trotzdem kommen? Larissa könnte mit meiner Mom reden. Sie könnte zum Beispiel sagen, dass du eine Freundin von mir warst.«

Ich schüttelte den Kopf. »Bei der Beerdigung wird nur dein menschlicher Körper bestattet. Warum sollte ich also kommen? Deine Seele spukt ja weiter herum.«

»Genau. Warum solltest *du* kommen, Hexchen …«

»Da!«, schrie ich. »Du hast das Wort schon wieder gesagt!«

»Welches Wort?«

»Hexchen!«

Noah grinste. »Warum regst du dich denn so auf?«

»Ich bin kein Hexchen. Ich bin eine Hexe. Eine ausgewachsene und gefährliche Hexe! Ich hexe Leuten Krankheiten an und bringe Stürme und Verwüstung! Glaub mir: Ich würde sogar Kinder essen, wenn sie gut schmecken würden!«

Mein Ausbruch amüsierte ihn. »Ich weiß, dass du noch in der Ausbildung bist, Hexchen.«

»Nenn mich nicht so!«

»Wie noch mal, *Hexchen*? Ich bin so vergesslich, *Hexchen.*«

Bevor ich Noah an den Hals springen und gegen meinen Schrank hüpfen konnte, wurde die Tür aufgerissen. War es so schwer, mit den Handknöcheln gegen das Holz zu klopfen? Musste ich das meiner Familie wirklich auch noch beibringen?

Mom und Tante Harmony kämpften fast darum, wer als Erste in mein Zimmer treten durfte.

»Oh, wir dachten uns schon, dass du wieder hier bist, Noah«, sagte meine Tante, und meine Mom schob sich vor sie und sagte: »Du hättest nicht zufällig Lust, dir die Geschichte anzuhören, wie unsere Familie damals von Spanien nach Amerika gelangt ist?«

»Ich dachte, ihr stammt aus Ägypten?«, fragte Noah verwundert.

Harmony kicherte. »Darum ist es ja eine seeehr lange Geschichte.«

»Gern!« Er drehte sich noch einmal zu mir um. »Schlaf schön, Hexchen.«

Ich wünschte ihm mit meinem Mittelfinger ebenfalls eine gute Nacht.

Kapitel 19

You can't sit with us – Hallo? Hörst du mir zu?

Am Tag seiner Beerdigung stalkte mich Noah nicht in der Schule. Meine Mom hatte mir erzählt, dass er sich, schon drei Stunden bevor ich überhaupt aufgestanden war, von ihr, Harmony und Gran verabschiedet hatte.

Ich fragte nicht, wohin er gegangen war – weil ich es genau wusste: Er war bei seiner Familie. Es war sicher der schlimmste Tag für Eltern, wenn sie das eigene Kind zu Grabe tragen mussten. Und es war noch schlimmer, als Kind diese Trauer zu beobachten.

»Pass auf, May!«

Ephraim zog mich gerade noch zur Seite, bevor ich gegen eine dieser komischen Steinsäulen in der Cafeteria gerannt wäre, die dort nur zu Dekorationszwecken herumstanden. Ein bisschen Suppe schwappte über mein vegetarisches Curry und leider auch über das kleine Stückchen Schokokuchen, für das mir irgendein Idiot bei der Essenausgabe sogar ein paar Haarsträhnen ausgerissen hatte. Aber ich hatte gewonnen.

»Verdammt«, fluchte ich.

Als keiner hersah, wirkte ich einen kleinen Zauber und zog die Suppe aus dem Kuchen heraus. Ich kam mir vor wie eine richtige Wasserbändigerin.

»Was ist denn los?«, fragte Ephraim mich. »Du scheinst irgendwie beschäftigt zu sein.«

»Hexenkram«, antwortete ich, eindeutig zu schnell. »Mir geht es gut, Ephraim. Nur … Noah ist tot und Larissa eine Banshee, und ich bin für beide verantwortlich. Es sind einfach zu viele minderjährige Übernatürliche in der Stadt. Ich bin vielleicht mit der Gesamtsituation ein bisschen überfordert.«

»Ist Viv dir keine große Hilfe?«

Eigentlich hätte ich Noah und Larissa wirklich auf Viv abwälzen können, aber das wollte ich einfach nicht. Meine Familie war schließlich der oberste Hexen-Coven der Stadt, und ich würde sicher mal mit schlimmeren Fällen und viel noch mehr Arbeit konfrontiert werden.

»Du kennst mich«, erwiderte ich deshalb. »Ich will das allein hinkriegen.«

Das hätte ich am liebsten gleich zurückgenommen: Nur wenige Sekunden nachdem ich mich mit Ephraim zu Penelope hingesetzt hatte und den Nachtisch priorisiert verspeisen wollte, steuerte eine Gestalt direkt auf den Tisch zu.

Larissa sah in dem schwarzen Samtrock und dem knallroten Crop-Top aus wie immer, aber sie bewegte sich nun ganz anders. Sie ähnelte einem verschreckten rothaarigen Reh, das am liebsten das Essenstablett fallen lassen und hinausrennen wollte. Zudem fingen die Schüler an zu tuscheln, sobald sie an ihnen vorbeigegangen war. Das war aber nicht ungewöhnlich. Schließlich hatte sie einen Nervenzusammenbruch auf einer Party gehabt, und eindeutig erst danach war ihr Ex-Freund gestorben. Und als wäre das Ganze nicht schon verdächtig genug, hatte sie einige Schultage gefehlt und wirkte nun vollkommen anders: Ihre Haut war makelloser, ihre Haare glänzender, und dann war da all das andere Zeug, das man praktisch dazubekam, wenn man ein ausgewachsener Paranormaler war. Larissa sah sich unsicher in der Cafeteria um. Der Tisch mit den Cheerleadern und Footballspielern, bei denen sie sonst immer saß, war schon voll – sie hatten auf dem letzten freien Stuhl ihre ganzen Sachen verstaut. Das war mal eine klare Ansage, dass sie Larissa nicht bei sich haben wollten. Tja, dafür klebte sie jetzt uns an der Backe.

»Hi«, sagte sie etwas schüchtern und stellte ihr Tablett auf unserem Tisch ab. »Kann ich mich zu euch setzen?«

Ich schenkte ihr einen Blick, der so viel bedeutete wie: nein, nein, nein und nochmals nein. Aber das war ihr natürlich egal. Als sie sich setzte, tat sie, als bliebe ihr wohl keine andere Wahl, als bei uns zu essen, und warf den Cheerleadern einen sehnsuchtsvollen Blick zu. Penelope, Ephraim und ich sagten nichts, während die Neu-Banshee uns mit einem gekünstelten Lächeln ansah.

»Und was geht so ab am Tisch der nichtmenschlichen Wesen? Irgendwelche Menschenopfer geplant? Oder Rezepte, damit kleine Kinder besser schmecken?«

»Nichts«, knurrte ich sie an. »Und sag das nicht so laut!«

»Warum denn? Die ganze Schule hält dich ja schließlich auch für eine Hexe.«

»Ja. Aber sie denken, dass ich eine Schraube locker habe.«

Larissa ignorierte mich und sah zu Ephraim. »Und du bist also ein Dämon? Ich habe mir die immer ein bisschen furchteinflößender vorgestellt. Nicht so sehr wie einen Nerd.«

Ephraim ließ sich nicht reizen. »Lass es einfach, Larissa.«

Nun war Penelope dran: »Du schläfst mit Männern, damit du überlebst?«

Unser Sukkubus lächelte. »Ist immerhin besser, als wie eine verrückte Tussi zu kreischen, wenn man den Tod spürt. – Oh, tut mir leid, du bist ja eine Banshee.«

Larissa konterte. »Übrigens: Die knapp einhundertfünfzig sieht man dir gar nicht an. Was nimmst du denn gegen die Falten?«

Schade, dass ich den Zauber nicht beherrschte, der Larissa zum Schweigen bringen konnte. Ich musste meine Mom unbedingt danach fragen, denn auch wenn sie nicht kreischte: Larissa war einfach nur ein Miststück, und ihre Verwandlung hatte nichts geändert. Noah hatte sich getäuscht.

»Noch ein Wort und ich lasse dein Handy explodieren«, drohte ich ihr stattdessen.

Larissa ließ sich nicht einschüchtern. »Lass sehen, Hexe!«

Kaum schwieg Larissa für kurze Zeit, um ihre Nudelsuppe zu schlürfen, tauchte Viv ungewöhnlich verspätet auf. Der Grund ging neben ihr.

»Was macht denn Shane mit der Hexe Nummer zwei?«

Larissas dummer Kommentar klang so abwertend, dass ich kurzerhand ihr Mineralwasser explodieren ließ. Leider reichte es nur dazu, ein wenig ihr Make-up zu verwischen.

»Was sollte das denn?«, fragte sie pikiert.

Dabei hatte sie mich doch eben gerade herausgefordert.

»Es ist schwer, Beziehungen einzugehen, wenn man einer von uns ist. Also lass sie das gefälligst genießen«, herrschte ich sie an. »Wenn ich in den letzten Tagen eines gelernt habe, dann, dass solche Beziehungen nicht gut ausgehen.«

Ich zog es vor, darauf zu schweigen, und strafte Larissa nur noch einmal mit einem Mörderblick, bevor Viv und Shane eintrafen. Meine Freundin grinste über das ganze Gesicht.

Shane wirkte ein bisschen zurückhaltender. »Hi.«

Ich hob die Hand. »Hallo.«

»Shane sitzt heute mal ausnahmsweise bei uns«, erklärte Viv und nahm sich ihr Essen von Shanes Tablett. Alle Achtung, das war schon mal eine Annäherung!

Das ging aber schnell!, sandte ich ihr per Telepathie.

Wir sind aber nicht zusammen, antwortete Viv. *Ich habe ihn nur gefragt, ob er heute bei uns sitzen will, und er hat sofort Ja gesagt. Er. Hat. Ja. Gesagt!*

Ich lächelte.

»Kommst du heute Nachmittag auch, Shane?«, fragte Larissa. Jetzt redete sie auf einmal wie eine vernünftige Person.

Er nickte. »Ja, Clarice hat mich vorgestern zu der Beerdigung eingeladen.«

»Clarice?«, fragte ich.

Larissa blickte mich herablassend an. »Noahs große Schwester. Wusstest du das etwa nicht?«

Noah besaß eine Schwester? Er hatte sie bis jetzt mit keiner einzigen Silbe erwähnt. Ich wusste ja nicht einmal, ob er noch beide Elternteile hatte oder …

Dann erinnerte ich mich an unser Gespräch zu Halloween. Damals hatte er mich unterbrochen, als wir auf seine Eltern zu sprechen gekommen waren. Er schien zumindest kein gutes Verhältnis zu seinen Eltern gehabt zu haben – und nun hatten sie ihn verloren, bevor sie sich mit ihm aussöhnen konnten. Oh, ihr Götter! Ich hätte Noah vielleicht doch mehr beistehen sollen.

»Und du kommst nicht, oder?«

Ich brauchte einige Zeit, um zu kapieren, dass Larissa mich meinte. »Ich hatte mit Noah nicht viel zu tun. Warum sollte ich dann auf seine Beerdigung gehen?«, entgegnete ich betont gleichmütig.

☥

Es war natürlich eine Ausrede gewesen.

Keine Ahnung, warum ich zu Noah, Larissa und Shane gesagt hatte, dass ich nicht auf die Beerdigung kommen würde, obwohl es eigentlich mehr als selbstverständlich war, dass ich dort erschien. Vielleicht, weil es mein erstes Begräbnis war und ich einfach nicht wusste, wie ich mich verhalten sollte?

Zudem hatte ich bis zu der unsäglichen Halloween-Nacht tatsächlich wenig Zeit mit ihm verbracht. Und zu guter Letzt konnte ich einfach nicht mit trauernden Menschen umgehen. Da ich mich also wirklich nicht in den Trauerzug einreihen wollte, saß ich stattdessen in einem alten Eichenbaum. Der Baum besaß noch genug Blätter, sodass Kurt und ich uns gut darin verstecken konnten. Ich war äußerst begabt darin, auf Bäume zu klettern und mich dann an den Ästen festzuklammern. Was kein Wunder war, wenn man bedachte, dass Kurt mein Hexentier war. Allerdings kam es schon ab und zu vor, dass ich vom Baum fiel. Als ich etwa zehn Jahre alt war, hatte ich mir bei einem Fall das Genick, zwei Rippen und ein Bein gebrochen, sodass ich eine Woche lang gelähmt ans Bett gefesselt war.

Ich beneidete Tante Harmony, die Mister Mittens' Katzenfähigkeiten ausnutzen konnte und deshalb wie Catwoman immer elegant auf ihren Füßen landete. Nicht dass sie in ihrem weißen Arztkittel öfter große Klettertouren unternahm. Die Zeiten waren vorbei.

Von meinem Versteck aus hatte ich einen guten Blick auf den Friedhof. Es standen nur gut zwanzig Leute und unzählige Blumenbouquets um einen schwarzen Sarg herum. Larissas rote Haare stachen aus der Menge hervor. Sie befand sich neben Shane und ... Weinte sie tatsächlich? Ich hätte schwören können, dass dort Tränen in ihren seelenlosen Augen schimmerten. Aber es war wahrscheinlicher, dass sie durch die Augen schwitzte.

Noahs Mom und seine Schwester Clarice erkannte ich ebenfalls sofort. Beide waren ziemlich groß – größer als Noah, und sie hatten das gleiche dunkelbraune Haar und blauen Augen. Noahs Mom war vielleicht um die vierzig, aber ihr aschfahles Gesicht machte sie in diesem Augenblick um Jahre älter. Sie hielt ein weißes Stofftaschentuch so stark umklammert, dass die Fingerknöchel an ihrer Hand unschön hervorstachen. Ich nahm an, dass sie die letzten Tage ziemlich viel abgenommen hatte, denn ihr Outfit war ihr um einiges zu groß.

Clarice war Noahs ältere Schwester und eine College-Studentin, die nur in den Ferien nach Hause kam. Das würde zumindest erklären, warum ich sie nicht kannte. Sie hatte die Arme um ihre Mutter gelegt und versuchte stark zu wirken, aber ich konnte sehen und spüren, dass es ihr nicht besser ging. Es war mir unmöglich, sie zu lange anzusehen, denn ihr Schmerz raubte mir wortwörtlich den Atem. Ich musste mich am Baumstamm festhalten, damit ich nicht umkippte, fiel und mir bei meinem Glück noch die Wirbelsäule brach.

Mein Blick wanderte weiter, hin zu Noahs Vater. Nie hätte ich gedacht, dass ich jemanden auf den ersten Blick so sehr verabscheuen würde. Ich war mir sicher, dass er der Grund war, dass Noah familiäre Probleme hatte. Er stand gut einen halben Schritt von Frau und Tochter entfernt, das Gesicht nicht von Trauer erfüllt, sondern von Zorn und Wut. Natürlich wusste ich nicht, was ihn so verstimmt hat, aber ich nahm an, dass er Noah für seinen *Suizid* die Schuld gab. Trotzdem! Er sollte seine Frau und seine Tochter eigentlich trösten und nicht auf einen Toten wütend sein.

Die andere Person, die mir noch ins Auge stach, war eigentlich keine *Person*. Es war Noah. Er saß etwas weiter weg im Gras und starrte mit düsterer Miene den Sarg an. Er blickte demonstrativ nicht zu seiner Familie oder zu einem der anderen Anwesenden, sondern saß einfach nur da und verfolgte, wie der Priester die Zeremonie monoton herunterbetete. Larissa war die Einzige, die ab und an zu ihm hinübersah. Ich rutschte auf dem Ast zur Seite, damit ich besser durch das Geäst blicken konnte. Kurt hing derweil bewegungslos wie eine Christbaumkugel am Baum, weshalb ich annahm, dass er eingeschlafen war. Ich sah wieder hinunter – und plötzlich war Noah verschwunden …

»Wie siehst du denn aus?« … weil er nun neben mir auf dem Baum saß.

Vor Schreck rutschte ich mit den Händen an der Baumrinde ab, konnte mich aber im letzten Moment noch irgendwo festhalten.

Ich trug ein schwarzes Kleid und einen großen schwarzen Sonnenhut. Diesen speziellen Hexenstyle hatte ich mir von der dritten Staffel *American Horror Story* abgeguckt.

Was Noah jedoch meinte, war nicht mein Kleidungsstil, sondern die Tatsache, dass meine Füße nackt und dreckig waren.

»So kann ich besser klettern und mein Gleichgewicht halten«, erklärte ich ihm und blickte beschämt auf meine schwarz lackierten Fußnägel. Ich hatte sie vor drei Monaten angemalt; der Lack war inzwischen ziemlich abgeblättert.

»Ich dachte, du wolltest nicht kommen.«

»Wer sagt, dass ich wegen dir gekommen bin?«, entgegnete ich schroff. »Ich bin eine Hexe, ich trage gern Schwarz, warum sollte ich nicht auf dem Friedhof abhängen? Ich bin schließlich ein Wesen der Finsternis!«

Da erschien ein Lächeln auf seinen Lippen. »Stimmt. Da hast du recht.«

Wir schwiegen eine Weile. »Ich habe heute erfahren, dass du eine Schwester hast.«

»Hatte. Ich bin tot, wenn ich dich an das Spektakel da unten erinnern darf.«

»Sie wird aber immer deine Schwester sein.«

»Darf ich dich was fragen, May?«

Ich blickte ihn an. »Hm?«

»Gibt es … Weißt du, ich frage mich schon seit Tagen, ob es so etwas gibt wie … Na ja, der Ort, wenn man …« Er stockte. »Du …«

»Ob es den Himmel gibt?«, fragte ich vorsichtig.

Noah nickte.

»Ich weiß es nicht«, erwiderte ich ehrlich. »Die Hölle existiert, allerdings ist es mehr so etwas wie ein versteckter Zufluchtsort für Dämonen, so wie es die himmlischen Gefilde für Engel gibt. – Ach ja:

Engel sind nicht so, wie in der Bibel beschrieben. Sie sind Übernatürliche mit Flügeln. Zu ihnen gehören unter anderem Todesengel und Harpyien, dann die Seraphim, Ophanim und Cherubim. Ephraim kennt sich da viel besser aus.«

Er klang nun unglaublich traurig.

»Also könnte es sein, dass ich einfach von der Erde verschwinde? Ins Nirgendwo?«

»Ich habe schon ein paar Geister beschworen. Es muss da etwas geben.«

»Und du hast sie nie gefragt, wo sie sind, wenn sie nicht gerade in dieser Welt feststecken?«

»Das war meine erste Frage an den ersten Geist, den ich beschworen habe. Es gibt zwei Sachen, die man über eine Beschwörung wissen muss: Die Geister können keine Fragen über das Leben nach dem Tod beantworten, und sie vergessen das, was man mit ihnen nach ihrem Ableben besprochen hat. Bei jeder erneuten Beschwörung waren sie ein absolut weißes Blatt. Das ist echt nervig, wenn man eine Literaturarbeit schreiben soll und man Edgar Allan Poe immer wieder erklären muss, dass man das auf einem Tablet niederschreibt.«

Noah blickte mich hoffnungsvoll an. »Wenn ich … wenn ich dann endgültig gehe, beschwörst du mich dann auch ab und zu?«

»Hast du mir gerade nicht zugehört? Du wirst das ohnehin vergessen.«

»Mir egal.« Er schwieg für eine Weile. »Ich würde gern wissen, ob Shane und Vivienne ein Paar werden. Oder ob unsere Schule endlich mal ein Lacrosse-Turnier gewinnt. Oder ob du jemals mit einer Waffe umzugehen lernst«, sagte er dann leise. »Du kannst ja nicht immer so mies darin bleiben.«

Keine Ahnung warum, aber plötzlich zog sich mein Herz so schmerzhaft zusammen, dass Tränen meine Wangen hinabliefen. Es war zwecklos, meinen Heulkrampf vor Noah zu verbergen, da der Sturzbach einfach nicht mehr versiegen wollte. Bald spürte ich die Nässe nicht nur in meinem Gesicht. Ich blickte nach oben und dann auf mein Kleid, wo sich noch dunklere Flecken abzeichneten.

Es hatte angefangen zu regnen.

Es regnete wegen mir.

Das Wetter spiegelte erneut meine Gefühle wider.

Noahs Stimme klang belegt. »Warum weinst du denn, Hexchen? Etwa … wegen mir?«

»Ich bin ein siebzehnjähriger Teenager – was weiß ich, was mit mir los ist!«, schrie ich ihn an. »Ich kann dich nicht einmal wirklich ausstehen, aber … Du bist ein riesengroßer Idiot, doch es ist nicht fair, dass du tot bist! Es ist einfach nicht fair!«

»Zumindest bin ich nicht als Jungfrau gestorben.«

Ich stieß eine Mischung aus Lachen, Schnauben und Schluchzen aus. »Wow, du hattest Sex. Aber es hätte so viel mehr in deinem Leben geben sollen: den Abschlussball, das College, einen Job, eine Frau – oder ein Mann, wenn es dir mal lieber sein sollte, eine Familie. Menschen sollten ihr kurzes Leben auskosten dürfen! Besonders die, die nichts Schreckliches getan haben.«

»Bitte weine nicht schon wieder, Hexchen. Du kannst ja auch nichts dafür.«

Ich schniefte undamenhaft. »Doch! Wenn dich ein Übernatürlicher ermordet hat, dann bin ich schuld! Ich bin eine Hexe. Ich hätte dich beschützen sollen.«

»Du machst deinen Job gut.«

»Wirklich?«

Er lächelte. »Ja klar.«

Als er meine Wange berühren wollte, um meine Tränen wegzuwischen, glitt seine Hand durch mich hindurch. Es war ein unglaublich kalter Hauch, der mich streichelte, und mein Herz setzte für einen Moment aus. Als es weiterschlug, schmerzte es fürchterlich. Sofort schossen mir wieder Tränen in die Augen.

Aber dann nahm ich im Augenwinkel eine Bewegung wahr. Ich drehte meinen Kopf in die Richtung und mir stockte der Atem: *Er* stand auf einmal hinter den Trauernden, die sich unter Regenschirmen zusammengerottet hatten.

Wie immer war er ganz in Schwarz gehüllt und blickte mich direkt an, als wüsste er, dass er seine Augen nicht mehr vor mir verstecken musste.

Sammle dich, meine Kleine.

Ich blinzelte, und er war wieder verschwunden.

Mit letzter Kraft klammerte ich mich am Baumstamm fest. Es war nun endlich an der Zeit, mich ihm zu stellen.

Meinem eigenen Vater.

Kapitel 20

Es ist eine Chaos-Hexe! Meinen Glückwunsch!

Ich fühlte mich taub.

Und das nicht nur, weil sämtliche Glieder eingeschlafen waren, als ich eine Stunde bewegungslos mit Noah auf dem Friedhofsbaum gesessen hatte.

Ich musste nun endlich mit meinem Vater reden. Er schien etwas über meine Kräfte zu wissen, und vielleicht konnte er sogar Noah helfen. Schließlich war er am Tag seines Todes auch in der Scheune gewesen und hatte mir mit den Nachwirkungen meines Ausbruchs geholfen.

Das war besser, als sich mit der Frage auseinanderzusetzen, was da gerade zwischen Noah und mir gelaufen war. Ich spürte noch den abflauenden Schmerz in meinem Herzen. Wenn mich Noah nur berühren könnte, wenn er mich doch nur kü… Jup. Genau deshalb war es besser, die offenen Fragen über meinen Vater zu klären, als sich mit diesem *Problem* herumzuschlagen.

»Lass uns abhauen«, forderte ich Noah auf. Ich hatte seit einiger Zeit nichts mehr zu ihm gesagt, und er hatte es so akzeptiert. Seiner Familie beim Trauern an seinem Grab zuzusehen, hatte ihn sicherlich genug mitgenommen. Oder zu merken, dass er mich nicht anfassen konnte … Ah! Ich musste aufhören, daran zu denken.

Noah stimmte mir mit einem schwachen Nicken zu.

Da seine Schwester und seine Mutter – sein Dad war schon gut eine halbe Stunde vor ihnen gegangen – vor einiger Zeit den Friedhof verlassen hatten, konnte ich nun endlich verschwinden. Ich stupste Kurt an, der sofort zusammenzuckte. Er ließ sich fallen, flatterte ein bisschen verschlafen herum, ehe er auf meiner Schulter landete.

Ich sprang leichtfüßig vom Baum.

Noah schrie panisch auf.

Im Fall riss ich meine Arme hoch, und sofort wurde ich langsamer. Ich schwebte ein paar Sekunden in der Luft, ehe ich mit den Fußsohlen sachte auf dem Boden aufkam.

»Kannst du etwa fliegen?«, fragte er fassungslos.

Ups, das hatte ich ihm bis heute nicht erzählt.

»Ein bisschen«, gab ich zu. »Nicht besonders gut.«

Fliegen war eine weitere Fähigkeit, die ich von Kurt übernommen hatte. Allerdings war ich wirklich schlecht darin. Ich hatte weder genug Zeit zu trainieren noch … – Okay, ich war einfach zu faul, um noch besser im Fliegen zu werden. Es war körperlich sehr anstrengend, da ich so ziemlich alle Muskeln in meinem Körper anspannen musste, weil ich ja keine Flügel besaß. Darum benutzten Hexen früher beim Fliegen – ganz dem Klischee nach – oft Besen, da sie den Körper stark entlasteten. Heutzutage ließen die meisten Hexen ihre Fähigkeit zu fliegen einfach verkümmern.

Noah starrte mich immer noch fasziniert an. Da es mir zu viel wurde – und ich schon spürte, wie ich richtig rot anlaufen wollte –, drehte ich mich um.

»Folge mir und stell keine Fragen. Ich muss etwas erledigen und brauche deine Hilfe.«

»Okay.«

Ich wusste, dass ich mich gerade herrisch aufführte, aber ich musste meine Emotionen in diesem Augenblick einfach unterdrücken, und ich durfte nicht auf Noahs Gefühle Rücksicht nehmen.

Das würde alles nur noch verkomplizieren.

Eine halbe Stunde später waren wir bei der alten Miller-Scheune angelangt. Als ich mich kurz zu Noah drehte, merkte ich, dass er sich sichtlich unwohl fühlte – was natürlich kein Wunder war, wenn man bedachte, dass er hier umgekommen war. An der Stelle, wo er gestorben war, konnte man absolut nichts Auffälliges mehr erkennen. Der Regen hatte wohl das ganze Blut fortgespült.

»Und was machen wir hier?«, fragte er sichtlich unwohl.

»Mach mich wütend.«

»Was?«, fragte er verwirrt nach. »Wieso?«

»Frag nicht. Mach!« Ich atmete einmal tief ein und dachte an den Moment, als sich herausgestellt hatte, dass Noah mich nur verarscht hatte. »Du schaffst es doch sonst auch andauernd, mich sinnlos zu provozieren!« »Ich glaube nicht, dass ich dich auf Knopfdruck wütend machen kann.«

»Bist du dafür auch zu dumm?«

Noah malmte mit seinen Kiefern. »Ach komm schon, als wärst du nicht mindestens genauso nervig!«, lenkte er endlich ein.

»Ich bin eine Frau. Frauen haben ab und zu Stimmungsschwankungen. Na und?«

»Ja, das stimmt.«

Er grinste. »Larissa hatte auch immer welche, aber sie konnte dafür besser küssen.«

»Was?!«, grollte ich.

Passend zu meinem inneren Aufruhr donnerte es gewaltig.

Ein Blitz schlug in der Nähe von Noah ein, aber es kümmerte ihn nicht. Stattdessen lächelte er mich an. »O Mann, wie schnell du wegen so etwas wütend wirst!«

Noah hatte es doch tatsächlich geschafft!

Im nächsten Moment schwebte der Geist auf einmal neben mir, da an der Stelle, wo der Blitz eingeschlagen hatte, nun eine schwarz gekleidete Person stand.

Er war erschienen.

»Ich habe ja gewusst, dass Teenies überemotional sind, aber das wird selbst mir langsam zu viel. Ich habe auch Dinge zu erledigen.«

»Ich muss mit dir reden«, ging ich erst gar nicht auf sein Geplänkel ein.

Dieses Mal suchte ich etwas ganz Bestimmtes, als ich ihn von oben bis unten musterte. Er trug einen schwarzen Anzug mit rotem Hemd und schwarzer Krawatte. Sicherlich hatte man ihm die Stoffe auf den

Leib geschneidert. Seine dunkle Haut und die schwarzen Haare waren mir ja schon beim ersten Mal aufgefallen, aber nun wurde mir erst klar, wie perfekt das alles war. Er sah viel zu schön aus. Unmenschlich schön. Ich entdeckte nur eine einzige Ähnlichkeit mit ihm: seltsame hellgraue Augen. Und ich wusste nun ganz sicher, dass das einfach kein Zufall sein konnte.

Insgeheim hatte ich es doch schon länger geahnt: Die Art, wie meine Mom auf seine Bitte reagiert hatte, mich sehen zu dürfen; dadurch, wie wohl ich mich in seiner Nähe fühlte, und natürlich, weil er immer dann auftauchte, wenn ich aus Versehen Stürme heraufbeschwor.

Aber ich hatte mir stets eingeredet, dass mein Dad ein Mensch sein musste. Es war doch ganz simpel: Ein Mensch und eine Hexe ergaben eine weitere Hexe.

Stattdessen …

»Noah, könntest du zu mir nach Hause gehen?«, wandte ich mich an den Geist.

»Warum?«

»Ich schwöre, ich erkläre es dir. Geh zu mir heim und sag meiner Familie, dass ich bald komme, aber sag ihnen nicht, wo ich bin oder was ich tue.«

Noah sah zu ihm rüber. »Wer ist der Kerl?«

»Das kann ich dir noch nicht sagen.« Als er nicht antwortete, sah ich ihm tief in die Augen. »Bitte«, bat ich inständig. »Das ist wirklich wichtig für mich.«

Noah warf mir noch einen skeptischen Blick zu, eher er sich auflöste. Erleichtert atmete ich auf.

»Beziehungen zu Geistern scheitern.«

»Er ist nicht mein Freund, verdammt noch mal«, schnauzte ich mein Gegenüber an. »Und du musst mir gar keine Vorschriften machen!« Ich sammelte meinen ganzen Mut und trat ein paar Schritte auf ihn zu. Vielleicht sollte ich nicht mehr »er« zu ihm sagen, schließlich … »Du bist mein Vater.«

Er lächelte und nickte dabei. »Ja, meine Kleine.«

Seine Bestätigung verursachte ein starkes Schwindelgefühl bei mir, aber ich versuchte mir das nicht anmerken zu lassen.

Mein Vater war endlich hier – und doch konnte ich mich nicht wirklich über unsere erste *offizielle* Begegnung freuen. Ich hatte immer gehofft, dass mein Dad eines Tages zu mir kommen würde, und dass er sich nur nie bei mir gemeldet hatte, weil er bis dato gar nicht wusste, dass er eine Tochter hatte.

Aber die Wahrheit war natürlich eine ganz andere. Er wusste nur zu gut über mich Bescheid.

Er … wollte sich einfach nicht … bei mir blicken lassen … Diese Erkenntnisse schleuderte meine Wut wie bei einem Vulkanausbruch aus mir heraus: »Warum ziehst du diese Show ab? Tauchst dann und wann auf, wenn es dir so gefällt. Dann versteckst du deine Augen, damit ich nicht merke, dass ich genau die gleichen habe! Was verheimlichst du mir?«

Und: Warum hast du dich geschlagene siebzehn Jahre nicht gemeldet? Warum kamst du nie zu meinem Geburtstag? Hast du eine andere Familie, die du mehr magst? – Allesamt Fragen, die mir auf der Zunge brannten, die ich mich aber nicht zu stellen traute.

Über uns braute sich schon wieder ein Gewitter zusammen.

Mein Vater sah nach oben, und sofort verzogen sich die Wolken. Es kostete ihn keinerlei Anstrengung.

»Ich bin nicht der Typ, der dir eine Mail schreibt und dir so sagt, dass er dich gern kennenlernen würde. Das ist mir zu unpersönlich.« Er zuckte mit den Schultern. »Ich habe gemerkt, dass du mich nun brauchst, und hier bin ich. Ich will meiner Tochter helfen.«

Er hob eine Hand, und aus dem Boden schossen klotzartige Steine. Mit einem Seufzen nahm er auf einem von ihnen Platz. »Setz dich zu mir, meine Kleine. Das könnte ein langes Gespräch werden.«

Ich schenkte ihm nur einen finsteren Blick. »Was bist du? Ich will endlich wissen, was ich bin!«, knurrte ich ihn an. »Dieses Mal musst du es mir sagen! Du hast dich schon einmal aus der Affäre gezogen, und jetzt reicht es mir!«

»Du bist eine –«

»Kurzfassung!«

»Das, was du bist, ist ein bisschen kompliziert. Ich würde sagen, dass du eine Hexe bist, aber du hast definitiv das Potenzial, mächtig zu werden. Denn es geht darum, wer du bist.« Er machte eine Pause, um seinen nächsten Worten noch mehr Bedeutung zu verleihen. »Du bist Mayhem, die Tochter des Chaos.«

Stille.

Dann: »Bitte was?!«

Er strahlte über das ganze Gesicht. »May ist nur eine Abkürzung, aber dein eigentlicher Name ist Mayhem. Ich bin kein Fan von englischen Namen, aber Mayhem ist wunderschön.«

»Mayhem«, wiederholte ich. »Die Tochter des Chaos?«

Mir wurde speiübel.

Die unbequemen Felsen kamen mir gerade recht, als ich nahezu ohnmächtig darauf zusammenbrach.

Ich hatte gelernt, dass solche *Titel* wie das Chaos nur einer bestimmten Sorte von Wesen verliehen wurden.

»Du bist … ein Chaosgott?«

Das war unmöglich! Götter waren Mythen. Wenn es sie wirklich gäbe, dann hätten sie sich schon längst gezeigt. Zumindest uns übernatürlichen Wesen! Ach was! Sie hätten schon längst in den Schwachsinn eingegriffen, den die Menschen abzogen!

Oder?

»Meine kleine Mayhem, du enttäuschst mich.« Er schüttelte erheitert den Kopf. »Du weißt nicht, wer ich bin, aber du spürst es. Du magst das Aussehen deiner Mutter haben, vielleicht auch ein paar Hexenattribute.« Er zeigte auf Kurt, der sich ängstlich an meinen Hals drückte. »Aber wir haben eine übernatürliche Verbindung. Du beherrschst die mächtigste Magie, die es gibt: Chaosmagie.«

Ich presste die Lippen aufeinander, um ihn nicht wegen des »meine kleine Mayhem« anzuschreien. Ich war nicht seine kleine Mayhem. Ich war immer noch May.

»Du bist Seth, der ägyptische Gott des Chaos.«

Er nickt zufrieden.

»Moment mal … Der, der mit seiner Schwester was hatte?«, fragte ich entgeistert.

»Oh, wirklich? Das ist alles, was dir zu mir einfällt? Ich bin nicht der einzige Gott, der mit seiner Schwester verheiratet war. Bei uns war das eben noch Brauch, und so wurden all unsere Nachkommen Götter. Zudem sind wir Naturgewalten und reine Magie in Menschengestalt.«

Es machte erneut klick in meinem Hirn. »Ich bin ein Halbgott? – Ich bin ein Halbgott!«

»Nein. O nein! Halbgötter sind halb Mensch, halb Gott. Sie können ein paar nette Tricks, und das war es auch schon. Herkules war zum Beispiel sehr stark und Aeneas besonders klug und charismatisch. Aber du bist halb Hexe, halb Gott. Du bist eine Chaoshexe.«

Er war aufgesprungen und stand nun genau vor mir. Die Arme hatte er weit ausgebreitet und strahlte über das ganze Gesicht.

Ich war zu perplex, um mich zu rühren.

»Denk an die Stürme, die du verursacht hast! Du beherrschst alle Elemente, und du kannst sicherlich noch so viel mehr. Wir müssen unbedingt deine Fähigkeiten testen. Besser heute noch als morgen!«

Ich stieß ein lautes Schnauben aus. »Oh, ich bin also ein Versuchskaninchen?«

»Nein, nein, Mayhem. Du warst nicht einmal geplant …«

»Also bin ich ein Unfall? – Danke, so was hört man doch immer wieder gern!«

»Du verstehst mich falsch!«

»Tue ich das?«

Er wechselte das Thema. »Ich muss dich trainieren. Ich bin der Einzige, der deine Kräfte kennt und der dich notfalls ein bisschen ausbremsen kann.«

Ich schnaubte. »Du kannst mich mal!«

»Mayhem, ich weiß, du hasst mich dafür, dass ich nie Kontakt zu dir aufgenommen habe, aber du musst mir vertrauen. Weißt du, was einmal passiert ist, als ich sehr wütend war? Ich habe Atlantis zerstört. Ich habe eine prachtvolle Kultur ausgelöscht, weil ich blind vor Wut und rasend vor Zorn war.«

»Das mit Atlantis ist jetzt ein Witz, oder?«

Er seufzte schwer. »Ich wünschte, es wäre so. Atlantis war ein wunderschöner Ort und der Zeit so weit voraus. Und erst das Essen!«

»Warte!« Ich machte einen Schritt zurück. »Ich hatte einen Traum. Von dir. Du warst in deiner Tiergestalt und hast mit Horus gekämpft. – Du hast Noah getötet!«

»Noah … Noah … Welcher Noah? Der Verrückte mit seinem kleinen Schiffchen und den ganzen Tieren?«

Ich knurrte ihn an. »Ich habe geträumt, dass du Horus ein Auge ausgerissen hast.«

Er grinste. »Schuldig im Sinne der Anklage. Dein Cousin ist aber auch ein verzogenes Balg.«

»Und in dem Traum hat sich Horus dann in Noah verwandelt!«

»Welcher Noah jetzt?«

»Der Noah, der mich auf der Party geküsst hat! Du bist zu mir gekommen, weil ich einen Sturm erzeugt habe, und bist dann geflüchtet. Du hast ihn ermordet, oder?«

»Ah! Jetzt verstehe ich endlich, was du mir sagen willst.« Er schüttelte den Kopf. »Ich töte keine Menschen … Nicht auf diese Weise. Ich bringe Unheil, Chaos und Zerstörung. Ich töte durch Katastrophen und Kriege. Ein mickriges Menschenleben ist mir zu wenig.«

»Und was habe ich denn dann geträumt?«

»Wie es aussieht, hast du auch ein bisschen Blutmagie von deiner Mutter geerbt. Mein Blut und meine Magie in dir werden immer stärker. Das heißt, dass du vielleicht ein paar Fetzen aus meinem früheren Leben aufschnappen wirst.«

Na ganz toll! Ich wollte schon immer mal sehen, was ein Gott so tut. Morden, Sex und Saufen. Wie *Game of Thrones*, nur mit meinem Vater in der Hauptrolle.

Wenn mir nicht schon so flau im Magen gewesen wäre, hätte diese Erkenntnis mein Wohlbefinden nicht gerade verbessert.

»Und warum habe ich dann auch von Noah geträumt?«

»Wenn ich das alles richtig verstehe, ist dieser Kerl der Geist, der dich begleitet. Ich denke, du hattest zuerst eine Vision von mir, die dann in einen Traum übergegangen ist, damit du seinen Tod ein bisschen verarbeiten konntest.« In seiner rechten Hand erschien eine alte Papyrusrolle, in der anderen ein Schilfrohrhalm. »Das ist wirklich sehr interessant, meine Kleine. Chaos- und Blutmagie. Ich bin gespannt, wie sich das noch entwickelt.« Er sah auf. »Was ist denn?«

»Was soll denn schon sein?«

»Ich weiß, ich bin für dich jetzt das Böse in Person, aber das wird sich noch ändern, meine Kleine.«

»Nenn mich nicht immer so!«, herrschte ich ihn an. »Du warst nie für mich da! Du hast nicht das Recht, mich deine Tochter zu nennen!«

Seine Augen wurden auf einmal dunkelgrau. War das bei mir auch so? »Ich weiß. Deshalb will ich nun ein paar Dinge wieder geradebiegen. Ich will für dich da sein.«

»Aber ich will das nicht!«, entgegnete ich patzig.

»Doch. Das willst du. Ich bin dein Vater. Du willst mich kennenlernen, weil du wissen willst, was und besonders wer du eigentlich bist.«

Verdammt, warum musste er recht haben? Doch es änderte nichts daran, dass ich ihn hasste. In diesem Moment hasste ich ihn mit jeder Faser meines Selbst.

»Geh nach Hause, Mayhem. Rede mit deiner Mutter, ich denke, du vertraust ihr mehr als mir. Sie soll dir erklären, warum das alles so gekommen ist. Ich habe Fehler gemacht, das gebe ich zu, aber wer tut das nicht?«

»Gut. Das werde ich tun.« Ich hatte mich schon halb abgewandt, als sich noch eine Frage nach draußen kämpfte. »Wie kann ich dafür sorgen, dass du kommst, wenn ich mit dir reden will? – Das heißt nicht, dass ich dich tatsächlich rufen werde.«

»Sag meinen Namen. Das genügt für mich. Du bist schließlich mein Fleisch und Blut.«

Ja. »Leider.«

Kapitel 21

Besonders zu sein ist nichts Besonderes, wenn man nicht besonders sein will

Irgendwann stand ich wieder vor unserer Haustür. Keine Ahnung, wie ich mich hierher zurückverirrt oder wie lange es überhaupt gedauert hatte. Nachdem Seth sich ohne weitere Worte in Luft aufgelöst hatte, war ich gedankenverloren in der Gegend herumspaziert. Ich hatte nicht einmal richtig nachgedacht, ich war einfach nur gegangen und gegangen, während mein Hirn auf Dauerschleife Seths Worte abspielte: »Du bist schließlich mein Fleisch und Blut.«

Ich war keine Hexe.

Ich war kein Gott.

Ich war irgendein bizarres Wesen in menschlicher Gestalt, das Magie wirken konnte – und dann auch noch Chaosmagie. Das war der einzige Grund, warum ich so mächtig war: Man konnte mit jedem Element Chaos erzeugen. Dazu kam diese komische Blutmagie, von der ich nicht einmal wusste, was sie überhaupt war. Außer dass ich dadurch so tolle Szenen aus Seths Vergangenheit in HD miterleben durfte.

Aber es gab eine Person, die sich vielleicht besser damit auskannte.

Die Person, die neben Seth schuld an der ganzen Misere war.

»Mom!«, rief ich, als ich das Haus betrat. »Mom, ich muss sofort mit dir reden! Es ist dringend!«

Einen Augenblick später glitt sie feenhaft wie immer in ihrem schwarzen Morgenmantel die Treppe herunter.

»May!«, ermahnte sie mich. »Was schreist du denn so herum? Die Sonne ist noch nicht einmal richtig untergegangen.«

Ich sah sie stumm anklagend an.

»Was denn?«

Von mir kam weiterhin kein Ton.

»May, ich bin sehr, sehr müde, und der erste Kunde kommt erst in zwei Stunden. Darf ich weiterschlafen?«

»Oh, sorry, Mom. Meintest du mich?«

Sie runzelte die Stirn.

Wahrscheinlich dachte sie gerade, dass ich wahnsinnig wurde. Und ehrlich? Ich fühlte mich gerade auch so, als würde mir mein Verstand entgleiten. Ich fühlte mich so verloren und verwirrt.

Und sie war schuld! Sie hatte meine Herkunft vor mir verheimlicht! Sie war nicht besser als dieser dahergelaufene Chaosgott!

Meine Mutter zog eine Augenbraue hoch. »Ja?«

»Sorry, das wusste ich nicht.«

»Okay?«

»Du hast mich nämlich nicht mit meinem richtigen Namen Mayhem angesprochen.«

»Wa... Wie ...« Als sie meine Worte begriff, wurde ihr Gesicht ein wenig rot. Ihre Augen nahmen ebenfalls die Farbe von Blut an, und ihre Fangzähne waren angriffsbereit ausgefahren. »Ich bringe ihn um! Ich reiße dem Mistkerl die Gedärme raus, zerfetze seinen Körper und verbrenne seine Überreste! Mir doch egal, dass er unsterblich ist!«

»Also stimmt das alles?« Der letzte Hoffnungsschimmer, dass Seth nur irgendein Spinner war: dahin. »Mein Vater ist der ägyptische Gott des Chaos? Ich bin keine Hexe?«

»May ...« Mom trat auf mich zu. Ihre Zähne waren nicht mehr spitz, aber ihre Augen dafür noch rot. »Natürlich bist du eine Hexe. Du bist nur eine ... eine sehr besondere Hexe.«

Ich schnaubte beleidigt. »›Besonders‹ ist doch nur ein anderes Wort für Freak!«

»Ich bin auch keine normale Hexe und komme super damit klar«, meinte sie nur dazu. »Wer will schon normal sein?«

»Ich?« Ich warf die Hände in die Luft. »Ich hab nämlich die Nase voll von Unwettern, die sich nach meinen Launen richten, und erst recht von dem Gott, der sich als mein Vater herausgestellt hat!«

Längst tobte vor dem Haus ein starkes Gewitter, aber Seth ließ sich nicht blicken. – Na klar, er hatte wohl Angst vor meiner Mom. Der Gott des Chaos hatte Angst vor einer halbvampirischen Hexe.

»Lass uns in Ruhe über die Sache reden, okay?«

Mom setzte ihre schmeichelnde Vampirstimme ein, die bei mir natürlich nicht fruchtete. Als sie das auch bemerkte, leuchteten ihre Augen warnend, und sie streckte ihre Hand aus, um auf die Küchentür zu deuten. »Entweder du schmollst jetzt wie ein Kleinkind rum oder du begleitest mich in die Küche und hörst dir die ganze Geschichte an. Sonst gehst du sofort auf dein Zimmer. Denn dein Geschmolle kannst du dir sonst wohin stecken. Du bist siebzehn und keine fünf mehr!«

»Okay, okay!«, lenkte ich bereitwillig ein. Ich hatte nicht wirklich Angst vor meiner Mutter, aber … – Na gut, ich hatte ein bisschen Ehrfurcht vor ihr. Wenn sie mal ausflippte, dann nämlich wie eine Naturgewalt.

Kurt flog zur Küchenlampe und legte sofort seine Flügel schützend um sich. Er hatte genug von den Streitereien des Tages: Noah, Seth – und jetzt noch meine eigene Mutter.

Bevor Mom sich zu mir an den Tisch setzte, nahm sie wie so oft einen Beutel Blut und leerte ihn in die Beste-Mom-Kaffeetasse, die ich ihr mal in der Grundschule aus Ton zum Muttertag gebastelt hatte.

Dann faltete sie die Hände und sah mich mit ihren Vampiraugen an. »Hast du spezielle Fragen oder soll ich einfach von vorn beginnen?«

»Fang mal an.«

Sie seufzte schwer und nahm gleich mal einen Schluck von dem Gebräu. »Alles fing damals an, als die Götter noch auf der Erde wandelten.«

»Tun sie das nicht mehr? Ich meine: Seth ist ja auch noch da.«

»Hat er dir das nicht erzählt?« Sie schüttelte den Kopf. »Natürlich hat er das nicht. Er ist dazu zu arrogant.« Eine Papyrusrolle erschien in ihrer Hand. Sie legte sie auf den Tisch, sodass ich die Zeichnungen und vor allem die Hieroglyphen sehen konnte. »Seth, der Gott des Chaos, Brudermörder und Bezwinger der Schlange«, las ich vor. »Moment mal, seit wann kann ich das Zeug lesen? Das konnte ich früher nie!«

»Tja, das macht Seths Blut aus. Ich musste die Hieroglyphen noch lernen. Ich wette, du sprichst auch hervorragend Altägyptisch.« Sie schob die Rolle zu mir rüber. »Das ist Seths Geschichte. Falls du ein bisschen mehr über ihn wissen willst.«

Kurt nutzte die Situation und bot mir an, die Rolle auf mein Zimmer zu fliegen. Dankend nahm ich seinen Vorschlag an, bevor ich sie noch irgendwo verschusselte.

Vor dem Abflug blickte er mich mit seinen dunklen Augen an und wollte mir damit wohl sagen, dass er einfach zu mir gehörte und mein Leben auch seins war. Wie froh war ich doch, ihn bei mir zu haben!

»Wo waren wir stehen geblieben?«, nahm Mom das Gespräch wieder auf. Noch ein Schluck Blut. »Die Kurzform von allem ist: Weil Seth seinen Bruder Osiris ermordet hatte und sich andauernd Kämpfe mit dessen Sohn Horus lieferte, wurde er in seinen menschlichen Körper verbannt.«

»Er ist ein Mensch?«

Sie schüttelte den Kopf. »Er ist immer noch das mächtigste Wesen, das auf Erden wandelt, aber er ist bei Weitem nicht mehr so mächtig wie damals. Dazu kommt, dass Seth, als die Götter in ihren Schlaf fielen, nicht davon betroffen war. Dem Gott, den die alten ägyptischen Götter am liebsten tot sehen wollten, verliehen sie stattdessen einen nie alternden, unzerstörbaren Körper.« Sie murmelte noch etwas hinterher, was ich kaum verstand. Ich vermutete, dass es das Wort »heiß« war. »Aber Seth bewerkstelligte den Mord an seinem Bruder nicht allein. Ein paar Monate zuvor hatte er seine Priester und Priesterinnen zu Beschützern und Hexen gemacht.«

»Was sind Beschützer?« platzte ich dazwischen.

»Oh, das ist ein altes Wort für Hexer. Irgendwie hat sich die Magie von Göttern bei den männlichen Priestern anders gefestigt. So wie es nur weibliche Banshees gibt, gab es nur männliche Beschützer. Rein biologisch gesehen, natürlich. Diese beherrschten zwar eine gewisse Art von Zauber, waren aber mehr waffenaffin. Sie konnten Waffen herbeizaubern und mit ihnen kämpfen – egal ob Bogen, Schwert oder Speer. Sie beschützten die Hexen, teilweise auch die Pharaonen und natürlich ihre Götter. Leider sind sie ausgestorben. Diese besonderen Hexer mussten von Göttern erwählt werden, Hexen können geboren werden.« Auf meinen verwirrten Gesichtsausdruck hin sagte sie: »Ich habe auch keine Ahnung, warum das so ist. Ich hab nicht ›Übernatürliche Biologie‹ studiert. Als die Götter einschliefen, gab es einfach keine Hexer mehr. Seth ist auch nicht mehr in der Lage, jemanden zu erwählen.«

»Okay, also seine Priester haben Seth geholfen, und was hat das jetzt mit … Nein, nein, nein!« Mit dem Kopf sank ich auf den Tisch und hämmerte mit der Stirn auf das Holz. »Es war unsere Familie, oder?«

»Unser Nachname lautet Setek, was von dem Wort ›Setech‹ kommt, das im Prinzip nichts anderes als ein Name von Seth ist. Pass auf, wenn du einer Furie begegnest, die können unsere Blutschuld immer noch spüren.«

»O nein!« Ich ließ meine Stirn immer wieder gegen den Holztisch knallen. »Wir sind also die bösen Hexen?«

»Hach ja. Ein bisschen«, befand meine Mutter, als hätte die Frage nur gelautet, ob mein Hintern in der Jeans zu fett aussah. Ich blickte auf, als Mom mich am Arm berührte. »Es gibt kein ›Böse‹ und kein ›Gut‹, May. Dann wäre das Leben zu einfach. Fakt ist, dass wir dem Gott des Chaos helfen, wenn er uns braucht.«

»Warum?«

»Dein Vater ist gar nicht einmal sooo ein schlechter Kerl«, sagte sie sehr vorsichtig. »Bei deiner Erziehung hat er jedoch auf ganzer Linie versagt, weil du ihm scheißegal bist.«

Sie merkte nicht einmal, dass ich zusammenzuckte. Ich war Seth also wirklich egal. Nur meine Macht interessierte ihn. Das war wahrscheinlich der Grund, warum ich geboren wurde. Damit er eine Armee von Chaoswesen hatte. Aber so etwas Schreckliches konnte ich meiner Mom nicht zutrauen. Sie liebte mich doch.

Oder?

Doch gut: Ich hatte auch immer gedacht, dass mein leiblicher Vater mich aufrichtig lieben könnte …

»Leider muss ich sagen, dass er ein paar wirklich nette Dinge getan hat.« Meine Mutter seufzte schwer. »Und ohne ihn gäbe es weder mich noch dich.«

»Wie das?«

»Ich habe dir vielleicht ein paar Sachen verheimlicht, aber deine Gran und deine Tante hielten es nun einmal für das Beste …«

Wenn meine Mom schon um den heißen Brei herumredete, konnte nur etwas Schlimmes dahinterstecken. »Was denn?«

»Mischblüter sollen getötet werden, bevor sie überhaupt auf der Welt sind.« Auf meinen fassungslosen Blick hin erklärte sie mir: »Ich bin nicht richtig Halbvampir und Halbhexe. Ich bin Vampir und Hexe, und das macht mich auch so mächtig und gefährlich. *Jedes* Mischblut ist mächtig und gefährlich. Darum war eines der ersten Gesetze des Rates, dass sie getötet werden müssen. Es gibt vielleicht ein Dutzend Mischblüter auf der Welt. Und da ist schon die Dunkelziffer mit einberechnet. Dazu gehören vor allem jene, die der Rat der Hexen wegen ihrer Nützlichkeit bisher verschont hat. Der Rat tötet die meisten im Säuglingsalter, und es gibt natürlich genug Übernatürliche, die ihr Kind bereitwillig abtreiben. Mischblüter werden immer ausgegrenzt, verspottet und misshandelt. Ich habe auch nur so ein schönes Leben, weil ich Hexe bin und weil Seth sich damals vor meiner Geburt für mich verbürgt hat. Mein Vampirvater hatte sich da schon längst aus dem Staub gemacht. Man kann bei einer übernatürlichen Schwangerschaft nämlich schnell feststellen, ob das Kind ein Mischblut wird oder ob es das Glück hatte, entweder nach der Mutter oder nach dem Vater zu kommen. Als deine Gran herausfand, dass ich hundertprozentig als Mischblut zur Welt kommen würde, wandte sie sich an die einzige Person, die dem Rat etwas entgegensetzen konnte: Seth. Sie hatte ihn angefleht, für sie und mich als ihr ungeborenes Kind einzustehen, und er hat es, ohne zu zögern, getan.«

»Und er wollte im Gegenzug, dass du einmal seine Frau wirst?«, versuchte ich eins und eins zusammenzuzählen.

Sie lachte. »Was?! – Nein, wie kommst du denn auf so einen Schwachsinn? Das wäre ja irgendwie pervers. Ich war Seth egal. Er hatte nur für mich gebürgt, weil es ihm so etwas von egal war. Der Gott des Chaos ist nicht gnädig, aber manchmal handelt er unbewusst gut.« Sie machte eine kurze Pause, ihr Blick war träumerisch geworden. »Es vergingen Jahrzehnte, bis ich ihm das erste Mal begegnete. Ich hatte gerade ein paar Wölfe im Wald gejagt, als ich regelrecht in Seth hineinrannte. Ich schrie ihn an, und er sagte nur, wie schön und gefährlich ich aussehe. Ein paar Wochen später wurde ich dann zu seiner Geliebten.«

Ich drückte meine Hände an die Ohren, als ob es etwas helfen würde. So langsam bekam ich Kopfschmerzen, und das bedeutete, dass ich mit der Situation psychisch überfordert war. »Mom! Bitte keine Details! Ich will das nicht hören!«

»Ich will aber, dass du die Wahrheit kennst. Also … Ein paar Monate lang war ich seine Geliebte. Ich hielt es vor deiner Großmutter und deiner Tante geheim, weil ich wusste, dass sie es nicht verstehen würden. Seth gab mir nie das Gefühl, dazuzugehören, aber er gab mir sehr wohl ein Gefühl von Sicherheit und Vertrautheit. Wenn irgendjemand wusste, wie man sich fühlt, wenn man nicht zu den anderen passt, dann ein exilierter Gott wie er.« Also hatten sie sich zumindest ein bisschen gemocht, stellte ich erleichtert fest. »Zudem war er wahnsinnig gut im Bett.«

»MOM!!!«

»Was denn?« Sie nahm ihre Tasse in die Hände und starrte auf das Blut. »Ich wurde von allen Übernatürlichen und auch von den Menschen gemieden. Nur Seth suchte meine Nähe.«

»Mom …«

Ihr Blick wurde hart. »Aber dann bemerkte ich eines Tages, dass ich schwanger war.«

»Habt ihr denn nicht verhütet?« rutschte es mir heraus. Wollte ich das jetzt wirklich ernsthaft wissen?

»Oh, stimmt, das haben wir auch verschwiegen«, sagte meine Mutter. »Mischblüter sind allesamt unfruchtbar. Ein weiterer Grund, warum sie von der Gemeinschaft ausgeschlossen werden. Seth als Gott des Chaos wäre eigentlich auch nicht in der Lage gewesen, Kinder zu zeugen. Ich habe dir doch die Geschichte erzählt.«

Die Kopfschmerzen kamen nun in Wellen, die über mich hinwegrollten.

»Aber wie?«, fragte ich. »Ich meine, die technischen Details interessieren mich nicht, aber wie soll das dann möglich sein?«

»Blutmagie … Ich trank von Seth und er von mir.«

Zum Glück hatte ich heute nur ein bisschen von meinem Curry und ein Stück Kuchen gegessen, sonst hätte ich spätestens jetzt auf den Tisch gekotzt.

»Warte kurz mal!« Ich versuchte einen Atemrhythmus zu finden, bei dem die Kopfschmerzen und die Übelkeit halbwegs erträglich waren. »Was ist Blutmagie? Seth hat auch davon erzählt.«

»Eine sehr alte, vielleicht die älteste und mächtige Form von Zauberei«, erklärte sie mir. »Lass es mich dir zeigen.«

Sie biss sich mit einem Fangzahn in den Finger und malte mit ihrem Blut Symbole auf den Tisch. Ein wahrlich ekelerregender Anblick, aber ich blieb tapfer.

Auf einmal fiel ein Sonnenstrahl zum Fenster herein. Mom rückte zischend mit dem Stuhl zurück.

»Argh! Ich habe vergessen, dass die Sonne noch scheint. Wir brauchen die Wolken zurück.« Sie zeichnete erneut ein paar Symbole, und sofort wurde es draußen wieder dunkel. »Deine Mutter kann sehr wohl mit deiner göttlichen Chaosmagie mithalten. Sofern ich genug Blut habe.«

»Seth hat gesagt, dass ich Blutmagie auch beherrsche.«

»Oh, echt? Willst du mal?« Sie reichte mir die leere Tasse. »Tropf dein Blut hier rein. Lass dich einfach leiten. Diese Magie braucht keine Konzentration, sondern speist sich durch Emotionen.«

Ich versuchte gerade angestrengt, nur durch den Mund zu atmen. »Mom, ich kann Blut doch nicht mal riechen!«

»Beherrschst du etwa passive Blutmagie? Siehst du Dinge, wenn du von jemandem trinkst? – Obwohl … du trinkst kein Blut …«

»Ich sehe Dinge, die Seth getan hat.«

Sie winkte ab. »Das ist normal. Deine Blutmagie, die du von mir bekommen hast, reagiert auf Seths Blut in dir.«

»Und ich kann das nicht abschalten?«

»Vielleicht. Wenn deine Kräfte endlich gefestigt sind. Deine Chaosmagie läuft im Moment auch nur Amok, weil du bald erwachsen wirst.«

Wir schwiegen für ein paar Minuten, da ich das Gewicht dieses Gesprächs erst mal sacken lassen musste.

Meine Mom beobachtete mich, sagte aber nichts dazu.

»Mein Dad ist also der ägyptische Gott des Chaos?«, fragte ich schließlich leise.

»Genau genommen repräsentiert Seth mehr als das Chaos: Unwetter, Katastrophen, Verderben, Krieg und die Wüste.«

»Das macht das Ganze nicht viel besser.« Ich schüttelte den Kopf. Das war eine schlechte Idee, denn die Kopfschmerzen wurden dadurch nur stärker. »Wie soll ich das Viv erklären? Darf ich es ihr überhaupt sagen?«

Ich musste unbedingt mit meiner besten Freundin darüber reden. Meine Mom war zu wenig feinfühlig, aber Viv wusste sicher einen Weg, um mich aufzumuntern.

»Keine Sorge, Vivienne weiß es schon.«

»Wa…« Hatte ich mich da eben verhört?

»Wenn wir gerade bei den Dingen sind, die wir vor dir geheim halten …« Meine Mutter räusperte sich. »Die Familie Denaux wirft ein wachsames Auge auf uns. Der Rat hat sie hierhin versetzt, damit sie auf uns aufpassen. Auf dich und auf mich. Als würde ich wieder mit deinem Dad anbandeln! Der kann sich über jeden einzelnen Tag freuen, an dem ich ihm nicht sein verdammtes Herz aus der Brust reiße.«

Ohne weitere Worte stand ich auf.

»May?«, rief meine Mutter, während ich aus der Küche ging.

Ich wollte nur noch ins Bett und schlafen – und das am besten für immer.

»Mayhem?« Als ich am Fuß der Treppe stand, drehte ich mich zu ihr um. »Lass mich in Ruhe! Gran und Tante Harmony auch! Ihr sollt mich alle in Ruhe lassen! Und Viv kann mich auch mal!« Tränen brannten in meinen Augen, aber ich wollte jetzt keinen Heulkrampf bekommen. »Ich will einfach meine Ruhe haben!«

Damit rannte ich in mein Zimmer und schleuderte die Tür mit der Kraft des Windes zu. Als ich bäuchlings aufs Bett fiel, kam zu meiner Enttäuschung keine einzige Träne aus meinen Augen. Ich war einfach zu wütend!

Ich nahm ein Kissen und brüllte meinen Schmerz und meine Enttäuschung hinein.

Meine Mom hatte mich belogen, meine Gran und meine Tante auch. Aber am allerschlimmsten war, dass Viv mich auch hintergangen hatte – die Person, der ich absolut alles in meinem Leben anvertraut hatte. Meine allerbeste Freundin …

»May?«

Zum denkbar ungünstigsten Zeitpunkt tauchte auch noch Noah auf. Den hatte ich vor lauter Chaos fast vergessen.

»Was ist denn los? Man hört dich ja durchs ganze Haus brüllen.«

»Lass mich in Ruhe, Hui Buh!«, fuhr ich Noah harsch an. »Spuk woanders rum! In der Geisterbahn oder so!«

»Woah. Was ist denn los?«

»Lass mich!«

»Okay. Okay.«

Stille.

Ich vergrub mein Gesicht noch tiefer in den Stoff.

Ungefähr zwei Minuten später hob ich aufgrund von Sauerstoffmangel meinen Kopf und erspähte zugleich Noah, der mit verschränkten Armen neben mir saß und mich beobachtete.

»Ich hab gesagt, du sollst abhauen!«

»Du hast gesagt, ich soll dich in Ruhe lassen, und das habe ich getan.«

Ich schnaubte.

»Dein Make-up ist total verwischt.«

In meiner Hand erschien ein Abschminktuch. Ich reinigte damit auch gleich die dunklen Flecken auf dem Kissen.

»Willst du mir sagen, was passiert ist?«

»Nein«, zischte ich.

»Soll ich gehen?«

»Ja.« Ich schüttelte seufzend den Kopf. »Nein, bleib. Aber … aber ich denke, ich geh jetzt schlafen. Ich kann nicht mehr. Ich bin … einfach fertig.«

»Gute Nacht, May.«

Ich bettete meinen Kopf wieder auf das Kissen – so, dass Noah nicht merkte, wie ich mich leise in den Schlaf weinte.

Kapitel 22

Na, ich hoffe, das Ende ist nicht so enttäuschend wie bei Game of Thrones

Ich saß auf einem kunstvoll geschnitzten Holzstuhl. Er war bedeckt mit bunten Mustern und hatte kleine Löwenpfoten aus Gold als Beine. Aber das, was mich beunruhigte, war, dass meine Hände an den Armlehnen wie festgeklebt waren und meine Füße sich taub anfühlten.

Ich konnte mich wieder einmal nicht bewegen.

»Verdammte Scheiße«, fluchte ich. »Nicht auch das noch!«

Ich schloss die Augen und sagte mir immer und immer wieder, dass ich aufwachen musste – aber ich blieb in diesem Traum gefangen. Passend zum heutigen Scheißtag hatte ich auch noch einen Albtraum über meinen ach so tollen Daddy. Da ich nicht erwachen konnte, nahm ich mir die Zeit, mich ausgiebig umzusehen. Ich befand mich wohl in einem Haus, nicht in einem Tempel oder sonst wo. Der Boden und die Wände bestanden nicht aus Stein, sondern mit Sicherheit aus Lehm. Das Licht fiel durch kleine rechteckige Löcher herein. Fenster aus Glas gab es natürlich nicht, denn ich war im Alten Ägypten gelandet. Hurra! Ich würde mein Abo des History Channels nun also kündigen!

Die Wände waren mit bunten Malereien geschmückt: An einer Mauer war ein Mann abgebildet, der mit dem Rücken auf dem Boden lag, und über ihn beugte sich eine Frau, die ihn nur an den Händen und Füßen berührte. Bei genauerer Betrachtung fiel mir auf, dass so etwas wie Sterne die Haut der Frau zierten.

Das Haus war ansonsten spärlich bestückt: Es gab ein paar Truhen und noch ein paar Tische mit Stühlen. Es wirkte alles wie neu – was mir seltsam erschien.

»Es ist wunderschön geworden.«

Mein verehrter Herr Erzeuger war nun auch endlich aufgetaucht. Er sah fast genauso aus wie heute – sprich: menschlich –, nur mit der Ausnahme, dass er einen weißen Schurz trug. Ich konnte erkennen, dass Goldfäden in die Kleidung eingewebt waren. Seine Augen waren schwarz geschminkt und erinnerten mich an einen Rockstar – oder Piraten. Seth berührte die Wandmalerei mit seinen Fingern. Liebevoll fuhr er die Konturen der Frau nach. »Ich frage mich, wie Mutter und Vater wohl waren.«

»Sie sind immer noch da.«

Ich drehte meinen Kopf nach links.

Durch den offenen Durchgang kam ein Mann hereingeschlendert. Im Gegensatz zu meinem Vater trug er über dem Schurz noch ein leicht durchsichtiges Oberteil aus weißem Leinen. Sein Kopf war glatt rasiert.

»Vater ist das Land, auf dem wir gehen, und Mutter ist der Himmel über uns«, sagte er. »Kannst du sie denn nicht hören? Ab und zu reden sie mit uns.«

Seth ballte die Hand zur Faust, aber das sah der andere Kerl nicht. »Sie reden vielleicht mit dir und unseren Schwestern, aber nicht mit mir.« Er drehte sich um und setzte eine ganz andere Miene auf. »Danke, dass du gekommen bist, Osiris.«

Oh, ja klar. Der Typ war Seths Bruder. Jetzt sah ich die Ähnlichkeit der beiden auch. Sie hatten eine gleichartige Gesichtsform und Statur. Nur waren Seths Augen grau und die von Osiris braun.

»Und aus welchem Grund hast du mich zu dir bestellt?«, fragte Osiris misstrauisch.

Seth lächelte und deutete auf den Stuhl rechts von mir. »Nimm doch Platz.«

In Osiris' Gesicht stand zwar immer noch genug Misstrauen, aber er folgte dennoch der Aufforderung. Seth ließ sich viel Zeit. Gemächlich schritt er zu dem anderen Stuhl.

»Mein verehrter Bruder«, begann er. »Ich weiß, dass es zwischen uns in letzter Zeit viel böses Blut gab, und ich will mich bei dir entschuldigen. Ich bin der Gott des Chaos und des Krieges, und ich habe mich von diesen Dingen beeinflussen lassen. Es tut mir aufrichtig leid. Ich dachte, dass ich dazu geboren wurde, der Pharao dieses Landes zu sein, aber ich bin nur ein einfacher Kriegsherr.« Osiris entspannte sich sichtlich. »Doch ich habe dich wegen etwas ganz anderem hergebeten.« Seth drehte den Kopf nach hinten. »Kommt rein.«

Durch einen anderen Eingang kamen zwei Frauen und drei Männer. Sie trugen einfache Leinengewänder. Die Männer waren rasiert und die Frauen trugen Perücken. Ihre Gesichter verrieten keinerlei Gefühlsregung.

»Darf ich dir meine Hexen und Beschützer vorstellen?«

Osiris erhob sich. Er sah wütend aus, aber auch ein bisschen besorgt. »Was hast du getan?!«

Seth bedeutete ihm, sich wieder niederzulassen. »Deine Gemahlin Isis, unsere geliebte Schwester, hat doch auch Hexen. Nur fand ich es ungerecht, allein den Frauen Magie zu schenken.« Seth blickte stolz zu den Männern. »Auf das männliche Geschlecht wirkt sich die Magie anders aus. Sie ist noch viel zerstörerischer. Dadurch gibt sie ihnen die Kraft, das, was sie lieben oder verehren, zu beschützen.«

Eine der Hexen trat zu den beiden Göttern. Sie zauberte zwei Kelche auf den Tisch. Die andere Hexe schenkte ihnen ein Getränk ein. Wahrscheinlich war es Wein oder Bier.

»Das sind die Schwestern Nakia und Nashwa.« Sie machten einen Knicks. »Ihre Männer waren meine treuesten Priester und nun habe ich ihnen allen Macht geschenkt.« Seth hob den Becher. »Auf meine neue Familie. Das Hexengeschlecht der Setech-Familie.«

Als Osiris den Becher zum Mund führte, wusste ich schon, was als Nächstes geschehen würde.

»Hach, mein lieber, lieber Bruder.« Der Gott des Chaos schüttelte lächelnd den Kopf. »Weißt du, warum ich immer wieder versuche, das Land unter meine Herrschaft zu bringen?«

Osiris' Arme sanken schlaff herunter. »Was war in …« Das Sprechen schien ihm immer schwerer zu fallen. »Warum …«

»Weil du einfach ein naiver Schwächling bist!«, sagte Seth lachend. »Kommt!«

Er rief seine Hexer zu sich, und in den Händen der Männer erschienen Schwerter, als sie sich links und rechts des Gottes aufstellten. Seth selbst nahm ein Krummschwert zur Hand.

»Mal sehen, wie und ob du das überleben kannst, Bruder.«

Der erste Hieb schlitzte Osiris die Kehle auf. Pures Entsetzen spiegelte sich in den weit aufgerissenen Augen des Gottes wider. Das Blut spritzte in hohem Bogen aus ihm heraus und erwischte sogar mich. Ich spürte es auf meinem Gesicht, der Geruch brannte sich in meine Nase – und ich konnte meine Augen nicht einmal vor dem Blutbad verschließen.

»Ich muss hier weg!« Ich rüttelte an den unsichtbaren Fesseln, die meine Handgelenke fixierten. »Bitte! Bitte! Ich will das hier nicht sehen! Nein!«

Die Hexer schlugen immer weiter auf Osiris ein, bis sein Körper ganz zerstückelt war. Seth selbst war nun zurückgetreten und lachte.

»Werft ihn in den Nil!«, ordnete der Gott des Chaos schließlich an, als auch er genug gesehen hatte.

Ich schreckte alles andere als sanft aus dem Schlaf hoch. Mit einer Hand an den Mund gepresst rannte ich zum Papierkorb hinüber und übergab mich heftig. Ich hörte Kurt mit seinen Flügeln schlagen und spürte, wie er an meinen Haaren herumzupfte. Er wollte mir wohl die Strähnen aus dem Gesicht halten.

»Danke, Kurt«, krächzte ich schwach.

»Geht's dir nicht gut, Hexchen?«

Aus den Augenwinkeln erspähte ich Noahs Geisterfuß.

»Na klar! Ich kotze nur, weil es mir so viel Spaß macht.«

Ich war zu schwach, um aufzustehen, also drehte ich den Kopf, damit mir der Gestank nicht in die Nase schlug. Da sich Noah zu mir hingekniet hatte, konnte ich ihm in die Augen sehen. Er wirkte tatsächlich ein kleines bisschen besorgt um mich.

»Bist du etwa schwanger?«

Ich stieß ein abgehacktes Lachen aus. »Ohne Sex ist das sehr schwi– buäh!«

Ich übergab mich noch einmal klangvoll in den Papierkorb, ehe ich mich bäuchlings auf den Boden legte. Mit letzter Kraft wischte ich mir die ekligen Kotzklümpchen mit einem herbeigezauberten Taschentuch weg.

Ich wusste, was jetzt von Noah kommen würde …

»Wirklich? – Ähm, ich meine, du hast doch einen Freund und … Der Kerl gestern, war das nicht dein Freund?«

Ich kicherte. Zuerst ganz leise und dann beinahe hysterisch.

»Was ist daran denn bitte schön so lustig?«

Ich richtete mich wieder auf und lächelte Noah an. »Meinst du den gut aussehenden Kerl mit der dunklen Haut und den dunklen Haaren?« Er nickte mit grimmigem Gesichtsausdruck.

Lachend ließ ich mich auf den Rücken plumpsen. »Das war mein toller Daddy.«

»Das ist doch nicht dein Ernst!«

»Doch.« Ich kicherte. »Und weißt du, wie sein Name ist? Er ist Seth, der ägyptische Gott des Chaos und des Krieges. Das Böse. Und ich bin wie er. Ich kann Unwetter beschwören und bestimmt bald noch viel, viel mehr. Ich kann in meinen Träumen sehen, was Seth getan hat. Heute habe ich geträumt, wie er seinen eigenen Bruder, meinen Onkel, zu Hackfleisch verarbeitet hat. Da war so viel Blut. So viel Blut …«

Ich sah zu Noah, der nicht im Geringsten erstaunt wirkte. Er saß nun im Schneidersitz auf dem Boden, die Hände auf den Knien. »Wundert dich das etwa nicht?«

Er zuckte nur mit den Schultern. »Nein, es gibt doch auch Hexen und Geister. Mich hat es nur gewundert, dass er dein Dad ist. Du siehst nicht aus wie er. – Ich meine … Du bist so …«

»Eher amerikanisch?«

»Ja, und auch kleiner. Du kommst ganz nach deiner heißen Mom.«

Ich horchte auf. »Hast du mich gerade ›heiß‹ genannt?«

Noah blickte nach oben. »Öhm, nee?«

Ich grinste. »O doch, und –«

Etwas polterte draußen vor der Tür. »May!«, schrie Vivienne. Ihre Schritte kamen näher. »Steh auf! Steh auf!«

Als sie die Türklinke hinunterdrückte, verriegelte ich die gesamte Tür mit einem Zauber.

»Wa… Was?« Sie klopfte gegen das Holz. »May? Alles okay?«

»Geh weg!«, brüllte ich durch die Tür. Ich rappelte mich auf und verstärkte den Zauber noch einmal, sodass sie auf keinen Fall hereinkommen konnte. »Lass mich in Ruhe, Viv.«

Kurzes Schweigen. »Was ist denn los?«

»Frag doch meine Mutter. Oder meine Tante. Oder meine Gran. Deine Mutter. Deine Schwestern. Ihr wisst doch alle mehr als ich!«

Hinter der Tür wurde es leise. »Es tut mir so leid, May! Ich habe geschworen, dass ich es dir nie sage. Oder zumindest erst dann, wenn sich deine Chaosmagie zeigt.«

»Aber ich bin deine beste Freundin!«

»Ja, das bist du, und genau deshalb fiel es mir auch so schwer, dir das mit deiner Herkunft nicht zu sagen.«

Viv hatte ja irgendwie recht, aber trotzdem schmerzte mich ihr Verrat – ihr Schweigen – sehr.

»Du bist immer noch du. Ist doch egal, dass dein Vater ein Gott ist. Du bist als Hexe aufgewachsen, und du wirst auch immer eine von uns sein.«

Ich schüttelte den Kopf. »Viv, bitte geh. Ich will dich einfach nicht sehen. Nicht jetzt.«

»May …«

»GEH WEG!«, schrie ich und fühlte mich sofort schlecht, als ich Vivs Schniefen vernahm. Ich hörte sie die Treppen hinunterlaufen und dann, wie die Tür zugeschlagen wurde.

»Das war ganz schön hart«, merkte Noah an. »Was ist denn los?«

»Viv wusste, wer mein Vater ist. Schon immer.« Ich krabbelte in mein Bett zurück und zog mir die Bettdecke bis zum Hals. Mit meiner letzten Kraft ließ ich meinen Kotzkübel verschwinden. »Jeder wusste es, bis auf mich. Jeder hat mich belogen. Niemand hat mir gesagt, wer mein Vater ist oder was ich bin.«

Noah sagte noch etwas, aber ich presste die Hände an meine Ohren. »Niemand versteht, wie ich mich fühle.«

Kapitel 23

I don't get mad – I get wicked

Ich weiß nicht …«, sagte eine weibliche Stimme mit gehöriger Skepsis. »Eine Göttin habe ich mir schon ein bisschen hübscher vorgestellt.«

»So schlecht sieht May auch wieder nicht aus«, meinte eine zweite Stimme. Ein Mann.

Die weibliche Person kam hörbar näher. »Sie hat ganz schön Spliss.«

»May ist jetzt auch keine richtige Göttin«, erklärte der Kerl. »Ihr Vater ist der Gott des Chaos und ihre Mom ist eine Mischung aus Vampir und Hexe.«

»Das nenn ich mal einen interessanten Genpool. Glitzert sie im Sonnenlicht?«

»Wenn ich ein Pailletten-Top anziehe, ja«, antwortete ich genervt.

Damit öffnete ich die Augen. Larissa war über mich gebeugt und hinter ihr schwebte Noah herum.

Ein dickes, fettes Grinsen schlich sich auf mein Gesicht und ich kicherte leise. »Ich werde wahnsinnig, das ist es!«

Lachend schlug ich die Decke weg und stieg aus meinem Bett. »Ich muss echt eine Schraube locker haben, damit ich mir die blöde Kuh einbilde. Ich bilde mir das mit Larissa nur ein!«

»Wie hat sie mich gerade genannt?«, kreischte die Traum-Larissa. »Der gebe ich gleiche eine blöde K–«

»Das hat sie doch nicht so gemeint!«, warf Noah ein.

Doch Larissa war schon über das Bett gesprungen und zog an meinen Haaren. Der Schmerz fühlte sich ziemlich echt an!

»Ah! Lass das!«

Da man am besten Gleiches mit Gleichem bekämpfen sollte, riss ich an ihren roten Haaren herum, bis wir beide gemeinsam zu Boden purzelten. Dabei rammte mir Larissa ihren Ellbogen gegen die Nase, und ich erwischte ihr Schienbein mit meinem Fuß. Die Schmerzen bewiesen mir, dass das hier mehr als real war. Als Noah sich über uns beugte, griff ich schon nach seinem Hals, fasste aber natürlich nur die Zimmerluft. Larissa robbte von mir herunter. Sie lehnte sich gegen das Bettgestell, rieb sich die Kopfhaut und starrte mich böse an.

»Noah.« Meine Stimme bebte. »Was macht Larissa hier?«

»Ich dachte, dass ihr euch gegenseitig helfen kö–«

»Was?!«, kreischte ich dazwischen. »Ihr beide habt gerade ziemlich das Gleiche durchgemacht.«

Ich wollte schon wieder etwas entgegnen, als Noah schnell fortfuhr: »Jetzt lasst doch mal euren blöden Zickenkrieg sein! Ihr beide seid nicht dumm! Denkt doch einmal nach, wie es euer Leben erleichtern würde, wenn ihr euch zumindest ein bisschen annähert.« Er wandte sich zuerst an seine Ex. »Larissa, du gehörst jetzt in die Welt, in der May schon seit ihrer Geburt lebt. Sie kann dir helfen, aber dazu musst du netter zu ihr sein! Du machst dir dein Leben nur unnötig schwer. – Und du ...« Ich schluckte schwer, als er sich zu mir drehte. »Wenn ich mich richtig an ein Gespräch mit deiner Gran erinnere, ist es dir nicht erlaubt, einen Menschen zu verhexen. Aber du hast Larissa Krätze angehext. Du bist ihr also noch etwas schuldig. Dazu kommt, dass du als Hexe für sie da sein musst. Es ist deine Pflicht und ... du bist doch eine gute Hexe, oder?«

Er grinste mich total süß an – unter anderen Umständen hätte ich sein Grinsen wahrscheinlich erwidert. Vielleicht hätte ich mir auch Gedanken gemacht, was dieses Grinsen genau bedeutete. Aber nicht heute. O nein, heute hatte er sich mit der falschen Hexe angelegt.

»Halte dich da raus!«, brüllten Larissa und ich gleichzeitig.

»Du verstehst die Sache nicht!«, klagte ihn Larissa an.

»Du hast hier absolut nichts zu melden!«, war ich ausnahmsweise mal ihrer Meinung.

Noah sah zuerst enttäuscht drein, dann blickte er mit wütendem Gesichtsausdruck zwischen uns hin und her. »Also das bekommt man zu hören, wenn man versucht, nett zu sein, ja? Weiber, echt!« Er warf die Hände wütend in die Luft. »Ich frage jetzt Destiny, ob ich ihr mit den Tarotkarten helfen soll. Die ist wenigstens nicht so eine dumme Zicke wie ihr beide!«

Und mit diesen Worten löste sich Noah auf.

Ich verdrehte die Augen und warf einen Blick zu Larissa, die offenbar gerade das Gleiche getan hatte. Meine Mundwinkel zuckten, bis mir wieder einfiel, dass ich die Todesfee einfach nicht ausstehen konnte. Zudem hatte sie mir tatsächlich ein paar Haare ausgerissen!

Ich beschloss deshalb, Larissa zu ignorieren. Vielleicht würde sie einfach verschwinden, wenn ihr auffiel, dass ich sie nicht hierhaben wollte. Sie konnte ja nicht so blöd sein und stur sitzen bleiben.

Ich schnaubte, reckte das Kinn in die Höhe und stolzierte zu meiner Kommode. Ich hatte fast einen ganzen Tag im Bett verbracht und zusätzlich noch ein paar Liter Tränen rausgedrückt. Dementsprechend sah ich auch aus: Eyeliner und Lidschatten waren total verwischt, dazu kamen dunkle Flecken von ebendieser Schminke im ganzen Gesicht. Meine Haare waren grauenhaft verfilzt. Ich ließ einen Kamm hindurchgleiten und zuckte jedes Mal zusammen, wenn er versuchte, meine Strähnen zu entwirren. Es tat so verdammt weh!

Währenddessen wechselte ich auch per Fingerschnipp meine Klamotten. Endlich kam ich aus dem Beerdigungsfummel raus und trug mein Lieblingsoutfit mit zerrissener Jeans, Spaghetti-Top und Flanellhemd. Danach wischte ich mir den Rest der Schminke aus dem Gesicht und legte sogleich wieder Mascara und Eyeliner nach.

Als ich mich schließlich umdrehte, erschrak ich fast zu Tode: Larissa saß immer noch vor meinem Bett und starrte mich mit ihren grünen Augen an. Da fiel mir zum ersten Mal auf, dass sie unter ihrer rosa Lederjacke die hässliche rot-blaue Cheerleader-Uniform unserer Schule trug.

»Ist das Training ausgefallen?«, fragte ich sie.

Sie wandte sofort den Blick ab. »Bin rausgeschmissen worden.«

Das erstaunte mich. »Warum?«

Larissa war schon seit dem ersten Jahr auf der Highschool bei den Cheerleadern, und ich hatte angenommen, dass sie dieses Jahr zur Kapitänin gewählt werden würde.

»Angeblich bin in psychisch instabil«, antwortete sie und verzog dabei das Gesicht. »Wusstest du, dass Coach Bishop unheilbar an Krebs erkrankt ist? Ich kann es spüren. Mein Hals kratzt so, als würden ganz langsam Spinnen rauskrabbeln. Ich will jetzt schon für ihn schreien. Immer wenn er auf dem Spielfeld mit den Jungs trainiert, kann ich mich auf nichts anderes mehr konzentrieren.«

»Hast du ihm das mit dem Krebs gesagt? Also ohne zu erwähnen, dass du eine Banshee bist?«

Sie nickte. »Ich hab ihm gesagt, dass er nicht gut aussieht, und da hat er mir erzählt, dass er im Winter aufhört, bevor er … Er setzt sich bald zur Ruhe, weil man nichts mehr tun kann.«

Mir fiel auf, dass Larissa während des Erzählens immer wieder versuchte, sich am Rücken zu kratzen. Wahrscheinlich juckten ihre Flügel unter der Haut. Banshees waren eine Unterart der Feen und hatten deshalb mottenähnliche Flügel, die sie jedoch kaum zeigten. Wer wollte schon als Fee erkannt werden? Feen galten neben den Vampiren als die am meisten gehassten Übernatürlichen.

Kein Wunder, sie waren als sadistische Biester bekannt, die ab und an Kinder entführten und Sterblichen den Kopf verdrehten, bis nichts mehr von ihrem Verstand übrig blieb.

»Monica und die anderen Cheerleader haben gemerkt, dass ich nicht bei der Sache bin, und haben mir heute ›geraten‹, eine Pause einzulegen.« Sie klatschte in die Hände. »Und darum sitze ich jetzt hier bei dir. Weil ich nichts Besseres mehr zu tun habe, als meinem verstorbenen Ex zu helfen.«

Ich setzte mich auf mein Bett. »Du kannst gern gehen«, sagte ich zu ihr. »Mir geht's wieder super.«

»Geht es dir nicht«, erwiderte sie trocken.

»Ja gut, mir geht es nicht super. Aber wie soll man sich auch fühlen, wenn man sein ganzes Leben lang nur angelogen wurde?«

Oh. Oh …

»Ich weiß erst seit einer Woche, dass ich nicht einmal ein Mensch bin. Dass meine eigenen Mütter auch keine Menschen sind. Glaub mir: Ich weiß, wie du dich fühlst. Darum hat Noah mich auch angeschleppt.« Sie schüttelte den Kopf, aber lächelte dabei. »So eine dumme Idee.«

»So ist Noah eben.«

Es schwang ordentlich viel Sehnsucht in ihrer Stimme mit. »Ja, so ist Noah eben.«

Larissa wechselte das Thema. »Was ist eigentlich mit deiner Busenfreundin? Konnte sie nicht eine Linke von dir abfangen?«

Damit traf sie einen wunden Punkt. Ich sackte ein bisschen zusammen, bevor ich ihr antwortete: »Vivienne und ihre Familie wussten das von meinem Dad.«

»Autsch! Das ist hart. Aber hey: Meine sogenannten Freundinnen halten mich für psychisch instabil, und ich kann ihnen nicht einmal sagen, dass ich jetzt Flügel und eigentlich weiße Haare habe.«

»Mein Dad ist der Gott des Chaos. Ich hatte gestern einen visionsähnlichen Traum davon, wie er seinen eigenen Bruder zerstückelt hat.«

Ein kleines, kaum erkennbares Lächeln schlich sich auf Larissas Lippen. »Wird das jetzt ein Wettkampf, wer ein beschisseneres Leben führt?« Sie zückte ihr Handy. »Noah hat gesagt, dein Dad heißt Seth? Schreib man das wie den Namen oder ohne h?«

»Es geht beides. Seth mit h ist der griechische Name, der weitaus häufiger verwendet wird.«

»Hm …« Sie ließ ihren Daumen über den Bildschirm gleiten. »Hm … Interessant. Cool. Mhm. – Okay, nein, das ist jetzt eklig.«

Ich stand auf und beugte mich über sie. »Liest du etwa Dinge über meinen Dad auf Wikipedia?«

»Na klar. Hatte Seth echt was mit seiner Schwester?«

Ich zuckte mit den Schultern. »Götter halt.«

»Hört sich aber mehr nach den Lannisters an.«

Die Anspielung bescherte mir ein kleines Lächeln. »Oder Haus Targaryen. Ich habe nicht gewusst, dass du *Game of Thrones* angeschaut hast.«

Sie schüttelte den Kopf. »Habe ich auch nicht. Ich lese die Bücher.«

Ich pfiff durch die Zähne. »Respekt. Ich habe nicht einmal hundert Seiten geschafft. Eprahim liest die Reihe nämlich auch und hat sie mir geliehen.«

»Mhmm«, gab Larissa von sich und scrollte weiter.

»Meine Mom hat mir eine Schriftrolle mit Seths Geschichte geschenkt«, sagte ich. »Ich denke nicht, dass Wikipedia die ganze Wahrheit über meinen Vater weiß. – Kurt, wo ist das Ding?«

Mein Flughund krabbelte aus seinem Vogelkäfig, die Schriftrolle griffbereit im Maul. »Danke.«

Er drückte seine Stirn gegen meinen Hals. *Geht es dir besser?*, wollte er wohl wissen.

»Ja, danke, dass du fragst.«

»Du hast eine Fledermaus?«, bemerkte Larissa erstaunt.

Ich stöhnte laut und Kurt fiepte mal wieder erzürnt. »Er ist ein Nilflughund.«

»Was ist da der Unterschied?«

»Frag doch Wikipedia.«

Ich öffnete die Schriftrolle. Obwohl sich die Hieroglyphen nicht vor meinen Augen in eine mir bekannte Schriftart wandelten, konnte ich sie verstehen. Es war schwer zu beschreiben. Wenn ich ein Zeichen sah, tauchte in meinem Kopf sofort die Übersetzung auf. Das war vollkommen neu für mich.

Larissa setzte sich in meine Nähe. »Kannst du das etwa lesen?«

»Ja.«

»Und was steht da?«

Ich begann, die Schriftrolle zu übersetzen: »Am Anfang war der Gott Atum, der, der sich selbst erschaffen hat, der Gott des Universums und der Menschen. Als sich langsam die anderen Götter erhoben, spaltete sich Atum in einen anderen Gott ab. Aus ihm entstand Re, die Inkarnation der Sonne, der ab da seinen eigenen Weg ging und eine eigene Familie gründete. Aus dem übrig gebliebenen Atum entstanden wiederum die zwei Götter Schu, der Gott der Luft, und seine Schwestergemahlin Tefnut, die Göttin des Feuers.

Danach schlief Atum für immer ein. Schu und Tefnut bekamen zwei Kinder: Nut, die Göttin des Himmels, und Geb, den Gott der Erde. Mit ihrer Geburt wurden die Götter eins mit ihrem Element. Re war eifersüchtig auf Nut, die seinen Platz als Gott der Sonne mit einem Sohn streitig machen konnte. Er verfluchte sie, dass sie an keinem Tag im Jahr ihre Kinder gebären könnte.

Doch Nut und Geb fanden einen Weg, sie trotzdem zur Welt zu bringen, sich aber dafür für immer zu opfern: Sie verlängerten das Jahr um ein paar Tage und wurden somit selbst zur Erde und zum Himmel. Dafür lebten ihre Kinder: Osiris und Isis, Seth und

Nephthys. Osiris war der Gott des Nils und der Fruchtbarkeit und herrschte über Unterägypten. Seine Gemahlin war Isis, die Göttin der Geburt und der Magie. Sein Bruder Seth war der Herrscher von Oberägypten. Er symbolisierte das Chaos, die Wüste, und er war auch der Gott des Krieges.

Er nahm seine Schwester Nephthys zur Gemahlin, die Göttin des Haushalts und, wie ihre Schwester auch, eine Schutzgöttin der Toten. Eines Tages tauchte die Schlange Apophis auf. Sie war ein schreckliches Monster, eine Ausgeburt des Bösen und des Chaos, und niemand konnte sie aufhalten. Jeder Gott scheiterte kläglich an ihr. Doch als Re gegen sie kämpfte, kam ihm auf einmal Seth zu Hilfe. Er, der selbst eine Manifestation des Chaos war, war immun gegen die Macht des Monsters und bannte Apophis, indem er ihr die Magie entriss. Trunken vom Erfolg versuchte Seth nun, Osiris Unterägypten streitig zu machen. Doch alle Götter – bis auf Re, der Seth noch immer zu Dank verpflichtet war – hielten zu Osiris und entrissen Seth seine Herrschaft über Oberägypten. So wurde Osiris der Herrscher über ganz Ägypten.

Doch das war nicht die einzige Schmach, die Seth ertragen musste. Seine Frau Nephthys betrog ihn mit seinem eigenen Bruder, da Seth unfruchtbar war und er ihr keine Kinder schenken konnte.

Aus der Affäre entstand der Totengott Anubis. Nephthys setzte ihn aus, aber die gütige Isis fand ihn und zog ihn wie ihr eigenes Kind auf. Obwohl Osiris nicht wusste, dass es Nephthys war und nicht Isis, die bei ihm gelegen hatte, war Seths Groll nun nicht mehr zu zügeln. Unter dem Vorwand, sich mit seinem Bruder endlich zu versöhnen, lud Seth Osiris zum Mahl ein. Dort belegte er Osiris zuerst mit einem Zauber und zerstückelte dann mithilfe seiner Priesterinnen und Priester Osiris' Körper. Er verteilte seine Leiche über ganz Ägypten, auf dass sich der Gott nie wieder zusammensetzen konnte und für immer weder tot noch lebendig war.

Nun hatte Seth wieder die Macht über Ober- und Unterägypten. Die trauernden Frauen Isis und Nephthys sammelten all die Teile von Osiris zusammen und verbanden ihn mit Mullbinden. Ihm wurde durch Isis' und Nephthys' Magie neues Leben eingehaucht. Und so wurde Osiris zur ersten Mumie und schlussendlich auch zum rechtmäßigen Herrscher der Toten. Osiris wurde zum Herrscher des Jenseits und Isis gebar ihm den gemeinsamen Sohn Horus. Horus wurde von Isis im Diesseits aufgezogen, weit weg von Seth, in einem Sumpf, immer darauf bedacht, dass er später einmal Seth herausfordern und Osiris' Thron wieder zurückerobern sollte.

Und so kam es auch: Seth und Horus bekriegten sich, so wie es Seth und Osiris Jahrzehnte zuvor getan hatten. Die beiden trugen immer wieder schwere Wunden davon und Horus büßte sogar ein Auge ein. Am Ende gab es eine Verhandlung vor allen Göttern, die den Götterstreit ein für alle Mal beenden sollte. Wieder einmal schlugen sich alle Götter auf die Seite von Horus und nur Re hielt nach wie vor treu zu seinem Freund Seth. Die Verhandlung dauerte lange, doch am Ende ging Horus als Sieger und rechtmäßiger Herrscher von Ägypten hervor. Über Seth wurde ein Schicksal gesprochen, das schlimmer war als jedes zuvor: Er wurde von der Göttergemeinde ausgeschlossen und in einen menschlichen Sarkophag verbannt. Er und seine Priester durften das Land nie wieder betreten.«

Als ich am Ende der Schriftrolle angekommen war, fühlte ich mich wieder einmal krank und schwach. Mein Ururgroßvater war praktisch der Gott, der alles erschaffen hatte. Meine Großeltern waren die Erde und der Himmel. Wie mächtig war Seth gewesen, bevor er verbannt worden war? Und wie viel Macht schlummerte davon in mir?

Aber viel wichtiger erschien die Frage, ob sich diese Macht auf meine Persönlichkeit auswirken würde. Götter verkörperten nun mal ihr Element. Ich hatte bisher nicht daran gedacht, dass diese Kräfte auch meinen Charakter beeinflussen könnten. Wenn ich all meine Macht erlangt hatte, würde ich dann auch so böse werden wie Seth?

»Okay.« Larissa riss mich aus meinen Gedanken. »Du hast gewonnen. Dein Leben ist beschissener. Dein Dad ist ja ein totaler Psychopath.«

»Und ich werde so werden wie er.«

»Warum solltest du?«

»Weil ich sein verdammtes Blut in mir habe. Ich bin jetzt schon in der Lage, Stürme zu beschwören, und ich sehe ihn in meinen Träumen. Als mich Noah an Halloween geküsst hat, habe ich eine Stimme gehört, die mir gesagt hat, dass ich alles zerstören solle. Ich werde wie er!«

»Ich bin jetzt eine Banshee, und bis auf meine Kräfte hat sich nichts bei mir verändert.« Larissas Handy piepte in ihrer Jackentasche. »Das ist sicher meine Mom. Sie wartet mit dem Essen auf mich.«

»Okay.«

Sie war schon fast zur Tür hinaus, als ich sie noch einmal aufhielt.

»Larissa …« Ich machte eine kurze Pause. »Ich kann dich weiterhin nicht ausstehen … Aber danke. Danke für alles.«

»Bilde dir ja nicht zu viel darauf ein«, sagte sie in ihrer gewohnt zickigen Art – aber als sie hinausging, nickte sie mir mit einem winzig kleinen Lächeln zu.

☥

Ich war nicht der Typ Schüler, der gern Zusatzaufgaben machte. Nicht einmal für wichtige Bonuspunkte konnte man mich dazu bewegen, ein Schulbuch länger als nötig in die Hand zu nehmen. Aber das hier war etwas anderes …

Ich hatte alle zwei Dutzend Bücher, die ich besaß und die sich mit den ägyptischen Göttern beschäftigten, auf mein Bett geschmissen und mich sorgfältig mit der Literatur auseinandergesetzt. Na ja, sorgfältiger als mit Büchern wie *Der Fänger im Roggen* oder *Wer die Nachtigall stört*.

Auf einem Block hatte ich mir ein paar Notizen gemacht, denn wirklich viel Neues hatte ich leider nicht rausgefunden. Das meiste hatte ich mir ohnehin schon dank der Schriftrolle zusammenreimen können: Die ägyptischen Götter waren mit Atum wohl die ersten ihrer Art gewesen. In dem Buch mit dieser Info stand auch die Geschichte von meinem Dad und Osiris, die ich jedoch schnell übersprungen hatte. Das Übelkeitsgefühl war immer noch sehr stark, und jede Erinnerung beschwor den Geruch von Blut.

Ich hatte mir auch wie eine Streberin einen Stammbaum aufgemalt. Als Erstes stand dort Atums Name und darunter meine *Familie*. Ein Gott mit Falkengesicht und einer mit Schakalkopf waren also meine Cousins und die Ex meines Dads war auch meine Tante. Ein bisschen abseits davon hatte ich Re notiert. In den Büchern waren drei Abkömmlinge zu finden, die Re erschaffen hatte: Thot, Bastet und Hathor, die sich manchmal in Sachmet verwandelte. Neben ihnen und der göttlichen Seite meiner Familie gab es nicht mehr viele ägyptische Götter. Die übrigen wie Chons, Aton oder Ptah waren getötet worden. Entweder durch andere Götter – die arroganten griechischen und die streitlustigen nordischen Götter existierten ja auch – oder durch sogenannte Göttertöter. Das waren Wesen wie der Fenriswolf oder die Chaos-Schlange Apophis, die jedoch von meinem Vater bereits vernichtet worden war.

Aber jetzt schliefen sie sowieso alle, und es war unklar, ob sie jemals wieder erwachen würden. Seit Jahrtausenden gab es kein Mittel oder Geschehnis, das ihren Schlaf unterbrochen hatte.

Na ja, alle Götter schliefen nicht: Seth lief frei herum und verbreitete überall sein Chaos. Was hatte er in den letzten tausend Jahren alles getan? Waren die Weltkriege auf sein Konto gegangen? Hurrikan Katrina? Tschernobyl und Fukushima? Kriege, Pandemien, Naturkatastrophen: Hatte er das ganze Unheil verbreitet?

Und: Wie viel Chaos hatte ich selbst schon über die Welt gebracht?

Mir wurde ganz schwindelig im Kopf, wenn ich daran dachte, dass ich vielleicht durch einen eingerissenen Nagel unbewusst eine Lawine ausgelöst hatte!

Am liebsten hätte ich mich gleich noch mal in den Papierkorb übergeben.

»Scheiße, ich kann nicht anklopfen!« Noah fluchte hörbar vor meiner Zimmertür. »Knock, knock, knock«, imitierte er ein Anklopfen. »May? MAY?«

»Du stehst vor meiner Tür und nicht in einem vollen Fußballstadion!«, brüllte ich zurück. »Ich kann dich hören!«

»Darf ich reinkommen oder bist du wieder nackt?«

»Komm rein.«

Noah glitt durch die Tür und kam direkt zu meinem Bett. »Machst du Hausaufgaben?«

Ich schüttelte den Kopf. »Familiengeschichte.«

Er steckte die Hände in die Taschen und blickte zu Boden. »Hm. Okay.«

»Ja, mir geht es schon ein bisschen besser, Noah.«

»Versöhnst du dich auch wieder mit deiner Mom und deiner Freundin?«

»Na klar. Nach dem Wochenende. Ich will nur noch ein paar Tage Ruhe haben, um die ganze Sache besser zu verdauen.«

Er hob den Kopf ein wenig und lächelte mich an. Dabei schlug mein Herz für ein paar Sekunden schneller, und das Blut schoss mir in die Wangen. *Beruhige dich, May! Noah grinst dich nur süß an. Alles ist okay!*

»Willst du zur Ablenkung mal was Cooles sehen?«

Ich nickte zaghaft.

Als Noah sich umdrehte, legte ich schnell zwei Finger auf die Schlagader an meinem Hals. Mein Herz war noch immer am Durchdrehen. Wegen ihm! Vielleicht war ich wegen der Sache mit meinem Dad ein bisschen neben der Spur.

Bei Horrorfilmen war es doch auch manchmal so, dass die Charaktere im unpassendsten Moment Lust auf Sex bekamen. Ja, der ganze Stress machte mich ganz dumm im Kopf. Das war es. Ich verliebte mich nicht wirklich in Noah Simons.

»Sieh her!«, sagte Noah dann und lenkte meine Aufmerksamkeit auf seine Darbietung.

Er stand in der Mitte des Raums und hob die Hände langsam – Inch für Inch – hoch. Am Boden lagen einige zerknüllte Zettel, die ich bei meiner Recherche wütend aus dem Block gerissen und achtlos auf den Boden geworfen hatte.

Plötzlich fingen diese Papierfetzen an sich zu bewegen, bevor sie immer höher und höher in die Luft schwebten.

Ich stand vom Bett auf.

»Wow!«

Geister – insbesondere Poltergeister – konnten Dinge bewegen, das stand außer Frage, aber meistens nur, wenn sie vor lauter Wut ganz rasend waren. Andererseits musste gesagt werden, dass sich Hexen meist nicht sonderlich lange mit *normalen* Geistern wie Noah beschäftigten …

»Deine Mom hat mir geholfen, die Fähigkeit zu trainieren, als sie gemerkt hat, dass ich das kann«, erzählte mir Noah freudestrahlend. »Ist übrigens eine lustige Geschichte. Bei einer Kundin deiner Mom hab ich vielleicht die Karte mit dem Tod ein bisschen rumschwirren lassen. So viel Trinkgeld hatte deine Mom noch nie bekommen!«

Noah ließ die Arme sinken, und damit fielen auch die Papierfetzen wieder zu Boden.

»Bin ich nicht etwas Besonderes?«, fragte er mit ironischem Lächeln im Gesicht.

»Ja … Ja, das bist du.«

Und wieder meinte ich es ernst.

Kapitel 24

Nein, in mich ist kein Geist gefahren

Ein laszives Stöhnen glitt über meine Lippen, während seine Küsse und seine Berührungen fordernder wurden. Er liebkoste die empfindliche Haut an meinem Hals, woraufhin die Lust in mir weiter anschwoll. Seine rechte Hand glitt von meiner Hüfte zu meinen nackten Brüsten, mit der anderen stützte er sich auf der Matratze ab. Ich ließ meine Hände über seinen schweißbedeckten Rücken wandern, grub meine Fingernägel in sein Fleisch. Kurz öffnete ich die Augen.

»Oh, ihr Götter, Noah!«, stöhnte ich laut. »Hör ja nicht auf!«

»Das habe ich auch gar nicht vor, mein Hexchen.«

Noahs raue Stimme machte mich ganz … Als er mit seinen Lippen nach einer Ewigkeit wieder die meinen fand, schaltete sich mein Hirn vollständig ab. Es ging nur noch darum, diesen Moment vollkommen auszukosten. Das Gefühl von nackter Haut auf nackter Haut, von stürmischen Küssen und von gierigen Berührungen. Noah ließ seine Hand wieder zu meiner Hüfte wandern, über meinen Bauch, immer weiter nach unten … In meinen Ohren rauschte das Blut. Meine Finger hatte ich in seine Haut gebohrt, während Wellen der Lust über mich hinwegschwappten. »N-noah«, wimmerte ich kraftlos. »Aaaah …«

»May!«, schrie er zurück. »May!«

Dann traf mich irgendetwas hart an der Stirn, und ich wurde augenblicklich in die Wirklichkeit zurückgeschleudert. Ich lag zwar in meinem Bett und Noah war bei mir, aber wir hatten nicht … Wir konnten auch gar nicht.

So langsam fiel mir auch wieder ein, was geschehen war: Noah und ich hatten uns gemeinsam ein paar Horrorfilme angesehen. Später war ich in meinen Pyjama geschlüpft und hatte den Geist eingeladen, sich doch neben mir ins Bett zu legen. Die zweite Seite meines Doppelbetts benutzte ich meist eh nur, um dort schmutzige Wäsche zu lagern oder meinen Laptop abzustellen.

»Geht es dir gut?«, fragte er besorgt. Er war so über mich gebeugt, dass er mich sofort an meinen Traum erinnerte.

Ich hatte einen Sextraum gehabt.

Von einem Kerl, der währenddessen neben mir im Bett gelegen hatte.

Durfte ich bitte, bitte sterben?

»Äh …« Wenn ich mir nicht schnell etwas einfallen ließe, würde Noah draufkommen. Und ich durfte ja nicht rot werden! *Nein*, wenn ich rot wurde, dann merkte er es erst recht! »Mein Dad«, platzte es aus mir heraus. »Äh, Ähm. Ich hatte wieder einen tollen Traum von meinem Dad.« Wie falsch sich das in dem Zusammenhang anhörte! »Nämlich wie er seinem Neffen Horus das Auge rausgerissen hat.«

Erst hatte ich einen schmutzigen Traum über Noah, und dann zog ich auch noch meinen Dad in die Sache mit rein. Konnte man noch tiefer sinken?

»Oh, dann tut es mir leid, dass ich dich damit abgeschossen habe.« Noah deutete auf ein fettes Buch mit dem Titel *Ägyptische Geschichte – Vom 5. Jahrtausend vor Christus bis Kleopatra*, das neben mir im Bett lag. »Du hast dauernd meinen Namen gesagt und dann sogar um Hilfe geschrien. Ich wusste keinen anderen Weg, dich aufzuwecken, als das Buch nach dir zu schleudern.«

»Kein Problem.«

Noah sah immer noch ziemlich besorgt aus. »Du bist so blass im Gesicht.«

»Es war ein sehr schrecklicher Traum. Mit viel Blut, Tod und Verderben.«

Ich versuchte, nicht an den wahren Traum zu denken, aber irgendwie drängte er sich immer wieder in meine Gedanken. Dabei war das Ganze ja keine große Sache! Ich war einfach nur ein bisschen verwirrt und vollgepumpt mit Hormonen. Dann hatte ich eben eine Sexfantasie mit Noah gehabt, wen juckte es?

Morgen würde ich vielleicht von Kurt Cobain oder vom Krümelmonster träumen. Noah war einfach heiß – und darum hatte ich auch von ihm fantasiert.

Das hieß nicht, dass er mir etwas bedeutete. Denn das tat er nun mal nicht. Ich meine, vielleicht hatte er auch schon mal einen unanständigen Traum von mir gehabt? Also als er noch träumen konnte …

»Du tust mir echt leid. Als wäre die Sache nicht schon schwer genug für dich«, murmelte Noah leise.

»Mhmm. Danke.«

Ich musste ein neues unverfängliches Gesprächsthema finden! Ich blickte mich im Zimmer um: Es war mitten in der Nacht und deshalb ganz dunkel im Raum. Aber Noah brauchte wie ich kein Licht, um in der Finsternis sehen zu können. Im Fernseher lief noch immer *Paranormal Activity*. Anscheinend war ich zwischen Teil zwei und drei eingeschlafen. Ich rutschte ans Kopfende meines Bettes, zog die Füße an und nahm meinen halb aufgegessenen Obstbecher vom Nachttisch, um meinen Schokoladenersatz zu naschen: Blaubeeren. Ich brauchte jetzt einfach etwas zur Stärkung meiner Nerven.

Mittlerweile war es nun schon zwei Tage her, dass ich mich auf mein Zimmer verzogen hatte. Ich hatte mein eigenes Bad mit Toilette und winziger Dusche, und irgendjemand aus meiner Familie zauberte mir das Frühstück, Mittag- oder Abendessen direkt in mein Zimmer. Meine Familie schien zu denken, dass der passive Hausarrest mir guttun würde. Und es half auch wirklich: Ich mochte es nicht, wenn mich dauernd jemand fragte, wie es mir ging. Auch weil meine Familie das Ganze so unerträglich schlimm gemacht hatte.

Morgen würde ich sogar wieder zur Schule gehen. Ich musste mich mit Viv versöhnen, und wenn ich nicht zur Schulpsychologin ging, würde die Schulleitung am Ende noch meine Mutter hinbestellen. Das wollte ich dem armen Direktor echt nicht zumuten.

Ich streckte mich und schaltete den Fernseher ab. »Du wolltest das eh nicht mehr zu Ende sehen, oder?«

Noah schüttelte den Kopf, und mir fiel dabei sofort auf, dass er etwas zurückhielt.

»Ist etwas?«, fragte ich direkt.

»Ich … Ich mag dich, May. Wirklich.«

Ich schreckte ein bisschen zusammen. »Was?«

»Ich weiß, das kommt jetzt vielleicht plötzlich, und ich weiß, dass wir unsere Differenzen hatten und immer noch haben. Ich habe dich als Hexe beschimpft, und dann habe ich dich benutzt, um Larissa eifersüchtig zu machen. Das tut mir alles so leid.«

Da ich sprachlos war, fuhr Noah ununterbrochen fort: »Ich weiß jetzt, dass du ein verdammt schweres Leben hast. Und ... und ich mag dich einfach, okay? Wir haben weiterhin unsere Schwierigkeiten, aber wir sind doch jetzt Freunde, oder?«

»Freunde«, würgte ich hervor. »Freunde«, wiederholte ich, aber das Wort klang immer noch falsch in meinen Ohren. »Klar sind wir Fr-Freunde.«

Dieses wunderbare Lächeln erschien auf Noahs Gesicht.

»Darf ich dich bei der Gelegenheit etwas fragen?« Ich räusperte mich kurz. »Aber bitte flipp nicht aus.«

Er nickte.

»Wegen deiner Familie ...«

Er stöhnte laut – zeigte aber kein Anzeichen einer *Poltergeist-Activity*. »May, muss das ausgerechnet jetzt sein?«

»Mir ist nun mal nicht entgangen, wie du dich verhältst, wenn ich auf das Thema zu sprechen komme. Nicht zu vergessen die Szene auf der Beerdigung. Ich will endlich wissen, was da los ist. Wir sind doch *Freunde*.«

»Mein Dad ist ein Arsch. Mehr musst du nicht wissen.«

Ich zischte. »Kommt mir bekannt vor.«

»Mein Dad ist schlimmer als ein Chaosgott«, knurrte Noah. »Meine Mom hat sich schon vor Jahren von ihm getrennt, aber sie ist leider noch auf sein Geld angewiesen, weshalb sie noch unter einem Dach leben. Clarice hat die Chance genutzt und ist gleich nach der Highschool aufs College gegangen. Reicht das?«

Armer Noah, dachte ich. Er hatte zwar nicht viel verraten, aber ich konnte mir vorstellen, dass die Probleme wirklich heftig waren.

»Dann hätte ich da noch eine Frage ... Interessiert es dich eigentlich überhaupt nicht mehr, wer schuld an deinem Tod ist?«

Momentan hatte ich einfach keine Kapazitäten für die Mordermittlung übrig, und ich hatte deswegen ein wirklich schlechtes Gewissen.

»May, mich hat wahrscheinlich irgendein verrückter Übernatürlicher umgelegt, der jetzt schon am anderen Ende der Welt ist. Es gibt keine Beweise, dass es anders gelaufen ist, und ein Mordfall würde die Stadt doch nur in Angst und Schrecken versetzen. Mir tut es nur leid, dass meine Mom und meine Schwester denken, dass ich mich umgebracht habe.«

»Wie kannst du das so einfach sagen, Noah? Du bist tot!«

»Es gibt nichts, was das ändern kann.« Er zuckte mit den Schultern. »Ich bin froh, dass ich mit dir und deiner Familie reden kann.«

So etwas hatte ich schon vermutet: Vielleicht war genau das der Grund, warum Noah gewisse Kräfte entwickelt hatte, die sonst nur Poltergeister hatten, aber ohne aggressiv zu sein. Er war nun mit sich selbst im Reinen. Konnte er dann vielleicht auch länger im Diesseits verweilen? Oder würde das den Abschiedsschmerz noch schlimmer machen? Andererseits: War ich denn schon bereit, Abschied von ihm zu nehmen? Jetzt, da wir uns nach all der Zeit endlich mochten?

Mir entschlüpfte ein lautes Gähnen.

»Ich glaube, du solltest noch ein wenig schlafen, Hexchen.«

»Mhm.« Ich kuschelte mich in meine Bettdecke und drehte Noah den Rücken zu.

»Gute Nacht, und … Noah?«

»Hm?«

»Ich mag dich übrigens auch.« Immer mehr.

Kapitel 25

Best Witches

Ich hatte wieder einmal total verschlafen.

»Scheiße! Aua!«, fluchte ich laut. »Stirb, du Arschloch, stirb!«

Zu allem Übel war ich gerade, schlaftrunken wie immer, mit dem kleinen Zeh gegen die Kommode gerannt.

Mir blieb aber keine Zeit, auf den fiesen Schmerz zu achten, weil ich wirklich in Eile war. Wie hatte das nur passieren können? Noah hatte mich sogar um sieben Uhr morgens mit fliegenden Duftflakons aufgeweckt, damit ich nicht – zum hundertsten Mal – verschlief. Es wäre besser gewesen, er wäre hiergeblieben und hätte aufgepasst, dass ich auf keinen Fall meine Augen »nur noch einen kleinen Moment« zumachte, anstatt mit Tante Harmony ins Krankenhaus zu fahren. Geister in Krankenhäusern waren ohnehin ein wandelndes Klischee! Ich wusste gar nicht, weshalb er so heiß darauf war, mit meiner Tante einen halben Tag im Krankenhaus zuzubringen.

Zumindest war ich jetzt so wach, um meine Kleidung mit einem Zauber wechseln zu können: schwarze Leggings im Used-Look, ein dunkelgraues Oversize-Shirt und schwarze Converse-Treter.

Ich schminkte mich, während ich meinen Rucksack für die Schule packte.

Ich rannte am Fenster vorbei und bremste sofort. Draußen war es so stark bewölkt, dass sich die Sonne nicht blicken ließ. Ich war mir sicher, dass meine Mom wach war, Blut mit Zitronenscheiben und Eiswürfeln trank und sich dabei irgendwelche dummen Talkshows im Fernsehen ansah. Bewölkte Vormittage nutzte sie immer fürs Nichtstun aus.

Ich öffnete das Fenster und schlüpfte mit meinem Rucksack in der Hand aufs Dach hinaus. Eine etwaige Begegnung mit meiner Mom würde mich nur noch mehr in der Zeit zurückwerfen. Ich lief den Dachvorsprung hinunter und sprang. Dieses Mal gelang mir die Landung nicht fehlerfrei. Da ich zu spät abgebremst hatte, hatte ich so viel Schwung drauf, dass ich auf die Knie fiel. Nur mit Mühe konnte ich mir eine Mischung aus Frust- und Schmerzensschrei verkneifen. Wenn ich mich jetzt nicht beeilte, dann würde ich Viv nie einholen. Am Anfang humpelte ich ein bisschen, aber schon bald wurde es besser, als mein Körper die kleine Wunde heilte. Meine Leggings waren zwar zerrissen, aber ich stand sowieso auf diesen Style. Nach fünf Minuten, die ich wirklich durchgerannt war, tauchte Vivs schlanke Gestalt vor mir auf. Sie hatte ihre Haare zu einem hohen Pferdeschwanz zusammengebunden und trug ein ziemlich kurzes rotes Kleid. Menschen hätten sich in so einem Outfit den Arsch abgefroren, aber Vivienne beherrschte das Element Feuer.

»Viv!«, schrie ich. »Warte bitte, Vivienne! Ich hab schon Seitenstechen!«

Sie blieb sofort stehen und drehte sich zu mir um. »May?« Meine Freundin blinzelte. Auf einmal schimmerten ihre Augen wässrig. »Oh, May!«

»Viv, fang bitte nicht zu heulen an.« Ich fuchtelte mit den Händen rum. »Wenn du heulst, muss ich auch noch heulen! Ich will aber nicht heulen! Das habe ich das Wochenende zur Genüge getan.«

»Es tut mir so leid!« Sie fiel mir um den Hals und knuddelte mich so, als wäre ich wie ihre Voodoo-Puppen aus Watte und Stoff. Mir tat ihre Würgerei aber im Gegensatz zu den Puppen ernsthaft weh. »Du bist meine allerbeste Freundin, und ich will dich doch nicht verlieren! Ich habe nur meiner Mom damals den Eid geschworen, dass ich es dir erst verrate, wenn der richtige Zeitpunkt gekommen ist.«

Mein Körper versteifte sich. »Und der wäre wann gewesen?«

Viv ließ mich los. »Wenn deine Kräfte vollständig herangereift sind. Dann wollte dir deine Mutter das mit Seth erzählen.«

Ich zweifelte stark daran. Meine Mutter hätte mir die Wahrheit sicher nie im Leben verraten, wenn ich nicht ähnliche Kräfte wie mein Erzeuger entwickelt hätte, und Seth hätte sich auch nicht für mich interessiert, wenn ich nicht so wäre wie er …

»May, es tut mir wirklich leid, aber ich muss ehrlich sagen, dass ich oft nicht daran gedacht habe, was du bist – außer meine beste Freundin. Ich meine, was ändert es, dass dein Dad der Gott des Chaos ist?«

»Dass das Wetter oft meine Gefühle widerspiegelt?«, fing ich an, die Punkte auf meiner Meckerliste abzuarbeiten.

»Das ist cool!«

»Dass ich träume, was mein Dad früher alles getan hat …«

»Eww. Warum?«

»Blutmagie. Vererbt von meiner Mom.«

»Oh.« Nun sah Viv ein bisschen schockiert aus. »Du besitzt Blutmagie?«

»Was weißt du denn über Blutmagie?«

Sie nickte mit dem Kopf in Richtung der Stadt. »Lass uns weitergehen, bevor wir noch zu spät zur Schule kommen. Wieder mal.« Nachdem wir ein paar Schritte gegangen waren, erklärte mir Viv: »Viel weiß ich auch nicht darüber. Aber du weißt ja, dass meine Voodoo-Magie unter anderem als Schwarze Magie betitelt wird, weil ich Menschen und Übernatürliche durch Voodoo verletzen könnte.«

»Das kann ich mit Elementarmagie auch.«

»Doch Voodoo fordert einen Tribut. Entweder meine Haare, um meine Puppen zum Leben zu erwecken, oder Blut in Verbindung mit Schmerz, wenn ich einen Zombie erschaffe.«

»Ja, das weiß ich alles.«

»Blutmagie soll noch dunkler sein, der Ursprung der schwarzen Magie.« Sie biss sich auf die Unterlippe. Das klang jetzt mal gar nicht beruhigend … ganz und gar nicht! »Sie ist sehr schwer kontrollierbar, mächtig und streng genommen sogar verboten. Man darf sie weder lehren noch lernen. Es gibt aber sowieso niemanden mehr, der sie noch beherrscht … bis auf deine Mom, wie es aussieht. Liegt wohl an der Mischung von Vampir und Hexe. Blut und Magie.«

»Soll ich fragen, warum sie verboten ist? Oder lieber nicht?«

»Die Magie geht dir direkt ins Blut über, und das kann man nie wieder rückgängig machen. Dein Blut hat Zauberkräfte. Es gibt

Tausende von Flüchen und Rituale, die du allein mit einem Tropfen deines Blutes durchführen kannst.«

»Na ja, sooo schlimm hört sich das nicht an, um gleich verboten zu werden«, sagte ich erleichtert. Es gab wohl nichts, was die Sache mit meinem Vater toppen konnte. »Andere Teenager haben Drogen in ihrem Blutkreislauf und ich eben Magie. – Hey, vielleicht wird meine Kotze dann bunt wie ein Regenbogen.«

Viv lachte. Mein Witz war zwar lahm, aber ich wollte einfach Vivs Lachen hören. Das hatte mir die letzten Tage gefehlt. Seit wir uns kannten, hatten wir nie mehr als drei Tage am Stück verbracht, ohne uns zu sehen.

»Ich denke, dass es dich einfach viel mächtiger macht.« Viv stupste mich mit einem Hüftschwung an. »Vielleicht bist du mal mächtiger als die Hexen im Rat. Dann ist meine beste Freundin eine Berühmtheit.«

»Bin ich das nicht jetzt schon?« Ich lächelte halbherzig. »Mein Dad ist der einzige Gott, der noch frei herumläuft.«

»Aber das weiß kaum jemand.« Viv warf mir einen schuldbewussten Blick zu. »Mom hat mir erzählt, dass der Rat deine Abstammung auf jeden Fall geheim halten will. Mehr weiß ich wirklich nicht!«

Ich verdrehte die Augen. »Warum sperrt man mich nicht gleich in die Area 51?«

Natürlich regte mich die Sache ungemein auf, aber ich wollte meinen Frust nicht noch länger an Viv auslassen. Für den Rat war ich wohl ein Monster – wie mein Dad eins war, wie meine Mutter. Doch einen Gott konnte man nicht bewachen, seinen Hexen-Nachwuchs schon.

»Was war bei dir am Wochenende los?«, fragte ich Viv, um das Thema endlich zu wechseln.

Viv wurde zuerst ganz rot, und dann breitete sich ein gigantisches Lächeln auf ihrem ganzen Gesicht aus. »Shane und ich haben uns geküsst!«, kreischte sie nahezu so laut, dass mein Trommelfell platzte.

»Was?«, kam es von mir nicht weniger aufgewühlt.

Es folgte ein gewaltiger Wortschwall in extrem kurzer Zeit. »Die Sache mit dir hat mich so mitgenommen. Shane hat das in Mathe sofort gemerkt und wollte mich nach der Schule sogar nach Hause bringen, aber ich habe natürlich gesagt, dass es nicht geht. Was, wenn

Sylvain rumschlängelt? Oder wenn er meine ganzen Puppen sieht? Ich kann ihm nicht sagen, dass ich eine Hexe bin. Also sind wir dann zu ihm gefahren, um Hausaufgaben zu machen. Und auf einmal hatte ich das Bedürfnis, ihm zu sagen, dass wir zwei uns gestritten haben. Natürlich habe ich nicht gesagt warum, aber ich war sowieso zu aufgelöst, als dass er mich richtig verstanden hätte. Da hat er mich in den Arm genommen.« Sie legte die Hände an ihre glühenden Wangen. »Und nach einer Ewigkeit, als ich mich wieder beruhigt hatte, hat er gefragt, ob er mich küssen kann oder ob das jetzt doof rüberkommen würde. Und nachdem ich ihn bestimmt fünf Minuten blöd angeglotzt habe, habe ich natürlich zugestimmt. Oh, es war so schön, May! Er hat nicht an meinem Busen rumgefummelt, nicht versucht, mir in den Arsch zu kneifen oder mir zwischen die Beine gefasst. Es war einfach nur ein langer, romantischer Kuss und … Ich denke, er meint es wirklich ernst.«

Ich lächelte. »Das freut mich für dich, Viv. Seid ihr jetzt ein Paar?«

»Ich denke schon …« Sie löste eine Haarsträhne aus ihrem Pferdeschwanz, damit sie mit ihr herumspielen konnte. »Er hat mich dann nach Hause gefahren und mich zum Abschied noch mal kurz geküsst. Dabei hat er sehr glücklich ausgesehen. Und er schreibt mir dauernd irgendwelche Nachrichten.« Sie hielt mir ihr Handy direkt vors Gesicht, sodass ich absolut nichts lesen konnte. »O Bon dieu, bin ich verliebt!«

Sie drückte ihr Handy an die Brust und drehte sich ein paarmal im Kreis. Ein paar Passanten wechselten kopfschüttelnd die Straßenseite. Ich meinte sogar, wieder einmal die netten Worte »verrückte Hexenkinder« zu hören.

»Und was geht bei dir und Noah?«, fragte Viv dann auf einmal.

Sofort musste ich wieder an die geträumten Küsse und Berührungen denken. Wenn meine Blutmagie nur die Hormone in meinem Körper ausgelöscht hätte!

»May?«

»Ich verstehe mich grad super mit Noah«, erzählte ich ihr. »Na ja, zuerst hat Noah gemeint, er müsse unbedingt Larissa zu mir nach Hause beordern, weil wir beide etwas Ähnliches durchgestanden hätten.«

»Nicht sein Ernst!«

»Doch. Am Ende war es aber nicht so schlimm. Larissa und ich haben uns zwar ein bisschen geprügelt, aber dann haben wir fast normal miteinander geredet. Sie wurde bei den Cheerleadern rausgeworfen, weißt du das schon?«

»Na klar weiß ich das.«

»Noah hat es aber nur gut gemeint. Wir haben das Wochenende einen Horrorfilm-Marathon gemacht.«

»Und das hat ihn nicht irgendwie wütend gemacht? Geister sind ja absolut leicht reizbar.«

Ich schüttelte den Kopf. »Er ist so ausgeglichen. Er hat sogar telekinetische Fähigkeiten entwickelt. Er hat ein Lächeln im Gesicht, wenn er Gegenstände bewegt.«

»Cool«, staunte Viv.

»Und dann hatte ich einen Sextraum von ihm.«

»Nein!«

»Und das Schlimmste war, er hat neben mir gelegen und gehört, wie ich seinen Namen gestöhnt habe.«

»Nein!«

»Aber er dachte, dass ich einen Albtraum gehabt hätte.«

»NEIN!« Viv prustete so laut los, dass sich jeder zu uns umdrehte. Sie lachte so schallend, dass sie die Luft zu schnell einatmete und sich daran verschluckte. Als sich ihr Husten beruhigte, waren ihre Augen voll mit Tränen. »Das kann nicht dein Ernst sein!«

»Doch. Meine Hormone haben beschlossen, dass Noah meine neue Sexfantasie ist.«

»Heiß ist er ja wirklich«, meinte Viv und tippte sich ans Kinn. »Nicht so heiß wie mein Shane, aber ganz nett anzusehen. Schade, dass du nicht wirklich mit ihm rummachen kannst.«

»Ich habe doch gar nicht das Bedürfnis, mit Noah rumzumachen!«, ereiferte ich mich. »Die Sache mit meinem Dad verwirrt mich, Noah ist dauernd da. Bam! Da hat sich mein Hirn einfach was zusammengereimt.«

»Oder dein Unterbewusstsein will dir sagen, dass du Noah magst«, flötete meine beste Freundin, die ich im Moment aber lieber erwürgen wollte.

»Natürlich mag ich Noah. Er ist der Ersatz für den imaginären Freund, den ich als Kind nie hatte.«

Sie zuckte mit den Schultern. »Wenn du meinst, May.«

»Und ja, ich hätte vielleicht gern Sex. Mit Ephraim kam es ja nie so weit, weil er sich nicht wohl damit gefühlt hat, und aaaah! Warum ist das alles so kompliziert?«

»Weil wir Hexen sind?«, mutmaßte Viv.

Natürlich dauerte unser angeregtes Gespräch länger als der Schulweg, und natürlich kamen wir wieder einmal zu spät. Mrs. Wolf rügte uns dieses Mal aber nicht, sondern nickte uns nur zu. Wie es aussah, meinte sie, mich mit Samthandschuhen anfassen zu müssen, nachdem ich letzte Woche in ihrer Stunde ausgetickt war. Aber wer würde nicht austicken, wenn ein toter Mitschüler plötzlich im Raum stand? Oh, da fiel mir ein … Es war tatsächlich erst eine Woche her, dass ich Noah mit zu mir nach Hause genommen hatte. Es fühlte sich eher so an, als würde ich ihn schon seit Monaten kennen. Wahrscheinlich, weil er mir dauernd auf die Nerven ging, versuchte ich mir einzureden. Dabei stimmte das gar nicht mehr …

☥

Überaus pünktlich saß ich auf dem Boden vor dem Sprechzimmer der Schulpsychologin. Ich hatte den Termin nun in der dritten Stunde, meiner eigentlichen Freistunde, damit ich ja keine einzige Minute Schulzeit verpasste. Viv war auch schon weg, weil sie in Physik einen Test schreiben musste.

Mir war so langweilig, dass ich die Staubfusseln am Boden durch kleine Luftströmungen hin und her schubste und sie immer größer wurden.

»Du hast auch nichts Besseres zu tun, oder? Oder formst du dir Freunde aus Staub?«

Das plötzliche Auftauchen meines aufdringlichen Hausgespenstes erschreckte mich so, dass ich eine Windböe gegen den Mülleimer schleuderte. Mit einem lauten Knall explodierte sein ganzer Inhalt. Essensreste, zusammengeknülltes Papier und kaputte Schreibsachen regneten auf mich und Noah herab. Er wäre von einer Bananenschale getroffen worden, wäre er nicht so ... so tot gewesen. Der Hausmeister, der gerade am Ende des Flurs putzte, drehte sich erschrocken um, beeilte sich aber nicht, die Sauerei zu beseitigen. Offenbar hatte er schon Schlimmeres gesehen – oder gehört.

»Du hast da was ...«

Noah beugte sich zu mir herüber. Ich schloss die Augen und öffnete meinen Mund in freudiger Erwartung. Die Du-hast-da-was-Masche hatte mir schon mehr als einen Kuss beschert ... Doch statt eines Kusses spürte ich nur, wie sich etwas durch telekinetische Kraft von meiner Wange löste.

»Igitt! Der Kaugummi war noch klebrig!«, ekelte sich Noah. »Ähm, May, warum machst du –«

»Du Blödmann hast mich total erschreckt!« Ich sprang auf die Beine, sodass Noah, wenn ich viel Glück hatte, mein rotes Gesicht nicht sehen konnte. Erstens: Wie kam ich auf die Idee, dass mich ein Geist küssen konnte? Zweitens: Warum war ich in letzter Zeit so scharf darauf, dass ausgerechnet Noah mich küsste? Ich brauchte dringend psychologische Hilfe. »Entschuldigung«, fauchte Noah mich an. »Ich dachte, ich leiste dir ein bisschen Gesellschaft. Tut mir leid, dass ich nett sein wollte!«

»Ja, das sollte es!« Mein kleiner Anfall überspielte hervorragend meine Scham.

»Gut, dann gehe ich eben wieder.«

»Nein! Nein, geh nicht«, rief ich aufgebracht. »Tut mir leid, Noah.« Er hatte sich aber schon aufgelöst. »Ich wollte dir doch dich nicht we–«

Erst jetzt bemerkte ich, dass mich eine kleine Gruppe von Erstklässlerinnen anstarrte. Mich und die Luftpartikel, die ich gerade leidenschaftlich angeschrien hatte. Vielleicht hatte sie auch der laute Knall angelockt, den der Mülleimer verursacht hatte. Die drei kleinen Mädchen sahen mich so entsetzt an, als würde ich gleich mit einer Axt auf sie losgehen. Tja, in einer Fernsehserie oder in einem Film hätte sich der Charakter auf ein Theaterstück rausreden können – mir war das aber viel zu blöd.

»Haut bloß ab!«, knurrte ich sie an. »Husch! Husch!«

Panisch stürmten sie davon. Wenn mein Dad das nur sehen könnte! Wahrscheinlich würde es ihn mit Stolz erfüllen, dass seine Tochter auch schon Angst und Schrecken verbreiten konnte wie er.

Endlich öffnete sich die Tür und Doktorin Sands trat heraus. Aber sie war nicht allein. Verblüfft musste ich feststellen, dass Eric bei ihr war. Der Vampir warf mir einen hochgiftigen Blick zu, ehe er auf den nächsten Gang verschwand. Was? Gab er mir die Schuld, dass er zur Schulpsychologin musste? Hallo? Er führte sich doch immer so miesepetrig auf!

»Was war denn da vorhin los?«, fragte mich unsere Schulpsychologin. »Ich dachte, ich hätte einen Knall und jemanden schreien gehört.«

»I-Ich hab mich nur über etwas laut aufgeregt. Anscheinend ein bisschen zu laut.«

Sie zog eine Augenbraue hoch und stufte mich wohl gerade als noch verrückter als gedacht ein. »Komm rein, May. Willst du etwas trinken? Wasser, Saft oder Tee?«

»Nein danke«, lehnte ich ab.

Auf ihrem Tisch lag Erics Schulakte. Doch bevor ich nur daran denken konnte, ein einzelnes Blatt mit meiner Magie aus der Akte zu ziehen, nahm sie die Mappe und verstaute sie im Schrank.

»Also, May …« Sie nahm lächelnd auf ihrem Stuhl Platz. »Ich habe am Donnerstag mit deiner Tante telefoniert, weil deine Mutter unpässlich war. Hast du ihr nicht gesagt, dass du bei mir in Behandlung bist?«

»Nein. Es war viel zu viel los. Hab es vergessen.«

»Willst du mir vielleicht etwas erzählen? Hast du etwas auf dem Herzen?«

Auf genau das hatte ich gewartet. »Kann ich mit Ihnen vielleicht über etwas anderes reden? Ich weiß, dass ich wegen der Sache mit Noah hier bin, aber …« Dramatische Pause für ein kleines Schluchzen. »Mein Vater ist vor ein paar Tagen aufgetaucht.«

Ich hatte keine Lust, mit ihr weiter über Noah zu reden. Selbstverständlich hatte ich auch nicht wirklich Lust, ihr die Sache mit meinem Dad zu verraten, aber darüber konnte ich mehr preisgeben als über meinen Hausgeist. Und vielleicht war es gut, wenn ich mich mal jemandem anvertraute, der nicht ein Teil meines Lebens war so wie Viv.

»Dein Vater?« Doktorin Sands klang irritiert.

»Äh, ja, vielleicht hätte ich erwähnen sollen, dass meine Eltern getrennt leben und ich meinen Dad noch nie gesehen habe.«

»Das ist ja interessant.« Sie faltete die Hände auf dem Tisch. »Wirklich noch nie?«

Ich schüttelte den Kopf. »N-noch nie.«

Warum klang meine Stimme auf einmal so schwach?

»Weißt du denn warum? Er muss doch einen triftigen Grund gehabt haben.«

Erneutes Kopfschütteln meinerseits. »Ich habe mich mit meiner Mutter wegen ihm zerstritten. Weil ich so wütend war, dass sie mir nie erzählt hat, wer mein Vater ist. Ich habe seit ein paar Tagen nicht mehr mit ihr geredet.« Eine Zeit lang hörte man nur das Ticken der Uhr. »Ich denke, ich bin einfach nicht das geworden, was sich mein Vater gewünscht hat.«

»Und was hätte er sich gewünscht?«

Himmel. Er war ein jahrtausendealter Gott. »Einen Jungen.«

Wahrscheinlich hatte er sich tatsächlich immer einen männlichen Stammhalter gewünscht, jemanden wie meine Cousins Horus oder Anubis. Jemanden, der ordentlich kämpfen konnte. Jemanden, der es genoss, Chaos zu verbreiten. Jemanden, der mehr Gott war als Hexe.

Im Grunde das Gegenteil von mir.

»Hm.« Doktorin Sands rutschte in ihrem Sessel herum. »Hört sich ziemlich altmodisch an.«

»Er ist auch ein bisschen älter.«

»Okay.« Sie nickte. »Also bist du der Überzeugung, dass du deinen Vater enttäuscht hast?«

»Enttäuschen? Ihn? Hätte ich mir einen Penis wachsen lassen sollen?«, regte ich mich auf.

»Ich will gar nicht so sein, wie er mich gern hätte!«

Die Psychologin stand auf und schaltete die Kaffeemaschine ein. »Was denkst du denn, warum er plötzlich Interesse an dir hat? Es muss doch einen Grund geben, warum er nach siebzehn Jahren gerade jetzt auftaucht.«

Weil ich anscheinend doch ein bisschen Chaosgott in mir habe. »Ich denke, er will mich ausnutzen.«

»Wie meinst du das?« Sie kam mit einer dampfenden Tasse Kaffee zurück.

»Warum sonst?«

»Vielleicht hat er seine Fehler eingesehen?«, meinte die Psychologin. »Er ist immerhin dein Vater und du bist seine Tochter.« Ich verschränkte die Arme vor der Brust.

»Und?«, knurrte ich.

»Du kennst ihn noch nicht gut genug, um dir ein Urteil über ihn zu bilden, May.« Sie trank einen Schluck Kaffee, dann ging sie um den Tisch herum und setzte sich auf die Tischkante, um näher bei mir zu sein. Das war sicher so ein Ich-bin-eine-coole-Psychologin-Trick.

»Ich kannte meinen Vater auch nicht. Meine Mutter war der Meinung, dass sie keinen Mann brauchte, und deshalb durfte ich meinen Vater auch nie kennenlernen. Aber ich hätte gern gewusst, wer er ist. Ob wir uns ähnlich sind.« Sie lächelte. »Fühlst du dich nicht genauso?« Ich nickte zaghaft.

»Verbring doch ein bisschen mehr Zeit mit ihm«, schlug sie lächelnd vor. »Am besten lädst du ihn mal zu dir nach Hause ein. Wenn du nicht gern mit ihm allein bist, dann frag doch deine Mutter, ob sie euch Gesellschaft leistet. Auch wenn sie nicht das allerbeste Verhältnis zu deinem Vater hat. Sag mir dann auf jeden Fall, wie es gelaufen ist.« Die Psychologin zwinkerte mir zu. »Wenn er wirklich so … falls er sich als kein guter Vater herausstellt, dann hast du wenigstens Gründe, ihn nicht zu mögen.«

Sie hatte ja schon irgendwie recht. Vielleicht sollte ich mehr mit Seth unternehmen. Wie sollte ich sonst herausfinden, welche bitterbösen Absichten er hegte?

Kapitel 26

Wer braucht Trash-TV, wenn er meine Eltern hat?

Der Rest des Schultags verlief so normal, wie etwas bei mir eben normal verlaufen konnte: Viv und Shane hielten beim Mittagessen Händchen, bei den Gedichtanalysen in Literatur verstand ich wieder mal gar nichts, und ich musste Ephraims dauernden Fragen ausweichen: Wo warst du die letzten Tage? Warum bist du so zickig? Warum schlägst du mich?

Das war gar nicht so leicht, da er ausgerechnet heute beschloss, mich nach Hause zu begleiten, da Viv Shane beim Training zusah und man mir nicht zutraute, dass ich den Heimweg allein schaffte.

»May, du bist meine beste Freundin …«, fing er nach etwa der Hälfte des Weges an. »Du kannst –«

»Es gibt Dinge, die kapierst du nicht«, gab ich zickig zurück. »Also halt dich da raus, Ephraim. Ich will einfach nicht darüber reden.«

Wie sollte ich ihm das mit meinem Dad erklären? Er glaubte doch genau so wenig an Götter wie ich noch vor einer Woche. Er würde mich entweder für verrückt oder für übertrieben sarkastisch halten. Ach, ich durfte es ihm sicher ohnehin nicht verraten. Schließlich war Seth und alles, was mit ihm zu tun hatte, unser streng gehütetes Familiengeheimnis.

Ja. Vielleicht suchte ich nach Ausflüchten, um Ephraim mein Geheimnis nicht zu verraten. Ich hatte Angst, dass er mich nicht mehr gernhaben könnte, wenn er herausfand, dass ich zum Teil Chaosgöttin war. Das *Chaos* im Titel hörte sich ja auch nicht wirklich prickelnd an …

»Ist es wegen Noah?«

Ich blieb sofort stehen und drehte mich zu meinem Dämonenfreund um. »Was soll denn mit Noah sein?«

»Du magst ihn.«

»Ist es mir jetzt verboten, jemanden zu mögen?«

Ephraim senkte den Kopf. »Ich meine etwas anderes. Magst du ihn richtig?«

Ich legte meine Stirn in Falten, während ich überlegte, was er damit meinte … und da wurde es mir klar. »Ich bin doch nicht verliebt in ihn! O Mann, warum warnt mich jeder davor, dass ich mich nicht in ihn verlieben soll? Ich kann auf mich aufpassen – und das schließt mein Herz mit ein! Nur weil ich Noah mag, heißt das nicht, dass ich auf ihn stehe. Genauso wenig, dass …« Fast hätte ich wieder von meinem Sextraum über Noah angefangen. »Ich bin nicht in Noah verliebt. Wenn du wissen willst, warum ich so komisch drauf bin, dann frag meine Mom. Oder meine Gran. Oder meine Tante. Oder Viv. Oder ihre Mom. Oder ihre Schwestern.«

Ephraim wurde nicht böse. Das wurde er nie. »Es tut mir leid, May. Ich wollte mich nicht in dein Leben einmischen. Ich habe mir nur Sorgen um dich gemacht, weil du noch nie so lange geschwänzt hast.«

Seine ruhige Stimme ließ mein Herz auf der Stelle verkrampfen. Ich hatte ihn doch nicht so anzicken wollen. Genauso wenig wie Noah ein paar Stunden zuvor. Warum tat ich immer den Übernatürlichen weh, die ich mochte? »Kannst … Willst du mich einfach mal umarmen? Einfach so? Ich glaube, das würde mir helfen.«

Ephraim lächelte und winkte mich zu sich. »Komm her, May.«

Es fühlte sich gut an, einfach mal in den Arm genommen und gehalten zu werden. Ephraim ließ seine Hände über meinen Rücken wandern und dann langsam meinen Hals hoch. Als er mit seinen Fingern über meine Wange strich, stieß ich ihn von mir. Ein bisschen grob, aber die Berührung hatte mich in höchste Alarmbereitschaft versetzt.

»S-sorry. Ich wollte das wirklich nicht … ich … ich …« Er fuhr sich durch die Haare. »Denk nicht, dass ich noch Gefühle habe, May. Du bist meine beste Freundin. Nicht mehr und nicht weniger, aber …«

Ich schenkte ihm ein humorloses Lächeln. »Mit ein bisschen sexueller Spannung muss man in unserem Alter wohl immer rechnen, oder?«

Er nickte leicht. »Und es geht dir wirklich gut?«, fragte mich Ephraim.

»Es wird wieder«, antwortete ich.

☥

Nach diesem Zwischenfall hatte es Ephraim sehr eilig gehabt, nach Hause zu kommen. Er hatte bestimmt nicht geplant, mich zu küssen, aber aus der Situation heraus hätte er es wahrscheinlich getan, und ich hätte den Kuss wohl auch zugelassen, wenn seine Lippen meine berührt hätten. Und das, obwohl ich wirklich nicht mehr als Freundschaft für ihn empfand. Wenigstens untermauerte dieser kleine Beinahe-Unfall die These über den Traum mit Noah. Ich war einfach ein verwirrter Teenie. Und dieser verwirrte Teenie musste jetzt unbedingt mit seiner Familie reden. Hoffentlich war der Teenie dann nicht mehr so verwirrt.

Daheim angekommen, benutzte ich sogar ausnahmsweise die Haustür.

»Willkommen zu Hause, May!«, tönte es augenblicklich aus dem Wohnzimmer. »Ich habe dir etwas zu essen gekocht.«

Wie erwartet, lag meine Mom auf der Couch und sah fern. Es war irgendeine Talkshow, in der gerade zwei Frauen in engen Kleidern und auf High Heels aufeinander losgingen. Neben ihr stand ein Kübel mit Blut, Wodka, Eiswürfeln und Zitronenscheiben. Durch einen zwei Yard langen Strohhalm schlürfte sie ihren Drink. Meine Mom liebte diese Version von Bloody Mary.

»Mom, ich muss mit dir reden.«

Sie wandte sich vom Fernseher ab. »Über was denn, mein Schatz?«

»Du weißt genau, über was ich reden will.«

Sie verdrehte die Augen. »Bei den Göttern, wenn es unbedingt sein muss! Lass uns in die Küche gehen. Ich hab dir wirklich was gekocht.«

»Was denn?«, fragte ich vorsichtig.

Meine Mutter aß nichts, denn auch wenn sie normales Essen zu sich nehmen konnte, schmeckte es ihr nicht. Sie probierte deshalb auch nicht ihre seltenen Kreationen. Wenn sie kochte – was eben erfreulicherweise nicht häufig vorkam –, rührte sie alles auf gut Glück zusammen. Heute hatte sie sicherlich nur deshalb gekocht, weil sie ihr schlechtes Gewissen plagte.

»Die Packung sagt, es sei eine Paprika-Pasta.«

Ich war zu jung, um zu sterben ... Aber ich hatte zu viel Hunger, um auf Moms Essen zu verzichten. In der Schule hatte es für die Vegetarier heute nur angebranntes Gemüse gegeben, da eine Lieferung zu spät eingetroffen war.

Die Nudeln sahen gar nicht einmal so schlecht aus. Ein bisschen labbrig, aber definitiv besser als ihr erster Versuch, Nudeln zu kochen. Sie waren damals schön knusprig und schwarz wie Kohle geworden.

»Und, schmeckt es dir?«

Ich nickte. Es schmeckte wirklich nicht schlecht. Die Soße war nur ein kleines bisschen zu wässrig.

»Na siehst du.« Sie reckte stolz den Kopf. »Ich weiß nicht, warum sich deine Großmutter und deine Tante immer über meine Kochkünste beschweren. Man muss doch nur das Rezept auf der Rückseite lesen können.«

Statt einen Kommentar rauszulassen, schob ich mir noch eine Gabel Nudeln in den Mund. Sie hatte allen Ernstes schon mal Bleiche mit Milch verwechselt und damit dann Pancakes gebacken. Tante Harmony hatte sich die Seele aus dem Leib gekotzt, aber das Ganze ansonsten unbeschadet überlebt. Doch auch nur, weil sie eine Hexe war.

Meine Mom wartete geduldig, während ich mich fragte, ob man Rattengift im Essen herausschmecken konnte.

»Ich würde gern über ein paar Dinge reden.«. Ich schob den Teller eine Armlänge von mir weg. »Wirst du ehrlich zu mir sein?«

»Natürlich.«

»Gut.« Ich seufzte schwer, weil ich wusste, dass der nächste Satz aus meinem Mund viel Ärger bedeuten würde. »Seth, ich will auch mit dir reden.«

»Nein!«, schrie meine Mom dazwischen, aber es war schon zu spät. Der Gott des Chaos erschien in unserer Küche. Er war wieder einmal ganz in Schwarz gekleidet: schwarzes Hemd, schwarze Anzughose und bequeme schwarze Chucks.

»Schatz, ich bin zu Hause.«

Seth nahm genau gegenüber von meiner Mutter Platz, ein süffisantes Grinsen auf den Lippen. Meine Mutter war nicht so froh, ihn zu sehen: Sie stieß einen Laut aus, der mich sehr stark an das Brüllen eines Raubtiers erinnerte. In den Küchenschubladen polterte und klirrte es. Mom konnte nicht nur mit Dolchen perfekt umgehen, sondern auch mit allen Arten von Messern. Sie konnte die Küchenmesser mit einem Befehl auf Seth hetzen und ihn mehrfach erstechen.

»Halt den Mund oder ich reiße dir die Stimmbänder raus!«, warnte sie ihn eindringlich.

»Du weißt, dass sie innerhalb von einer Minute nachwachsen würden.«

Mom grinste. »Ja, aber du wirst trotzdem höllische Schmerzen erleiden.«

Er griff sich mit beiden Händen schützend um den Hals. Ich sammelte all meine Kräfte. Ein kleiner Blitz schlug im Küchentisch ein und hinterließ ein schwarzes Loch im Holz. »Reißt euch zusammen!«

Kurze Stille. Dann …

Seth klatschte und lachte dabei.

Meine Mom wirkte sehr beunruhigt, ehe sie den Gott des Chaos wieder anschrie: »Das gefällt dir, oder? Da hast du deinen göttlichen Nachwuchs! Als es aussah, als wäre sie nur eine Hexe, hast du dich einen feuchten Dreck um sie geschert. Du wärst hier nie aufgetaucht, wenn du ihre Macht nicht spüren würdest.«

Seth erwiderte nichts darauf, was natürlich Antwort genug war. Zum Glück bemerkten beide Elternteile meine roten Augen nicht. Ich hätte in diesem Moment wirklich losheulen können. Das war einfach schon wieder zu viel. Viel zu viel für mich. *Wie dumm bist du denn?*, schalt ich mich im nächsten Moment selbst. *Hast du wirklich geglaubt, du wärst für einen Gott von Bedeutung? Dass er dich lieben würde? Jetzt sei nicht so naiv!*

»Hast du dich einfach so vor meiner Geburt aus dem Staub gemacht?«, fragte ich den Gott direkt.

Der Streit meiner Eltern brach augenblicklich ab. »Hexen unterstehen dem Coven, Mayhem«, sagte Seth förmlich. »Der männliche Erzeuger hat im seltensten Fall Kontakt zu seinem Nachwuchs. Destiny kennt ihren Vater kaum, ebenso wie Harmony. Auch deine Großmutter Myrna wurde von ihrer Mutter allein großgezogen. So ist das schon seit Jahrhunderten. Seit es keine Hexer mehr gibt.«

»Was der Gott des Blödsinns damit sagen will, ist: Er hatte die Chance, sich aus der Affäre zu ziehen, und das hat er natürlich gemacht. Er sieht aus wie ein Mann, doch er verhält sich mehr wie ein Arschloch!« Jetzt schrie Mom ihn wieder an.

»Nun komm schon!«, brüllte Seth zurück. »Der Rat hat sich eingemischt! Was sollte ich da schon tun?«

»Du bist ein Gott! Der Rat kann dir gar nichts!«

»STOPP! Stopp, Stopp! Was war mit dem Rat?«, fragte ich.

Meine Mutter massierte sich die Schläfen, ehe sie antwortete: »Ab und an besucht jemand vom Rat die einzelnen Hexenfamilien. Es geht in erster Linie darum, wie die Nachwuchs-Hexen aufgezogen werden. Wir hatten das Pech, dass jemand vom Rat einfach so vorbeigeschaut hat. Du kannst dir nicht denken, wie hysterisch die alten Weiber geworden sind, als sie ein schwangeres Mischblut gesehen haben.«

Seth lachte. »Das werde ich nie vergessen! Da haben wir uns gerade um die Wandfarbe von Mayhems Zimmer gestritten, oder? Harmony ist durchgedreht, weil sie meinte, dass Rot keine gute Wandfarbe für ein Baby sei.«

Mom verdrehte die Augen. »Und dann kam Adelaide, die alte Schachtel, plötzlich ins Zimmer mit den netten Worten: ›Welches Bab– O mein Gott, das Ding ist schwanger!‹. Wäre sie nicht in Ohnmacht gefallen, hätte ich ihr ins Gesicht geschlagen.«

Ich weiß nicht, was mich fassungsloser machte: dass meine Eltern keine Ahnung von babygerechter Zimmerausstattung hatten oder dass sie gerade nett miteinander plauderten, als hätten sie sich nicht gerade noch richtig gefetzt.

»Wie ging es weiter?«, drängte ich.

»Ich hab das Zimmer rot gestrichen und deine Tante hat eine ohnmächtige Mischblut hassende alte Hexe betreut«, antwortete Seth.

Ich schüttelte den Kopf. »Was ist mit dem Rat? Was wollte er?«

»Der Rat sah dich natürlich als Gefahr, weil der Rat einfach paranoid ist«, sagte meine Mutter. »Er besteht aus einem Pack von alten Hexen, die dunkle Magie aufwenden, damit sie noch ein paar Jährchen länger leben, und das macht einen mit der Zeit …«

Sie und Seth tippten sich beide gleichzeitig an den Kopf und pfiffen. Oh, ihr Götter, das Verhalten meiner Eltern machte mir gerade Angst. Konnten sie sich nicht bitte wieder streiten?

»Der Rat bestand darauf, dass du, wenn du als Hexe geboren würdest, auch als solche aufgezogen werden solltest. Das beinhaltete natürlich auch, dass Seth dich nie sehen dürfte. Als du dann geboren wurdest und du durch und durch die Aura einer Hexe hattest …« Meine Mom wirkte ernsthaft verletzt.

»Wie versprochen, bin ich aus eurem Leben verschwunden«, endete Seth.

»Du bist ein Gott!«, fuhr sie ihn an. »Der Rat kann dir nichts vorschreiben! Du kannst tun und lassen, was du willst. Du bist das Chaos!« Sie bohrte ihre Fingernägel in den Tisch. »Aber es war dir egal. May war dir egal. Ich war dir egal! Du hattest ein paar Monate Spaß mit deiner Geliebten, und dann konntest du auch noch ganz einfach die Verantwortung für dein Kind abgeben!«

Seth verzog das Gesicht. »Nichtsdestotrotz braucht May mich jetzt. Wir können nichts daran ändern, dass sie … dass sie zu dem wird, was sie wird.«

»Ich werde doch keine Göttin, oder?«, fragte ich. »Das wäre nicht so mein Ding.« Besonders, da der einzige Typ, der auch unsterblich war, mein Vater wäre.

Beide Elternteile zuckten mit den Schultern. »Eher unwahrscheinlich«, sagte Seth. »Ich bin ja momentan auch kein richtiger Gott«, legte er etwas kleinlaut nach. »Aber es könnte passieren … – Nein, eher nicht. Eigentlich bist du zu sehr Hexe. Aber du könntest mit deiner Macht den Rat stürzen. Hast du Lust?«

Entsetzt schüttelte ich den Kopf. Seth sah enttäuscht aus. »Schade. Ich hätte mich auf ein bisschen Action gefreut. – Destiny?« Er beugte sich über den Tisch zu meiner Mutter hin. Mutig war er, das musste man ihm lassen.

»Ich bin sauer auf dich!«, keifte sie.

»Du kannst nicht die nächsten Jahrhunderte sauer auf mich sein.«

Wie ein bockiges Kind verschränkte sie die Arme vor ihrer Brust. »Kann ich sehr wohl.«

»Wir haben jetzt eine gemeinsame Tochter.«

»Die habe ich schon siebzehn Jahre lang!«

Plötzlich fand ich mich in dem Würgegriff wieder, den meine Mom eine Umarmung nannte. Die Umgebung verschwand vor meinen Augen. »Luft!«, japste ich.

»Sorry!«

Ich hielt mich am Rand des Tisches fest und atmete ein paarmal tief ein und aus. Sauerstoff! So gut!

»Alles okay mit dir, Mayhem?«

Langsam wurde das zu meiner meistgehassten Frage. »Ja.«

»Destiny, kann ich einen Kaffee haben? Du weißt, wie ich ihn am liebsten trinke.«

»Mach ihn dir selbst!«

Seth grinste. »Genau so habe ich ihn am liebsten. Wenn eine wunderschöne Frau mir sagt, dass ich mir selbst Kaffee machen kann.«

»Seth, ich hasse dich aus den Tiefen meiner blutbefleckten schwarzen Seele. Dein Süßholzgeraspel kannst du dir in deinen göttlichen Arsch schieben«, sagte meine Mom mit düsterer Stimme. »Ich hol mir meinen Kübel Blut.«

»Ich habe reichlich Blut.«

»Ich brauche dein verdammtes Blut nicht!«, kreischte sie in entsetzlich hoher Lautstärke und stürmte aus dem Zimmer.

»Sollte ich fragen, was es mit dem Blut auf sich hat, oder kann ich dann wegen des Traumas eine Woche lang nicht schlafen?«, wandte ich mich an meinen Vater.

Seth hatte sich indes auf das Kaffeepulver gestürzt. »Göttliches Blut macht einen Vampir länger satt, immun gegen die Sonne und lässt ihn länger leben. Sie hat gerade ein Stück der Unsterblichkeit abgelehnt.«

Er schmiss unsere altertümliche Kaffeemaschine an. Ich konnte nichts mehr fragen, da Mom mit ihrem Kübel zurückgestampft kam. Sie erinnerte in ihren Hotpants und dem bauchfreien Wickeltop an eine Teenagerin beim Spring Break, die unbedingt Kübelsaufen wollte.

»Halt den Mund«, fuhr sie Seth an, als sie an ihm vorbeiging. »Ich bin zufrieden mit meinem Kübel Blut.« Mom horchte auf. »Oh, oh.«

Da hörte ich es auch. Die Haustür wurde zugeschlagen. »Ich bin zu Hause!«, drang Grans Stimme aus der Eingangshalle. »Entschuldige, Destiny, ich habe vergessen, dir den neuesten Band von dieser Vampirserie von dieser einen Autorin mitzubringen, aber ich hab etwas aus der Regency-Zeit für dich.«

»Nein! Du liest doch jetzt nicht etwa Kitschromane!«

Seth konnte sich nicht entscheiden, ob er nur kichern oder laut lachen sollte. Mom schlug ihn so hart gegen den Oberkörper, dass er mit dem Kopf gegen eine Schranktür knallte, die sofort zersplitterte. Durch den harten Schlag schüttete sie auch noch den Kübel Blut aus.

»Aua!«

»Ist May schon zu Haus…«

Das war der Moment, als Gran in die Küche kam und das Chaos bemerkte: Der Tisch hatte ein Loch vom Blitz und Kratzspuren meiner Mom, die Schranktür war zerstört und auf dem Boden floss Blut mit Wodka und Zitronenscheiben. Wenn ich nicht bald hier rauskam, würde sich auch noch meine Kotze dazumischen. Seth winkte mit einer Hand meiner Gran zu, mit der anderen hielt er sich den Hinterkopf.

»Hi, Myrna.«

»Seth, welch eine Ehre«, sagte sie kühl. »Wie ich sehe, hast du wieder einmal nur Chaos gestiftet.«

»Das ist nun mal meine Daseinsaufgabe.« Er schnippte mit den Fingern, und plötzlich war alles wieder so wie zuvor. Kein Blut, keine Brandspuren. Nichts.

In der Hand hielt er dafür ein brandneues Buch. »Wolltest du das lesen, Destiny?«

»Ja«, knurrte Mom. »Ich hätte mir das aber auch selbst herhexen können.«

»Hast du aber nicht getan.«

»Ich wollte die Autorin auf ehrliche Art mit dem Kauf des Buches unterstützen!«

»Ich hab –«

»Seth«, unterbrach Gran ihn schroff, »hast du nicht wichtigere Dinge zu tun?«

»Nein. Es gibt momentan genug Kriege, und für eine Naturkatastrophe fehlt mir die Motivation. Ich denke, ich verbringe ein bisschen mehr Zeit mit meiner Familie.«

»May hat aber jetzt ihr Kampftraining.«

»Oh. Dann nicht. Kann ich trotzdem noch schnell mit dir über den Familientag reden?«, wandte er sich an Mom.

Skeptisch zog sie eine Augenbraue hoch. »Familientag?«

»Es wäre sicher gut für May, wenn sie ihren Vater zumindest einmal in der Woche sieht.«

»Bist du jetzt komplett wahnsinnig geworden?«

»Sie muss lernen, ihre Fähigkeiten zu kontrollieren!«

»Nein.«

»Aber –«

»Nur über meine mumifizierte Leiche!«

Da sie sich gerade so schön stritten, schlichen Gran und ich uns aus der Küche. Kaum waren wir in der Eingangshalle, hörte ich schon Geschepper und Gebrüll zu uns herausdringen.

»Du hast mich jetzt nicht mit gut zwei Dutzend Messern erdolcht!«, schrie der Gott des Chaos. »O nein, in meinem Kaffee ist nun auch Blut!«

KAPITEL 27

Die Waffe einer Frau ist ein wunderschönes Krummschwert

Lass dir ruhig Zeit, May!«, rief mir Ingrid zu und hackte mit ihrem Schwert die Spitzen von Grashalmen ab. »Ich lade mir gerade ein paar Folgen einer Serie von Netflix aufs Handy! Mann, habt ihr gutes WLAN!«

Meine Arme brannten wie die Hölle, als ich den Morgenstern für meinen nächsten verzweifelten Versuch anhob.

Ich lief mit dem Ding ein paar Schritte, ehe ich vor lauter Seitenstechen erneut Pause machen musste. Das Ding wog wohl nicht einmal elf Pounds, aber wenn man damit herumrannte und es hin- und herschwang, hatte man nach einer halben Stunde kein Gefühl mehr in den Armen. Ich hatte zudem Blasen an den Händen, die sofort abheilten, um neuen Blasen Platz zu machen. Also noch eine weitere Waffe, mit der ich absolut nicht umzugehen verstand …

»So. Jetzt könntest du mich endlich mal wieder angreifen. Ich langweile mich hier zu Tode.«

Schwer atmend sah ich zu der Walküre.

Ingrid machte mit ihrem Handy noch ein paar Selfies in ihrem neuen Outfit, das ich wunderschön und zugleich angsteinflößend empfand: Sie trug einen goldenen Brustpanzer aus Eisen mit einem langen hellblauen Cape. Unter dem langen weißen Kleid lugten schwer aussehende Eisenstiefel hervor. Auf ihrem Kopf thronte ein goldener Helm mit Flügeln an den Seiten.

Als wäre ihr Schwert nicht schon eindrucksvoll genug gewesen!

Die Hexen in ihrer norwegischen Heimat hatten die Rüstung extra für sie angefertigt. Sie wog viel weniger, als man vermutete, und schränkte Ingrid nicht in ihrer Bewegungsfreiheit ein. Eigentlich hatten wir beim Kampftraining nie Rüstungen oder Ähnliches an. Ich besaß ja noch nicht einmal solch ein Outfit! Außer man zählte meine alten Hotpants und ausgewaschenes Shirt dazu.

Aber Ingrid war am Wochenende in Norwegen gewesen und hatte von ihrer Familie die Rüstung als Geschenk bekommen, da sie nun eine ausgewachsene Walküre war. In meinen pinken Baumwoll-Shorts und dem Top mit dem Aufdruck *Normal People Scare Me* kam ich mir nun irgendwie lächerlich vor.

Sogar meine Gran sah gelangweilt aus. Sie saß auf dem Balkon und las irgendeine Zeitschrift über schönere Gärten.

»Ich hole mir kurz einen Eistee«, sagte sie dann auch noch und verschwand ins Innere des Hauses.

Ich hätte jetzt leicht einen Hurrikan heraufbeschwören können!

Was machst du denn da?, erklang plötzlich Seths Stimme in meinem Kopf. Ich neigte mein Haupt nach links und nach rechts, aber sah ihn nirgends.

Ich bin hier oben, Mayhem.

Der Gott des Chaos stand auf unserem Balkon und sah alles andere als begeistert aus. Seine alterslose Stirn zeigte deutliche Falten.

Kampftraining?

Mit dieser Waffe? Seth klang richtig angewidert.

Was passt dir denn an der Waffe nicht?, gab ich patzig zurück.

Mittelalterliche Waffen sind so barbarisch! So grob!

Ich verdrehte die Augen. Seinen eigenen Bruder niederzumetzeln war ja gaaar nicht barbarisch …

Das ist keine Waffe, die dir schmeichelt. Du bist zu klein und zu schmächtig dafür.

Ich schnaubte laut. Lass dich nicht provozieren. Lass dich nicht provozieren.

Lass mich dir helfen. Ich bin schließlich auch der Gott des Krieges.

Wutentbrannt streckte ich meinen Arm aus und deutete auf den Gott. *Gut! Dann zeig mal, was du draufhast, Gott des Krieges!*, gab ich genervt nach.

Ich hatte die Nase voll davon, gegen Ingrid immer zu verlieren oder nicht einmal einem Baumstamm einen ordentlichen Hieb verpassen zu können.

Sieh her!

Der Morgenstern wurde von schwarzem Rauch eingehüllt und verformte sich. Er wurde immer länger und auch viel leichter. In meinen Händen hielt ich nun ein Schwert, das eine Krümmung hatte. Irgendwo hatte ich so ein Teil schon mal gesehen …

Das ist die Waffe, die deiner würdig ist, meine kleine Mayhem. Ingrid stieß einen plötzlichen Kampfschrei aus.

»Jetzt wird es interessant!«

Sie stürzte sich mit Gebrüll auf mich.

Im letzten Moment konnte ich ihrem Schwerthieb ausweichen.

»Spinnst du?«, schrie ich sie an.

Kämpfe, Mayhem!

»Stress mich nicht!«

Den nächsten Hieb der Walküre wehrte ich schon mit dem Schwert ab. Ingrid schlug immer wieder zu, aber ich schaffte es problemlos, jeden Hieb zu kontern. Ich musste nicht großartig nachdenken, es war ein reiner Reflex – und das schockierte mich mehr als die Kampfjungfer.

Ingrid schlug zu, ich blockierte.

Das Schwert harmonierte mit mir.

»Endlich macht es wirklich Spaß, mit dir zu kämpfen!« Ingrid lachte. Unsere Schwerter klirrten, als wir sie immer wieder und weder gegeneinanderschlagen ließen. Nur weil die Waffe zu mir passte, hieß das jedoch nicht, dass sich meine Ausdauer auch automatisch verbessert hatte. Bald bekam ich richtig heftiges Seitenstechen und einen verdammt trockenen Hals. Ich nahm all meinen Mut zusammen und hoffte, dass ich genauso coole Moves draufhatte wie die Typen in Actionfilmen.

Ich ließ mich in die Hocke fallen und krabbelte dann eher wenig elegant zwischen Ingrids Beinen hindurch. Schnell sprang ich wieder auf meine, dann durchtrennte mein Schwert Ingrids Cape. Ich wollte gerade zu einem weiteren Schlag ausholen, als mir mein Schwert aus der Hand geschleudert wurde. Ingrids Schwert landete ebenfalls im Dreck.

»May! Ingrid!« Großmutter stürmte wütend auf den Platz. »Es reicht für heute. Für euch beide.« Dabei starrte sie aber nur mich böse an. »Falls May wieder mal einen Trainingspartner braucht, werde ich dir eine Nachricht schicken, Ingrid.«

»Okay. Bye-bye.« Die Walküre wandte sich zum Gehen. »Ich geh dann noch bei euch duschen, ja?«

Gran wartete gerade so lange, bis Ingrid aus unmittelbarer Hörweite war.

»Hat sich dein Vater in die Sache eingemischt?«, zischte meine Großmutter giftig. »Ach, warum frag ich? Natürlich hat er das. Das Schwert hast du von ihm, oder?«

Grummelnd ging ich zu meiner Waffe und hob sie vom Boden auf. »Was ist so schlimm daran? Warum sollte ich mich weiter mit Waffen beschäftigen, die nicht zu mir passen?«, beschwerte ich mich. »Ich habe Jahre damit verbracht, zu lernen, wie man mit dem Bogen schießt oder eine Streitaxt schwingt. Ich habe Blasen an den Händen bekommen, aufgerissene Haut, und wie oft habe ich irgendetwas am Haus demoliert?« Damit spielte ich auf die Streitaxt an, mit der ich unsere Hängematte zerteilt hatte. »Dann habe ich mir eben von Seth helfen lassen, na und? Er –« Ich sah zum Balkon, aber dort war er nicht mehr. Im Verschwinden machte ihm niemand so schnell etwas nach. »Warum auch nicht?«

Darauf wusste meine Großmutter keine Antwort. Sie sah mir nur grimmig dabei zu, wie ich das Schwert musterte. Es hatte einen verhältnismäßig langen goldenen Griff. In Hieroglyphen stand darauf: *Tod oder Leben – der Sieg sei dir sicher.* Hatte mein Vater das geschrieben?

»Das ist ein Chepesch«, sagte meine Großmutter, die gemerkt hatte, dass ich die Waffe nicht zuordnen konnte. »Natürlich ist es eine Waffe aus der Zeit der Pharaonen. Das Chepesch-Schwert ist eine königliche Insignie. Es wundert mich nicht, dass ausgerechnet diese Waffe zu dir passt. Man darf nicht vergessen, dass dein Vater immerhin mal der Herrscher über Ägypten war.«

»Oh, cool. Ich bin eine Prinzessin, oder?«, merkte ich sarkastisch an, aber Gran nickte. »Bitte was?!«, fragte ich erstaunt.

»Es ist egal, May. In der Alten Welt hättest du genauso viel Anspruch auf den Thron gehabt wie Horus. Aber nun, da es keine Konkurrenz mehr für ihn gibt, ist Seth das Herrschen egal.«

»Hm.« Ich musterte mein Spiegelbild in der Klinge.

Ich als Prinzessin? – Nein danke! Es war schlimm genug, dass ich Seths Fähigkeiten geerbt hatte. Ich wollte nicht, dass mein Leben auch noch zur gruseligeren und viel blutigeren Version von *Plötzlich Prinzessin* mutierte.

»Übrigens, es ist auch die Waffe, mit der Seth seinen Bruder Osiris ermordet hat.«

Das Schwert rutschte mir aus den Händen. Mir war ein bisschen schwindelig geworden. Ich hatte doch gewusst, dass ich das Schwert schon einmal gesehen hatte: Als ich davon geträumt hatte, wie mein Vater seinen eigenen Bruder auf brutalste Weise zerstückelte. Und nun hatte ich die gleiche Waffe wie er.

»Ich geh jetzt lange duschen«, piepste ich. »Sehr lange.«

☥

Ich ließ warmes Wasser auf mich herabregnen, bis meine Haut so schrumpelte wie eine Rosine. Mein Fehler war es, dass ich versuchte, das Blut, das ich noch nicht einmal vergossen hatte, von meinem Körper zu waschen. Nur weil mein Vater der Gott des Chaos und des Krieges war und ich ein mörderisches Schwert mit unheilschwangerer Inschrift besaß, hieß das doch noch lange nicht, dass ich herumziehen und Leute abstechen würde wie Jason Voorhees oder Freddy Krueger.

Ich konnte noch nicht einmal Blut sehen!

Als ich mit einem Handtuch bekleidet aus der Dusche durch das Badezimmer in mein Zimmer trat, saß mein Vater auf meinem Drehstuhl und schien mich zu erwarten.

Als ich eintrat, nickte er mir ein Willkommen zu. Das orangefarbene Handtuch, das ich mir um meinen Körper gewickelt hatte, verwandelte ich durch Magie in meinen Pyjama.

Kurt flog augenblicklich zu mir. Ich spürte seine Erleichterung, mich zu sehen, so deutlich, als wäre es meine eigene. Er wollte auch nicht mit Seth allein gelassen werden.

Ich wollte den Gott vor mir schon anschnauzen, da sagte er: »Ich kannte ihn.« Dabei deutete er auf das riesige Kurt-Cobain-Poster hinter sich.

Meine Gereiztheit wich sofort meiner Neugier. »Wirklich?«

Seth nickte lächelnd. »Als Gott umgibt man sich gern mit Musikern, Künstlern und Autoren. Ihre Werke sind unsterblich – wie ich.« Er faltete die Hände vor der Brust. »Kurts Musik war das pure Chaos. Hässlich und doch schmerzlich schön. Unbeherrscht und doch kontrolliert. Es wundert mich nicht, dass du die Musik auch magst. Du bist eben wie ich.«

Wie ich. Wie ich. Wie er!

Seths Worte hallten in meinen Ohren wider und machten mich erneut rasend vor Wut. »Ich bin nicht wie du!«

»Warum so wütend?«, fragte er erstaunt.

Ich ließ meine Waffe erscheinen und streckte sie ihm so hin, dass er die Inschrift auf dem Griff lesen konnte. Auch Kurt beugte sich interessiert vor.

»Hast du das da eingraviert?«, fragte ich.

Seth nahm das Chepesch entgegen. »Das ist sehr gut!«

»Hast du?«, zischte ich ungeduldig.

»Nein, das ist so etwas wie ein Orakelspruch, den manche von uns erhalten. Man kann die Sache auslegen, wie man will. Wörtlich kann, aber sollte man es nicht nehmen.«

»Steht auf deinem Schwert auch etwas?«

Er sah auf. Seine dunklen Augen funkelten vor Freude. »*Chaos währt für immer.*«

Ich fuhr mir durch das noch feuchte Haar. Nein, nein, nein! Ich konnte doch nicht so werden wie er! Ich wollte das alles nicht!

»Ich will das alles nicht!«, brach es gleichlautend aus mir heraus. »Ich will nicht kämpfen. Ich will nicht töten. Ich kann das doch nicht tun. Ich kann nicht.« Meine Stimme wurde immer hektischer. »Kannst du mir nicht die Chaoskräfte nehmen? Du bist ein Gott! Du kannst es tun, oder? Bitte! Das bist du mir schuldig!«

»May …« Seth seufzte schwer und legte das Schwert auf meine Kommode. Meine Schminksachen und die tödliche Waffe gaben zusammen ein verstörendes Bild ab. »Deine Kräfte sind auch ein Teil deiner Seele. Sie sind einfach untrennbar miteinander verwoben. Ich bin das Chaos und du bist es genauso. Wir sind Verkörperungen dieser Macht. Das Chaos bestimmt deine Kräfte und deine Persönlichkeit mit.«

»Aber ich will das nicht!«

»Mayhem!« Seth war von seinem Stuhl aufgesprungen. Er sah mich ziemlich angepisst an. »Ich weiß, es ist ganz schön viel für dich, aber jetzt führ dich nicht auf wie ein störrisches Kind. Sei vernünftig und akzeptiere dein Schicksal!«

»Ha!« Ich lachte. »Aber ich bin zufällig ein Teenager. Ich bin noch nicht erwachsen! Doch woher sollst du das auch wissen? Du hast dich schließlich nie für mich interessiert!«

»Mayhem!«

»Mein Name ist May, verdammt noch mal!«

»Ähm … soll ich wieder gehen?«

Ich fuhr herum.

Noah hatte sich wieder einmal unbemerkt in mein Zimmer geschlichen. Er hielt die Arme vor der Brust verschränkt – und wirkte ziemlich angespannt. Aber warum?

»Du bist tot und nicht taub!«, schrie ich Noah an. »Hast du denn nicht gehört, dass wir uns streiten?«

»Ich habe gedacht, vielleicht hättest du gern jemanden, der dir bei der Auseinandersetzung hilft!«

»Oh, und was wolltest du tun? Grimassen schneiden und Kettenrasseln?«

»Das ist diskriminierend!«

»Du bist nun mal ein Geist!«

»Wie lange bist du jetzt schon tot?«, mischte sich auf einmal der Gott des Chaos ein.

Verwirrt zog Noah eine Augenbraue hoch. »Ungefähr zehn Tage.«

»Bist du gerade wütend?«

Er warf mir einen Blick zu. »Nein, ich bin total super drauf.«

Ich streckte ihm die Zunge raus.

Seth ging auf Noah zu. »Aber du verwandelst dich nicht in einen Poltergeist«, stellte er fest. »Interessant.«

Na klar. Ich war ihm wieder mal scheißegal. Warum überraschte mich das nicht? Wahrscheinlich waren Seth sogar die Fusseln unter seinem Bett wichtiger als seine eigene Tochter.

»Warum, denkst du, ist das so?«, fragte mein Dad weiter.

»Weil ich als Kind immer brav mein Gemüse aufgegessen habe?«, erwiderte Noah bissig. »Woher soll ich das wissen? Ich war vorher noch nie tot.«

Eines musste man Noah lassen: Er hatte den Mumm, einem Gott Kontra zu geben. Seth besaß sicherlich die Macht, Noah innerhalb einer Millisekunde exorzieren zu können.

Mein Dad redete mit Noah und notierte dabei ein paar Dinge auf Papyrus. Das gab mir die Zeit, mich ein bisschen zu beruhigen, da ich wieder mal Schnee von gestern für den Gott war. Dabei half es mir immer noch am besten, Kurt ausgiebig zu streicheln. Er gurrte fröhlich vor sich hin.

Doch auf einmal fiel mir etwas Seltsames an Seth auf. »I-Ist das ein Messer in deinem Rücken?«, fragte ich entsetzt.

Tatsächlich lugte ein riesiges Küchenmesser neben seiner Wirbelsäule hervor. Es steckte wohl mitten in seiner Lunge, was keine Auswirkungen auf ihn hatte.

»Oh, darum kribbelt es dort so unangenehm.« Seth neigte den Kopf zu mir. »Würdest du bitte ein braves Mädchen sein und mir das Messer herausziehen?«

Ich weiß nicht, warum ich Seth nicht widersprach, aber auf einmal hielt ich das blutige Messer in meinen Händen. Sein göttliches Blut war genauso rot und klebrig wie meins und das aller anderen. Es roch auch so.

»Mayhem? May?«

»May!«

Plötzlich sah ich direkt in die Gesichter von Seth und Noah. Kurt kreiste wie ein Geier über mir. Hey, seit wann lag ich denn auf dem Boden herum? Aua! Mein Schädel! Ich stöhnte laut, als ich mich auf die Beine zwang.

»Was ist denn passiert, Mayhem?«

»Sie kann kein Blut sehen«, sagte Noah zu meinem Dad, und es klang nach einer Anklage ihm gegenüber. »Ihr wird davon schlecht.«

»Aber … aber ich verstehe das nicht. Du bist doch meine Tochter.«

»Ich habe dir schon mal gesagt, dass ich nicht so bin wie du!« Fluchend setzte ich mich auf die Bettkante, da mir noch immer speiübel war. Kurt kam angeflattert und ließ eine Packung Kaugummi mit Erdbeergeschmack in meinen Schoß fallen. »Danke.«

Mit stolzgeschwellter Brust flog Kurt zu seinem Käfig zurück.

»Wenn dem so ist«, sagte Seth, »dann wäre es besser, du pulverisierst deine Feinde mit Blitzen oder zerquetschst sie mit Sturmböen, reißt ihnen –«

Ich drückte meine Hände auf die Ohren. »Stopp!«

Mein Dad schien es immer noch nicht kapiert zu haben. Oder er wollte es einfach nicht akzeptieren.

»Ich werde nun gehen.« Er bückte sich nach dem blutigen Messer und steckte es einfach an seinen Gürtel. »Dann bis bald, Mayhem.«

Damit löste er sich mal wieder in schwarzen Rauch auf.

Kaum war er weg, ließ ich mich nach hinten aufs Bett plumpsen und schloss die Augen. Nur zu gern wäre ich jetzt in einen Dornröschenschlaf gefallen und erst in einhundert Jahren wieder aufgewacht. Aber das hätte mir nicht viel bei meinem Problem geholfen, außer dass ich endlich mal ausgeschlafen gewesen wäre. Nach hundert Jahren wäre Seth noch da, meine Mom noch da – nur Noah wäre nicht mehr unter uns.

»Lebst du noch?«, fragte Noah nach einigen Minuten schöner Ruhe.

»Denke schon.«

»Darf ich fragen, warum du dich mit deinem Vater zerstritten hast, oder werde ich dann wieder angeschrien?«

Ich lag noch immer mit geschlossenen Augen auf dem Bett, aber ich deutete mit der Hand zur Kommode. »Es hat alles mit dem Schwert angefangen. Seth meint, dass ich so werde wie er. Ich will aber niemanden töten!«

Noah machte komische Geräusche. Ich richtete mich auf – nur um festzustellen, dass der idiotische Geist tatsächlich lachte.

»Was denn?«,

»Du und Leute umbringen?«, höhnte er. »Na klar! Wie kommt er auf so eine dumme Idee?«

»Hey, ich bin eine gefährliche, böse Hexe!« Ich sprang auf die Füße und ließ Feuer um meine Finger tanzen. »Ich wurde aus Chaos und Blut geboren!«

Noahs Blick glitt zu meinen Einhorn-Pantoffeln. Im nächsten Moment lag er lachend auf dem Boden.

»Sorry, May, aber nein: Du bist … Du bist einfach ein Hexchen. Du bist nicht einmal eins siebzig groß, trägst solche Pantoffeln und … Einfach nein!«

»Warum bist du heute in der Schule aufgetaucht?«, fragte ich, um vom Thema abzulenken. »Und … Entschuldige, dass ich so gemein war … Ich … Ich bin nicht gut im Entschuldigen, ja? Sieh es als Ehre, dass ich es getan habe.«

»Deine Tante hat einen Geist exorziert.«

»Oh.«

Zu Tante Harmonys Aufgaben im Krankenhaus gehörte es auch, die Geister der Verstorbenen – falls es welche gab – auszutreiben. Das kam aber vielleicht zweimal im Jahr vor. Die meisten Leute verstarben im hohen Alter, und das nach langer Krankheit, hatten meistens ohnehin mit dem Leben abgeschlossen.

»Es war ein junges Mädchen, das an einer Hirnblutung gestorben ist«, fuhr Noah fort. »Sie ist ihrer Leiche ins Krankenhaus gefolgt und deine Tante … Sie hat einfach …«

»Ich weiß, aber … Es ist ihre Aufgabe.«

»Wenn mich jemand exorzieren muss, dann sollst du es sein.«

»Oh, jetzt werde bitte nicht sentimental!«, höhnte ich, doch nur damit Noah nicht merkte, dass mir seine Aussage unglaublich wehgetan hatte. Ich wollte ihn nicht exorzieren! Er sollte für immer hierbleiben. Er könnte ja mit mir zusammen Seth bis an das Ende aller Zeit anmotzen.

Kapitel 28

Kann man eigentlich auch Tassen mit der Aufschrift Wort Dad kaufen?

War es schlecht, dass ich mich irgendwie auf meinen wöchentlichen Besuch bei der Schulpsychologin freute? Na gut, *freuen* war vielleicht das falsche Wort. Ich wollte einfach jemandem mein Leid klagen, der nicht zu meinem Freundeskreis gehörte.

Noah und Viv hatten sich beide schon genug anhören müssen – sie wollte ich am liebsten gar nicht mehr mit meinen Problemen belasten.

»Mein Vater ist so ein Arschloch!«

Mit diesen positiven Worten betrat ich am Montag Doktorin Sands Büro. Die Schulpsychologin wirkte nicht sonderlich überrascht von meinem genervten Auftreten. Sie notierte noch schnell etwas in einem kleinen schwarzen Notizbuch, ehe sie mich mit einem Lächeln begrüßte.

»Guten Tag, May. Setz dich doch erst einmal hin«, sagte sie mit ruhiger Stimme. »Darf ich dir heute etwas zu trinken anbieten?«

Ich schüttelte energisch den Kopf. »Ich habe selbst was dabei.«

Hastig kramte ich in meinem Rucksack herum, bis ich meine Thermoskanne mit Kräutertee fand. Die Mischung sollte meine angespannten Nerven beruhigen, hatte meine Gran gemeint, damit ich nicht irgendwann einen Hurrikan, ein Erdbeben oder ein paar Kugelblitze verursachte.

Ich schüttete die braune Brühe in den Kannenverschluss und trank auf ex aus. Es half tatsächlich ein bisschen: Durch das Fenster schien immer noch Sonnenlicht in den Raum. Kein Anflug einer drohenden Katastrophe.

»Was ist denn passiert?«, hakte sie nach.

Seit seinem letzten Besuch hatte sich Seth nicht mehr gemeldet. Gran und meine Mutter waren sehr angespannt und gereizt gewesen, und selbst Tante Harmony schien die Sache zu belasten. Aber jeder Tag, der verging und an dem sich der Gott des Chaos nicht blicken ließ, beruhigte die drei. Ich hatte wirklich gedacht, dass er genug von mir hatte. Von seiner Tochter, die weder kämpfen mochte noch Blut sehen konnte. Bis meine Gran mir heute zum Frühstück eine Papyrusrolle überreicht hatte. Auf Englisch – und nicht in Hieroglyphen – hatte mein Erzeuger angekündigt, dass er darauf bestand, mein Kampftraining am Montag nach seinen Vorstellungen zu gestalten.

Das war wohl der angekündigte Vater-Tochter-Tag. Seth hatte also seinen Willen bekommen. Da ich den Sachverhalt schlecht exakt so wiedergeben konnte, sagte ich stattdessen: »Er besteht jetzt auf einen Vater-Tochter-Tag. Aber fragt er mich, ob ich Lust darauf habe? – Nein! Ich will nicht wissen, was er unter Spaß haben versteht …«

Sollte ich ein Einhorn umbringen? Hawaii versenken? Dafür sorgen, dass Netflix alle Serien nach Staffel eins absetzte? Oder irgendwie anders Chaos und Unheil stiften? An meinen Händen würde kein Einhornblut kleben, so viel stand fest!

»Hat er denn Andeutungen gemacht, was er mit dir unternehmen möchte?«

Wie konnte ich das am besten für einen Menschen wie sie zensieren? »Mein Dad steht auf Kämpfe …«, sagte ich etwas unüberlegt. »Ich meine, er steht natürlich auf Kampfsportarten und ähnliches Zeug. Vielleicht bringt er mir den Schwertkampf oder so etwas bei.«

»Warum gefällt dir das nicht?«

»Warum sollte mir so etwas gefallen? Ich will ein möglichst normales Leben führen! Mein chaotischer Dad passt mir da einfach nicht rein.«

»Hm.«

Die Schulpsychologin tippte sich mit ihrem Füller an die Unterlippe. »Weißt du, May, ich kenne deinen Vater nicht, und eigentlich sollte es mir nicht erlaubt sein, vorschnell über andere Menschen zu urteilen, aber ich vertraue mal auf deine Menschenkenntnis.«

»Und das heißt?«

»Vielleicht solltest du doch nicht mehr Zeit mit ihm verbringen. Es gibt Menschen, die sind einfach schlecht.« Sie machte kurz eine Pause, dabei sah sie mir tief in die Augen. »Chaos ist nie gut, May.«

Mein Herz setzte bestimmt einen Schlag lang aus. Chaos war nie gut – das bedeutete auch, dass ich nicht gut war. Die Schulpsychologin hatte das sicher nur gesagt, weil ich meinen Dad chaotisch genannt hatte, aber es tat trotzdem weh, das zu hören. Auch wenn es der Wahrheit entsprach.

»Stimmt etwas nicht, May?«

Ich hatte den Kopf gesenkt, damit sie nicht bemerkte, wie sehr mich das soeben Gehörte bedrückte. »Ehrlich? Ich weiß es nicht. Warum … Warum haben Sie Ihre Meinung geändert? Letzte Woche hatten Sie mir noch geraten, dass ich meinem Dad näherkommen soll.«

»Ich hatte schon beim letzten Mal meine Zweifel. Aber hat nicht jeder eine zweite Chance verdient? Jetzt sehe ich endgültig ein, dass dir der Kontakt mit deinem Vater nicht guttut. Sieh doch nur, wie ängstlich du dich verhältst! Er verändert dich, und das ist nicht positiv gemeint.«

☥

Der tote Typ wartete schon auf mich, als ich das Büro verließ. Der Geist und ich waren die einzigen Leute auf dem Schulflur, weil der reguläre Unterricht erst in fünf Minuten zu Ende war. Das hieß auch, dass ich eine der Ersten in der Cafeteria sein würde.

»Und, wie war's?«, fragte Noah mich.

Chaos war nie gut …

Ich zuckte mit den Schultern. »War schon okay.«

»Über was habt ihr so geredet?«

»Willst du das wirklich wissen?« Noah nickte. Ich blieb stehen und bedeutete ihm mit dem Finger, näher zu kommen. Er schwebte zu mir. »Ich sehe tote Menschen.«

Noah stöhnte laut und verdrehte die Augen, während ich grinsen musste. »Du bist so unlustig«, beschwerte er sich. »Der Witz war schlecht.«

Aber mir ging es dadurch schon etwas besser.

»Ich hab mit ihr über Seth geredet, über meine Vater-Tochter-Probleme.«

»Oh … Äh.«

»Nein. Du musst dich jetzt nicht als Kummerkasten anbieten.«

Sobald ich die Cafeteria betrat, übernahm mein Magen das Kommando. Noah sagte irgendetwas, aber ich war wie ein Zombie, gelenkt durch meinen Heißhunger. Heute gab es leckere Heidelbeer-Pancakes mit Honig. Erst als ich zwei kleine Pancakes verschlungen hatte, war ich wieder aufnahmefähig.

»Sorry, Noah. Ich hatte so einen Hunger. Hast du etwas Wichtiges gesagt?«

»Ich habe mich nur gewundert, warum Shane nicht bei seiner Freundin sitzt.« Viv war zwar noch nicht da, aber Shane saß mit ein paar anderen Typen einige Tische weiter. Er nickte mir kaum merklich zu. Ich senkte den Kopf, sodass niemand sah, dass sich meine Lippen bewegten.

»Montag und Mittwoch muss Shane sich jetzt leider immer verziehen, damit unsere Schützlinge von ihren übernatürlichen Problemen erzählen können«, klärte ich Noah auf. »Er ist zwar misstrauisch, aber er nimmt es hin. Vermutlich hat er gemerkt, dass es manchmal besser ist, keine unnötigen Fragen zu stellen.«

Seit er mit Viv zusammen war, hatte sich Shane keine weiteren Verschwörungstheorien zu Noahs Tod zusammengereimt. Hoffentlich blieb das auch weiterhin so. Zwar waren erst zwei Wochen seit dem *Unglück* vergangen, aber die meisten Schüler schienen Noahs Tod – zumindest oberflächlich – vergessen zu haben. Natürlich nur, bis sie mich sahen: das Mädchen, das angeblich mit einem Kerl geschlafen hat, der sich daraufhin umbrachte. Ich hatte schon mitbekommen, dass mich ein paar Schüler »Schwarze Witwe« nannten. Das hieß wohl, dass ich bis zum College keine Dates mehr haben würde. Juhuu!

Langsam füllte sich die Cafeteria mit Schülern. Viv hatte sich mittlerweile zu uns gesellt, und auch von meinen Schützlingen waren inzwischen alle da – bis auf Eric, was mir absolut nichts ausmachte. Der Vampir konnte mir gestohlen bleiben. Sogar Larissa beehrte uns heute mit ihrer Anwesenheit, nachdem sie letzte Woche ganze drei Schultage gefehlt und sich an den übrigen die ganze Zeit über in einer Toilette eingesperrt hatte. Ein Los, das nur wenige Schüler teilten, und zwar die, die ganz unten angekommen waren.

»Hat jemand Probleme, die auf seiner dunklen Seele lasten?«, fragte ich die anwesenden Übernatürlichen.

»Ist das eine Beichte?« Noah hatte das Wort ergriffen. »Weil, wenn ja: Ich hab heute die toten Frösche im Biologieunterricht vielleicht ein bisschen rumspuken lassen.«

»Das war so witzig!« Penelope kicherte. »Warum müssen wir zur heutigen Zeit noch an Lebewesen rumsezieren? Das ist so brutal!«

Sagte das Wesen, das zweimal im Monat mit einem Kerl schlief, um bei Kräften zu bleiben.

Ich stöhnte laut. »Hat jemand von euch ernsthafte Sorgen?«

Larissa musste mir von ihrem Problem nichts erzählen, da dieses gerade in Form der neuesten Ober-Cheerleader-Zicke Monica anmarschiert kam. Hinter ihr waren noch drei andere Mädchen, die ich nicht namentlich kannte. Aber egal. Sie waren wie diese kleinen Fische, die immer in der Nähe des großen bösen Hais herumschwammen.

Monica baute sich bedrohlich hinter Larissa auf. Ich bekam eine Gänsehaut bei dem Chaos, das sich vor meinen Augen zusammenbraute.

»Sieh mal einer an!« Bei dem Klang von Monicas Stimme wurde Larissa so bleich wie ein ausgehungerter Vampir. »Sitzt der Oberfreak heute wieder bei seinesgleichen?«

»Was willst du hier, Monica?«, knurrte ich sie an.

Es war egal, ob ich das für Larissa tat – oder für die anderen Übernatürlichen, die gerade beleidigt wurden.

»Halt dich da raus, Hexenschlampe!«

Ich kicherte. »Oh, du hast mich beleidigt. Jetzt halte ich mich ganz sicher aus der Angelegenheit raus.«

Sie funkelte mich böse an, aber wagte es nicht, noch mal verbal nachzulegen.

»Du bist aber schnell leise«, höhnte ich und stand langsam auf. »Dabei hatte ich mich so auf eine Auseinandersetzung gefreut. In mir steigt gerade so ein Drang auf, dir einfach ins Gesicht zu schlagen.«

Tatsächlich regte sich in mir das starke Verlangen, mit der Cheerleaderin zu kämpfen. Meine Finger kribbelten vor Aufregung. Ein kleiner Zauberspruch, und meine Waffe könnte in meiner Hand erscheinen.

»Hexchen! Lass den Scheiß! Monica ist es nicht wert, dass du von der Schule geschmissen wirst.«

Noahs Worte brachten mich wieder zurück. Oh, ihr Götter – insbesondere Seth, du Arschloch –, ich hätte mich gerade fast in der Öffentlichkeit mit Monica geprügelt. Und warum? Weil ich anscheinend solche Drohungen nicht mehr nur denken konnte. Ich war viel zu blutdurstig geworden, um so einen Konflikt nur mit Worten auszutragen.

»Was ist denn dein Problem?«, kreischte Monica.

Ich musste mich jetzt ganz schnell beruhigen. Man würde mich unweigerlich von der Schule schmeißen, wenn ich plötzlich mein Chepesch in der Hand hielt und einen auf *Scorpion King* machte. Worte waren ab und zu die bessere Waffe, obwohl ein Schlag ins Gesicht mir so viel mehr Genugtuung verschaffen würde!

»Halt dich da raus, Monica!«, stieg nun endlich auch Larissa in den Streit mit ein. »Du kennst mich nicht. Du hast kein Recht, mich einen Freak zu nennen.«

»Ach ja? Und warum hast du dann gestern durch mein Zimmerfenster gespannt?«

Ich atmete tief durch. Ruhig bleiben, May, ruhig bleiben!

»Monica«, sagte ich mit honigsüßer Stimme. »Verschwinde oder ich lege einen Fluch auf dich.« Kurz sah ich Furcht in ihren Augen aufblitzen. Nicht weil sie Angst vor meiner Magie hatte – sie hielt mich nach wie vor für eine Spinnerin –, aber sie wusste jetzt, dass ich es ernst meinte. Also das mit dem Prügeln.

»Lasst uns gehen, Mädels. Das wird mir zu blöd.«

Damit drehte sie sich um und ging mit ihrer hirnlosen Horde davon.

»Das könnte direkt aus einem Low-Budget-Teenie-Film stammen«, regte ich mich auf. Dann wandte ich mich an Larissa. »Lass mich raten: Du wolltest gestern Monica ein bisschen stalken. Du wolltest rausfinden, ob du sie mit irgendetwas erpressen kannst, und sie hat dich erwischt?«

Noahs Ex nickte. »Ich bin zu ihr geflogen.«

»Geflogen?! Hast du sie noch alle? Du brauchst die Erlaubnis einer Hexe, um zu fliegen!«

»Jaja, kann schon sein.« Sie grinste mich zuckersüß an. »Wenn mir das eine Hexe vorher erklärt hatte.«

»Hat dich wer gesehen?«, wollte Viv wissen. Auch sie klang ein bisschen gestresst.

»Natürlich nicht! Ich habe aufgepasst«, zischte Larissa. »Haltet ihr mich für so blöd?«

Viv und ich tauschten einen vielsagenden Blick, während Noah sagte: »Nein!«

»Leider bin ich in dem Baum vor Monicas Zimmerfenster mit den blöden Flügeln hängen geblieben. Da hat sie mich dann auch erwischt.«

»Mit eingezogenen Flügeln, hoffe ich.«

»Ja, May! Sie hat nichts gesehen. Ebenso wie ihre Eltern, ihre zwei Brüder und ihr Freund. Jeder hat nur gesehen, wie Larissa Adams vor Monica Glass' Fenster rumspannt und danach den Baum runterklettern musste.« Sie fuhr sich durch das rote Haar. »Scheiße. Scheiße. Scheiße. Ich bin so am Arsch.«

»Das warst du schon, seit du zu einer Banshee wurdest«, sagte ich trocken, woraufhin mir Larissa ihren berüchtigten Todesblick schenkte. »Du kannst mich nicht mit deinem Blick töten, Larissa.«

Sie schnaubte laut. Mir entging aber nicht, dass da ein kleines Schluchzen dabei war. Warum war ich nicht ein bisschen mehr wie mein Dad? Ein bisschen gefühlskälter? Ein bisschen mehr unmenschlich?

»Ich bin dir noch etwas schuldig, Larissa«, sagte ich dann.

»Genau darum tue ich das. Es ist nicht viel, aber manchmal soll man auch die kleinen Dinge zu schätzen wissen, oder?«

»Wovon redest du?«

»Dreh dich um.«

Der Cheerleaderin Monica fiel nicht auf, dass sie beim Verlassen der Cafeteria zwei BH-Einlagen verlor, auf die sich ein paar unserer Schul-Tratschkönige mit Begierde stürzten.

Man legte sich nicht mit der örtlichen Hexe an – und kam ungestraft davon!

»Ich liebe dich so, May!«

Ich lächelte ein humorloses Lächeln. Noah sollte nicht merken, dass mir seine Worte regelrecht die Kehle zuschnürten.

Er würde mich nie lieben – er würde nie wieder irgendwen lieben können. Weil er tot war. Zudem meinte er es nicht ernst. Doch mein heutiges Werk der Barmherzigkeit ließ Noah selbst nach der Schule keine Ruhe mehr. Er war total schadenfroh. Als die Cafeteria in Gelächter ausgebrochen war, hatte Noah von allen am lautesten gelacht. Und selbst jetzt noch musste er hämisch grinsen.

»Das war so cool von dir!«, schwärmte der Geist schon wieder. »Du bist wahrhaft eine Göttin!«

»Sei leise«, zischte ich nun. Mein Blick glitt zu meinem anderen Begleiter Ephraim.

Doch dieses Mal kam er nicht mit, damit ich nicht allein nach Hause gehen musste. Er hatte etwas anderes im Sinn.

»Du weißt, dass die Aktion falsch war, oder?«

»Ja und nein. Es war doch nicht so schlimm«, sagte ich und verschränkte die Arme vor der Brust. »Monica hat einen Dämpfer gebraucht. Sie sollte sich nicht so aufführen, als wäre sie übermächtig. Übernächste Woche ist das sicher vergessen.«

»Und du darfst das?«

»Ja?«, sagte ich zögernd.

Irgendwie hatte Ephraim ja recht; andererseits lag er auch einfach nur falsch. Ich war das Chaos. Eigentlich hätte ich tun und lassen können, was ich wollte. Ich war nicht länger an irgendwelche Hexenregeln und erst recht nicht an menschliche Regeln gebunden.

»May hat Larissa doch bloß geholfen«, mischte sich Noah ein. »Vielleicht war es eine Kurzschlussreaktion, aber was soll's? Es war doch harmlos.«

Natürlich fand er es super, dass ich seiner ach so tollen Ex half.

Ephraim funkelte Noah böse an. »Wir dürfen den Menschen nichts antun«, sagte er scharf. »Wir müssen uns so menschlich verhalten, wie es nur geht.«

»Das kannst du gern dem Typ sagen, der mich umgebracht hat.«

»Siehst du? Das passiert, wenn sich jemand von uns regelwidrig verhält.«

»Regelwidrig?« Noahs Geisteraugen funkelten böse. »Vergleichst du jetzt tatsächlich Mord mit ein paar Push-up-Einlagen?«

»Jungs!«, ging ich dazwischen. »Reißt euch zusammen!«

Da einer der beiden körperlos war, hatte ich keine Angst, in eine Schlägerei zu geraten, aber ich brauchte nicht noch zwei streitlustige Gestalten in meinem Leben. Mom und Seth waren schlimm genug.

Ich beschleunigte nur meine Schritte, da wir ohnehin schon spät dran waren und ich keine Lust hatte, mich mit Seth zu streiten.

Ephraim knurrte. Es klang kehlig und animalisch. Dämonisch. »Ich gehe nach Hause. Tschüss, May.«

Dabei bedachte er Noah noch mit einem Furcht einflößenden Blick, den der Geist mit einem einfachen Augenrollen kommentierte. Warum musste es in letzter Zeit immer so ablaufen? Warum mussten Ephraim und ich immer nur streiten? Seit wann hatten wir uns so voneinander entfremdet?

»Und mit diesem Kerl warst du mal zusammen?«, platzte Noah heraus, sodass es Ephraim wohl noch hörte.

»Noah«, ermahnte ich ihn streng. »Lass es.«

»Ich kapiere es nur nicht. Du brauchst jemanden, der mit dir auch mal Scheiße baut. Nicht so einen Moralapostel wie deinen Dämonenfreund. Du bist jung, du machst nun mal Fehler. Obwohl es Monica echt verdient hat. Ich zähl das nicht mal als Vergehen.«

Ich wollte etwas erwidern, aber Noah plapperte fröhlich weiter: »Greifen Götter nicht ohnehin ab und zu in das Leben von Menschen ein? – So, da hast du deine Rechtfertigung, May. Jetzt zieh nicht so ein Gesicht.«

Ich zog nicht »so ein Gesicht«, weil mir Monica leidtat. Nein: Mich wunderte es, dass Noah schon wie ein richtiger Übernatürlicher dachte.

Kapitel 29

Wenigstens hat er mich mal zum Shoppen mitgenommen

Mit einem Gott zu Mittag zu essen war nicht sonderlich toll – wobei *mit* nicht ganz stimmte. Seth saß mit einem Kaffeebecher und einem ungeduldigen Ausdruck im Gesicht mir gegenüber am Küchentisch. Das schon, ja. Aber er wartete darauf, dass ich endlich mit dem Essen fertig wurde. Gran, die mir etwas gekocht hatte, stakste die ganze Zeit in der Küche herum und fand immer etwas Neues, was sie putzen konnte. Sie meinte wohl, dass es auf diese Weise nicht so verdächtig aussah, dass sie Seth die ganze Zeit über im Auge behielt. Dazu kamen noch Noah, der auf den Stuhl neben mir herumspukte, und Kurt, der mich wie ein Polizeihubschrauber umkreiste. Meine Familie und Noah wussten einfach, wie sie sich verhalten mussten, damit ich mich unwohl fühlte.

»Deine Nahrung ist nicht sehr kräftigend«, sagte Seth mit einem abfälligen Blick auf meinen Gemüsereis mit Ei. »Es wäre besser, du isst mehr Fleisch. Du bist noch im Wachstum.«

»Ich bin eine Hexe, ich bekomme keine Mangelerscheinungen«, gab ich genervt zurück. »Und ich bin – ganz nebenbei mal erwähnt – Vegetarierin.«

»Warum das denn?« Mein Dad wirkte ernsthaft entsetzt.

»Warum nicht?« Ich wartete auf eine hitzige Diskussion, aber Seth beließ es dabei.

»Hm.«

Er neigte den Kopf. »Bist du dann so weit, Mayhem? Ich habe einiges geplant.«

Ich kratzte den letzten Rest Reis auf meinem Teller zusammen. So langsam konnte ich das, was Seth »geplant« hatte, nicht mehr hinausschieben. Plötzlich wurde ich Zeugin von etwas Unfassbarem: Meine Gran verpasste Seth mit dem Geschirrtuch einen Schlag auf den Rücken.

»Jetzt stress die Arme nicht so. Du hast dich siebzehn Jahre lang nicht blicken lassen. Lass das bitte nicht an May aus.«

Ich erwartete einen schlimmen Wutausbruch, aber Seth hielt den Mund. Er wirkte lediglich genervt, erhob jedoch nicht einmal das Wort gegen meine Gran. Es schien fast so, als ließe er sich von seiner *Schwiegermutter* unterbuttern.

»Ist schon okay. Ich bin bereit«, lenkte ich ein.

In Wahrheit fühlte es sich so an, als hätte ich gerade meine Henkersmahlzeit vor dem Schafott gegessen.

»Dann komm in den Garten!«

Seth klang richtig begeistert, während ich nur hoffen konnte, dass dort keine Einhörner grasten. Im Handumdrehen hatte er sich in schwarzen Rauch aufgelöst.

»Soll ich mitkommen?«, fragte mich Noah besorgt.

»Nein, du kannst mir sowieso nicht helfen. Bleib lieber bei Gran.«

Meine Großmutter trocknete gerade zum dritten Mal die Weingläser. Ich hatte wirklich Angst, dass sie bald Löcher ins Glas hineinrubbelte. Zumal sie sonst nie mit der Hand abtrocknete. Welche Hexe machte das schon?

Kurt hingegen bedeutete ich, mir zu folgen. Wenn mein Vater draußen einen mörderischen Parcours vorbereitet hatte, dann konnte ich zumindest die zusätzlichen Kräfte meines Hexentieres gebrauchen. Ich wechselte noch schnell mein Outfit, bevor ich aus dem Haus ging. Dann atmete ich tief durch und …

Eigentlich hatte ich erwartet, dass irgendetwas Neues im Garten war, aber da war nichts. Nur Seth. Der Chaosgott trug noch immer eine schwarze Jeans und darüber ein rotes Button-down-Hemd. Er krempelte die Ärmel hoch.

»Ich bin nicht nur der Gott des Chaos, nicht nur der Gott der Wüste und der Stürme«, sagte er mit lauter Stimme. »Ich bin auch der Gott des Krieges. Was natürlich naheliegt, wenn man solche Kräfte wie das Chaos und das Verderben verkörpert.«

Bla, bla, bla, dachte ich. *Seht mich an! Ich bin Seth! Ich bin ja soooo wichtig und soooo mächtig.*

»Ich bin mir sicher, dass auch in dir diese kriegerische Kraft schlummert, Mayhem. Nur ist das Kampftraining deiner Großmutter das absolut falsche für dich. Du brauchst ein intensiveres Training.«

Jetzt verging mir das Feixen schlagartig. Ich schluckte schwer. »Okaaay?«

Seth kam ein paar Schritte näher. Das Lächeln auf seinem Gesicht machte mir solche Angst, dass ich eine Gänsehaut bekam. Kurt drückte sich ganz eng an meinen Hals.

»Wir werden sehr viel Spaß haben, Mayhem.«

Ich bezweifelte das stark. Doch natürlich sagte ich ihm das nicht, sondern zog lediglich eine Augenbraue hoch und sah ihn abwartend an.

»Na dann, lass uns anfangen!« Er drehte mir den Rücken zu. Im nächsten Augenblick zielte die Spitze seines Chepesch genau auf mich. Erschrocken – und kreischend – sprang ich ein Stück zurück. »Ich greife dich an. Was tust du?«

»Ähm … Schreien?«

»Du konterst, du verteidigst dich oder du fliehst. Du hast drei Möglichkeiten, von denen ich nur zwei akzeptiere. Kontern oder Verteidigen. Was tust du also?«, verlangte er mit Nachdruck zu wissen.

Ich starrte immer noch das silberne Metall seiner Waffe an. Er war mein Vater, und trotzdem hatte ich schreckliche Angst vor ihm. Zumindest in diesem Moment, in dem er eine tödliche Klinge auf meinen Hals gerichtet hatte. »Verteidigen?«

»Wie? Zeig es mir, Mayhem.« Ich ließ einen Erdwall um mich herum entstehen, aber Seth drückte diesen innerhalb eines winzigen Augenblicks wieder zu Boden. »Dein Herausforderer könnte das Element Erde auch beherrschen.«

»Dann bin in halt am Arsch«, sagte ich und zuckte mit den Schultern. »Ich kann doch nicht auf alles vorbereitet sein.«

Und wie hoch standen die Chancen, dass ich jemals gegen einen bedrohlichen und überaus mächtigen Gegner kämpfen würde? Fast niemand wusste, wer mein Vater war, und noch weniger nahmen mich als Gefahr wahr.

»Du. Wirst. Nicht. Verlieren!«, brauste Seth auf. »Du bist meine Tochter, und meine Tochter verliert nicht.«

Ich biss mir auf die Lippe, bis es wehtat. Meine Fingernägel bohrte ich in meine Handflächen, bis ich keinen Schmerz mehr spürte. Wollte er jetzt mein ganzes Leben bestimmen? Aus mir eine Killermaschine machen? Was lief nur falsch in seinem Kopf?

Kurt grummelte leise. Er schien auch nicht gerade ein Fan meines Erzeugers zu sein.

»Du bist verletzlich, Mayhem«, fuhr Seth fort. »Du bist nicht unsterblich wie ich. Wenn jemand dein Herz erwischt, verblutest du innerhalb von ein paar Minuten. Wenn jemand deine Lunge erwischt, erstickst du an deinem eigenen Blut, bevor du dich heilen kannst. Natürlich kann man dich auch leicht köpfen. Ein kräftiger Hieb und das war's.«

Unwillkürlich fuhr ich über meinen verletzlichen Hals. Es stimmte: Alle Übernatürlichen konnte man auf eine dieser drei Arten töten. Bis auf einen Gott natürlich.

»Du brauchst eine Rüstung, May. Du hast eine Waffe und Magie, aber du brauchst auch eine Rüstung.«

Ich lachte, aber als ich sah, dass Seth keine Miene verzog, hörte ich auf. »Was? Soll ich als Ölsardine in Blech rumrennen?«

»Vielleicht ist ›Rüstung‹ das falsche Wort. Du bekommst ein Kampfoutfit. Damit du nicht immer wie …« Er sah meine Klamotten abwertend an und suchte lange nach dem richtigen Wort. Sehr lange. »Damit du nicht aussiehst wie … dass diese Kleidung …«

Ich stemmte die Hände in die Hüfte. »Ja?«

»Zu meiner Zeit hat man sich nicht so angezogen«, sagte er abfällig.

»Das liegt vielleicht dran, dass zu deiner Zeit die Menschen noch halb nackt herumgelaufen sind!«

»Das ist …«, begann er scharf. »Das ist absolut irrelevant!« Er schüttelte den Kopf. »Lass uns gehen.«

»Wohin?«

Er lächelte geheimnisvoll. »Das zeige ich dir gleich, mein kleines Mädchen.«

Er packte mich an der Hand. Auf einmal verschwand unser Garten. Stattdessen tauchten links und rechts von mir lange braune

Regale mit Hunderten von Büchern auf. Ich stand auch nicht mehr auf grünem Gras, sondern auf dunklem Holz. Wir waren in einer Art Bibliothek gelandet.

»Wo sind wir?«, fragte ich Seth.

»Das ist ein Antiquariat, vor allem für Bücher«, antwortete er. »Oh, und wir sind in Griechenland.«

Er setzte sich in Bewegung. »Warum?«

Ich versuchte mit ihm Schritt zu halten, aber mein Dad hatte zu lange Beine. Kurt krabbelte von meiner Schulter direkt in meinen Ausschnitt, weil der werte Herr zu faul zum Fliegen war. Sein pelziges Gesicht lugte zwischen meinen Brüsten hervor.

»Weil ich hier Bekannte habe, denen ich vertraue.«

»Götter?«, fragte ich, ohne groß nachzudenken.

Mein Vater blieb kurz stehen, ehe er noch schneller weiterging. »Alle Götter sind tot oder schlafen. Ich bin der einzige, der noch ›am Leben‹ ist.«

Wir kamen zu einem Tresen, der mitten in dem Labyrinth von Bücherregalen stand. Als ich meinen Kopf nach hinten drehte, merkte ich, dass der Raum eine ganz gewöhnliche Eingangstür besaß. Das hier war ein stinknormaler Laden!

Seth benutzte die Klingel. Nur ein paar Sekunden später erschien im hinteren Teil des Ladens eine junge Frau mit einem Staubwedel in der Hand. Sie war eindeutig eine Hexe und ungefähr so alt wie ich. Sie sagte etwas auf Griechisch, und mein Vater antwortete, als wäre es seine Muttersprache. Ihre Augen wurden groß. Als sie sich verbeugen wollte, schnitt Seth die Geste mit einer Handbewegung ab. Schnell rannte sie wieder in die Richtung zurück, aus der sie gekommen war.

Ich verkniff mir Fragen. Wahrscheinlich wollte ich besser gar nicht wissen, was hier abging und was Seth vorhatte. Wir warteten nicht einmal eine Minute, dann erschien zusammen mit dem Mädchen von gerade eben eine ältere Hexe. Sie war einen Kopf größer als ihre junge Begleiterin und richtig dünn. Ihre Haare hatte sie zu einem strengen Zopf geflochten, die meisten Strähnen darin waren schon ergraut. Ich schätzte sie auf etwa vierhundert Jahre. Sie begrüßte Seth mit einem Lächeln, bis ihr Blick auf mich fiel.

O Mann, ich hätte mich vielleicht vorher umziehen sollen.

»Hi«, sagte ich, da mir nichts Besseres einfiel.

Die ältere Hexe musterte mich immer noch, die jüngere starrte mir unverhohlen in den Ausschnitt. – Stimmt! Da befand sich ja noch Kurt.

»Das ist Mayhem Setek«, stellte Seth mich auf Englisch bei den griechischen Hexen vor. »Sie ist die jüngste Hexe meines Coven, und sie braucht dringend eine Kampfmontur.«

Aha, auf einmal war ich nicht mehr seine Tochter, sondern nur eine Hexe seines Coven. Er war echt so ein mieses Arschloch!

»Ich bin Alexa«, stellte sich die Ältere der beiden in gutem Englisch vor. »Das ist meine Tochter Cynthia. Wir sind ein Teil des Hexen-Coven von Athene.«

»Oh.«

Darauf hätte ich aber auch kommen können! Seth hatte mich zu den Hexen der griechischen Kriegsgöttin geschleppt.

»Wie gesagt: Mayhem braucht die beste Kampfmontur, die du ihr machen kannst. Die Bezahlung spielt wie immer keine Rolle.«

Alexa wandte sich mit ihrer Forderung an Seth. »Drei Phiolen Blut, fünf Schutzamulette aus deinem Besitz und eine Kette mit Vampirfangzähnen.«

»Die Phiolen, die Fangzähne, aber nur drei Amulette. Dafür bekommst du die Truhe, in der Cleopatra die Schlange aufbewahrt hat, mit der sie sich hingerichtet hat.«

Die griechische Hexe zögerte kurz, nickte dann aber zufrieden. »Einverstanden.«

Beim nächsten Wimpernschlag lag die Bezahlung auf dem Tisch. Alexa gab ihrer Tochter die Sachen in die Hand, die sie mit zitternden Händen entgegennahm. Die Arme wirkte irgendwie eingeschüchtert.

»Stört es dich, Alexa, wenn ich mich währenddessen hier umsehe?«, fragte Seth. »Vielleicht hast du noch etwas, was mich reizt.«

»Bitte sehr.« Die Angesprochene hob die Hände. »Sieh dich nur in Ruhe um, Seth.«

Dann wandte sie sich an mich. »Würdest du mich bitte begleiten, Mayhem?«

»Äh, bitte sag May zu mir.«

Alexa nickte und setzte sich in Bewegung, und ich folgte ihr, während ich mit meinem Blick das ganze Gebäude zu mustern versuchte. Anders als erwartet, bestand der Laden nicht nur aus alten Büchern. Je weiter wir ins Innere vordrangen, desto mehr Krempel wurde sichtbar: Statuen, Möbel und dann Regale voll mit magischen Gegenständen. Menschen würden aber nur leere Regale wahrnehmen.

»Wir verkaufen hier antiquarische Gegenstände, die manche Menschen interessieren, und für Übernatürliche – insbesondere Hexen – führen wir ein gut sortiertes Angebot an Zutaten für Zaubertränke und mehr«, erklärte sie mir ungefragt. »Zudem stellen wir für besondere Kunden Waffen und Kampfoutfits zusammen.«

»Cool«, staunte ich.

Alexa lächelte.

Plötzlich waren wir am Ende des Geschäfts angelangt – oder zumindest schien es so. Alexa murmelte einen Spruch, und die Mauer teilte sich vor meinen Augen. So einen Spruch brauchte ich auch! Dann könnte ich vielleicht endlich einen begehbaren Kleiderschrank in meinem Zimmer einrichten – und Noah würde ihn nie zu Gesicht bekommen!

Alexa betrat den nun sichtbaren Raum und reckte stolz den Kopf. »Das ist mein kleines Atelier.«

Man merkte sofort, dass der Raum viel moderner eingerichtet war als der Rest: Er war ganz in Weiß gehalten, dazu gesellten sich schwarze Möbel. Einige Modepuppen standen herum. Sie trugen breite Gürtel, Armschienen oder unfertige Stiefel.

»Die Hexen von Athene fertigen seit nun fast dreitausend Jahren die besten Kampfmonturen an, die man auf dieser Welt finden kann.« Sie ging zu einer Puppe, die einen Mantel trug, und strich beinahe zärtlich über das Material. »Wir verwenden nur die besten Stoffe und das Wissen, das uns unsere Göttin vermacht hat.«

Sie schnippte mit den Fingern. Durch die Wand, die ja nur eine Illusion war, flog eine Eule und ließ ein kleines braunes Päckchen in Alexas Hände fallen.

Kurt reckte den Kopf und fiepte. Er hatte sofort gespürt, dass es sich auch um ein Hexentier handelte. Die Eule neigte ihren Kopf und beäugte Kurt neugierig. Der krabbelte endlich aus meinem Ausschnitt heraus und fing an, aufgeregt herumzuflattern.

»Ja, du darfst ihm das Geschäft zeigen, Minerva.« Die Eule gurrte freudig und flog mit Kurt im Schlepptau davon.

»Zieh dich bitte bis auf die Unterwäsche aus, und dann probiere mal das hier an«, bekam ich indes die Anweisung.

Alexa reichte mir ein schwarzes Stück Stoff, das sich als leichtes Kleid entpuppte. Ich ging hinter einen Paravent, um mich umzuziehen. Das schwarze Kleid hörte ein bisschen oberhalb meiner Knie auf. Ich band meine Haare zu einem lockeren Knoten. Dann trat ich hinter der Trennwand hervor.

»Mhm …« Alexa musterte mich von oben bis unten. Sie zauberte ein Maßband in ihre Hand. »Ich brauche ein paar Maße von dir. Streck bitte die Arme aus.« Ich tat, wie mir geheißen. »Und bitte wieder runternehmen.« Sie nahm noch ein paar andere Maße. »Vor einigen Jahren …« Sie maß meine Taille, ehe sie weitersprach. »Da kam auch schon mal eine Hexe in Begleitung von Seth zu mir. Nein, sie war keine Hexe, sie war ein Mischblut. Ein sehr interessantes Wesen. Hexe und Vampir zugleich.«

»Mhm«, machte ich nun bloß. Ich konnte nicht sagen, dass das meine Mutter gewesen war, weil sie ja eigentlich keine Kinder bekommen konnte – oder durfte. Sollte sie mich fragen, würde ich behaupten, dass sie meine Tante sei.

»Erstaunlich, wie ähnlich du ihr siehst. Dasselbe schwarze Haar, das zarte Gesicht mit diesem beinahe schon grimmigen Ausdruck. Die Augen hast du aber von deinem Vater.« Mir stockte der Atem. »Die ägyptischen Götter haben es anscheinend mit ungewöhnlichen Schwangerschaften. Ein Mischblut und der Gott des Chaos haben eine Hexentochter!«

Wenigstens musste ich mir keine dumme Lüge zurechtlegen …

»Wenn ich mich richtig erinnere, ist Athene aus Zeus' Kopf entsprungen«, gab ich zurück, statt die ganze Sache abzustreiten. »Aber woher weißt du es?«

»Man muss keine Hexe von Athene, Göttin der Weisheit, sein, um zu wissen, dass du Seths Tochter bist.« Sie rollte das Maßband auf. »Nicht nur dein Aussehen verrät dich, sondern auch wie sich Seth in deiner Nähe verhält. Ich habe sofort gesehen, dass er dich um jeden Preis beschützen will. Der Gott des Chaos hat Vatergefühle. Jetzt habe ich wirklich alles gesehen.«

»Äh, ja. Ich glaube nicht, dass Seth so wahnsinnig viele Vatergefühle für mich hegt«, redete ich dagegen. »Er hat meine Mom verlassen, als sich herausgestellt hat, dass ich nur eine Hexe bin. Ich kenne ihn jetzt nicht einmal zwei Wochen lang.«

»Und was hat sich verändert?«, fragte mich die Hexe. »Tut mir leid, dass ich so neugierig bin, aber das ist sozusagen eine Familienkrankheit. Hexe des Wissens.«

Sollte ich es ihr verraten? Ich kannte diese Hexe und ihre Familie nicht. Aber mein Vater schien ihnen zu vertrauen. Auch wenn das Verhältnis zu meinem Vater mehr schlecht als recht war, vertraute ich seiner Menschenkenntnis.

»Ich kann vielleicht ein bisschen Stürme heraufbeschwören«, gab ich kleinlaut zu. »Nichts Besonderes.«

»Du weißt, dass keine normale Hexe mehr als ein Element beherrscht?«

Ich nickte.

»Nun, das ist mehr als etwas Besonderes. Ich werde nun beginnen, die Montur an dich anzupassen«, sagte Alexa. »Wir können uns aber gern weiter unterhalten.«

»Mein Dad ist nur mit mir hier, weil er es nicht ertragen könnte, wenn seine Tochter einen Kampf verliert.«

»Ein verlorener Kampf kann den Tod in unserer Welt bedeuten, May«, erinnerte mich die Hexe mit sanfter Stimme. Dann schwieg sie eine Zeit lang beziehungsweise murmelte nur hin und wieder leise Sprüche. Als sie schließlich über meine Arme strich, spürte ich sofort ein undefinierbares Material, das sich auf meinem Körper ausbreitete. Und richtig: Plötzlich umhüllten Ärmel aus dunkelgrauem Stoff meine Arme.

»Trotzdem«, griff ich noch einmal das Thema auf. Anscheinend hatte ich gesteigerten Redebedarf. »Ich bin nur ein Studienobjekt von Seth. Er behandelt mich nicht wie sein Kind.«

»Mein liebes Kind, er ist über sechs Jahrtausende alt. Zudem hieß es, dass er als Verkörperung der Zerstörung nie Nachfolger zeugen könne. Und was man auch nicht vergessen darf, ist, dass er zwar ein Gott ist, aber auch ein Mann. Er weiß nicht, wie er sich bei seiner pubertierenden Teenager-Tochter verhalten soll.«

»Hm«, machte ich. Ich war nicht überzeugt. »Warum seid ihr eigentlich Verbündete von Seth? Hasst ihn nicht jeder dafür, dass er seinen Bruder Osiris getötet hat? Ist er nicht das Böse und Athene die Gute?«

Alexa lachte kurz und schüttelte den Kopf. »Ach May, du bist noch so jung. Gut und Böse existieren in dieser Form nicht. In jedem Gutem steckt etwas Böses. Und umgekehrt.«

»Die Welt ist grau«, summierte ich.

Alexa lächelte mich an. »Genau! Und nun zu deiner anderen Frage: Athene und Seth waren Verbündete. Was in den Geschichtsbüchern nicht erzählt wird, ist, dass Athene mithilfe von Seth Ares getötet hat.«

»Ihren eigenen Bruder?«

»Zwischen Athene und Ares hatte es immer schon Zwist gegeben. Nach dem Trojanischen Krieg traf Seth auf Athene. Seth lebte zu dieser Zeit in Griechenland, weil er seiner Familie den Rücken zukehren wollte. Eines Tages begegnete er der Göttin, und sie bat ihn um Hilfe, ihren Bruder ein für alle Mal zu beseitigen. Seth war der erste Gott, der es geschafft hatte, allein einen anderen Gott zu bezwingen. Dass dieser später von Isis wiedererweckt wurde, tut jetzt nichts zur Sache. Athene und Seth schmiedeten also einen Plan und Ares wurde getötet. Seitdem stehen Athene und ihre Hexen in Seths Schuld. Er kommt alle paar Jahrzehnte vorbei, kauft ein bisschen Zeug und verschwindet dann wieder. Er will lediglich, dass keiner von uns verrät, dass es noch einen Gott gibt – und ein bisschen Rabatt dazu. So, deine Stiefel sind auch fertig!«

Ich verdrehte den Kopf, damit ich die Dinger besser sehen konnte.

»Warte, ich hole dir einen Spiegel. Mit diesem Outfit habe ich mich nun wirklich übertroffen!« Alexa schob einen Spiegel auf Rollen zu uns her. Allerdings ließ sie ihn noch so umgedreht, dass ich mich nicht darin betrachten konnte. »Was mich allerdings verwundert hatte, war, dass er vor ungefähr siebzehn Jahren zu mir kam und deine Mutter dabeihatte. Er hat natürlich versucht, neutral zu wirken, aber mir war gleich aufgefallen, dass sie nicht nur irgendeine Hexe seines Coven für ihn war. Schade, dass sie nicht mehr zusammen sind. Ich denke, eine Frau täte Seth sehr gut. Er muss sehr einsam sein. Aber er hat zumindest eine Tochter.« Alexa lächelte mich aufmunternd an. »Eure Beziehung wird schon noch! Wenn ihr euch erst mal näher kennenlernt und Seth merkt, dass er mit einer Jugendlichen anders umgehen muss … Er wird schon verstehen, dass seine Tochter vielleicht ein Kampfoutfit braucht, aber auch gern Geld für herkömmliche Kleidung hätte. Und dass du nicht nur eine Hexe und die Tochter eines Gottes bist, sondern auch ein ganz normaler Teenager. Es ist so, dass …«

Während sie redete, schweiften meine Gedanken ab. Ich brauchte meinen Vater nicht. Ich hatte Mom, Gran, Tante Harmony, Kurt, Noah, Viv, meine Freunde in der Schule … wozu sollte ich da einen Vater brauchen? Wenn ich ihm langweilig geworden war, würde er wieder verschwinden, da war ich mir sicher. Ich musste nur abwarten …

»So, genug geredet!« Alexa klatschte in die Hände. »Ich präsentiere dir dein Kampfoutfit.«

Sie drehte den Spiegel – und mir verschlug es den Atem. Über dem leichten Kleid trug ich einen langen dunkelgrauen Mantel aus einem lederartigen Stoff. Sein Stehkragen war asymmetrisch geschnitten, was nicht nur stylisch wirkte, sondern auch meinen Hals schützte. Meine Füße steckten in kniehohen Stiefeln. Ich drehte mich zur Seite. »Oh, die haben ja gar keinen Absatz!«, bemerkte ich überrascht.

»Es ist nun einmal keine gute Idee, wenn du mit hohen Absätzen rennst.«

»Aber Plateauabsätze würden sooo gut aussehen!«, quengelte ich. »Damit würde ich noch gefährlicher wirken!«

»Na ja, wenn du darauf bestehst …« Sie klatschte in die Hände, und sofort schoss ich ein Stück weit in die Höhe. »Aber sonst gefällt es dir, oder?«

»O ja! Ich bin begeistert!« Und das war keinesfalls gelogen. Ich drehte mich noch einmal ausgiebig nach links und nach rechts. Die Asymmetrie des Mantels verlieh ihm wirklich einen coolen, modernen Look, und mit der Kapuze sah ich aus wie ein Assassine.

»Das Material sieht zwar aus wie Leder, ist aber natürlich viel fester und kann sogar einige Schwerthiebe einstecken. Der Mantel schützt deinen Hals, deine Lunge und dein Herz. Früher haben wir Corsagen und Korsetts verwendet, aber der Mantel macht das vollkommen überflüssig.«

»Danke«, sagte ich und lächelte die Hexe an. »Es gefällt mir wirklich sehr.«

»Dann wird es Zeit, dich deinem Vater zu präsentieren.«

Darauf hatte ich nun wenig Lust … aber das nützte mir natürlich nichts.

Alexa und ich glitten durch die Scheinwand. Erstaunlicherweise wartete Seth mit Cynthia schon auf uns. Minerva und Kurt flogen über ihren Köpfen, doch sobald mich mein Hexentier erblickte, setzte er zu einem Sturzflug an und landete auf meiner Schulter.

Seth trat an mich heran. Ohne etwas zu sagen, nahm er einen Zipfel des Mantels zwischen seine Finger und murmelte etwas, was sich nach einem außergewöhnlichen Zauber anhörte.

»Was tust du da?«, fragte ich ihn misstrauisch.

»Ich habe Schutzhieroglyphen angebracht.«

Tatsächlich war ein schmaler Streifen mit rot umrandeten Hieroglyphen erschienen. Ich konnte ein bisschen davon lesen: *… er wacht über dich, und möge die Kraft des Gottes des Chaos …*

»Bist du zufrieden, Seth?«, fragte Alexa ihn. »Es gibt keine Garantie und keinen Umtausch. Die Police ist seit Jahrhunderten gleich.«

»Wenn es Mayhem gefällt, bin ich zufrieden.« Er sah zu mir. »Gefällt es dir?«

Ich nickte.

»Dann hast du deinen Job gut gemacht, Alexa. Ich habe zudem noch diese Originalausgaben der *Ars amatoria* von Ovid gefunden.« Seth wedelte mit ein paar Zetteln rum. »Ich denke, die sind ein schönes Andenken an meinen alten Freund. Was willst du dafür?«

Die Hexe grinste über das ganze Gesicht. »Behalte sie. Vielleicht nützen sie dir mal etwas.« Auch Seth lächelte. War ich die Einzige, die den Witz nicht kapierte?

Mir blieb nicht einmal Zeit, mich von Alexa und ihrer Tochter zu verabschieden, denn beim nächsten Atemzug stand ich wieder mit Seth in unserem Garten. Die Sonne schien immer noch kräftig. Wir waren vielleicht zwei Stunden weg gewesen.

»Wir sehen uns dann nächsten Montag wieder, Mayhem«, wollte sich Seth schon davonstehlen, aber ich stoppte ihn.

»Halt! – Äh, es ist doch noch so früh. Muss ich jetzt nicht kämpfen oder so?«

»Nein, Mayhem, das war genug für heute. Nutz die freie Zeit. Bis bald, Mayhem.«

Und dann wurde aus ihm wieder schwarzer Rauch.

Ich schnaubte und stiefelte dann in meinen neuen heißen Stiefeln zurück ins Haus. In der Küche war niemand, aber im Wohnzimmer zappte Noah durch die Fernsehkanäle. Er schien herausgefunden zu haben, wie er technische Geräte manipulieren konnte.

»Hey, du bist noch in einem Stück!« Er blickte zunächst nicht einmal auf. »Hat dein Va… – Wow!« Als er endlich mein Outfit bemerkte, klappte ihm der Mund auf. »Wie siehst du denn aus?«

»Ein Geschenk meines Vaters. Damit ich nicht nur kräftig austeilen, sondern auch einstecken kann.«

»Sieht echt heiß aus!«

Ich war zu fertig, um auf Noahs kleine Schäkereien einzugehen. »Zu müde. Will nicht flirten.« Ich ließ mich auf die Couch fallen.

»Ich flirte doch nicht mit dir!«

»Doch.« Ich überkreuzte meine Beine auf dem Wohnzimmertisch.

»Hey, kriegst du mit deinen Geisterkräften auch ausländische Fernsehsender rein?«

KAPITEL 30

It's party time, witches!

Warum hast du denn keine Lust auf die Party?«

Ich konnte nicht glauben, dass mir Vivienne tatsächlich diese Frage stellte. Auf der letzten Party, die ich besucht hatte, war einem Typ nichts Besseres eingefallen, als vorzugeben, er würde gern ein Date mit mir haben, küsste mich dann aber nur, um seine Ex eifersüchtig zu machen. Und als wäre das nicht schon schlimm genug gewesen, war der Typ danach auch noch *gestorben*! Genau so sagte ich das auch Vivienne – nur ein bisschen hysterischer und mit mehr Rumgefuchtel.

»Dann kann diese Party doch nur besser werden«, war ihr aufmunternder Kommentar dazu.

»Viv …«, seufzte ich genervt.

Ich hoffte, dass mein böser Blick reichte, um Vivs Flehen endlich verstummen zu lassen. Aber nein: Meine beste Freundin sah mich immer noch erwartungsvoll an. Albert schwang gerade den Pinsel für das Rouge. Er machte seine Sache echt gut. Auch den Lidstrich hätte ich auf keinen Fall besser hinbekommen.

»Bitte, bitte, bitte, May! Ich mag Shanes Freunde nicht sonderlich! Die sind alle so … so menschlich.«

»Shane und seine Freunde sind nun einmal Menschen.«

»Ja, das schon, aber Shane ist so viel mehr. Nichts gegen die Menschen, aber manche von ihnen sind in ihrem Denken so begrenzt! Für die zählen im Moment nur Partys, Klamotten und auf welches College sie gehen sollen. Sie wollen nicht mehr vom Leben!«

»Und was will Shane?«

»Darüber haben wir noch nicht so geredet …« Viv schraubte an einer Nagellackflasche herum. »Aber ich spüre, dass er anders ist. Dass er mehr will als das, was die meisten Menschen wählen … – Ich weiß, ihr hattet einen eher ungünstigen Start.«

Ich stieß ein humorloses Lachen aus. Wie kam sie denn darauf? Weil mich ihr Lover verdächtigt hatte, seinen besten Freund umgebracht zu haben?

»Er hatte einfach einen schlechten Tag!«, verteidigte sie ihn. »Noah war gerade erst gestorben. Er war durcheinander.«

»Okay, da muss ich dir recht geben.«

»Also, May: Wann soll ich dich heute abholen?«, ließ meine Freundin nicht locker. »Du kannst dich doch mit deinen übermächtigen Götterkräften in ein paar Minuten fertig machen, oder?«

»Ich wollte mir mit Noah aber heute Abend *Beetlejuice* ansehen.«

Vivienne verdrehte die Augen. »Echt jetzt?! Ihr beide seid schon so im Paar-Modus?«

Ich ließ den Kopf hängen. Noah war mir während der letzten Tage echt sympathisch geworden. Ich konnte nicht mehr abstreiten, dass da eine gewisse Anziehung bestand, aber … Aber ich durfte einfach nicht mehr für Noah empfinden. Sein Geisteszustand – im wahrsten Sinne des Wortes! – war stabil, aber er könnte jederzeit durchdrehen und zum Poltergeist mutieren.

Und das war nicht das Einzige: Wie sollte ich mit Noah zusammen sein, wenn wir uns nicht einmal berühren konnten? Nur miteinander reden würde mich auf Dauer nicht glücklich machen. Ich wollte mit jemandem zusammen sein, mit dem ich auch mal Zärtlichkeiten austauschen konnte. Von Küssen bis hin zum ersten Mal. Es funktionierte einfach nicht …

»O Mann, sorry!«, murmelte Viv zerknirscht. »Ich wollte dich nicht verletzen.«

»Bin ich dumm, weil ich anfange, Noah toll zu finden?«

»Soll ich durch den Spiegel kommen und dich umarmen?«

»Nee.« Ich schüttelte den Kopf.

»Du bist nicht dumm, May.«

»Aber jeder hat mich davor gewarnt! Sogar meine Gran und mein Vater. Der Gott des Chaos höchstpersönlich hat gesagt, dass das keine gute Idee sei!«

»Wo die Liebe hinfällt, da bleibt sie liegen.«

»Nein, nein!«, schrie ich sofort. »Nicht das L-Wort! Ich mag Noah. Mehr nicht. Ich hab ganz kleine Schmetterlingslarven in meinem Bauch. Mehr nicht. Wer weiß, ob ich überhaupt anständig lieben kann? Sieh dir doch meinen Vater an. Er hat keinen Funken Menschlichkeit in sich.«

»May, du drehst gerade leicht durch.«

»Ach was, ich bin tiefenentspannt.«

»Über deinem Kopf schweben aber Regenwolken.«

»Scheiße, nicht schon wieder!«

Ich fuchtelte mit den Händen, um die lästigen Dinger zu vertreiben. In den letzten Tagen passierte mir das andauernd. Wenn ich mich nur ein bisschen traurig fühlte – und sei es nur, weil ich das letzte Wassermeloneneis aus der Tiefkühltruhe gefischt hatte –, zogen sich dunkle Wolken über meinem Kopf zusammen. Ich fühlte mich wie eine Cartoon-Figur. Aber nein: Ich würde nicht wie ein kleines Mädchen zu meinem Vater rennen und ihn um Hilfe bitten. Ich würde das schon irgendwie allein hinkriegen. Schließlich war ich mein ganzes Leben ohne Seth klargekommen.

»Die Party würde dir so guttun«, versuchte Viv mich noch einmal zu locken. »Ein bisschen tanzen, mit ein paar Leuten reden … Wer weiß, vielleicht ist jemand dabei, der dich von Noah ablenkt?«

Ich brauche niemanden, der mich von Noah ablenkt, wollte ich schon sagen, aber mir blieb der Satz im Hals stecken. »Viv …«

»Ich kenne diesen Tonfall, May! Du sagst jetzt bitte nicht Nein!«

»Aber Viv …«

Sie stieß ein so mitleiderregendes Geheul aus, dass ich für einen kurzen Moment wirklich überlegte nachzugeben. Aber Viv würde eine Party ohne mich schon überleben. Ihr Freund, der – nebenbei erwähnt – mit seinem älteren Bruder auch noch der Gastgeber war, stand ihr ja zur Seite. Solange ich, das personifizierte Chaos, nicht dabei war, würde alles glattlaufen.

»Ich habe keine Lust. Sorry«, entschuldigte ich mich, obwohl mich ja keine Schuld traf. »Aber ich wünsche dir viel Spaß. Wenn dir langweilig wird, dann knutsch doch einfach mit Shane rum.« Ich schenkte ihr ein aufmunterndes Lächeln. »Erzähl mir dann, wie es war. Also die Party, nicht das Rummachen.«

Meine Freundin schniefte und antwortete wortkarg: »Okay. Bye.«

Viv legte auf – oder wie man das auch immer bei so Spiegeltelefonaten nennen wollte. Mit schlechtem Gewissen rollte ich mit meinem Drehsessel über den Zimmerboden. Sollte ich doch zur Party gehen? – Nein, nein! Es würde sonst nur wieder Tote geben …

Ich schlurfte den Gang entlang, die Treppen hinab in die Küche. Tante Harmony und Mom waren mit Noah im Zimmer. Wie immer, wenn der Geist anwesend war, grinsten die Geschwister über das ganze Gesicht. Ich selbst musste auch ganz leicht grinsen.

»Und? Was habt ihr zwei heute vor?«, fragte Tante Harmony. Sie trug noch ihren Arztkittel und das Stethoskop um den Hals.

»Wir schauen uns einen Film an«, antwortete ich und stellte Popcorn auf den Herd.

»Kommt Vivienne auch?«, fragte meine Mom. »Ich habe sie schon lange nicht mehr gesehen.«

»Ihr Freund und sein Bruder schmeißen eine kleine Hausparty, weil seine Eltern verreist sind.«

»Und warum seid ihr zwei nicht dort?«, fragte Harmony. »War er nicht dein bester Freund?«, wandte sie sich an den Geist.

»Das war, bevor ich gestorben bin«, erwiderte Noah trocken.

»Richtige Freundschaft und Liebe ruiniert auch der Tod nicht«, zeigte sich meine Mutter poetisch. Das Blutglas in ihrer Hand machte die Szene noch lyrischer. Unheimlich lyrisch. »Los, Kinder, geht raus. Amüsiert euch. Ich kann euch auch fahren.«

Harmony streckte mir einen Zettel entgegen. »Ich verschreibe dir, auf die Party zu gehen. Auch Hexen sind nur einmal jung.«

Noah und ich tauschten Blicke. Er hatte zwar nicht die Fähigkeit, telepathisch mit mir zu kommunizieren, aber irgendwie gelang es uns auch so.

Ich weiß nicht so recht …

Mein Gegenüber zuckte mit den Schultern. *Mir ist es egal.*

Viv meinte auch, dass wir kommen sollten.

Noah nickte. *Dann lass uns mal losgehen!*

Ich hatte aus meinen Fehlern gelernt und ließ mich dieses Mal nicht von meiner Mutter zur Party fahren. Shane wohnte ohnehin nur ungefähr zwei Meilen entfernt. Selbst wenn ich mir Zeit ließ, um nicht total verschwitzt bei ihm anzukommen, würde ich mit dem Rad in ein paar Minuten dort sein. Noah konnte so auch in Ruhe neben mir herschweben.

Kurt blieb heute tatsächlich zu Hause. Er wollte sich mit Mister Mittens irgendeinen Film im Free-TV ansehen. Es schien ein guter Film zu sein, wenn sich die beiden Hexentiere mal zusammenrauften.

Auch ich dachte, dass es ein netter Abend werden würde – bis ich mein Zimmer verließ. Während ich mich umgezogen und nachgeschminkt hatte, hatte Noah draußen auf dem Flur auf mich gewartet. Die Augen des Geistes weiteten sich, als er mich von oben bis unten musterte. Ein kleines bisschen verlegen und zugleich unglaublich geschmeichelt sah ich zu Boden. Dieses Mal konnte Noah nicht sagen, dass er nicht auf meinen Look stand. Die Wahrheit stand ihm ins Gesicht geschrieben. Ich hatte mein Outfit ziemlich schlicht gehalten: An den Füßen trug ich meine geliebten schwarzen Doc Martens, Fishnet-Strümpfe, dazu schwarze Shorts und ein Spaghetti-Top mit Spitze in derselben Farbe.

Vielleicht hatte ich vorhin vor Viv zu viel Theater gemacht. Ich konnte ja einen Abend einfach mal mit Noah ausgehen. Das war sicher besser, als meiner besten Freundin beim Turteln mit ihrem Freund zuzusehen und sich als fünftes Rad am Wagen zu fühlen.

»Für wen hast du dich denn so hübsch gemacht?«

Hatte ich mich da gerade verhört? Wahrscheinlich wieder eine von Noahs unerklärlichen Stimmungsschwankungen.

»Für dich, du Idiot!«, gab ich zurück. »Oder siehst du hier sonst noch Gespenster, die meine heimlichen Verehrer sein könnten?«

Er blinzelte verwirrt. »Was?«

»Glaubst du, ich geh mit dir auf eine Party, um mir dann im erstbesten Moment einen anderen Kerl zu schnappen?« Ich hatte schon einen Finger auf seine Brust gerichtet, bereit, ihn mit dem Fingernagel zu piken. Wenn das möglich gewesen wäre. »Danke, dass du mich für so eine hältst.«

»Ich denke nicht schlecht von dir, Hexchen. Sorry, das ist mir einfach so rausgerutscht.« Er fuhr sich durch die Haare. »Aber es überrascht mich einfach. Warum willst du das tun?«

»Warum denn nicht?«, sagte ich ein bisschen versöhnlicher. »Wir sind beide keine Menschen, Noah, und selbst für Übernatürliche wirken wir zu seltsam: Du bist ein Geist, der immer noch seine Persönlichkeit behalten hat, und ich bin die Hexentochter eines Gottes. Wir sind selbst für die, die auch anders sind, noch Freaks.«

»Freak klingt so hart!«, warf Noah ein. »Können wir nicht einfach etwas Besonderes sein? Das hört sich doch nett an.«

Ich schenkte ihm ein kleines Lächeln. »Dann sind wir eben etwas Besonderes. Der Punkt ist, dass wir doch einfach das tun sollten, was wir wollen. Wer weiß, wie lange wir noch Zeit haben. Ich könnte irgendwann wegen meiner Kräfte total durchdrehen und du … Ich weiß, ich klinge wie das Horoskop aus einer Teenie-Zeitschrift, aber wir sollten das Hier und Jetzt genießen. Außer du willst kein Date mit mir haben.«

»Ein Date?«, fragte Noah. »Wie stellst du dir das vor?«

»Wir lernen uns zunächst mal näher kennen«, schlug ich lächelnd vor. »Erzählen uns Sachen voneinander, die der andere noch nicht weiß. Das geht ganz gut, weil ich mich auf der Party nicht betrinken kann. – Schau, du hast gerade etwas Neues über mich erfahren: Der spezielle Stoffwechsel, den ich als Hexe habe, macht Komasaufen nahezu unmöglich. Und das ist gut so, denn auf der Party sieht es so aus, als wäre ich betrunken, weil ich mit der Luft rede!«

Noah stutzte. »Du kannst nicht besoffen werden?«

»Können schon, aber da müsste ich so viel Alkohol trinken, wie ein normaler Mensch braucht, um eine lebensbedrohliche Alkoholvergiftung zu bekommen«, erklärte ich ihm. »Der Stoffwechsel von Übernatürlichen ist anders. Medikamente schlagen nicht an, jegliche Art von Drogen, Alkohol oder anderen Rauschmitteln ist nutzlos. Dafür können wir eigentlich nicht krank werden, heilen uns selbst und werden auch viel älter als Menschen.«

»Um die fünfhundert Jahre«, ergänzte Noah. »Das hat mir deine Granny schon erzählt.«

Ich bedeutete ihm mit einem Lächeln, dass wir starten konnten. Er und ich gingen beziehungsweise schwebten nebeneinander den Flur entlang.

»Echt heftig, dass du nicht betrunken werden kannst. Wenn ich mich daran erinnere, wie oft ich ein bisschen zu viel intus hatte …«

»Letztes Jahr. Letzter Schultag. Die Party bei Clarissa Hall.«

»Scheiße!« Er *schlug* sich mit der Hand vor die Stirn. »Du warst da auch?«

»Mhm«, machte ich. »Hexen haben übrigens auch ein exzellentes Gedächtnis.«

Eigentlich hatte ich keine Lust auf die Feier gehabt, denn Viv besuchte zu diesem Zeitpunkt mit ihrer Mom und ihren Schwestern ihre restliche Familie in New Orleans. Aber Penelope – damals neu in der Stadt – hatte eins ihrer *besonderen* Dates benötigt, und da musste ich sie gewissermaßen beaufsichtigen. Wenngleich nicht im wörtlichen Sinne! Meine Mom hatte natürlich auch nichts dagegen gehabt, dass ich mich auf einer Party herumtrieb, die nur ältere Schüler und natürlich die Sportstars – mit diesem Begriff sollte man allerdings hinsichtlich der ganzen Spielpleiten vorsichtig sein – besuchten.

Durch Penelopes Sukkubus-Charme waren wir problemlos in das Innere des Hauses gelangt. Während sie sich schnellstmöglich einen Liebhaber als Opfer gesucht hatte, war ich ein bisschen herumgewandert. Als ich mich gerade mit Luke Scott, einem Werwolf, der mittlerweile vor sechs Monaten mit seiner Familie nach Kanada gezogen war, unterhalten hatte, erspähte ich Noah. Er und ein paar seiner Freunde – darunter natürlich auch Shane – schmissen weiße Plastikbecher auf den Boden und grölten dabei so laut, als hätten sie gerade den Super Bowl gewonnen. Danach kletterte Noah auf einen der Tische und tanzte wie eine Go-go-Tänzerin um ein Fass Bier herum. Das ging aber nur so lange gut, bis der Tisch unter ihm zusammenbrach. Die ganzen Anwesenden – inklusive meiner Wenigkeit – waren in schallendes Gelächter ausgebrochen, während Noah in einer immer größer werdenden Bierlache gelegen hatte.

»O Gott, war das peinlich!«, stöhnte nun sein Geist. »Ich weiß immer noch nicht, wie ich an dem Abend nach Hause gekommen bin. Mein Bett hat zwei Monate lang nach Bier gestunken! Dadurch haben meine Eltern auch mitbekommen, dass ich auf der Party war. Sie sind total ausgeflippt!«

»Böser Noah!« Ich kicherte schadenfroh.

»Hey! Ich wette, Destiny hat dich auf Knien angebettelt, dass du auf die Party gehst. Sie scheint bei so etwas echt locker drauf zu sein.«

Da hatte Noah nicht einmal unrecht. Wir waren nun beim Gartenschuppen angelangt. Irgendwo unter ganz vielen Speeren, Schwertern und Äxten versteckt fand ich tatsächlich mein altes Fahrrad. Und was noch verwunderlicher war: Ich konnte es aus dem Schuppen bugsieren, ohne einen Finger oder Zeh einzubüßen.

»Willst du mir das mit deinen Eltern nicht mal erzählen?«, fragte ich Noah. Ich schob das Rad noch bis zur Straße. »Ich meine, du musst nicht, wenn du nicht magst, aber du kannst es mir anvertrauen.«

Er zog den Kopf ein. »Ich habe es dir eigentlich eh schon gesagt«, presste er mit harter Stimme hervor. »Mein Dad ist ein Arschloch und meine Mom zu gutherzig, um ihn rauszuwerfen.«

»Tut er ihr etwas an?«, fragte ich vorsichtig.

Ich konnte nicht einschätzen, ob der Typ seine Frau schlug oder ob er seine Hand sogar gegen Noah oder Clarice erhoben hatte. Aber wenn, würde ich ihm einen Besuch abstatten, den er nie wieder vergessen würde. Ich war streng genommen keine richtige Hexe. Ich musste nicht lieb und nett zu den Menschen sein.

»Nein, das hat er nicht«, sagte Noah zaghaft. »Aber er … er hat mich nie wirklich als seinen Sohn behandelt. Clarice hatte es auch nicht besser. Er hat sich nie für seine Kinder interessiert. Nur für sich selbst.«

Na, da kannte ich noch einen Vater, der genauso drauf war. »Als ich kleiner war, ist mir das nie so aufgefallen. Er hat immer lange gearbeitet. Dann aber hat er seinen Job verloren und seinen Frust an uns ausgelassen. Ich erinnere mich an keinen Tag, an dem er nicht mit meiner Mutter rumgebrüllt hat. Es gab Streit an jedem Geburtstag, zu Thanksgiving und natürlich auch an Weihnachten. Clarice hat das Glück, dass sie schlau ist. Sie konnte ein Stipendium für ein College ergattern, das weit genug weg von uns ist. – Aber warum jammere ich noch? Ich bin meinem Scheißdad auch entkommen – und wenn es durch meinen Tod war. Mir tut nur meine Mutter leid.«

»Noah«, begann ich und wusste nicht, was ich weiter sagen sollte.

Seinem Tod konnte ich nach wie vor nichts Positives abgewinnen. Nicht mal, dass wir uns dadurch nähergekommen waren, denn durch seinen Geisterstatus würden wir uns nie wirklich nahe genug kommen.

»Ist schon gut, May. Spar dir die Worte. Je weniger ich darüber nachdenke, desto besser geht es mir.«

Ich sah besorgt zu ihm hinüber.

»Du kennst also meinen peinlichen Ausrutscher auf der Schulschluss-Party.« Noah grinste. »Jetzt musst du mir auch etwas Peinliches von dir erzählen.«

»Hm …« Ich dachte kurz nach, während ich mir die Haare zu einem Pferdeschwanz band und mich auf mein Fahrrad setzte. »Also, es könnte sein, dass ich versehentlich, als ich mal ein bisschen außer mir war, mit einem Blitz das Gartenhäuschen des Hausmeisters abgefackelt habe …«

☥

Etwas, das man auf keinen Fall machen sollte, war, seltsame Selbstgespräche vor seinem Psychologen zu führen. Leider erwischte mich Doktorin Sands genau so: Ich schob mein Fahrrad den Gehweg entlang, redete – lästerte – lautstark über ein paar Lehrer an der Schule und blickte immer wieder verstohlen die Luft an. Es war fast so, als flirtete ich mit dem Wind. Wie hätte ich auch ahnen können, dass sie ausgerechnet eine von Shanes Nachbarn war?

Und dass sie es sich mit einem Glas Weißwein auf der Veranda gemütlich gemacht hatte?

»May? May, bist du das etwa?«, rief sie.

Ich wurde kreidebleich im Gesicht. Als ich mich dann nach rechts drehte, erkannte ich sofort meine Schulpsychologin, die sich über das Verandageländer gebeugt hatte.

Ich hob eine Hand zur Begrüßung. »Äh … Hi.«

Sie hatte mit ziemlicher Sicherheit mitbekommen, wie ich mit Noah geredet hatte, und das bedeutete, dass sie aus der ersten Reihe mit angehört hatte, wie ich Selbstgespräche geführt hatte. Mit einem

Toten. Sie kam mit dem Weinglas in der Hand angeschlendert. In diesem Moment erinnerte sie mich stark an meine Mom.

»Hast du mit jemandem geredet?«, fragte sie mich mit einem Stirnrunzeln. »Hier ist doch niemand, oder?«

»Ach, ich hab mit mir selbst ein bisschen geredet«, brummte ich, während Noah schadenfroh lachte und lästerte, dass nur ich so elegant in Fettnäpfchen hüpfen könne.

Die Falten auf ihrer Stirn wurden noch tiefer. Sie hielt mich anscheinend für komplett durchgeknallt. »Aha.«

Es herrschte ein unangenehmes Schweigen zwischen uns.

»Willst du auf die Party?«

Sie deutete zu dem Haus von Shanes Eltern. Es schien zwar nicht so wild abzugehen wie bei der Miller-Party an Halloween, aber ganz leise drang die Musik und auch Geschrei zu uns herüber. Dabei mussten Shane und sein Bruder nicht einmal eine Anzeige wegen Ruhestörung fürchten. Ihre Mutter war die Tochter des pensionierten Polizeivorsitzenden, und das hatte einigen Einfluss in unserer kleinen Stadt.

»Versuch nicht, mich anzulügen, May.« Doktorin Sands zwinkerte mir zu. »Ich weiß, dass du minderjährig bist, aber ich halte den Mund. Ich war schließlich auch mal jung. Viel Spaß auf der Party.«

»Äh … danke?« Ich war immer noch etwas durch den Wind, weil ich echt Angst hatte, dass sie mich für total bekloppt hielt. »Noch einen schönen Abend.«

»Dann bis Montag!«, flötete sie überaus gut gelaunt.

Ich nickte mit einem gekünstelten Lächeln und schob mein Rad so schnell es ging weiter.

Das würde bestimmt irgendwelche Konsequenzen nach sich ziehen. Am Montag wollte Doktorin Sands sicher darüber reden, warum ich meine Selbstgespräche in Dialogform gestaltete und warum ich mich mit siebzehn heimlich auf Partys schlich. Dabei war ich hochoffiziell unterwegs. Meine Mom hatte mich geradezu gedrängt.

»Noah grinste breit »Du schaffst es immer wieder, dich in Schwierigkeiten zu bringen, was? Ist das so eine Chaoskraft?«

»Du bist schuld«, fauchte ich leise.

Aber nun war es auch schon egal, ob mich Doktorin Sands hörte.

»Da hast du recht, aber du wolltest das Date mit mir«, grinste der Geist. »Keine Garantie. Keine Rückgabe. Kein Umtausch.«

Er bekam ein Augenverdrehen von mir als Antwort. »Du wirst mich nie mehr los.« Er versuchte sich an einem unheimlichen Geisterlachen, was sich aber mehr nach dem Kichern einer pseudobösen Zeichentrickfigur aus den Achtzigern anhörte.

Ich grinste. »Du bist so ein Idiot!«

Wir waren nun endlich beim Haus angelangt. Als keine Neuankömmlinge mehr eintrafen, schrumpfte ich mit einem einfachen Spruch mein Fahrrad, sodass es leicht in meine Hosentasche passte.

»Geiler Trick!« Noah staunte.

»So kann mir niemand mein Rad stehlen.«

Shanes Eltern besaßen ein wirklich nettes Einfamilienhaus. Es war zwar nicht so groß wie unser Anwesen, aber es bot genug Platz für die ganzen Feierwütigen. Es waren einige Leute aus meiner Schule da, aber auch ein paar Ältere, die mit Shanes großem Bruder aufs College gingen. Ich stellte mich auf die Zehenspitzen und versuchte Shane und Viv irgendwo auszumachen, aber ich sah das Paar nirgends.

»Wir sind jetzt nicht mal eine Minute da, und schon sind drei Leute durch mich hindurchgelaufen«, knurrte Noah genervt. »Nummer vier!«

»Reg dich ab, Gespenst von Canterville«, sagte ich zu ihm. Es war zwar laut und ich musste fast schreien, aber da jeder durcheinanderredete, fiel keinem so wirklich auf, dass ich schon wieder *Selbstgespräche* führte.

Noah murrte noch ein bisschen. »Was machen wir jetzt?«

»Also ich habe jetzt erst mal Durst.«

Tanzend bewegte ich mich durch die Menge. Ich stellte bald fest, dass Shanes Eltern eine coole kleine Bar im Keller hatten.

»Ich hätte gern was zu trinken!«, rief ich dem Typ hinter der Bar zu. »Hallo? Hallooo?«

Er hörte mich nicht, weil er gerade so hemmungslos mit einer Frau flirtete, dass sogar der Alkohol hinter ihm hätte in Flammen aufgehen können, ohne dass er es merkte.

Genervt lehnte ich mich ans Ende der Theke, als mich kurz darauf das gekühlte Glas eines bunten Alkopops berührte.

Ich sah auf und blickte in Noahs Gesicht. »Hast du den per Telekinese bewegt?«

Er nickte. »Ich bin doch dein Date, Hexchen. Was wäre ich für ein mieser Typ, wenn ich dir nicht einmal etwas zu trinken besorgen könnte?« Er beugte sich zu mir vor, obwohl ihn sowieso sonst keiner hören konnte. »Dieses Mal mache ich alles richtig.«

Ich lächelte – bis ich ein paar College-Studenten beim Beerpong-Spielen erblickte. Innerhalb eines einzigen Wimpernschlags staute sich in mir eine unglaubliche Wut auf. Das war doch einfach unfassbar! Wie konnte er es wagen, hier aufzutauchen?

»Warte. Einen. Moment«, presste ich irgendwie mit zusammengebissenen Zähnen hervor. Schnellen Schrittes bahnte ich mir einen Weg durch die Partywütigen, direkt auf die College-Studenten zu, die Tischtennisbälle in Plastikbecher warfen. Die Studenten feuerten die beiden Spieler gerade johlend an. Ich tippte einem der beiden Spieler auf die Schulter, der dann nicht einmal reagierte. Vielleicht sollte ich mein Chepesch hervorholen.

»Was ist denn?«, knurrte er endlich und drehte sich zu mir um. Als er mir in die Augen blickte, wurde er ein wenig bleich um die Nase. »Scheiße«, fluchte er und drehte sich kurz wieder zu seinen Saufkumpanen. Aber nur kurz. »Hallo, Mayhem«, begrüßte mich mein Vater mit einem unschuldigen Lächeln. »Was gibt es denn, mein Kleines?«

Unter den College-Studenten wirkte er noch viel jünger, als er ohnehin schon aussah. Im Moment hätte ich ihn auf gerade einmal zwanzig geschätzt.

Der Gott war zweifelsohne alterslos – und ein riesiges Arschloch.

»Spionierst du mir etwa nach?«, ließ ich meiner Wut freien Lauf. »Warum zum Henker tust du das?«

Er hob abwehrend die Hände. »Ich spioniere dir doch nicht nach.«

»Was machst du dann hier?«

»Ich bin auch der Gott der Trunkenheit.« Er deutete auf das ganze Bier. »Ich sorge nur für gute Unterhaltung.«

»Gott der Trunkenheit! Gott der Trunkenheit!«, jubelten die Studenten, die besoffen genug waren, um zu denken, dass Seth einer von ihnen war und sich aus Spaß so betitelte.

»Wer's glaubt!«

»Hey, hey, hey.« Irgend so ein Idiot drängte sich zwischen meinen Vater und mich. Er drückte mir einen Plastikbecher mit Alkohol in die Hand. »Chill ein bisschen, Babe«, nuschelte er mir zu. »Mach deinem Freund nicht das Leben zur Hölle.«

Der Typ bekam den Alkohol von mir zurück.

Direkt in sein Gesicht.

»Er ist nicht mein Freund! Er ist mein Vater!«

Seths neue *Freunde* tuschelten und zogen ihn zur Seite, aber ich bahnte mir schon einen Weg zu Noah zurück. Mein Vater war nicht hier, weil er ein Biergott oder so etwas war. Das war doch nur eine billige Ausrede. Er war hier, um mich zu beobachten. Ich wusste zwar nicht warum, aber es gab für mich nur diese eine Erklärung.

»Mayhem!«, rief mir Seth nach. »Warte doch, Mayhem!«

Ich drehte mich ein letztes Mal um. »Fahr zur Hölle«, sagte ich mit ruhiger Stimme zu ihm. »Da gehörst du nämlich hin.«

»Aber Mayhem, ich habe nichts getan!«

Auf einmal kam eine der Beerpong-Studentinnen auf Seth zu und legte ihre Arme um seinen Hals. Sie rieb sich von hinten an ihm und schenkte mir dann einen verächtlichen Blick.

»Wer ist denn das Kind da?«, fragte sie Seth, aber dank meines feinen Gehörs konnte ich es auch verstehen. Das war eindeutig zu viel!

»Deine Anwesenheit allein ist schon eine Strafe für mich! Verschwinde einfach wieder!«

Doch zunächst nahm ich die Beine in die Hand. Mit eingezogenem Kopf stürmte ich aus dem Keller. Dabei rempelte ich zahlreiche Leute an, aber das war mir egal. Ich blieb erst stehen, als ich den Dachboden erreicht hatte. »Verpisst euch!«, blaffte ich das Pärchen an, das sich hier oben gerade geküsst hatte.

»Was geht denn mit dir?«, verlangte der Typ zu wissen. Ich starrte ihn nur böse an, und sofort wich er einen Schritt vor mir zurück. Er packte seine Freundin am Arm und rannte so schnell es ging die Holzleiter hinab. Mit der Kraft meiner Gedanken knallte ich die Dachbodenluke zu und versiegelte sie mit Magie. Ich wollte niemanden sehen, bis auf Noah, und der kam auch bald zu mir.

»Was ist denn los, Hexchen?«, fragte er mich.

Ich hatte mich vor das Dachfenster gesetzt und sah teilnahmslos in den Garten. »Ich will, dass mein Dad wieder aus meinem Leben verschwindet!«, beichtete ich Noah. »Immer wenn ich ihn sehe, erinnert er mich daran, dass mein Leben das reinste Chaos ist. Ich will das nicht.«

»Ach Hexchen«, seufzte Noah. »Das ist doch alles nicht so schlimm.«

Ich sah im Augenwinkel, wie er sich in meine Nähe setzte. »Nicht so schlimm?!«, echote ich. »Ich bin das Chaos! Ich bin böse!«

»Du bist nicht böse. Du bist immer noch du selbst, oder spürst du eine Veränderung?«

»Das würde ich doch nicht spüren.«

»May, du übertreibst einfach.« Noah schüttelte den Kopf. »Ich kenne mich aus mit schlechten Vätern, und du wirst nicht so werden wie er. So wie ich nicht wie mein Vater wurde. Die Erziehung und das persönliche Umfeld machen viel aus. Habe ich zumindest in Sozialkunde gelernt.«

Da hatte Noah wirklich recht: Meine Mom, Gran und Tante Harmony hatten mich ziemlich gut als Hexe erzogen, und das, obwohl Mom selbst zugegeben hatte, dass wir wohl ein wenig *böse* waren. »Ich weiß einfach nicht mehr, was gut und was schlecht ist.«

»Kann man das so einfach sagen, Hexchen? Ich glaube nicht.«

»O Mann, du bist so ein Klugscheißer!« Ich lächelte den Geist an. Tatsächlich fühlte ich mich schon etwas besser, aber ein unbestimmtes, schlechtes Gefühl nagte immer noch an mir. Plötzlich nahmen meine feinen Hexensinne ungewöhnliche Geräusche von draußen wahr. Ich fuhr hoch und öffnete das Dachfenster. Der Garten war halb erleuchtet, die andere Hälfte lag aber im Dunkeln. Dort unten sah ich zwei Gestalten, und eine davon war eindeutig Eric, der Vampir. Ich kniff die Augen zusammen. Er zerrte an der Hand einer brünetten College-Studentin. Sie wirkte irgendwie betrunken. Er würde doch nicht … Ich dachte nicht mehr viel darüber nach, sondern sprang durch das Fenster. Ich schürfte mir bei dem Sprung das Knie auf, aber biss die Zähne zusammen. Das Adrenalin tat den Rest.

»Was ist denn los, May?«, rief Noah, der hinter mir hergeschwebt war, aber dann erkannte auch er den Ernst der Lage.

Die Studentin schien schon völlig hypnotisiert von Eric zu sein, denn sie taumelte nur noch herum. Die Fangzähne des Vampirs waren bereits voll ausgefahren. Das machte ihn jedoch gleichzeitig verletzlicher, langsamer und unaufmerksam. Meine Chance. »Geh weg von dem Mädchen, Eric!«, brüllte ich ihn an. Er wirbelte zu mir herum und stieß ein verächtliches Schnauben aus. »Vor dir habe ich keine Angst, May!« Er sah zu Noah. »Und noch weniger vor deinem Geisterfreund.« Er entblößte seine Eckzähne noch weiter. »Mit dem bin ich schon einmal fertiggeworden.«

Mir wurde ganz schlecht. Das hatte er doch nur so gesagt, oder? Klar, Eric war ein Arschloch, aber er hätte doch nie jemanden derart verletzt. Oder gar getötet. Der Rat hatte ihn schon einmal für ein Vergehen bestraft. Er würde so eine Dummheit nicht noch einmal riskieren! Hoffte ich inständig. Eric fiel meine Miene sofort auf. »Ja, ich habe ihn getötet, May. In letzter Zeit habe ich einfach Lust zu töten. Du nicht auch manchmal?«

Ich stieß einen schrillen Schrei aus und rannte gedankenlos auf Eric zu. Am liebsten hätte ich ihm sein Herz mit meinen Fingern aus seinem Brustkorb herausgerissen, aber das lag leider nicht in meiner Macht. Mein größter Albtraum war gerade wahr geworden. Einer meiner Schützlinge geriet völlig außer Kontrolle. Eric sprang hoch und wich meiner Attacke locker aus. Das Mädchen fiel bewusstlos zur Seite. Ich fuhr herum. Dieses Mal ließ ich mein Schwert erscheinen, als ich mich wieder auf den Vampir stürzte. Zu meiner großen Freude sah er kurz ziemlich verunsichert aus. Dadurch gelang es mir auch, ihn an der Seite zu verwunden.

Eric schrie auf und stürzte zu Boden. Schnell umschloss ich seine Hände und Füße mit Erde, sodass er sich nicht mehr bewegen konnte.

Ich ließ das Schwert genau über Erics Kehlkopf schweben. Ein Hieb, und das war es. Er hatte ein unschuldiges Leben genommen, da wäre es nur fair, wenn ich ihn auch tötete.

»Tu es nicht, May!« Noah legte seine geisterhafte Hand auf meine. »Du bist nicht wie dein Vater, und das kannst du am besten beweisen, indem du sein Leben verschonst.«

»Aber er hat dich getötet!«, schrie ich. »Wenn er nicht wäre, dann wären wir … dann wäre …«

Noah senkte den Blick. »Ich weiß, aber ich will nicht, dass du meinetwegen tötest, May. Er wird für seine Tat bestraft werden. Deine Mom hat mir erklärt, was mit Übernatürlichen passiert, die sich nicht an die Regeln halten. Glaub mir, er wird dadurch mehr leiden.«

Ich ließ das Schwert verschwinden. »Okay.«

Noah lächelte. Es war zwar nur ein winziges Lächeln, schließlich lag sein Mörder zu seinen Füßen, aber es ließ mein Herz ein kleines bisschen hüpfen. »Du bist besser als Seth. Du bist gut, May.«

Aber nur wegen dir … »Pass auf!« Ich trat mit dem Fuß auf Erics Brust, um seine Aufmerksamkeit zu bekommen. Er stieß ein unmenschliches Gebrüll aus. »Ich werde gleich deine Fesseln lösen«, knurrte ich ihn an. »Wenn du etwas Falsches machst, werde ich dir deinen Kopf von den Schultern trennen. Hast du das kapiert?«

Mit roten Augen starrte Eric mich hasserfüllt an, aber er nickte.

Blauäugig wie ich war, ließ ich meinen Zauber verschwinden. Innerhalb eines einzigen Augenblicks sprang Eric auf und bohrte seine Fangzähne in meinen Hals. Ich spürte, wie er wie eine Schlange das vampirische Gift in meinen Blutkreislauf spritzte, das mich betäuben sollte. Dann wurde Eric mit einem Mal von mir weggeschleudert.

Er knallte gegen einen Baum und blieb bewusstlos liegen. Noah hatte eine Hand erhoben und wirkte dadurch wie ein rachsüchtiger junger Gott. Unpassenderweise dachte ich auch, dass er gerade so richtig heiß aussah.

Auf einmal wurden aus dem einen Noah zwei Noahs, dann drei! Ein Echo drang an meine Ohren. Das Gift arbeitete schon in mir. Ich taumelte aus dem Garten, direkt auf den Bürgersteig. Eine männliche Stimme sprach unverständliche Worte. Auf einmal tauchte eine Frau auf. Sie legte ihre Arme um mich und brachte mich in ein Haus. Plötzlich redeten zwei Stimmen auf mich ein. Ich presste die Hände auf die Ohren, aber die Geräusche wurden nicht besser. Sie redeten zu viel. Viel zu viel!

Ich konnte nicht denken.

»Trink das«, war das Erste, was ich wieder bewusst wahrnahm. Aus der verschwommenen Gestalt zu meiner Rechten formten sich langsam die Umrisse von Doktorin Sands.

Sie lächelte mich aufmunternd an. »Kräutertee.«

Ich nickte und trank die Tasse auf ex aus. Warum auch immer. Denn mit einem Mal spürte ich: Das hier bedeutete Ärger. Ich wusste zwar nicht warum, aber irgendetwas sagte mir, dass ich in Schwierigkeiten steckte.

Doktorin Sands fing plötzlich an zu kichern. »Schlaf gut, Prinzessin«, sagte sie. »Und du bleibst auch hier!«, wandte sie sich an Noah.

Warte, was?! Bevor ich noch einen vernünftigen Gedanken fassen konnte, wurde es komplett schwarz um mich herum.

Ich erwachte mit wirklich fiesen Kopf- und Gliederschmerzen. Ich fühlte mich wie ausgekotzt. Etwas, das mir bis auf wenige Ausnahmen ziemlich fremd war. Ich konnte ja keinen Kater bekommen oder krank werden. Der Schmerz in meinem Kopf verflog jedoch schnell, ich konnte wieder klarer denken. So erinnerte ich mich an das, was vor meiner Ohnmacht geschehen war: Ich hatte zusammen mit Noah Shanes Party besucht und Eric davon abgehalten, ein Mädchen zu beißen – oder gleich viel Schlimmeres mit ihr anzustellen. Eric hatte mich dann gebissen und ich war benommen vom Vampirgift meiner Schulpsychologin, Doktorin Sands, in die Arme gelaufen. Sie hatte mich herzlich in ihrer Wohnung aufgenommen und … Doktorin Sands! Ich öffnete die Augen. Das erste Wort, das mir in den Sinn kam, war: Verlies. Ich lag auf dem Rücken und blickte zu einer dunkelgrauen Decke aus Stein hinauf. Als ich mich unter Schmerzen zur Seite rollte, war da auch nur eine graue Steinwand. Ich kniff die Augen zusammen. Nein, sie war nicht nur grau, da waren alle möglichen Zeichen, von Hieroglyphen bis Runen, mit roter Farbe an die Wand gekritzelt.

»Oh, scheiße!« Rote Farbe? Das war eindeutig Blut! Oh, ihr Götter, mir wurde schon wieder schlecht … Ich drehte mich auf die andere Seite – nur um einen bandagierten Leichnam zu erblicken. Da lag eine gottverdammte Mumie neben mir! Irgendjemand sagte etwas, aber das ging durch meinen lauten Schrei vollkommen unter. Mit meinem Gekreische hätte ich Larissa ordentlich Konkurrenz gemacht. Ich wollte aufspringen, aber ich fühlte mich so schwach, dass ich mich wieder hinlegen musste. Dazu kam dieser dumpfe Schmerz, den ich nicht einordnen konnte.

»May! May, bitte rede mit mir, Hexchen!«

»Noah?« Ich öffnete die Augen und blickte in Noahs besorgtes Gesicht.

»Wie fühlst du dich? Kannst du dich bewegen? Du hast die ganze Zeit vor Schmerzen gestöhnt!«, sprudelte es aus ihm heraus. »Du verlierst ständig das Bewusstsein!«

Es kostete mich viel Kraft, und es dauerte lange, aber ich schaffte es, meine Beine anzuziehen und meine Arme so um sie zu schlingen, dass ich mich ein bisschen aufrichten konnte. Warum fühlten sich meine Arme nur so seltsam an? Meine Augen fielen immer wieder zu, aber ich erkannte ein bisschen was. Um meine Handgelenke waren weiße Bandagen gewickelt, die wie Fesseln fungierten. Ich zog an ihnen. Sie gaben sogar ein wenig nach, aber ich konnte unmöglich aufstehen. Und das war nicht alles: In beiden Armen steckten Schläuche, die zu Blutbeuteln an Infusionsständern führten – und das Blut floss nicht zurück in meinen Körper. Jemand zapfte mir Blut ab!

»Eric! Ich bringe den Scheißkerl um!« Das Adrenalin schaffte es, mich aus meiner halben Ohnmacht zu holen. »Ich reiß ihm den Kopf mit bloßen Händen ab und bastele mir eine Halskette aus seinen Zähnen!«

»Na, na. Du wirst gar nichts tun, May.« Kresley Sands' Stimme ertönte hinter meinem Rücken. Noah knurrte sie an, aber sie stieß nur ein verächtliches Lachen aus.

»Sollte ich vor dir Angst haben, Geist?« Sie lachte erneut. »Wie geht es dir?«, fragte sie mich und zeigte sich endlich.

Ich staunte. Ihr Aussehen hatte sich verändert: ihre Haut war dunkler, die Wangenknochen höher und ihre Haare auf einmal viel länger. Sie kam mir vertraut vor. Zudem spürte ich nun auch, dass sie kein Mensch war. Sie war wie ich.

Sie war eine Hexe.

»Was hast du mit mir vor?«, fauchte ich sie an.

»Ich?« Sie zeigte mit dem Finger auf ihr Gesicht. »Ich werde dich töten.«

Nicht, wenn ich dich nicht vorher aus dem Verkehr ziehen kann. Ich sammelte all meine Kraft und richtete einen Zauberspruch auf Doktorin Sands. Ein Flammenball sollte ihre Haut und ihre Haare verbrennen und mir Zeit verschaffen, um zu fliehen. Aber es geschah … nichts. Ich versuchte es noch einmal, aber ohne Erfolg.

»Wo ist die Magie hin?« Ich stutzte. Meine ehemalige Psychologin lachte schon wieder. Wie hatte sie so lange verstecken können, dass sie die Durchgeknallte von uns beiden war?

»Dank deines wunderbaren Blutes gibt es in diesem Raum keine Magie.« Sie marschierte zu den Blutbeuteln, die am Infusionsständer hingen, und wechselte sie aus. »Dein Blut ist sehr wertvoll und mächtig.«

»Und da willst du mich töten? Wenn ich tot bin, wird all mein Blut vergossen werden. Dann kannst du es nicht mehr für diese kranke Wandmalerei benutzen.«

»Ich mache das hier nicht, um an dein Blut zu kommen, May.« Zur Demonstration zerdrückte sie den Beutel, den sie gerade ausgewechselt hatte, in ihrer Hand. Ekelhaft! »Dein Blut ist nur eine kleine Belohnung für meine Mühen und eine kleine Hilfe, um meinen Plan in die Tat umzusetzen.«

»Warum tust du das May an?«, meldete sich nun Noah zu Wort. »Sie hat nie jemandem etwas getan, schon gar nicht den Übernatürlichen! Sie ist eine gute Hexe!«

Die Verrückte schnaubte verächtlich. »Was weißt du schon?«

»Oh, ich weiß, dass May nie einem Unschuldigen etwas antun würde. Und ich weiß auch, dass das da mein Körper ist!«, rief Noah und deutete auf die Mumie.

»Was? Bist du dir sicher?«, fragte ich.

Noah nickte. »Ich spüre es.«

Ich bekam eine Gänsehaut. Er war doch beerdigt worden. Oder auch nicht … Noahs Leiche war in frische Mullbinden eingewickelt worden und zu seinen Füßen standen Kanopenkrüge. Er war eindeutig mumifiziert worden. Aber wozu?

»Noah, bitte flieh!«, bat ich ihn. »Hol Gran oder Mom!«

Er ließ den Kopf sinken. »Ich kann hier nicht weg.«

»Ich bestimme nun, was dein kleiner Geisterfreund tut und was nicht. Sein Körper ist in meiner Gewalt. Du wirst hier sterben, May«, erklärte Doktorin Sands mit einem teuflischen Lächeln. »Ich bin auf jeden nur erdenklichen Fall vorbereitet.«

Verdammte Scheiße! Ich hatte keine Magie, und Noah konnte keine Hilfe holen. Meine durchgeknallte Schulpsychologin checkte die Schläuche, durch die mir das Blut abgezapft wurde. Sie war abgelenkt, und das war meine Chance. Magie war immer da. Nur weil ich aktiv keine Magie wirken konnte, hieß das nicht, dass ich nicht einen bestimmten Chaosgott beschwören konnte.

»Seth!«, schrie ich laut. »Ich brauche dich! Bitte, hilf mir!«

Vor ein paar Stunden noch hätte ich alles dafür gegeben, Seth aus meinem Leben verschwinden zu lassen, aber was blieb mir anderes übrig? Entweder ich holte Seth oder ich würde kampflos sterben.

Aber was, wenn er nicht kommen würde? Ich hatte mich nicht gerade nett von ihm verabschiedet. Konnte er mich hier in diesem Verlies überhaupt hören?

Meine Bedenken waren unbegründet, denn er tauchte nur ein paar Sekunden später auf.

»Was ist … Mayhem?« Sein Blick blieb an den Blutbeuteln hängen. »Was ist hier los?!«, donnerte er.

Kresley Sands schnippte mit den Fingern. »Ich hätte nicht gedacht, dass das alles so glattlaufen würde!«

Etwas schoss auf Seth zu. Brüllend ging der Gott des Chaos zu Boden. Als er sich wieder erhob, waren silberne Ketten an seinen Armen und auch an seinen Beinen. Er zog an ihnen, aber sie gaben keinen Zoll nach.

»Diese Ketten haben damals den mächtigen Fenriswolf gehalten«, erklärte Kresley. »Da du hier auch keine Magie besitzt, bist du machtlos. Du bist gefangen, Gott des Chaos. In einem menschlichen Körper, der dazu noch in Ketten liegt!«

Was? Hatte Kresley ihn gerade wirklich einen Gott genannt? Woher kannte sie bloß meinen Vater?

»Charity? Was … Was ist hier los?«, verlangte Seth zu wissen. »Warum um alles in der Welt ist Mayhem gefesselt? Stiehlst du etwa ihr Blut?« Er brüllte wie ein Tier.

»Woher kennst du sie?«, fragte ich meinen Vater.

»Hat sie dir das noch nicht gesagt? – Mayhem, das ist deine Tante Charity.«

»Ich habe doch keine Tante Charity.« Ich schüttelte entschieden den Kopf. »Nur Tante Harmony.«

»Sie ist eine Ausgestoßene.«

Ich blickte zu Kresley – oder Charity –, die momentan ziemlich wütend aussah. Aber sie fasste sich erstaunlich schnell – und grinste zufrieden. Wenn sie wirklich eine Ausgestoßene war, dann war sie möglicherweise tatsächlich meine Tante. Ausgestoßene Hexen wurden aus ihrem Coven verbannt, sie durften keine Kinder bekommen und wurden dem Vergessen ausgesetzt. Über sie durfte nie wieder geredet werden, alle Schriftstücke mit ihren Namen wurden vernichtet oder geschwärzt. Es war eine schlimme Strafe.

»Warum tust du das Mayhem an? Sie ist Teil deiner Familie, Charity! Deine Nichte!«

Sie stieß ein verächtliches Schnauben aus. »May ist ein Monster. Sie ist keine Hexe, sie ist ein Wesen, das aus Blut und Chaos geschaffen wurde. Sie wird uns alle vernichten.«

»May würde das nie tun«, mischte sich nun auch wieder Noah ein.

»Mayhem und uns alle vernichten?« Seth schnaubte. »Sie ist ein siebzehnjähriger Teenager, der sich vegetarisch ernährt und kein Blut sehen kann. Was soll sie denn vernichten? Eine KFC-Filiale?«

»Hey!«, regte ich mich auf. Obwohl … Es war schon süß, was mein Dad da gerade gesagt hatte. Er hatte sich zumindest gemerkt, dass ich kein Fleisch aß …

»Ich hatte eine Vision, Seth.« Meine gruselige Tante trat ein paar Schritte auf meinen Vater zu. »Destiny, meine Halbschwester, würde Verderben über die Welt bringen. Und weißt du, was damit gemeint war? Dass sie May zur Welt bringt. May oder Mayhem, wie du sie passenderweise nennst, ist das Verderben, das ich gesehen habe. Ich habe Jahre gebraucht, um das zu begreifen, aber als May geboren wurde, habe ich gespürt, dass das Unheil nun auf der Welt ist.«

»Bitte was?!« Ich hörte wohl nicht richtig. Mein Bauch krampfte sich schmerzhaft zusammen. Ich hatte gedacht, es wäre schlimm genug, das Chaos – böse – zu sein, aber jetzt auch noch das? Doch wie sollte ich das weltweite Verderben bitte bewerkstelligen? Das Internet vernichten? Oder alle Schokolade auf der Welt verschwinden lassen? Das würde auch meinen eigenen Tod bedeuten!

»Hör nicht auf sie, May«, flüsterte Noah mir ins Ohr. »Du bist nicht böse. Denk nicht mal dran!«

»Aber …«

»Kein Aber. Deine Tante will dich umbringen. Sie ist verrückt!«

»Ist das dein Ernst, Charity?« Seth schüttelte den Kopf. »Weißt du noch, die Visionen, die das Orakel von Delphi hatte? Ja?«

»Ich bin nicht dumm, Seth!«, fuhr sie ihn wütend an. Sie griff nach seinen Haaren und zog an seinem Kopf, sodass er ihr in die Augen blicken musste. »Aber das hier ist anders! Von Mayhems Geburt wird schon seit Jahrtausenden berichtet. Wie nannten sie noch mal die Christen? Sie haben ihr so einen schönen Namen gegeben. – Ach ja, Antichrist!«

»May ist doch nicht der Teufel!«, rief Noah empört.

»Noch ein Wort, Geist, und ich exorziere dich auf der Stelle«, drohte Charity ihm. »Ich erlaube dir nur aus reiner Barmherzigkeit, die letzten Minuten bei deiner Geliebten zu verbringen.«

Charity ließ Seth los, der auf die Knie fiel. »Ich komme gleich wieder. Lauft mir ja nicht weg!«

Die Treppenstufen knarzten, als Charity den Keller verließ.

»Tante Charity also?«, fragte ich meinen Vater. »Woher kennst du sie?«

»Sie war natürlich auch eine meiner Hexen, obwohl sie nie viel Sympathie für mich übrighatte, wie du sehen kannst.« Seth rappelte sich schwerfällig auf und lehnte sich gegen die Steinwand. »Sie war das erste Kind deiner Großmutter. Sie ist um die einhundertfünfzig Jahre alt, wenn ich mich nicht irre. Zu viele Hexen, zu viele Geburtstage.«

»Und weshalb ist sie eine Ausgestoßene geworden?«

»Na ja, das mit dem ›Unheil bringen‹, ›Apokalypse‹«, er fuchtelte mit den Armen herum, »das war schon immer ihr Ding. Als deine Großmutter mit deiner Mom schwanger wurde, ist sie völlig ausgetickt. Sie hat ihrer eigenen Mutter gesagt, dass sie Destiny abtreiben solle, weil sie die Welt vernichten würde. Aber deine Großmutter wollte nicht. Destiny war ein Hexen-Vampir-Mischling, ja, aber was sollte sie denn schon anstellen? Sie war zweifelsohne mächtig, aber warum sollte wegen ihr die Welt untergehen? Außerdem war deine Großmutter der festen Überzeugung, dass sie mit der richtigen Erziehung eine ordentliche

Hexe aus ihr machen konnte. Was ja auch funktioniert hat. Charity hat vor der Geburt deiner Mom ihre Sachen gepackt und den Coven verlassen.«

»Also bin ich nicht der Antichrist?«, fragte ich erleichtert.

Seth zögerte.

»O nein!«

»Das, was in der Bibel steht, darf man doch nicht so wörtlich nehmen, May. Es gibt da ja auch mehrere Versionen davon, und wenn ein paar Idioten vor Jahrhunderten gesagt haben, dass ich der Teufel sei, dann hatten die ganz klar einen Dachschaden. Gut, Rot ist meine Farbe, aber ich habe nicht einmal Hörner! Und die Hölle ist auch nur ein Ort für Dämonen und kein Platz, an dem Seelen gefoltert werden.«

»Das ist nicht hilfreich!«, zischte Noah ihm zu. »Warum kapierst du nicht, dass May nicht hören will, dass sie böse ist?«

»May ist ein bisschen böse, aber sie ist ganz klar nicht das, was die meisten Leute unter dem ›Antichrist‹ verstehen. Sie ist nur das Kind eines gefallenen Gottes.« Seth wandte sich wieder direkt an mich. »Das wirklich Böse existiert nicht, meine Kleine. Charity ist einfach verrückt!«

In genau diesem Moment kam sie zurück. Ächzend schleppte sie etwas die Treppe herunter und hievte es neben mich auf den steinernen Altar. Es war eine zweite Mumie. Ich lag nun zwischen zwei bandagierten Leichnamen. Wieder entfuhr mir ein angewiderter Schrei.

Charity lächelte mich schaurig an. »Für so einen schmächtigen Vampir ist dein Freund ganz schön schwer.«

»Das ist Eric?«

»War«, verbesserte sie mich. »Während du ohnmächtig warst, habe ich eine Schnell-Mumifizierung durchgeführt.«

»Warum? Du willst doch nur mich loswerden!«

»Na ja, eigentlich wollte ich es dir nicht verraten, aber was soll ich sagen?« Sie fuhr sich mit den Händen durch das schwarze Haar. »Ich bin so stolz auf mein Werk!« Sie stützte sich mit den Ellbogen auf der Steinplatte ab und sah mich an. »Ich weiß aus zuverlässiger Quelle, dass die Götter in einem unruhigen Schlaf sind. Seit deiner Geburt – also seit mit dir so etwas wie ein neuer Gott geboren wurde – befinden sie sich in einer Art Aufwachphase. Wenn ich dich töte und dein ganzes Blut vergossen wird, dann werden sich alle Götter langsam wieder erheben.«

»Nein!«, brüllte Seth. »Charity! Bist du des Wahnsinns? Wenn die Götter wieder aufwachen, dann werden sie sich wieder bekriegen, und die Menschen und Übernatürlichen werden die Leidtragenden sein.«

Sie grinste. »Darum müssen die meisten Götter vor ihrer Auferstehung getötet werden.« Sie erhob sich und tätschelte Erics Leichnam. »Am Ende werden nur noch die wahren drei Götter am Leben sein.«

»Nein!« Seth heulte schon wieder wie ein Tier. »Hör mir zu, Mayhem!« Seine Stimme überschlug sich fast. »Charity will Horus, Osiris und Isis in neue Körper verpflanzen. Sie will den Körper des Vampirs, den des Geistes und deinen benutzen. Wir müssen einen Weg finden, sie aufzuhalten. Solange du nicht stirbst, ist sie machtlos und kann die drei nicht in diese Welt bringen.«

»Oh, so ein schlauer Gott!« Charity kicherte. »Du wusstest gleich, dass ich von deinen Geschwistern und deinem Neffen spreche, hm? Leider kann mich niemand mehr aufhalten, Seth. Ich werde die Welt zu einer besseren machen, und Horus wird ihr König sein.«

»Und du bist so ein dummes Kind!«, fuhr Seth meine Tante an. »Es muss immer Frieden und Chaos geben! Wenn du die drei wirklich erweckst, dann wird das mit dem Weltuntergang enden.«

Charity reckte die Nase in die Höhe. »Genug des Geplauders! – May, ich werde dich nun töten.« Sie zog einen Dolch aus ihrem Gürtel. »Aber ich will dir vorher noch die Chance geben, den Geist zu erlösen.«

»Warum?«

»Ich bin nicht böse. Ich bin das Gute, auch wenn du das nicht verstehst. Darum gebe ich dir die Möglichkeit, dich von ihm zu verabschieden. Aber vielleicht seht ihr euch ja auf der anderen Seite wieder.«

Ich spürte Tränen in meinen Augen brennen. »Okay.«

»Nein, May!« Noah stellte sich genau vor mich hin. »Du darfst nicht einfach so aufgeben. Lass nicht zu, dass sie dich tötet!«

»Noah, ich habe keine Kräfte mehr, und mein Dad auch nicht. Ich werde h-hier sterben.« Ich schluchzte. Das war es also? Ich würde mit nicht einmal siebzehn Jahren sterben? Ohne jemals wirklich geliebt oder mit einem Jungen geschlafen zu haben? Vor meinem Abschluss an der Highschool?

»Mayhem, meine Kleine, bitte gib nicht auf!« Auch mein Vater schlug in die gleiche Kerbe. Doch ich hatte gerade nur Augen für Noah.

»Ich werde dich nicht exorzieren, wenn du das nicht willst, aber es ist vorbei, Noah.« Ich zitterte. »Ich. Werde. Sterben.«

»Dann exorziere mich«, sagte Noah nach einer kurzen Pause. »Ich werde auf dich warten.« Er schenkte mir ein allerletztes Lächeln. »Wem soll ich denn sonst auf die Nerven gehen?«

Ich versuchte ebenfalls zu lächeln, aber meine Augen füllten sich immer wieder mit Tränen. »Komm her«, sagte ich. »Du musst mir in die Augen sehen.«

Noah schwebte zu mir auf die Seite und bückte sich, sodass unsere Augen auf einer Linie lagen. »Komm näher an mich ran.«

Beim Exorzieren ging es nicht um einen besonderen Spruch oder um eine ausgefallene Bewegung, auch nicht um Magie. Die hätte ich ja hier unten ohnehin nicht aufbringen können. Man musste das richtige Gefühl haben, um einen Geist in die andere Welt zu leiten. Noah würde daher einen Abschiedskuss von mir erhalten.

»Lasst euch nicht stören«, sagte Charity überflüssigerweise. »Ich lege dir nur schon mal den Dolch an die richtige Stelle.« Tatsächlich spürte ich das kalte Metall an meinem Rücken. »Möge Anubis über deine unreine Seele richten.«

Ich küsste Noah, und Charity rammte mir im gleichen Moment den Dolch in den Rücken. Erstaunlich, was man in seinen letzten Sekunden auf der Erde alles wahrnahm: Ich spürte Noahs Lippen, was allein ja schon ein Ding der Unmöglichkeit war. Aber da waren sie: warme, samtige Lippen. Seth brüllte und Kresley lachte. Mir wurde kalt. Ganz kalt. Doch dann zerbrach etwas in meiner Nähe und etwas anderes fiel dumpf zu Boden. Ein Vogel stieß einen Schrei aus.

»Das Spiel ist noch lange nicht zu Ende, Cousine!«

Bumm … Bu … Bumm … Ganz langsam begann mein Herz wieder zu schlagen. Aber meine Welt versank trotzdem in kalter Schwärze.

Letztes Kapitel

Ich war nach meinem Tod irgendwie in meinem Kinderzimmer gelandet. Sollte meine Leben nicht viel schneller an mir vorbeiziehen? Stattdessen konnte ich mich sogar in dem Raum umsehen, an den ich mich sonst nur durch alte Fotos erinnerte.

Hier standen ein Wickeltisch, ein altmodischer Schaukelstuhl, ein Gitterbett und einige Kisten, aus denen Spielsachen herauslugten. Ich steuerte die Kisten mit den Spielsachen an. Sie enthielten zahlreiche Stofftiere: Einhörner mit pinkem Glitzerhorn, Drachen und sogar den Mottenmann, den wohl berühmtesten männlichen Banshee. So einen hatte ich als Kind auch gehabt!

»Da bist du ja, Mayhem.«

Als die Stimme meines Vaters erklang, drehte ich mich zu ihm um. Ich hatte erwartet, dass er mich meinte, aber er sah mich nicht an. Sein Blick war auf das Gitterbett gerichtet.

»Komm her, mein kleines Mädchen.«

Behutsam nahm er das Baby, das sich darin befand, aus dem Gitterbett heraus. Ich ging ein paar Schritte näher heran, sodass ich Seth auf der anderen Seite gegenüberstand. Ich – also das Baby – trug einen schwarzen Strampler. – Ja, meine Mom hatte mich allen Ernstes in schwarzen Stoff gesteckt, als wären wir der Reboot der *Addams Family*.

»Hm? Wo ist denn deine Mom? Wo ist denn deine blutsaugende wunderschöne Mutter?«, fragte er und kitzelte das Baby am Bauch. Es gab dieses babytypische Brabbeln von sich.

Seth schloss kurz die Augen. »Deine Mom braucht wieder Blut. Die Geburt hat sie wohl geschwächt, aber während sie ein Blutbeutelchen trinkt, hab ich Zeit, mit dir zu reden.«

Blutbeutelchen? Redete er gerade in Babysprache mit mir?

Er setzte sich mit dem Baby auf den Schaukelstuhl, und ich folgte den beiden. Ich konnte mich nicht daran erinnern, dass Seth mich jemals besucht hatte …

Der Gott des Chaos bewegte die Finger und eine dunkelgraue Wolke formte sich zu … zu einem Häschen?

»Was ist die Gewitterwolke? Hm? Was ist das?«

»Brrr!«, machte das Baby und fuchtelte mit seinen kleinen Händen herum.

»Das ist ein Hase. Häschen«, erklärte Seth und lächelte. Die Wolke verformte sich wieder. »Pony.« Jetzt wurde es zu einer Axt. »Das ist ein Äxtchen. Damit man bösen Leuten das Köpfchen abschlagen kann, um im Blut seiner Feinde zu baden.«

Das Baby gluckste und grinste Seth an.

Kein Wunder, dass ich so verkorkst war …

Die Wolke löste sich auf.

»Ich muss dir etwas sagen, Mayhem«, verkündete Seth mit ernstem Gesichtsausdruck. »Ich hoffe für dich, dass wir uns nie wiedersehen.«

Wie bitte?!

Sein Geständnis traf mich selbst im Nachleben wie ein Schlag und trieb mir Tränen in die Augen. Ich hatte beinahe geglaubt, dass mein Vater etwas für mich empfand …

»Ich hoffe für dich, dass du zu einer normalen Hexe heranwächst. Aber das ist nicht das, was ich mir wünsche. Ich wünsche mir nämlich, dass du Chaos verbreitest. Ich wünsche mir, dass ich mich selbst in dir wiedererkennen kann. Ich warte seit über sechstausend Jahren auf ein Wesen, das so ist wie ich.«

Mehr aus einem Reflex versuchte ich meinen Vater zu umarmen, während mir meine Tränen die Sicht raubten, aber er spürte nichts – wie ich.

»Aber«, lächelte Seth zufrieden, »wenn ich so in deine Augen sehe, dann wird es nur eine Frage der Zeit sein, bis sich das Chaos in dir zeigt. Zehn Jahre fühlen sich für mich wie zehn Tage an. Ich kann warten.« Er stand wieder mit dem Baby, also mir, auf und schritt zum Gitterbett. »Wir könnten an deinem einundzwanzigsten Geburtstag eine Insel im Meer versinken lassen oder eine Vulkaneruption auslösen. Wäre das was für mein kleines Geschöpf der Finsternis? Oder glaubst du, dass die Menschen in zwanzig Jahren immer noch so auf Boygroups stehen? Ich mag die Musik ja gar nicht. Wir könnten eine der einflussreichsten Bands auseinanderbringen. – Oh, das wird sicher wunderbar chaotisch!«

Ich schüttelte lächelnd den Kopf.

»Ich freue mich schon so darauf, Mayhem. Bitte vergiss nicht, dass ich dich liebe.«

»Ich liebe dich doch auch, Dad«, schluchzte ich.

☥

»Sie hat was gesagt!«, schrie eine weibliche Stimme aufgeregt. »May! Hörst du mich? Sag noch mal etwas!«

»Müde. Schlafen«, murmelte ich. Ich griff nach meiner Bettdecke, zog sie mir über den Kopf und drehte mich zur Seite. »Samstag. May schlafen.«

»Heute ist aber Freitag.«

»O scheiße! Ich komm sicher wieder zu spät zur Schule!«

Gerade war ich panisch aus dem Bett gehüpft, als ich auch schon regelrecht attackiert wurde. Jemand zog mich in eine Umarmung, und Kurt landete mit einem ohrenzerfetzenden Quietschen auf meinem Kopf. Seine Flügel verhedderten sich in meinen vom Schlaf verfilzten Haaren.

»Aua! Kurt! Du reißt mir ja die Haare aus!«

Meine Mutter klang total aufgelöst. »Oh, ihr Götter, dir ist wirklich nichts passiert!«

Was das Ganze noch seltsamer machte, war, dass sie mich umarmte. So richtig. Hatte sie mich jemals auf diese Weise umarmt? – Nein. Weder als meine Kröte gestorben war – da war ich gerade einmal vier – noch als ich mir mit acht beim Flugtraining eine Kniescheibe zertrümmert hatte.

»Ich habe dir doch gesagt, dass es ihr gut gehen wird, wenn sie wieder aufwacht.« Das war Seths Stimme. »Jeder unterschätzt Mayhems Kräfte. Aber sie ist schließlich meine Tochter.«

Na, da war ja wieder jemand stolz …

»Halt den Mund!«, bellte meine Mom zurück. »Wegen dir ist sie doch erst in diese Situation geraten!« Sie drückte mich noch fester an sich. »Nur weil sie deine Tochter ist!«

»Aber ohne mich gäbe es Mayhem nicht!«, keifte der Gott des Chaos zurück.

Meine Eltern zickten sich noch weiter an, aber ich nahm dies alles nur noch als Weißes Rauschen wahr. Auf einen Schlag waren alle Erinnerungen zurückgekehrt. Alle.

»Nein, nein, nein«, murmelte ich leise. »Bitte nicht.«

Ich weinte stumm, als ich mich daran erinnerte, wie ich Noah mit meinem letzten Atemzug exorziert hatte. Weil er es sich gewünscht hatte – weil ich meinte, auch sterben zu müssen.

Und jetzt war er weg.

Unwiderruflich weg. Ich würde nie wieder seine Stimme hören. Ich würde nie wieder mit ihm Filme bis zum Einschlafen ansehen können. Ich würde ihn nie wieder lächeln sehen. Ich hatte seine Seele erlöst, doch zu welchem Preis? Welchen Preis musste ich zahlen?

»Hört auf zu streiten!«, bat ich meine Eltern. »Mom, lass mich bitte kurz los.«

Ich ging ein paar Schritte rückwärts und ließ mich kraftlos aufs Bett fallen. Mein Herz war vor Kurzem mit einem Dolch aufgespießt worden, aber das hatte nicht so wehgetan wie das Gefühl, Noah verloren zu haben. Ja, ich hatte ihn verloren. Im besten Fall für ein langes Hexenleben, im schlimmsten Fall für immer.

Ich drückte eine Hand auf meine Brust.

»Du hast dich schon längst selbst geheilt.« Seth setzte sich zu mir aufs Bett. Er hatte meine Handlung wohl falsch verstanden. »Wie fühlst du dich, Mayhem?«

Ich sah auf – und bekam beinah einen Herzstillstand. Meine Mom sah grauenhaft aus: Von den Augen über ihre ausgemergelten Wangen bis hin zu dem spitzen Kinn war alles mit Linien aus rotem Blut überzogen. Ich hatte mal irgendwo gelesen, dass Vampirtränen aus Blut bestanden. Gesehen hatte ich es allerdings noch nie, da meine Mom noch nie geweint hatte. Bis jetzt.

Mein Dad sah auch nicht besser aus. Wollte ich wirklich wissen, warum sein rechtes Auge so lila wie eine Pflaume war?

»Mir geht es nicht einmal so schlecht«, antwortete ich nach einer Ewigkeit. »Mir geht es … gut?«

Mein Herz schmerzte, aber körperlich fühlte ich mich trotzdem fit. Mir tat nichts weh. Keine Kopfschmerzen, keine Gliederschmerzen. Nach einem entspannten Wellnesstag hätte ich mich kaum besser fühlen können.

Meine Mom nahm ein Abschminktuch und wischte sich das Blut aus dem Gesicht. »Wenigstens etwas.«

Kurt krabbelte aus meinen Haaren. Er leckte mir die Wange ab, und ich lächelte ihn tapfer an. Doch er merkte sofort, dass ich betrübt war, und legte den Kopf schief.

Was ist?, fragte er.

Nichts. Mach dir keine Sorgen.

Ich kraulte ihn zärtlich unterm Kinn. Ich war zwar verbunden mit Kurt, aber er würde das mit Noah nicht verstehen. So etwas war meinem Hexentier nun einmal fremd.

Meine Eltern starrten mich an.

»Was ist denn?«, krächzte ich.

»Wir sollten darüber reden, was passiert ist. Hast du irgendwelche Fragen, Mayhem?«, ergriff mein Vater das Wort.

»Okay.« Ich blinzelte schnell ein paarmal. »Also, Kresley … Charity ist wirklich meine Tante?«

»Sie war nicht deine Tante«, zischte Mom. »Harmony ist deine Tante. Sie liebt dich, und sie würde dir nie etwas antun! Charity gehörte nicht zu dieser Familie! Wir sind vielleicht die Hexen des Chaos, aber wir halten als Familie immer zusammen. Ansonsten hätte sich unsere Blutlinie schon vor Jahrhunderten selbst zerfleischt.«

Okaaay! Falsche Frage. Aber aus der Präteritumform schloss ich, dass Charity wohl nicht mehr lebte.

»Wie … Wie geht es Gran damit?«, fragte ich vorsichtig.

»Wie soll es ihr schon gehen …«

Seth schnitt meiner Mom das Wort ab. »Sie hat ihre Tochter schon vor Jahrzehnten verloren, aber man merkt, dass es ihr trotzdem nahegeht. Doch natürlich macht sie sich viel mehr Gedanken um dich.«

Ich schluckte. »Dann habe ich noch eine einzige Frage: Was ist eigentlich passiert? Ich bin verdammt noch mal erdolcht worden!«

»Das kann dir nur dein Vater erklären.« Mom verdrehte die Augen. »Hast du Hunger? Ich kann dir etwas zu essen machen, während dein Vater dir erzählt«, sie drehte sich zu Seth, »WARUM DU BEINAHE DRAUFGEGANGEN WÄRST!«, schrie sie ihn wieder an.

»Äh, kannst du mir Nudeln mit Pesto machen?«

»Alles, was du willst, mein Liebling.«

»Und Pancakes mit Honig und Vanilleeis?«

Meine Mom nickte und eilte aus meinem Zimmer. Wenn sie besser hätte kochen können, dann hätte ich mir ein wahrliches Festmahl von ihr gewünscht. Aber es war auch so schön zu sehen, dass sie sich Sorgen um mich gemacht hatte.

»Was ist mit deinem Auge los?«, fragte ich Seth.

»Deine Mom hat mir ein Veilchen verpasst.«

»Heilt das nicht schneller ab?«

»Doch. Aber jedes Mal, wenn es verheilt war, hat sie mich gleich noch mal geschlagen. Jetzt habe ich vorerst meine Selbstheilungskräfte ausgeschaltet.«

»Mhm.«

»Ja.«

Schweigen.

Und dann packte mich der Gott des Chaos an der Schulter und drückte meinen Kopf gegen seine Brust. Kurt quietschte aufgebracht und flatterte wild herum.

»Es tut mir so leid«, entschuldigte ich mich bei Seth.

»Was denn?«

Ich zuckte mit den Schultern.

Kurz darauf fing ich hemmungslos zu weinen an. Ich hörte erst auf, als ich völlig ausgelaugt war. Seth hielt mich die ganze Zeit in seinen Armen und streichelte über meinen Rücken. »Schon gut, meine kleine Mayhem. Ist schon gut. Es ist alles wieder okay.«

»Aber … Aber wie kann das sein? Ich war doch tot!«

»Du warst nicht wirklich tot.« Seth schüttelte den Kopf. »Dein Herz hat vielleicht ein paar Schläge ausgesetzt, als dich der Dolch durchbohrt hat. – Okay, du warst einige Augenblicke vielleicht klinisch tot, aber als Charity den Dolch wieder rausgezogen hat, hast du dich innerhalb von ein paar Sekunden selbst geheilt. Dabei erlangen Hexen eigentlich nie die Fähigkeit, tödliche Wunden zu heilen.«

»Und wie konntest du dich befreien?«, fragte ich Seth. »Du warst in Ketten!«

»Als du dich geheilt hast, hast du über dein Blut selbst Magie freigesetzt. Dadurch wurden die Symbole am Boden ungültig und ich konnte auch wieder meine Macht nutzen.«

»Aber wie ist mir das gelungen?«

»Du hast auf deine göttlichen Reserven zurückgegriffen!« Seth strahlte übers ganze Gesicht. »Wie soll ich das in deiner Sprache ausdrücken … Du bist ein Level aufgestiegen!«

»Aha.« Ich zog eine Augenbraue hoch. »Heißt das, ich bin als Hexe erwachsen geworden?«

»Nein, noch lange nicht.« Er wuschelte mir mit der Hand durch die Haare. »Aber du wirst schon noch früh genug erwachsen werden. Sei froh, dass deine Kräfte noch zunehmen. Du wirst eine mächtige Hexe sein. Deine Feinde werden vor deiner Macht erzittern!«

»Okay.« Ich wischte mir mit dem Saum meines Shirts ein paar Tränen weg. »Ist Charity jetzt nun wirklich tot?«

Seth nickte grimmig. »Ich musste sie töten, Mayhem. Sie stand unter Horus' Einfluss. Niemand hätte ihr mehr helfen können.«

»Dann hat sie das alles nur wegen ihm getan?« In meinem Kopf tauchte das Bild von Noahs mumifizierter Leiche auf. »Warum hat sie Noah getötet? Und Eric?«

»Hm.« Seth legte den Kopf in den Nacken und ließ ihn langsam kreisen. »Ich habe da ein paar vage Vermutungen. Die Wiedererweckung von Göttern erfordert viel Magie. Irgendwelche Menschenopfer reichen dabei womöglich nicht aus und könnten dafür sorgen, dass das Ritual schiefläuft. Sie hat Opfer gebraucht, die mit dir verbunden waren.«

Ich runzelte die Stirn. »Ja, okay. Aber wie war ich mit Eric verbunden? Und wie mit Noah?«

»Mit dem einen durch einen Kuss und mit dem anderen durch das Blut.« Er knirschte mit den Zähnen. »Ich bin mir noch nicht ganz sicher, wie sie den Vampir gegen dich aufgebracht hat. Aber vielleicht haben ihre weiblichen Reize und sein Hass gegen deine Familie gereicht. Zudem …«

Er redete weiter, aber ich hörte nicht mehr zu. Das, was er mir gerade gesagt hatte, musste ich erst einmal sacken lassen. »Ist Noah also wegen mir gestorben?« Ich schluckte hart. »Ist er wegen dem einen unschuldigen Kuss gestorben?«

Mein Vater zuckte nur mit den Schultern. »Ein Kuss, und sei es wie in diesem Fall nur ein Spaß gewesen, bedeutet viel mehr, als sich manche vorstellen können. Man erschafft dadurch für eine gewisse Zeit ein unsichtbares Band von Emotionen. Dadurch hätte Charity vielleicht Isis' Mann Osiris in Noahs Körper zurückholen können.« Die pure Verwirrtheit spiegelte sich wohl in meinem Gesicht wider. »Das Band wurde durch seinen Tod konserviert.«

»Aha?«

»Wenn du eine vollwertige Göttin wärst, würdest du es besser verstehen. Das menschliche, aber auch das übernatürliche Gehirn ist nicht dafür geschaffen, solch eine Magie vollständig erfassen zu können.« Mein Vater zog eine Halskette aus seiner Hosentasche. Ein großer, kugelrunder Anhänger mit dem Horusauge baumelte daran.

»Was ist das denn jetzt?« Ich betrachtete das Ding misstrauisch.

»Horus' Auge.«

»Du meinst, da drauf ist das Horusauge.«

»Nein, ich meine, darin ist Horus' Auge. Ich habe es ihm ja vor dreitausend Jahren ausgerissen.«

»Da drinnen ist das Auge eines Gottes?!«, quietschte ich angewidert.

Seth zuckte mit den Schultern. »Ich wollte es aufheben. Mal gegen irgendetwas Cooles eintauschen. Ich habe es vor ungefähr einhundert Jahren deiner Gran anvertraut, und so hat es Charity wohl an sich genommen. Horus kommunizierte dadurch mit ihr. Durch sein Auge ist er immer noch in dieser Welt verankert. Ich bin mir sicher, dass er deiner Halbtante auch gesagt hat, dass du die Apokalypse heraufbeschwörst. Bla, bla, Bullshit. Es war diskriminierend, dich ›Antichrist‹ oder mich ›Satan‹ zu nennen. Die meisten Menschen und

Übernatürlichen haben nur das absolut Böse im Kopf bei so etwas.« Er verdrehte die Augen. »Ich muss dir unbedingt mal die Geschichte erzählen, warum die Christen mich nicht ausstehen können. Spoiler: Horus ist schuld.«

Ich lächelte Seth an. »Auf die Story bin ich echt gespannt.«

Seth erwiderte mein Lächeln. »Du musst mir aber nun helfen. Streck deine Hand aus, die Handfläche nach oben.«

Er legte mir die Kette behutsam auf die Hand.

Sofort durchzuckte mich ein übles Gefühl. Ich hörte in meinem Kopf schon wieder Vögel kreischen und spürte, wie die Sonne gnadenlos auf mich niederbrannte, obwohl ich mich in einem Haus befand.

»Ignorier Horus' Einfluss. Er kann dir nichts tun«, knurrte Seth. Er deckte mit seiner Hand das Amulett zu. »Niederlagen konnte dein Cousin noch nie gut wegstecken. Liegt wohl daran, dass er ebenfalls zu uns Kriegsgöttern zählt.«

Ich nickte.

»Hör mir nun gut zu, Mayhem: Ich weiß nicht, wie ich am besten die Chaosmagie aus dir herauskitzeln kann, aber ich brauche deine Hilfe, um dieses Amulett zu zerstören. Kannst du versuchen, deine zerstörerische Macht zu entfesseln?«

Erneut nickte ich. »Ich habe eine Idee.«

Ich schloss die Augen und dachte daran, dass Horus Noah auf dem Gewissen hatte. Nur wegen ihm hatte Charity Noah ermordet, um Horus oder seinem Vater Osiris eine Hülle zu verleihen.

Horus hatte eine Hexe dazu gebracht, einen unschuldigen Menschen zu töten!

Ich verstand die Mordlust, die in meinen Vater aufloderte, wenn er mit dem Sonnengott konfrontiert wurde, besser als jedes andere Wesen auf dieser Welt.

Mein Vater lachte. »Oh, das ging ja schnell.«

Ich öffnete die Augen und hielt den Atem an. Um meinen Vater und mich herum tanzten schwarze, unförmige Wolken. Mal waren sie rund, mal länglich wie Schlangen, und sie strömten unaufhaltsam dem Auge entgegen.

Plötzlich gab das Amulett ein Geräusch von sich, ähnlich dem einer Nuss, die einem Nussknacker zum Opfer fiel. Als Seth seine

Hand wegzog, war nichts mehr von dem Schmuckstück übrig als feiner schwarzer Staub, und auch die Chaos-Schlieren hatten sich wieder in nichts aufgelöst.

Seth wischte sich die Hände ab. »Danke, meine Kleine. Das hast du ausgezeichnet gemeistert.«

Er fuhr mir noch einmal durch die Haare, was ich dieses Mal mit einem Knurren hinnahm.

»Du solltest dich jetzt noch ein wenig ausruhen. Die Schule beginnt erst in ein paar Tagen wieder.«

Die Party hatte am Samstag stattgefunden. Ja, ganz sicher! »Ist heute nicht Sonntag?«, fragte ich deshalb verwirrt.

»Ich hab dir doch schon gesagt, dass heute Freitag ist. Du hast zu viel göttliche Magie freigesetzt, May, und darum fast sechs Tage lang geschlafen.« Er deutete auf das Tischchen neben dem Bett. »Vielleicht solltest du, nachdem du dich ausgeruht hast, ein paar Hausaufgaben erledigen. Deine Mutter hat gesagt, du wärst nur mittelmäßig in der Schule, und das akzeptiere ich als taktikaffiner Kriegsherr nicht.«

Ich stöhnte. Doch womöglich würde mich das tatsächlich ein bisschen ablenken. Schule …

Noah würde mich nie wieder in der Highschool heimsuchen …

Ich schniefte. – Nein, das half nicht, ganz im Gegenteil!

»Ich schau mal, nach wie lange deine Mutter noch fürs Kochen braucht. Vielleicht krieg ich auch mal etwas zu essen.«

Im besten Fall etwas Angebranntes oder etwas, das Mister Mittens angeleckt hat, dachte ich.

Nachdem mein Vater durch die Tür den Raum verließ, legte ich mich wieder hin und zog mir die Decke bis zum Hals hinauf. Sollte ich wirklich schlafen? Mich ausruhen?

Schließlich hatte ich ja die letzten Tage nichts anderes gemacht, aber durchs Schlafen könnte ich vielleicht ein paar Stunden totschlagen. Ein paar Stunden, in denen ich mich nicht mit Noahs Verlust auseinandersetzen musste.

Ich wimmerte.

»Was willst du?«, hörte ich Seth dann plötzlich knurren.

»Ich will mit ihr reden«, antwortete die zweite Stimme. Sie war eindeutig männlich und hörte sich wie Noah an! Aber das war ja unmöglich. Vielleicht war es nur Shane? Oder Ephraim? Und in meiner Verzweiflung bildete ich mir ein, dass sie sich wie Noah anhörten.

»Gut«, knurrte Seth. »Ein paar Minuten. Aber sie braucht Ruhe.«

Gebannt sah ich zur Tür. Und da war er: Noah. Ich rieb mir die Augen, aber die Gestalt blieb unverändert. Noah stand im Türrahmen. Seine Haare waren wie immer leicht verstrubbelt, die Augen so unglaublich blau und …

Was?! Als Noah gestorben war, hatte er ein schwarzes Shirt getragen. Nun trug er irgendein weißes Shirt mit Aufdruck. Das war aber nicht das einzig Seltsame, denn als er zu mir kam, hörte ich seine Schritte.

Ich hörte seine Schritte!

Und als er sich zu mir aufs Bett setzte, gab es wirklich nach.

»Oh, ihr Götter!« Ich war schon längst aufgesprungen und tastete Noah ab, fuhr mit der Hand durch seine Haare, befühlte seine Bauchmuskeln, öffnete dann seinen Mund und machte einen kleinen Mandelcheck. Ich spürte seinen Puls, hörte seinen Atem.

Noah war lebendig!

»Äh, May?«, sagte Noah. »Was tust du da?«

»Du … Körper! Knochen mit Fleisch! Muskeln! Haut! Haare!«

Ich stand kurz davor, vor Freude laut zu schreien.

Er zuckte nur mit den Schultern. »Ja, ich weiß.«

Was? Freute er sich denn gar nicht? Dabei war das ein verdammtes Wunder! Noch nie war jemand, der so lange tot war, wieder ins Leben zurückgekommen. Niemand … – Außer Osiris. Aber dieser war ein Gott gewesen und Noah war nur ein Mensch. »Wie?« Mit offenem Mund starrte ich ihn an. Wahrscheinlich auch ein Bild für die Götter.

»Du hast mich nicht exorziert, May. Du hast mir einen neuen Körper geschenkt.«

»Ich war das?« Ich hatte wohl noch nie einen Exorzismus so verhauen, und noch nie war ich glücklicher darüber gewesen! Ja, ich war wirklich eine supertolle Hexe! Dafür hatte ich mir doch eine Belohnung verdient, oder? In meinem Kopf malte ich mir schon stundenlange Knutsch-Sessions mit Noah aus … Ich kicherte ganz leise und selig vor mich hin.

»Ich muss dann auch wieder gehen.« Noah stand so schnell auf, dass ich fast aus dem Bett gefallen wäre. »Dein Dad meinte, dass du Schlaf brauchst, und ich will mich nicht mit ihm anlegen.«

»Kommst du später wieder?«, fragte ich Noah. »Wollen wir uns einen Film ansehen?« *Und dann heftig miteinander rummachen?*

Er schüttelte den Kopf. »Nein, ich muss dann deiner Granny helfen.«

»Und wie wäre es, wenn wir morgen was gemeinsam unternehmen? Ich könnte uns eine PS5 herzaubern oder ich überlasse dir die Fernbedienung und wir schauen irgendwelche Sachen auf Netflix.«

Noah schüttelte abermals den Kopf. »Ich … ich habe keine Lust. Ich denke, ich nehme mir den Schulstoff vor. Gerade jetzt, wo ich nicht mehr zur Highschool darf, wenn ich nicht alle zu Tode erschrecken will … Vielleicht kann ich nächstes Jahr in einem anderen Bundesstaat aufs College gehen. Ich bin ziemlich beschäftigt. Bye und … äh, gute Besserung.«

Noah hatte von mir ein neues Leben geschenkt bekommen, und davon hatte er ganze drei Minuten mir gewidmet.

Ich krümmte mich im Bett in Embryo-Stellung zusammen. Kurt war gleich zu mir gestürzt und hatte sich auf meine Wange gelegt. Noah mochte mich nicht mehr. Das war nur zu offensichtlich. Er war jetzt wieder ein Mensch. Er konnte nun mit jedem beliebigen Mädchen ausgehen. Er brauchte das Hexenmädchen nicht länger. Klar: Ein Vampir hatte mich gebissen. Meine Tante hatte mich erstochen. Aber das war alles gleichgültig, denn der Junge, in den ich mich verliebt hatte, erwiderte meine Gefühle nicht. Es gab keinen schlimmeren Schmerz auf der Welt als den aus unerwiderter Liebe.

Da waren selbst wir Übernatürlichen ganz menschlich.

EPILOG

Mayhem is rising

Mein Name ist May und ich bin die zukünftige Oberhexe des Setek-Coven.

Aber ich bin auch Mayhem, die Tochter von Seth, dem altägyptischen Gott des Chaos und des Krieges, den Gott der Wüste und des Südens.

Was mich zu einem noch nie da gewesenen Wesen macht, das Hexe und Chaosgottheit zugleich ist.

Als wäre das nicht schon genug, drängt sich besagter Chaosgott immer mehr in mein Leben. Ich weiß nicht, ob ich diese plötzliche Nähe einfach zulassen soll, aber wenn ich mehr darüber wissen will, was ich kann und was ich bin, dann muss ich mehr Zeit mit ihm verbringen.

Man würde meinen, dass ich nach siebzehn Jahren ohne Vater froh bin, dass er wieder da ist, aber ich kann ihm nicht verzeihen, dass er meine Mutter und mich so lange allein gelassen hat. Noch nicht …

Ich …

Wenn ich ehrlich bin: Ich habe mich noch nie so allein gefühlt.

Besonders weil Noah …

Ich weiß nicht, was ich getan habe, um ihn zurückzubringen, aber es ist nicht zu leugnen: Noah ist wieder lebendig. Und er … er … Er hat sich von mir abgewandt. Was völlig okay ist!

Er ist ein Mensch. Ich bin eine Hexe und Halbgöttin.

Fragile Menschen haben keinen Platz in dem Leben eines Wesens, das so viele Feinde hat wie ich. Ich könnte es nicht mit ansehen, wenn er wieder sterben müsste, nur weil ich so selbstsüchtig war, ihn in meiner Nähe haben zu wollen.

Ich bin May… hem – und das Chaos fängt jetzt erst richtig an.

Mays Grimoire

Glossar

Götter: Zeus, Kali, Bishamon – alle Götter aus jeglichen Kulturen und Religionen existieren, und die meisten Sagen und Legenden über sie sind wahr.

Übernatürliche Wesen: Die Götter haben Menschen in verschiedene übernatürliche Wesen verwandelt.

Hexen: Hexen waren die Hohepriester der Götter. Sie haben ihr menschliches Aussehen bewahrt und bekamen dafür Magie. Seit dem Schlaf der Götter gibt es nur noch weibliche Hexen, da männliche Hexer nur durch Götter erschaffen werden können.
Viele Hexen sind auch Kriegerinnen.

Dämonen: Es gibt sehr viele verschiedenen Dämonenarten. Typisch für diese Kreaturen sind Hörner und dass sie menschliche Emotionen beeinflussen können.
Sie sind verfeindet mit den Feen.

Sukkubus/Inkubus: Sexdämonen mit kleinen Flügeln, Hörnern und herzförmigen Schwänzen; sie ernähren sich von sexueller Lust.

Schedim: Weitere dämonische Unterart; zeichnen sich insbesondere durch widderartige Hörner und schwarze Haut aus; sie werden durch negative Gefühle (wie Angst) stärker. Sie können einen menschlichen Körper besetzen.

Vampire: Entgegen vieler Mythen sind sie nicht untot – aber dafür wirklich lichtscheu. Spezielle magische Gegenstände helfen ihnen, mit ihrer schweren Lichtallergie umzugehen.
Sie trinken Blut, allerdings ist es ihnen vom Hexenrat verboten, Menschen zu töten.

Walküren und Berserker: Walküren und Berserker sind kriegsgeschulte Wesen aus der nördlichen Mythologie. Die weiblichen Walküren unterscheiden sich von ihrem männlichen Pendant, den Berserkern, meist nur in der Waffenauswahl: Sie tendieren eher zu leichteren Waffen wie Schwertern oder Rapieren, während Berserker Hammer oder Keulen bevorzugen.

Feen: Wie bei Dämonen existieren sehr viele verschiedene Arten von Feen.
Dämonen und Feen sind Todfeinde.

Banshees: Sie werden auch Todesfeen genannt. Mit einem markerschütternden Schrei, der alle übernatürlichen Wesen lähmen kann, kündigen sie den Tod eines Menschen an. Sie besitzen riesige Mottenflügel und haben von Natur aus weiße Haare.

Janina Schneider-Tidigk

Witches & Hunters – Verbranntes Vertrauen

ISBN: 978-3-95991-824-4, Klappenbroschur, EUR 14,90

Wenn der Mensch, den du liebst, dir den Tod bringen kann ...

Ein neues Leben und eine neue Identität. Das ist es, was Cataleya braucht, um ihre magischen Fähigkeiten zu verstecken, nachdem ihre Familie einem Verrat zum Opfer fiel.

Was sie ganz und gar nicht gebrauchen kann, ist Alistair. Der junge Mann mit dem einnehmenden Lächeln und den grellgrünen Augen, hinter denen sich ebenfalls ein dunkles Geheimnis verbirgt. Denn Alistair ist ein Hexenjäger. Dazu geboren, um Wesen wie Cataleya zu töten. Sie wäre die perfekte Beute – wenn da nur nicht dieses verfluchte Gefühlschaos wäre.

Keiner von ihnen ahnt jedoch, dass er nicht der Einzige ist, der die junge Frau jagt ...

Janina Schneider-Tidigk

Witches & Hunters – Tödliche Treue

ISBN: 978-3-95991-826-8, Klappenbroschur, EUR 16,90

Eine Hexe und ein ehemaliger Hexenjäger. Ob das gut geht?

Merope hat die Gabe, mit verstorbenen Seelen zu kommunizieren. Kaum ist sie zu Besuch in Ashland, läuft alles aus dem Ruder. Schlag auf Schlag tauchen neue Probleme auf, die die Hexen vor schwierige Entscheidungen stellen. Ein Riss zwischen den Welten bietet ein Portal für die Seelen Ashlands, die in die Kleinstadt zurückkehren und für Chaos sorgen. Cataleyas Seele wird von Geistern entführt, und die Einzige, die bei diesem Schlamassel helfen kann, ist Merope. Zu allem Übel will sich Aiden Archer ihrer Mission anschließen, um einen Weg zu finden, alles wieder geradezubiegen. Inmitten von Geistern, einem mürrischen Kater und einem unvollständigen Zirkel fliegen die Funken zwischen Merope und Aiden. Sie beide spüren, dass da mehr ist als nur die aufbrausende Wut aufeinander. Sind sie vielleicht doch mehr als Feinde?

Stefanie Hasse

Der dunkelste Fluch

ISBN: 978-3-95991-167-2, Klappenbroschur, EUR 14,90

»Maître, Ihr seid der Mächtigste hier,
aber Sebastien wird noch tausendmal mächtiger als Ihr.«

Nach dem Tod seiner Mutter litt Sebastien de Beauvais unter seinem Stiefvater und entkam nur knapp dem Tod. Heute sollte er einer der mächtigsten Hexer der Welt sein, doch seine Kräfte schwinden und er ist auf einen Trank angewiesen, der seine Magie auflädt – oder auf Alex, deren Gegenwart dasselbe bewirkt. Ausgerechnet die Frau, die Gefühle liest, anstatt sie zu fühlen, lockt in ihm Emotionen hervor, die bei seiner Berufung ausgelöscht wurden. Alexandra Foster stieß durch eine Verkettung von Zufällen zu der Gruppe junger Hexen. Zum ersten Mal in ihrem Leben hat sie Freunde, gehört dazu. Doch als die Bedrohung durch die Dunkelmagier ansteigt, erkennt sie, dass ihre besondere Art, die Welt zu sehen, der Schlüssel zu etwas ist, was die Hexenwelt lange nicht mehr gesehen hat …

Martin Gancarczyk

Salem Boys

ISBN: 978-3-95991-138-2, Klappenbroschur, EUR 15,90

Vier alte Blutlinien aus Salem.
Zwei Jungs, unterschiedlich wie Tag und Nacht.
Ein dunkler Wald, der in den Schatten lauert.
Kein Entkommen.

Harlow McQueen und Jax Ingram haben es geschafft: Der Abschluss an der Eliteschule St. Andrews in Sydney liegt erfolgreich hinter ihnen. Das echte Leben als Hexe kann beginnen – für den einen in der High Society, für den anderen als Straßenhexe. Jedenfalls dachten sie das. Doch eine Entführung zwingt sie, die Lichtwelt zu verlassen und die Schattenseite zu betreten. Jene Welt, in der die Hexen den Wald von Salem eingesperrt haben, der seither darauf lauert, die Hexen für immer zu unterjochen.

Schnell stellen Harlow und Jax fest, dass ihr bisheriges Leben nur ein winziger Teil einer großen Lüge und ihr Schicksal seit jeher verbunden war. Nur gemeinsam können sie in dieser neuen Welt bestehen. Doch ihre Mission wird sie entweder für immer verbinden oder für ewig auseinanderreißen.

Laura Labas

Der verwunschene Gott – Von Göttern und Hexen

ISBN: 978-3-95991-334-8, Klappenbroschur, EUR 14,90

Morgan Vespasian verdient sich ihren Unterhalt als Schmugglerin. Seit sie vom Alphawolf der Schmuggler entführt wurde, ist sie dazu verdammt, ihre Lebensschuld abzuarbeiten. Während eines Auftrags wird sie verraten und gerät zwischen die Fronten eines vergessenen Prinzen und eines verfluchten Gottes, die auf der Suche nach einem verwunschenen Schloss sind. Morgan muss sich schon bald für eine Seite entscheiden und bestimmt mit ihrer Wahl das Schicksal des gesamten Königreiches.

Liane Mars

Bin hexen – Wünscht mir Glück

ISBN: 978-3-95991-814-5, kartoniert, EUR 12,90

Hexe Prim hasst die Magie.
Bei keinem einzigen Zauberspruch kann sie sicher sein, was am Ende daraus entsteht. Kein Wunder, dass Prim nur äußerst ungern hext. Doch das ist nun einmal Pflicht, sonst spielt die Magie vollkommen verrückt.
Als wäre das nicht schon schlimm genug, wird die Zauberwelt auch noch vom Hexenjäger Liam enttarnt. Der ist nicht nur sexy und gefährlich, sondern auf magische Weise mit Prim verbunden. Was das angeht, ist die Zauberwelt unerbittlich. Prim muss das Herz des Jägers erobern, um die Magie zu beruhigen. Doch wie soll sie das machen, ohne von ihm verhaftet zu werden?